물결

김복희 단편소설

시음사
시사랑음악사랑

작가의 말

본 책의 작가는 공직 생활에서 정년퇴직하고 취미생활로 블로그를 운영하고 있으면서 과거에 있었던 일과 현재 생활하면서 일어나고 있는 일들은 물론, 평소 마음속에 담고 있던 생각을 취미생활로 정리하고 있었다. 그러다 글 쓰는 것이 재미가 있어 2020년 9월 정식으로 (사)창작문학예술인협의회와 대한문인협회가 후원하는 "대한문학세계" 종합문예지의 수필 분야에 정식 작가로 등단하게 되었다.

그 기념으로 내가 살아 온 길을 정리해 보니 냇가에 흐르는 물과 같았다는 생각이 들었다. 어느 때는 장마 때와 같이 험난하게 범람했다 또 여느 때는 호수와 같이 잔잔하게 흘러가는 것 같았다는 생각을 한 것이다.

물은 '만물의 근원'으로 없어서는 안 되는 존재로서 한 방울의 물은 약해 보이지만 많이 모이면 어떤 존재보다도 강한 힘을 발휘하는 존재요, 커다란 바위를 만나면 돌아갈 줄 알고, 웅덩이를 만나면 채워지기를 기다렸다 갈 줄도 알며, 약한 것 같은 낙숫물이 바위를 뚫는 끈질긴 인내력도 지니고 있는 존재로 우리들이 살아가는 모습이 물과 같다는 생각이 들었다. 그래서 내 주변에 있었던 일들을 하나의 소설로 엮어 출판한 것이 "물결"이라고 하는 이 책이다.

이 책을 읽다 보면 누구나 소설을 쓸 수 있다는 자신감이 생길 것이며 소설이란 특별한 사람만이 쓸 수 있는 것이 아니라 우리가 과거에 살았던 이야기와 지금 내가 사는 모습이나 더 나아가 우리에게 앞으로 일어날 수 있는 일들을 상상력을 통하여 엮어 놓은 것이라는 생각을 하게 될 것이다. 그러다 보니 독자 여러분이 지금까지 살아 온 인생길이 소설의 소재가 되고, 그 주인공이 바로 나 자신이라는 생각을 자신도 모르게 느끼게 될 것이다.

이처럼 소설의 주인공은 바로 나, 내 가족 및 친지나 이웃 사람이 될 수 있으며 특별한 사람만 쓰는 것이 아니라 누구나 자기가 살아가는 생활 모습을 정리하면 된다는 것을 깨닫게 될 것이다.

2020. 글쓴이

■ 목 차 ■

■ 목 차 ■

한이 서린 학춤

학(鶴)

학은 두루밋과에 속한 겨울 철새로 몸길이는 140cm 정도이고, 몸은 흰색이며
눈가, 턱밑, 목에 이르는 부분과 꼬리가 검다. 머리 꼭대기에는 붉은 피부가 드러나 있다.
천연기념물 제202호로 지정되어 있다. 우리나라에서는 신선이 타고 다니는
새로 알려져 있으며, 천년을 장수하는 영물로 인식되어 있다.

40대 교사가 늦둥이로 아들을 낳았는데 그 아이가 다운증후군이라는 염색체 이상으로 태어나 정상적인 사람과 달리 정신발달 지체라는 것을 알게 되면서부터, 이 아이를 키우는 부모로서 피할 수 없는 정신적 갈등과 고뇌를 표현한 글

덩더꿍 덩더꿍 가슴속에서 울려 나오는 자진모리장단 소리에 오른발을 들었다 왼발을 들었다가 사뿐사뿐 오르내리며 하얀 도포 자락이 두 팔을 움직일 때마다 땅에 달듯 말듯 허공을 가른다.

무슨 한이 그리 많은지 으슥한 가을밤 자정 시간에 혼자서 조그마한 시골 학교 운동장을 무대로 삼아 너울너울 춤을 춘다. 밤이 가는 줄도 모르고 쉴 줄도 모른 채, 돌고 또 돌면서 긴 한숨을 몰아쉬며 춤을 춘다.

학춤은 우리나라 무용 중 조류의 탈을 쓰고 추는 유일한 춤인데 영남지방에서 전승되고 있으며 갓을 쓰고 도포를 입은 남성이 양팔을 학처럼 펄럭이며 추는 민속무용을 말한다.

이 이야기는 내 나이 40대 후반 안면도에 있는 어느 시골 중학교에서 근무하면서 있었던 일이다. 학

교 교문 앞에 있는 관사에 살고 있던 나는 오후에 학교가 끝나자 옆방에 사는 안 과장과 박 과장 두 사람과 같이 인근에 있는 삼봉해수욕장에 나가 자취생들의 외로움을 달래려 저녁 겸 술 한 잔 마시러 갔다.

술을 좋아하지 않는 안 과장과 박 과장도 웬일인지 오늘은 몇 잔씩 마셨다. 술이 얼큰해지자 가을밤 적막한 바다에서 들려오는 파도 소리에 발길을 백사장으로 돌렸다. 평소 술을 좋아하는 나는 마른오징어와 소주 두 병을 더 사서 백사장으로 가지고 나갔다.

세 사람은 모래밭에 앉아 끝없이 철썩이며 몰려왔다 몰려가는 밤바다를 바라보고 있는데 안 과장이

"파도 소리를 들으니 어렸을 적 인천 앞바다 생각이 나네." 한다. 그러자 옆에서 듣고 있던 박 과장이

"웬 인천?"

"응~, 어렸을 때 인천에서 살았거든." 옆에 있던 나도

"그런데 어떻게 충남에 왔어?"

"사실은 1·4 후퇴 때 해주에서 인천으로 피난 나왔다 다시 대전으로 왔거든."

"해주에서 태어났네."

"그럼 실향민이네?" 하며 우리는 안 과장의 어린 시절과 가정에 대하여 관심을 가지게 되었다.

"그럼, 지금도 인천에 친척이 살아?"

"응, 큰형이 인천에 살고 있어"

"대전에서는 어떻게 살게 되었는데?"

"1·4후퇴 때 전 가족이 인천으로 피난 왔는데 큰형은 한의사

로 그의 가족과 함께 인천에다 자리를 잡고 아버지와 나머지 가족은 유성에 와서 살다 보니 충청도 사람이 된 것이지 뭐"

"그럼 다른 형제는 없고?"

"아니 작은형이 있는데 그 형은 지금 유성에 살아" 한다.

이렇게 시작된 이야기가 세 사람의 신세타령으로 변했다. 안과장은 해방둥이로 황해도 해주에서 한의원 집 셋째 아들로 태어났단다. 한국전쟁이 일어나자 1·4 후퇴 때 조그마한 고깃배를 타고 가족이 인천으로 피난 나왔단다. 피난 나와서 처음에는 인천에 정착하려 했는데 아버지는 무슨 생각이 있었는지 큰형만 인천에 놔두고 모든 가족을 데리고 대전으로 내려와 유성에다 한의원을 개원했단다. 그리고 둘째 형은 아버지 가업을 이어받아 지금도 유성에서 한의원을 하고 있고 자기는 교사가 되었단다.

그가 교사가 되어 첫 발령을 받은 곳이 서산시에 있는 면 단위 시골 중학교인데 그곳에서 근무하다 하숙집 딸과 눈이 맞아 결혼했단다. 그 후 천안으로 전출해서 살고 있다가 대전과 충남이 분리되자 대전으로 가는 것을 포기하고 천안에다 생활 터전을 잡게 되었단다. 그리고 사모님이 생활욕이 강해서 천안에다 조그마한 음식점을 개업했는데 한동안 사업이 잘되어 근심 걱정 없이 살다가 어느 날 갑자기 자기 집에 불행이 닥쳐왔단다.

그는 아들만 형제를 두었단다. 큰아들은 고등학교 1학년이고 작은아들은 중학교 2학년으로 공부도 잘하고 착한 아이들이었는데 어느 날 겨울밤 연탄가스에 중독되어 하루아침에 아들 둘을 잃게 되었단다. 그 후 늦게 낳은 아이들은 모두 딸로 자매를 두었는데 딸 둘이 모두 초등학교도 들어가지 않은 어린애들로 딸만 두자 부인이 아이들의 장래에 대한 걱정이 이만저만이 아니란다. 이 아이들이 커서 결혼할 때쯤이면 자기들은 늙은이로 변해있을 것인데 딸들의 혼삿길이 제대로 열릴지 걱정을 한단다.

그러던 중 어느 날 서산에서 근무할 때 만났던 선생님들과 부부 동반 모임이 있어 참석했는데, 그 모임에 한 선생님이 태안에서 교감으로 근무하고 있는 가한석 교감이란다. 가한석 교감은 자기 부인이 어린 딸들의 혼사 문제로 걱정하고 있다는 말을 듣고

"안 과장, 혹시 안 과장이 승진하여 교장이 되면 아이들 혼사에 조금 유리하지 않을까?" 하자, 모임에 참석한 사람들이 모두 이구동성으로

"그렇겠네요, 중등학교 교장 딸은 아직 혼사에 유리하잖아요." 라고 말을 했단다.

모임에서 돌아오자 부인은

"당신도 승진하세요."라고 졸라 지금까지 승진에 대해서는 생각해 보지 않고 살았는데 집사람 성화를 이기지 못해 도서벽지인 이곳까지 오게 된 것이란다.

나는 그때서야 안 과장의 마음을 조금 이해할 것 같다는 생각이 들었다. 이 사람은 평소 다른 직원들과 잘 어울리지도 않고 학교 수업만 끝나면 몇몇 학생을 데리고 「전국 학생 과학경진대회」에 출품할 작품을 만드는데 만 정신을 쏟고 있었다. 지난해에도 태안 해구에 서식하는 곤충을 채집하여 만든 작품으로 전국 학생 과학경진대회에서 최우수상을 받은 일도 있고 올해에도 여전히 작품 만들기에 몰두하고 있었다.

이 경진대회에 학생들을 입상시키면 지도 교사에 입상 등급에

따라 승진 가산점이 부여되기 때문에 과학 선생님들은 승진 가산점수를 획득하기 위하여 열심히 지도하는 경진대회였다. 그러다 보니 많은 선생님이 자기 승진만을 위하여 몇몇 학생만 지도하고 나머지 학생들에 관해서는 관심이 없다고 흉보는 것을 자주 들었다. 그리고 언젠가 나를 자기 방으로 초대하여 가서 보니 그는 책상 앞 벽에 자기의 인생 목표인지 커다란 글씨로 【10억】이란 표어를 붙여 놓았다. 나는 궁금하여 이게 무엇이냐고 물어볼까 하다가 실례가 될 것 같아 참으면서 10억이란 돈을 모으는 것이 꿈인 모양이구나 하며 웃은 적이 있다. 한마디로 말해 집념이 강한 선생님이다.

밀려오고 밀려가는 밤바다의 파도를 바라보며 이야기하던 안 과장은 박 과장을 보고

"당신은 왜 여기까지 왔어." 한다. 박 과장은 안 과장보다 한 살 위로 성품이 온순하고 과목도 농업으로 조용한 사람이었다. 그는 공주 유구 사람으로 교직의 대부분을 공주에서 보냈는데 나이를 먹으면서 자기 부인이 당신도 승진하라고 성화를 대어, 할 수 없이 도서벽지 점수가 있는 태안군으로 왔단다. 태안군에 처음 왔을 때는 서면중학교에 근무하다 지난 3월에 우리 학교로 온 것이란다. 내가 알기로는 지금 우리 학교 교감 선생이 서면중학교에 근무할 때 교무과장을 지낸 사람으로 교감 선생이 일을 잘한다고 데리고 온 것으로 알고 있는 사람이다.

"이왕이면 태안에 왔으니 도서벽지 학교에서 근무하면 좀 유리할 것 같아서 왔지!" 그러자 안 과장이

"교감 선생님이 오라고 해서 온 것이 아니고?"

"뭐, 꼭 그런 것만은 아니고" 하면서 말을 회피하며 나를 바라

보면서 말을 걸어온다.

"김 과장은 왜 여기까지 왔어."

"나, 사연이 많은 사람이야." 하며 술김인지 말이 슬슬 풀려 나왔다.

"나는 집에서 피신 나온 건데?"

"승진 때문에 온 것이 아니고?"

"어쩌다 보니까 늦둥이 아들을 하나 뒀는데 이 녀석이 장애인이잖아"

"언뜻 이야기는 들었는데 심각한 거야"

"심각한 게 아니라 답이 없는 거지 뭐"라고 대답을 하면서도 취해서 그런지 가슴이 답답하며 목이 메온다. 그러면서 술잔을 들이키고 끊임없이 밀려왔다 밀려가는 파도를 바라보았다.

아들 이야기에 마음이 울적해 졌는지 안 과장이

"그만 들어가지" 원래 안 과장은 사람들과 어울리기를 싫어하며 술도 하지 않는데 오늘은 자기 가정 이야기까지 했으니 마음이 울적했던 모양이다.

"그럴까?" 박 과장이 대답한다. 박 과장도 술은 별로 좋아하지 않았으나 그는 사람과 대화하기를 좋아하는 사람이었다. 그러나 술을 좋아하는 나는

"아직 술이 한 병이나 남았는데" 하자 안 과장이

"그건 김 과장이 집에 가져가서 마셔" 하며 갈 준비를 한다.

"그럼 두 사람은 먼저 들어가. 나는 밤바람을 조금 더 쐬며 마저 마시고 갈 테니까."라고 대답했다. 사실은 나도 아이 이야기를 하다 보니 마음이 울적하여 그냥 들어갈 수가 없었다. 그러자 안 과장은

"그럼 김 과장은 이따 들어와. 먼저 갈게" 하며 일어서고 박 과장은 내가 안쓰러운지 일어났다 다시 앉으며

"안 과장 먼저 들어가, 나도 조금 더 있다가 김 과장과 같이 갈게" 한다.

"박 과장도 들어가는 게 좋을 것 같은데" 하면서 내가 들어가기를 권하자

"이것만 마시고 가지 뭐" 하면서 내 옆에 앉아 남아있는 술병 마개를 따서 나에게 한 컵 가득 따라 준다. 이것을 보고 있던 안 과장은

"그럼 두 사람은 이따 와" 하면서 먼저 갔다.

사실 안 과장과 박 과장은 사이가 그리 좋은 편은 아니다. 이 학교는 정식 과장 자리가 교무과장 한자리뿐인데 그 자리를 내가 차지하고 있었으며 두 사람은 내가 떠난 후 그 자리를 서로 노리고 있는 사람들이다.

그런가 하면 교원 승진제도에서 근무평정이 절대적인 요건 중의 하나인데 우리 학교같이 작은 학교는 일등 수가 아니면 승진할 수가 없어 승진에 가까운 두 사람은 서로 견제하지 않을 수 없는 사이였다. 다만 나이를 먹은 사람들이라 평소 노련하게 감추며 서로 경계하면서 근무하고 있을 뿐이다.

박 과장이 따라 준 술잔을 비우며 바다를 바라보고 있는데 그는 아까 이야기를 다시 꺼낸다.

"김 과장 아들은 무엇이 문제야?"

"우리 아들, 혹시 옛날에 학교 다닐 때 배운 염색체 이상이란 것 기억나"

"그게 안면도에 자생하는 춘란 중에 변이종 같은 것 아닌가?"

사실 안면도에는 춘란이 많이 자생한다. 그러다 보니 간혹 춘란 중에 변이종을 찾기 위하여 몰래 산에 들어가 춘란을 채취해 가다가 벌금을 물기도 하는 사람이 있었다.

"박 과장은 제대로 알고 있네."

"내 기억은 돌연변이라고 배운 것 같은데"

"정확하게 기억하고 있구먼."

"그걸 어떻게 알았어." 하며 물어 온다. 그러다 보니 내 가슴 속에 싸여 있는 아들 이야기를 꺼내지 않을 수 없었다.

이 아이는 내 나이 45살 때 태어난 아들인데 집사람 나이가 43살로 산모 나이가 많다 보니까 불행을 초래한 모양이다. 나는 딸만 셋을 키우고 있었다. 모두 예쁘고 착하며 공부도 곧잘 했다. 큰아이는 고등학교 2학년이고 둘째는 중학교 2학년에다 막내딸이 초등학교 6학년인데 늦게 아들을 둔 것이다.

나와 집사람은 농부 집 아들·딸로 나는 9남매 맏이고 집사람은 8남매 맏이끼리 만나 결혼을 한 것이다. 그런데 큰아들이 딸만 셋이나 두자 장모님이 딸에게 아들 하나를 더 낳으라고 자꾸 졸랐으며, 집사람도 시어머니 눈치가 보였는지 아들 하나 두기를 원했다.

내 마음속도 아들 하나 두는 것을 원했는지 모른다. 그때 시대 상황이 아들을 선호하던 시절이라 남자들이 술좌석에서 술이 조금만 건아 해도 딸만 둔 사람을 슬슬 놀리는 것이 하나의 재미로 삼던 시절이다.

"김 선생 안타 한 번 못 때려, 그래 쓰리 포볼이 뭐야" 하면 나는

"안타 쳐서 일루 나가나 포볼로 일루 나가나 뭐가 다른데"라

고 응수했지만, 마음 한구석은 좋지 않았다.

하긴 셋째가 태어난 날이 10월 24일 UN의 날로 공휴일이었다. 새벽 세 시에 아이가 태어났는데 오전 11시에 같은 학교에 근무하는 동료 교사 결혼식에 참석하려니 셋째 딸 낳은 것이 꼭 죄인 같은 기분이 들었다. 남의 집 경사 자리인 결혼식에 방금 딸을 낳은 것이 죄인 같다는 생각이 들어 참석을 포기한 것이다. 그만큼 우리 사회가 아들 중심 사회로 딸만 가진 사람에게는 결혼식 주례를 부탁하지도 않았고 또 주례를 서지도 않던 사회였다.

이런 사회다 보니 결혼하면 아들을 낳기 위하여 돈 좀 있는 사람은 태아 성별 검사를 하여 딸이면 낙태시키고 아들이면 낳는 기이한 현상까지 나타나고 있었다. 그러다 보니 아들과 딸의 성비가 맞지 않아 뒤에 결혼 풍토가 변하는 원인을 제공한 것이다. 지금까지 결혼은 남자가 서너 살 더 많았는데 이제는 여자보다 남자 숫자가 많다 보니 연상의 여인과 결혼하는 시대로 변한 것이다. 이런 사회에 사는 딸 셋의 부모는 부모나 조상에게 자기도 모르는 사이에 죄인이 되어 버리는 것이다.

그런데 우리 집에 경사가 나타났다. 한동안 생기지 않던 아이가 생겼는데 아들에 관심이 많은 집사람은 나도 모르게 태아에 대한 성별 검사를 한 모양이다. 검사 결과가 아들로 나오자 우리 부부는 물론 양가 부모님은 더 말할 수 없이 좋아했으며, 남들에게 비밀로 하고 아들을 낳았다.

이 아이가 태어나던 날 나는 충청남도에서 제일 큰 중학교에 근무하고 있었다. 집사람이 아이를 낳는다고 병원에 가 있어 학교에 연가를 신청하려고 학교장에게 전화로 말하자 경사라며 어쩌면 그리 감쪽같이 속였냐고 나무라면서도 껄껄 웃으며 걱정하지 말라고 허락해 주셨다.

대학병원 산부인과에서 초조한 모습으로 산모가 진통하고 있는 모습을 어머니와 장모랑 같이 지켜보고 있는데 젊은 남자 산부인과 의사가 나를 보고 무식하다는 표정으로 나무랐다. 아이를 낳다 산모가 잘못되면 어쩌려고 나이 많은 부인에게 임신을 시켰냐는 것이다. 평소 비위가 없는 나는 젊은 의사 말에 쑥스러웠으나 그래도 기분은 좋았다.

얼마의 산통 끝에 아이를 낳는데 정말 성별 검사에서 나타난 대로 아들이었다. 아들을 낳자 가장 감격스러워 한 사람은 역시 집사람이었다. 그녀는 아들을 낳았다고 자기 어머니를 붙잡고 "내가 아들을 낳았어, 나 혼자 아들을 낳았다고?" 하면서 엉엉 소리를 내며 큰 소리로 울었다. 장모님이나 어머니도 더 반가워라 표현할 수 없을 정도로 기뻐했다. 장모님은 나를 보고 "김 서방 수고했네." 하면서 축하를 했다. 나도 너무 기뻐 "감사합니다. 어머님" 하면서 교장에게 전화를 걸었다.

"교장 선생님 집사람이 아들을 낳았습니다. 조금 있다가 학교에 출근하겠습니다."

"그래, 아들을 낳았다고. 허 허 정말 축하해" 하며 감격스러운 목소리로 축하해 줬다. 오후에 학교에 들어가 교장 선생님에게 인사드리고 교무실에 들어가니 교감 선생님을 비롯하여 많은 선생님의 축하가 쏟아진다. 교무실 칠판에는 큼직한 글씨로 "축. 김만동 과장 득남"이라고 적혀 있었다.

그날 학교는 오후에 겨울 방학을 위한 직원연수가 있었다. 연수 시작 전 교장은 모든 선생님을 일어나라고 해 놓고 내가 아들 낳은 것을 소개하면서 축하 박수를 보내 주었다. 70여 명에 가까운 선생님들은 소리를 지르며 마흔다섯이나 된 사람이 아들을 낳았다고 진심으로 손뼉을 치며 축하해 주었다. 그리고 학교가 끝난 후 교장·교감 선생님은 원로 교사 십여 분과 같이 득남 축하 파티를 직접 열어주기까지 한 귀한 아들이다.

그런데 이 아이가 발달장애인이란 사실을 까마득하게 몰랐다. 이 아이가 태어나서 한 달 두 달 지나가면서 나타나는 성장 과정이 저희 누나들이나 이웃집 아이들과 조금 다르다는 것을 조금씩 느끼기 시작했다. 이 아이가 장애인이란 것을 확실하게 알게 된 것은 그가 태어난 지 10개월쯤 지났을 때였다.

나는 청주에 있는 국립 교원대학에서 3개월 코스의 교원연수를 받고 있었다. 그날은 연수생들 사기를 진작시키려고 과별 대항 배구대회가 있던 날이다. 우리 연수단은 5개 교과로 전국 시·도 교육청에서 한 사람씩 추천을 받아 온 사람으로 구성되어 있었다. 그러다 보니 모두다, 시·도교육청을 대표하는 사람으로 개성이 있는 사람들이었다. 교원대학 캠퍼스에 막걸리를 한 통씩 사다 놓고 술을 마시며 자기네 팀이 이겨라 고래고래 소리 지르며 응원하면서 연수생의 외로움을 달래는 시간이다.

우리 팀은 사회과로 말싸움을 하라면 잘할까 운동에는 별로 소질이 없는지 1회전에 패하여 잔디밭에서 막걸리 파티를 시작하려는데 사무실에서 집사람으로부터 급한 전화가 왔다고 전화 좀 해달라는 전갈이 왔다. 평소 연락을 잘 하지 않는 사람이 웬일인가 싶어 공중전화에 가서 전화를 걸어보니 집사람은 울면서 "여보, 어떻게 해야 한대요. 우리 아들 섭이가 장애인이라는데" 하며 제대로 말을 못 한다.

"여보 울지 말고 똑바로 말해 봐요"

"오늘 대학 병원에서 지난번 섭이 검사 신청한 것이 연락 왔는데 다운 증후군이래"나는 처음 들어보는 말이었다.

"다운 증후군이 뭔데"

"염색체 이상으로 다운 증후군은 치료 방법이 없대"하면서 엉엉 울면서 말을 제대로 못 한다. 나는 대충 얼버무리면서 위로하고 전화를 끊은 다음 대학 도서관으로 갔다.

도서관에서 심리학과 교육 심리학책을 모두 꺼내다 놓고 다운 증후군에 대하여 검색하기 시작했다. 검색한 결과 두 가지 책 모두 비슷한 내용이었다. 「다운 증후군이란 외모가 몽골 사람같이 생겼다고 하여 일명 몽골리즘(지금은 사용하지 않음)이라고도 하는데 염색체 이상으로 염색체에 따라서 지능이 현저하게 떨어진다든지 또는 고양이 같은 얼굴 형태를 지니기도 하고 성 염색체에 따라서는 남녀의 성 기능을 제대로 발휘할 수도 없단다.

그런가 하면 '젊은 산모에게서는 300명에서 한 명꼴로 태어나고 나이가 많은 산모에게서는 80명에 한 명꼴로 태어나는데 대부분 합병증을 가지고 있으며 일반 사람보다 수명이 짧기 때문에 사람들 눈에 잘 띄지 않는다.'라는 식으로 기술되어 있다. 다만 교육 심리학책 중 어느 한 권에서만 '잘 교육하면 일상적인 생활을 할 수 있다'라고 적혀 있었다.

나는 눈앞이 캄캄했다. 내 아이는 몇 번째 염색체 이상인지 알 수는 없지만, 혹시 옛날 고등학교 시절 책에서 읽었던 「노트르담의 꼽추」가 아닌가? 아니면 내가 초등학교 다닐 때 보았던 윗마을에 고양이 얼굴과 같은 또래 학생이 있었는데 그런 사람인가? 머리가 복잡하며 혼란스러웠다.

어렵게 태어난 귀한 아들이 장애인이라니 도대체 믿기지 않아 도서관에서 나와 우리 팀이 있는 곳으로 돌아와 막걸리를 몇 잔 거푸 마셨다. 이런 내 모습을 보고 선생님들은 무슨 일이냐고 물어 와 울먹이는 목소리로

"내 아들이 다운 증후군이래"

"다운 증후군이 무엇인데"

"염색체 이상, 학교에서 배운 돌연변이"라고 하면서 허 허 허 웃으며 그들의 위로도 뿌리치고 방으로 들어와 이불을 뒤집어쓰고 엉엉 울어 댔다.

얼마나 기다렸던 아들이던가. 얼마나 많은 사람이 득남을 축하해 주었는가. 그런데 그 아이가 치료 방법이 없는 다운 증후군이라니 도저히 믿기지 않았다. 얼마 동안 울다 생각하니 운다고 해결될 일도 아니었다. 그리고 아직 몇 번째 염색체가 이상이 있는지 알지도 못하는데 지레 겁먹지 말자고 자신을 위로하며 주말을 기다렸다.

주말이 되어 집에 돌아온 나는 집사람을 만나자마자 첫 질문이 몇 번째 염색체가 이상이 있냐고 물어보자 집사람은 눈에 눈물이 가득히 고인 채 하는 대답이 병원에서 전화가 와 몇 번이라고 말해주었는데 장애인이란 말에 정신이 나가 기억을 하지 못한다. 어이가 없었지만 나도 용기가 나지 않아 결국 병원에 찾아가 확인하지 못하고 속으로 끙끙 앓기만 했다. 이런 고민 속에서 누구에게 함부로 이야기도 못 하고 애를 태우며 연수 생활을 했다.

우리가 받는 연수 과정에는 해외연수가 포함되어 있었다. 이때만 해도 해외에 나간다는 것은 일반 국민들은 생각할 수 없는

시대였다. 해외에 나가는 사람은 재벌가나 고위 공직자 정도는 되어야 나가는 것으로 알고 있었고 일반인들은 비행기 한 번 타 보는 것이 평생소원이란 말이 유행하던 때였다.

그러다 우리나라도 「86 아시아 게임」과 「88 서울 올림픽대회」를 거치면서 국력이 커지자 해외여행의 문이 열리기 시작했다. 자식들이 부모에게 효도한다고 부모님 회갑연이나 가족 행사 때 비행기를 태워 동남아시아로 해외여행을 보내 드리는 풍습이 나타나기 시작한 것이다. 그리고 정부도 공무원들에게 해외 연수 기회를 제공하여 견문도 넓혀 주고 사기도 진작시키고자 부처별로 모범공무원에게 해외연수 기회를 확대하고 있었다.

이처럼 국민이 해외여행이 많아지자 여행객들이 해외에 나가서 국위를 손상하는 행동을 한다고 수시로 신문에 보도되기도 했다. 그러다 보니 정부에서는 해외 연수를 나가는 공무원을 대상으로 서울에 있는 중앙공무원 연수원에서 2박 3일간 해외연수 기간 지켜야 할 예절교육을 한 후 연수를 내보내기도 했다. 내가 받는 연수 과정은 교육부에서 추진하는 3개월 과정 연수로 그 속에 10박 11일간 해외 현지 연수가 포함되어 있었다.

내가 이 연수를 신청한 이유는 연수 과정에 해외 현지 교육으로 백두산 탐방이 포함되어 있었다. 학교에서 사회과목을 가르치는 교사로 우리 민족의 상징인 백두산을 꼭 가 봐야겠다는 생각에 연수를 신청해서 지명되었는데 아쉽게도 우리 과는 백두산이 아니라 동남아 4개국으로 바뀌었다. 우리가 떠난 현지 연수는 대만, 말레이시아, 싱가포르, 태국으로 되어 있었는데 아쉽게도 그때 마침 대만과 국교가 단절되는 상황이 벌어져 대만 대신 홍콩을 가게 되었다.

이 연수 과정 중 싱가포르에서 있었던 일이다. 조그마한 도시 국가인 싱가포르가 아시아에서는 가장 살기 좋은 나라답게 도시가 잘 정돈되어 있었으며 공원도 아름다웠다. 그때 어느 공원인가 이름도 잊어버렸지만 아름다운 양란꽃이 가득한 공원을 관광하던 중 공원 안에 있는 공연장에서 새들을 조련시켜 재주를 부리는 공연을 구경한 적이 있었다. 그때 제법 큰 검은 새가 조그마한 자전거도 타고 커다란 독수리가 조련사의 지시대로 움직이는 여러 가지 재능을 보여줬다.

그 장면을 구경하던 나는 새들의 묘기를 보면서 나 자신을 다독거리며 아들에 대한 아픔을 달랜 적이 있었다. 미물인 새들도 교육을 통하여 서커스를 공연하게 만드는 것이 교육의 힘인데 교사인 내가 사람인 내 아들 하나 못 가르칠까?

교육의 의미가 무엇인가? 우리 인간은 오랜 역사 속에 나타난 문화를 반복하여 주입함으로써 그런 문화를 바탕으로 새로운 문화를 창조해 나가는 것이 교육이 아니던가? 그런데 사람인 내 아이를 가르칠 수 없다니? 아무리 생각해도 이해가 가지 않았다. 가르칠 수 없다면 학교가 왜 필요하고 교육이 왜 필요한가? 내 아이는 내가 책임지고 가르치겠다는 다짐을 하고 또 한 적이 있었다.

이런 생각을 하며

"병원에서 검사 결과 알게 된 거지 뭐" 나는 백사장으로 끝없이 밀려왔다 밀려가는 하얀 파도 물결을 바라보며 건성으로 대답을 했다.

"일찍 알게 된 것이 아이가 다른 아이들과 달랐던 모양이지"

"이웃집이나 지금까지 키워왔던 아이들보다 순하고 성장 과정이 늦어 검사를 받아 봤지!" 하면서 나머지 소주를 다 마신다. 겁 없이 거푸 술을 들이켜는 것이 박 과장은 안쓰러워 보였나 "어떡한대 세월에 맡겨야지, 술도 다 마셨으니 그만 들어가지"하며 숙소로 가기를 권한다. 나도 박 과장이 고마워 "미안해요. 갑시다." 하며 엉덩이를 털고 일어났다. 관사로 돌아오면서 생각하니 술기운인지 내 인생이 참으로 험난하다는 생각에 사로잡혀 지난날의 추억에 젖어 들었다.

나는 중학교 1학년 때부터 꼴머슴 노릇을 했다. 그러던 중 내 나이 16살 때로 기억된다. 고등학교 1학년을 다니다 흉년을 만나 학교를 그만두고, 봄부터 가을까지는 농사일이나 큰 산에 가서 건초(동물 사료를 위해 말린 풀)를 만들기 위해 풀을 베어 말렸다가 지어 나르고, 겨울이면 도시락 하나 싸서 고개를 두 개씩이나 넘어 부엌에 땔 나무를 해 나르는 나무꾼이 된 것이다. 그러다 눈이 많이 내려 나무를 하러 갈 수 없을 때는 밥만 먹으면 내 또래가 머슴으로 와있는 사랑방에 나가 새끼를 꼬며 시간을 보냈었다.

그러던 어느 날 사랑방에서 노는 것도 지겨웠던지 돈을 벌어보겠다고 멸치 장사를 해 본 적이 있다. 장사에 대하여 아무것도 모르는 나는 우리 집으로 찾아오는 방물장수 아줌마의 흉내를 낸 것이다. 도매상도 아니고 시골 장터에 있는 소매상에서 멸치를 두 포대 사와 신문지에 적당히 나누어 싸서 시장이 멀리 떨어진 산골 마을로 팔러 나간 것이다.

그때 남이면 흑암리라는 마을에서 있었던 일이다. 추운 겨울날 어린놈이 집마다 찾아다니며 멸치 사라고 외치자 모두 다 문전박대 했다. 그러다 어느 사랑방에서 어른들 대여섯이 놀다 심심했든지 아니면 추운 겨울날 남루한 옷차림에 벌벌 떨면서 멸치 장사하는 어린 녀석 꼴이 불쌍했는지 방으로 불러들여 말을 시켰다.

"몇 살 먹었나."

"열여섯 살인데요"

"어디서 왔니?"

"읍내에서 왔는데요."

"왜 멸치 장사를 하지" 멸치 살 생각은 하지 않고 돌아가면서 한마디씩 말만 시킨다.

"학교 다니다 수업료를 못 내 쫓겨나 돈을 벌어 학교에 다시 가려고요"

"부모님은 다 계시고"

"예, 다 계시는데요."

"부모님이 멸치 장사하는 것을 알고 있나?"

"아니요. 말씀 안 드렸는데요."라고 답하자 갑자기 한 사람이 "예끼 나쁜 놈, 저희 부모 욕 먹이고 다니는 놈이구먼." 하며 호통을 치고 쫓아냈다. 방에서 쫓겨나며 아무리 생각해도 나는 무엇을 잘못했는지 알 수가 없었다.

결국 멸치 장수를 하면서 내 손으로 판 것은 두 봉지뿐이었다. 어느 아주머니가 불쌍해 보였는지 사주신 것이다. 나머지는 고향에 찾아가자 큰어머니께서 타향에 사는 어린 조카가 불쌍해 보였던지 마을의 친척들에게 나누어 주고 사도록 권해서 강제로 다 팔아 주었다. 그런 일을 겪은 다음 장사도 쉬운 것이 아니라는 것을 깨달았다. 이처럼 지게꾼이 되면서 영원히 지워지지 않는 기억들이 머릿속에 가득히 남아있다. 그중에서도 생각만 하면 몸서리쳐지는 기억이 하나 떠오른다.

여름날 오후에 건초를 지고 오면서 겪은 일이다. 금산에 있는 진악산에 먹병이란 골짜기가 있다. 먹병이란 골짝은 골짝의 크기에 따라 큰 먹병이와 작은 먹병이가 있는데 작은 먹병이에서 내려오는 길이 바위 절벽을 돌아 내려오는 경사가 가파른 능선으로 길이 험하고 위험하다 하여 저승재라고 불리는 길이 있다.

건초 짐은 무게는 별로 나가지 않지만, 부피가 커서 지게 중심을 잘 잡지 못하면 뒤뚱거려 기술이 필요한 지게질이다.

8월 말 오후에 건초 짐을 한 짐 짊어지고 저승재를 내려오는데 산마루에서 50m 정도 내려오면 바위틈에 생수가 조금씩 흘러나오는 샘이 있다. 이 샘은 여름에 지게꾼들이 위험한 절벽 길을 빠져나오면 지게를 밭치고 올라가 목을 축이는 샘터다. 이 샘 아래쪽은 바위 절벽으로 떨어지면 생명을 부지할 수 없는 험한 절벽으로 되어 있다.

나는 지게 목발이 바위에 부닥치지 않게 하려고 뒤로 돌아 바윗길을 한발 한발 내려오는데 샘 가까이 왔을 때 기겁을 했다. 족히 1m 정도는 될 만한 까치독사 한 마리가 꼬리 끝부분은 가는 나뭇가지에 걸치고 샘에서 몸을 돌돌 감은 체 머리를 바짝 쳐들고 있는 모습이 눈에 들어왔다. 가슴이 섬뜩하며 등줄기에서 식은땀이 주르르 흘렀다. 뱀이 달려들면 피할 방법이 없었다.

뱀을 응시하며 서 있는 나는 뒤로 돌아 다시 올라가려고 생각하니 바윗길을 올라갈 자신이 없었다. 더구나 해는 서산으로 기울고 있고 다른 길로 돌아가려면 험한 바윗길을 올라간다 해도 장장 2km는 더 돌아가야만 하는 길이다. 그렇다고 내려가려니 한쪽은 수십 길 바위 절벽이고 한쪽은 뱀이 버티고 있는 외길을 통과해야 했다. 돌아갈 엄두도 안 나고 앞으로 가자니 뱀이 무섭고 진퇴양난의 위기에 빠진 것이다.

얼마 동안 뱀을 응시하고 있는데 뱀은 조금도 움직이지 않고 그대로 나를 쳐다보고 있는 것 같았다. 생각 같아서는 지게 작대기로 한 대만 내려치면 죽을 것 같은데 몸을 마음대로 움직일 수가 없으니 실수라도 하면 오히려 낭패를 볼 것 같고 작대기로 위협을 주며 쫓을까 생각하다 만약 도망가지 않고 달려들면 피할 방법이 없었다.

까치독사는 위협하면 위협할수록 도망가는 것이 아니라 오히려 달려드는 성격이라는 것을 경험을 통해서 알고 있었다. 언젠가 풀을 베다 작은 까치독사를 만난 적이 있는데 지게 작대기로 건드리자 도망가기는커녕 아가리를 벌리며 지게 작대기를 물려고 달려들어 때려죽인 적이 있었다. 이런 경험이 있는 나는 쉽게 뱀을 건들 수가 없었다.

식은땀을 흘리며 얼마나 마주 보고 있었나 모른다. 해는 점점 서산에 기우는데 어둡기 전에 산에서 내려가야만 했다. 결국 마음에 결정을 내렸다. 뱀을 무시하고 조용히 지나가 보자는 것이다. 뱀이 달라붙으면 물릴 수뿐이 없다고 결론을 내린 것이다. 숨을 죽이고 뱀을 응시하고 살금살금 내려가는데 뱀은 조금도 움직이지 않았다.

뒤에 알게 된 일이지만 뱀의 성질은 사람이 건들지 않으면 물지 않는다는 것을 알았다. 들판에서 뱀에 물리는 것은 사람이 뱀이 있는지 모르고 건들었거나 뱀이 있는 주변의 나무나 풀을 건드려 자기에게 위협을 준다고 느껴 문다는 것을 알게 된 것이다. 뱀과 얼마나 시간을 보냈는지 내가 집에 도착한 시간이 밤 10시경이 되었다. 단단히 혼난 것이다. 그 외에도 나무를 해 나르면서 산에서 위험에 처했던 생각이 머릿속에서 하나둘 영상처럼 지나갔다.

어쩌면 인생이 이리도 꼬일 수가 있을까? 꼬인 내 인생의 한이 하나둘 떠오르기 시작했다. 고등학교 1학년을 다니다 지게꾼이 되었지만, 다시 고등학교에 들어가고 싶어 보리밥 한 뭉치 싸서 고개를 두 개씩이나 넘어서 해온 소나무 삭정이 나무를 팔아 가방을 사고 모자를 사서 쓰고 초등학교 교사를 하는 외삼촌과 같이 전에 다니던 고등학교를 찾아갔었다. 그때 교장 선생님에게 인사를 하고 교무실에 와서 기다리고 있는데 눈이 부리부리한 교감 선생님이 하신 말씀이 지금도 귀에 쟁쟁하다.

"야 인마, 교장 선생님 앞에서 공손하게 보이지 그 태도가 뭐냐"라며 호통을 치신 것이다. 나는 알 수가 없었다. 교장 선생님에게 잘 보이려고 머리도 삭발하고 그 앞에서 부동자세로 서 있었는데 무엇이 잘못되었을까? 생각하고 있는데

"고개 좀 숙이고 있지. 자세가 뻣뻣하니 그게 뭐냐, 교장 선생님이 너를 받아주면 애들을 괴롭힐 깡패 같아 안 받아 준데"라고 말했다. 나는 잘 보이려고 차렷 자세를 하고 똑바로 서 있었는데 그것이 오히려 잘 못 보인 모양이다. 그러나 외삼촌이 사정한 것인지 아니면 교감 선생이 내 기를 꺾기 위해서 한 말인지는 모르지만, 다시 학교에 들어갔다.

전에 나와 같이 다니던 친구들은 3학년인데 나는 1학년으로 재입학한 것이다. 학교에서는 1학년을 10월까지 다녔으니까 2학년으로 복학하라는데 공부 한번 제대로 해 보겠다는 생각에 1학년으로 보내 달라고 하여 1학년으로 들어간 것이다.

막상 고등학교에 재입학하고 보니 초등학교와 중학교 때 1년 후배들이 오히려 1년 선배가 되어 나를 괴롭혔다. 전에는 후배였는데 이제는 선배가 되었다고 으스대며 내 기를 꺾고자 한 것이다. 나는 성질이 나지만 참고 또 참았다. 그때마다 초한지에서 나오는 장량의 이야기(불량배와 시비가 붙었을 때 비굴하게 싸우지 않고 그들의 가랑이로 기어가 위기를 모면했다는 이야기)를 마음속에 되새기며 자존심도 버리고 고등학교를 졸업한 것이다. 이런 어려움 속에서 학교를 졸업했지만, 돈이 없어 대학교에 입학 원서조차 내 보지 못하고 말았다.

집안일을 거들면서 방황하고 있는 나에게 행운이 찾아왔다. 군청에서 주민들을 동원하여 산에 사방사업을 하는데 감독할 사람이 필요했나? 감독관을 뽑는데 농촌지도소 소장 추천으로 2개월간 군청 산림계 임시직원이 된 것이다.

2개월간 받은 보수가 1년간 하숙할 비용이 되었다. 나는 그 돈을 부모님께 가져다드렸더니 부모님은 네가 벌었으니 네 마음대로 쓰라고 돌려줘서 그 돈을 가지고 대학에 진학하겠다고 공부를 시작하게 된 것이다.

이렇게 어렵게 들어 온 대학인데 대학 생활도 만만치가 않았다. 매달 지불해야 하는 하숙비를 제때 준 적이 없고 거기다 시골에서 초등학교 때부터 정상적인 학교생활이 되지 못했으니 국어와 영어 과목에 기초가 엉망이었다. 벼락치기 공부로 대학에 진학은 했지만 국어 문법이 엉망이었으며 영어는 중학교 2학년 때부터 놓쳐 혼자 아무리 열심히 한다 해도 성적이 오르지 않아 일본어로 대치해 보았지만 쉽지가 않았다. 그래서 대학을 졸업하고 가려고 했던 사법시험에 1차부터 거리가 멀어진 것이다.

이렇게 되자 꿈을 버리고 대안으로 택한 것이 교원이라는 직업이었다.

임용고시를 거쳐 처음 발령받은 곳은 강원도 동해안에 있는 조그마한 시골 중학교였다. 이 학교는 해방 직후 남북이 분단될 때 삼팔선 경계선이 지나간 곳에 1970년대 초에 나타난 학교였다. 이 학교의 운동장 가운데를 경계로 남쪽은 대한민국 정부에 속하는 남한이고 북쪽은 김일성 치하의 북한 땅에 속했단다. 그러다 보니 해방 후 남과 북의 대치 관계로 주민들 사이가 좋지 않아 내가 근무할 때까지도 보이지 않는 갈등을 가지고 있었다.

내가 처음 맡은 중학교 1학년 학생들 반장 선거에서까지 어른들의 영향인지 남쪽과 북쪽으로 갈려 있다는 것을 느낄 정도로 투표하는 성향이 있었다. 어른들 사이에서 38선 이남에 속한 남쪽 사람들은 북쪽 사람들을 보고 뱃놈이라고 무시하고, 북쪽 사람은 남쪽 사람을 산골 놈이라고 무시하려는 경향이 있었다. 그리고 마을 앞산에는 한국 동란 때 치열한 전투로 많은 군인이 죽었다며 주민들 말은 지금도 간혹 귀신 우는 소리가 들린다는데 사실인지는 알 수 없었다.

나는 이 학교에 근무하면서 다른 교사들이 하지 않는 별 중을 떨었다. 처음 부임했지만, 나이가 지긋하다고 1학년 1반 담임을 맡겼다. 그러다 5월에 실시하는 도 교육청 학력 평가를 보고 3학년 1반 담임으로 바뀐 것이다.

이유는 어느 날 퇴근 후 술좌석에서 30대 후반인 3학년 담임이 자기는 부부 교사로 나이도 많고 아이도 키우며 먼 데서 출퇴근하는데 3학년을 맡겼다고 불평을 했다. 아무것도 모르는 나는 3학년이 어떠냐고 했더니 담임을 바꾸자며 그다음 날 교장 선생님에게 이야기하여 학교 옆에서 하숙하는 나와 담임을 바꾼 것이다. 나는 비록 신참 교사였지만 나이가 30살이나 되었으며 공부에 한이 맺힌 사람이라 학생 지도에 남다른 모습을 보여 줬다.

3학년 학부모회의 때 부모님들을 설득하여 학교에서 2㎞ 이상 떨어진 마을에 사는 학생들은 하숙이나 자취를 하도록 하고 밤 21시까지 자율학습을 지도했다. 여름 방학 기간에도 우리 반은 등교하여 나와 같이 생활하면서 오후에는 체력장 연습도 하면서 저녁까지 공부했다. 그런가 하면 사설 모의고사를 일요일 날 무감독으로 시험을 보아 학생들의 성적 수준을 파악했다. 그런 결과 이 학교에서 지금까지 보지 못했던 고등학교 진학 결과가 나타난 것이다.

그러자 지역주민은 물론 교육청까지 소문이 퍼져 그 학교에서는 물론 다음 학교에서까지 상사나 동료 교사로부터 인정받는 교사가 되었다. 그러다 보니 몸은 힘들었지만 순탄한 교직 생활을 걸어 온 것이다.

이런 나를 신이 질투해서 장애 아이를 준 것이 아닌가 하는 별의별 생각을 다 하며 걷다 보니 관사 앞에 도착했다. 나는 술이 덜 깨었는지

"박 과장 먼저 들어가세요."

"왜 어딜 가시려고"

"학교 운동장에 가서 술이 조금 더 깨면 들어가려고."

"그럼 나도 같이 가지 뭐" 하며 나를 따라가겠단다. 나는 나이 많은 사람이 나를 동정하는 것 같은 기분도 들고 나에게 과잉 친절도 부담스러워

"걱정하지 마시고 들어가세요. 마음이 울적하니 가라앉으면

들어갈 테니까."

"그럼 먼저 들어갈 테니 너무 오래 있지 말고" 하면서 들어간다.

박 과장이 자기 관사로 들어가자 나는 마을로 내려가 구멍가게에서 또 소주 한 병을 사서 학교 운동장으로 들어갔다. 도서벽지의 시골 학교라 운동장도 그리 크지 않으며 인가도 떨어져 있어 적막하기 그지없다. 운동장 주변에 있는 한 아름이나 되는 플라타너스 밑에 설치해 놓은 벤치에 앉아 소주병을 기울이며 생각에 잠긴다.

이 아이가 태어나던 날 집사람은 아이를 낳아 놓고 좋아서 엉엉 울면서 자기 엄마와 시어머니한테 "내가 혼자 힘으로 아들을 낳았어."라고 하던 말이 지금도 귀에 쟁쟁했다. 이렇게 축복을 받으며 태어난 아이가 인간의 힘으로는 어찌할 수 없는 다운 증후군이란 발달장애인이란다.

아이를 키우면서 집사람은 넋이 반 나간 사람같이 변해 갔다. 어떡하면 조금 더 나은 아이를 만들어 줄 수 있을까 걱정하며 특수교육제도가 잘되어 있다는 청주나 서울로 헤매고 다녔다. 그런 와중에 천안에도 사설 특수 장애아동에 대한 유아원이 생겨 겨우 3살도 되기 전부터 특수교육을 했다.

이런 상황에서 언니가 안쓰러웠는지 작은 처제가 이런 아이에 대한 약 처방을 잘하는 약사가 있다고 소개하며 가 보기를 권했다. 나는 책에서 읽은 것이 있어 약으로 해결될 수 없다고 집사람을 설득해 보았지만, 아이에게 넋이 나간 집사람은 오히려 나에게 원망하는 눈초리를 보였다.

나는 소용없다는 것을 알면서도 모른 체하며 처제가 소개해

준 청원군에 있는 약국을 찾아간 적이 있다. 그러나 속으로는 웃고 있었다. 돌연변이를 약으로 고칠 수 있다면 교육 심리학이나 심리학책에서 그렇게 부정적으로 기술할 이유가 없다는 생각이 들었기 때문이다. 내 생각은 염색체 검사를 피로하니까 피를 완전히 교체하면 염색체에 변화가 생기지 않을까? 하는 허황한 생각을 하고 있었다.

그러나 집사람은 '물에 빠진 사람 지푸라기라도 잡는다.'는 심정인지 약국을 찾아가 보자고 계속 졸라대는데 안쓰러워 거절하지 못하고 따라간 적이 있었다. 약국에 들어가 젊은 약사와 상담을 해 보니 그는 미꾸라지를 통째로 끓여 먹여 보란다.

이 말을 듣고 있는 나는 어이가 없었다. 옛날의 한약방 돌팔이 한의도 아니고 신식 교육을 받은 젊은 양약사가 염색체 이상이 있는 아이에게 미꾸라지를 끓여 먹이면 염색체가 변한다니 사이비 약사 중에서도 최고 사이비 약사라는 생각이 들었지만, 집사람이 하는 일을 막을 수가 없었다.

집사람은 약사가 시키는 대로 미꾸리를 사다 끓여서 먹였다. 이런 과정을 보고 있는 나는 꼭 사이비 종교에 속는 것 같은 심정이었지만 막을 수가 없었다.

나는 지금까지 아이를 셋이나 키우면서 유치원이나 학교에 한번도 가 본 적이 없었는데 집사람의 권유로 이 아이가 다니는 특수유아원에서 추진하는 소풍을 따라갔었다. 소풍 장소에 도착하여 잔디밭에 아이들이 둘러앉아 있고 유아원 선생이 원 가운데에서 아이들 이름을 하나씩 부르는데 대답을 못 하는 아이는 내 아이 하나뿐이었다.

오늘 소풍 온 아이들이 모두 발달장애 아동이라는데 내 아이만 자기 이름을 모르는지 선생님의 부름 소리에 전연 반응이 없다. 아이 대신 엄마가 "네"하고 대답을 하자 옆에 있던 한 아주머니가

"애는 아직 제 이름을 모르는가 봐요?" 한다. 그 소리를 듣는 내 가슴은 무너지는 것 같았다.

이 아이가 네 살 되던 해로 기억된다. 집사람은 어디서 정보를 입수했는지 서울에 다운 증후군 부모 모임이 있는데 이 사람들이 주최를 하여 전국에 있는 다운 증후군 아이들의 부모 교육이 있다는 정보를 입수한 것이다. 집사람의 성화도 있고 마침 교육 일정이 일요일이라 서울 보라매공원 옆에 있는 복지관에서 실시하는 다운 증후군 부모 교육에 참석해 보았다.

교육 프로그램 중에 특수학교에서 근무한다는 젊은 교사가 다운 증후군 아이에 대해 강의를 하는데

"다운 증후군 아이들은 지능이 낮아 대부분이 지능지수가 50 이하입니다"라는 말을 했다. 이 말을 들은 나는 도저히 이해할 수가 없었다. 지능이 50 이하라면 어떤 아이를 말하는 것인가? 내가 중·고등학교에서 15년이 넘도록 교사 생활을 했지만 가장 낮은 지능지수로 75 이하를 본 적이 없는데 50 이하라면 도대체 어떤 아이를 말하는 것인가 이해가 가지 않았다. 궁금증을 참지 못한 나는 손을 번쩍 들며 일어나 질문을 했다.

"강사님 궁금해서 그러는데 지능이 50 이하는 도대체 어떤 행동을 보여주는 아이를 말하는 것입니까?" 하자 그는 강의를 멈추고 나를 바라본다. 나는 보충 질문으로

"나는 현재 중학교 교사인데 지금까지 지능이 50 이하라는 아이는 한 번도 본 적이 없는데요." 하자 강사와 모든 사람의 시

선이 나에게 집중되었다. 옆에 앉아있던 집사람이 깜짝 놀라며 내 바지를 잡아당겨 주저앉힌다.

그러자 강사는 내가 질문한 요지를 제대로 파악했나 모르지만, 답변이 빗나갔다.

"모래알을 아무리 갈고 닦는다고 황금이 될 수 있습니까?"라며 오히려 나에게 질문 형태로 던지는 것이다. 내 질문 요지는 50 이하의 지능을 가진 사람은 어떤 행동의 유형을 가진 사람인지 알고 싶었던 것인데 이 강사는 다운 증후군 아이들에게는 아무리 교육을 해도 발전할 수 없다는 의미로 대답을 한 것이다.

순간 내 머릿속은 이 친구가 알면 얼마나 알겠냐는 생각이 들었고 집사람의 만류도 있어 더는 질문하지 않았다. 다만 한 가지 내가 학교에서 학생들에게 공부를 시키려고 아무리 애를 써도 성적이 오르지 않는 아이들이 있다는 것을 깨달은 것이다.

우리 부부는 이 아이를 키우면서 말 못 할 어려움이 하나둘 나타나기 시작했다. 이 아이는 성장하면서 나타나는 모든 행동이 일반 아이들보다 상당히 늦게 나타났다. 앉는다든지 기어 다니고 일어서는 것이 다른 아이들보다 몇 달씩 늦더니 걷는 데는 근 1년 정도 늦되는 것 같았다. 처음에는 걷지도 못할 줄 알았는데 늦기는 했지만 걸을 수 있는 모습의 아들이 대견해 보이기도 했다. 이런 모습을 보면서 사는 집사람의 마음은 얼마나 가슴이 쓰리고 아플까 생각하면 나는 집사람에게 하고 싶은 말도 제대로 할 수가 없었다.

그러고 이 아이는 커 가면서 심심하면 문제를 일으켰다. 잠깐 부모 눈이 떨어지면 어디로 사라져 그 아이를 찾으려 경찰 지구대에 신고하고 이 거리 저 거리 헤매고 다니는 일이 다반사였다.

어느 날인가는 어린 것이 어떻게 들어갔는지 혼자 목욕탕에 들어와 있다는 연락이 온 적도 있었단다. 그런가 하면 다른 아이들이 자전거 타는 것을 보고 저도 자전거를 탄다고 고집을 부려 태우면 장애물을 피하고 타는 것이 아니라 무조건 페달만 밟아 뒤에 붙은 사람은 불안 속에 자전거를 붙잡고 따라다녀야만 했다.

이런 아이를 키우다 보니 주변 사람과도 자연스럽게 거리가 생겼다. 놀이터에서 남의 아이를 떠민다든지 가을에 아파트 주변에 말리려고 널어놓은 곡물을 엎어 버린다든지 한시도 눈을 뗄 수가 없었다.

나는 아침을 먹으면 학교로 출근해 버리니까 잘 모르지만, 집 사람은 스스로 사람이기를 포기하고 산다는 표현을 수시로 사용했으며 하루에 몇 번씩 한숨을 내쉬는지 모를 정도로 괴로운 생활이 되었다. 내가 일요일 날 경험해 보면 아이 엄마가 얼마나 힘들까 하는 생각이 절로 들었다.

이 아이를 키우면서 우리 부부는 부모와 형제들에게도 점점 멀어지는 느낌을 받았다. 아마 스스로 그렇게 만들었는지도 모른다는 생각이 든다. 동생이나 친척들이 결혼한다고 연락이 오면 장애인을 둔 것이 큰 죄인인 양 이 아이를 데리고 사람들 앞에 나서기가 꺼려졌다.

여동생이 결혼하면 혹시 사돈네 될 사람들 눈에 띄어 여동생의 결혼 생활에 피해를 줄까 봐 숨어서 참석한다든지 아니면 부부 중 한 사람만 참석하는 형태가 되었다. 그랬더니 동생들은 결혼식 가족사진에 새언니가 없다며 저희를 무시해서 촬영하지 않았다는 오해를 하며 수군거린다는 이야기가 내 귀에까지 들려왔다.

또 큰아들이라고 부모님 생신이나 명절 때는 꼭 참석하여 나름대로 부모님에게 폐를 끼치지 않고 형제간에 우애를 돈독히 하면서 살고자 노력해 왔는데 이마저도 실천하기 어려운 상황으로 변해 갔다.

가정 행사나 가까운 친지들의 모임에 참석하면 조카들의 놀이 모임에 내 아이만 따돌림을 당했다. 내 아이가 사촌 형이나 누나 및 동생들 노는데 끼려고 하면 이 녀석들은 내 아이를 따돌리는 것이다. 이를 볼 때마다 내 가슴이 미어지는 것은 어쩔 수 없었다.

이 아이가 9살 때 일어난 일이다. 저보다 3살이나 어린 고종사촌 녀석이 제가 노는 데 방해한다고 3살이나 더 많은 외사촌 형의 따귀를 올려붙이니 그대로 얻어맞고 아들 녀석은 그 분풀이로 내 따귀를 때린다. 그러자 그것을 보고 있던 아버지는 싸다귀를 때린 어린 외손자를 보고 웃으며

"허허 그놈 참 맹랑하네." 하시고 옆에서 그 장면을 보고 있던 여동생은

"너 누가 형을 때려"하면서 제 아들을 혼내는 것인지 자랑하는 것인지 알 수 없는 묘한 웃음을 짓는 모습이 내 가슴을 더욱더 쓰리게 했다. 나는 아비를 때린 아이를 바라보면서

"누가 아빠를 때려." 하면서 생각하니 이 아이가 가끔 학교에 다녀와서 내 따귀를 때린 이유를 알 것 같다는 생각이 들었다.

지금 생각해 보니 학교에 다녀와서나 밖에 나갔다가 와서 종종 내 따귀를 때리는 행동은 제가 다른 사람에게 당한 분풀이를 아비에게 하는 것이라는 것을 알게 된 것이다. 말도 못 하고 표

현을 제대로 할 수 없으니 만만한 아비에게 분풀이한 모양이다.

부모와 형제들 모임에서 이런 일이 종종 일어나자 집안 행사가 있고 난 후에 집에 돌아오면 부부싸움은 당연한 것으로 되었으며 이런 일이 반복되자 부모와 형제들 만나는 횟수도 점점 줄어들었다.

이런 상황은 처가에 가서도 마찬가지였으며 우리 부부가 이 사회에 산다는 것 자체가 죄를 지은 사람 같아 서먹서먹해지는 것은 별수 없었다. 이렇게 기죽어 사는 우리 부부에게 들려오는 소리가 어머님이 하시는 말씀이 큰 손자가 장애인이니 자기들 대를 이어 갈 사람은 둘째나 셋째 아들에게서 태어난 손자들에게 물려준다며 그 아이들을 더 귀여워한다는 이야기가 내 귀에까지 들려왔다. 당연한 일이 아닌가? 교육을 최고 학부까지 받은 내가 그런데 신경 쓸 사람은 아니다. 오히려 반가운 일이 아닌가?

그런데 집사람은 생각이 조금 다른 모양이다. 그렇게 될 때는 될망정 자기 귀에 그런 소리가 들어온다며 시어머니에 대한 불만이 결국은 나에게 나타났으며 시동생이나 그의 가족들은 물론 시부모에 대해서도 정이 멀어지는지 점점 싫어하는 사람으로 변해 가는 것 같았다.

아이가 커 가면서 우리 집은 바람 잘 날이 없었다. 어쩌다 나들이라도 가면 대소변을 제대로 가리지 못하는 아이의 실수로 나는 전전긍긍하는 것은 다반사고 아파트에서 아이 기분 좀 풀어주려고 놀이터라도 데리고 나가면 제 하고 싶은 대로 하려고 고집을 부려 이웃 아이들과 마찰이 수시로 나타났다. 저보다 어린아이를 떠민다든지, 다른 아이가 그네를 타고 있으면 무조건

그네를 뺏으려고 한다든지 그 아이에게 눈을 뗄 수가 없었다. 이런 사건이 나타날 때마다 부모는 아이 대신 미안하다며 고개를 숙이고 빌면서 살아야만 했다.

어느 날은 처가에서 웃지 못할 진풍경이 나타났다. 처가에는 새끼를 두 번씩이나 낳은 커다란 암캐 한 마리 있었다. 아이가 방에서 나가 보이지 않아 집안을 구석구석 찾아봐도 보이지 않았다. 혹시 대문 밖으로 나갔나? 걱정되어 대문 밖으로 나가려다 보니 대문 앞에 놓여 있는 개집에 아이가 들어가 쭈그리고 앉아 있었다.

자기 집을 양보하고 집 밖에서 제 집안을 물끄러미 바라보고 있는 어미 개가 신기하다는 생각도 들었지만, 그 안에 들어가 구부리고 앉아있는 아들 녀석이 사람인지 개인지 알 수 없다는 생각에 나도 모르게 눈에서 눈물이 핑 돌은 적이 있다.

이런 아이를 키우는 우리 부부가 불쌍해 보였던지 주변 사람들은 우리 눈치를 살피면서 이 아이를 장애인 시설에 보내라고 종용했다. 한 살이라도 어렸을 때 보내야 아이에게도 좋고 부모 가슴이 덜 아프다며 권하는데 얼마나 귀하게 얻은 아들인데 장애인 시설에 보낼 수 있단 말인가? 하면서도 전혀 장애인 시설에 안 가본 것도 아니다.

사람들의 소개로 시설이 잘되어 있다는 장애인 시설을 방문해서 그들이 사는 모습을 보고 더 가슴이 아파져 왔다. 우리 부부는 힘이 닿는 데까지 우리 손으로 키우자고 다짐하곤 했다. 친지나 주변 사람과 거리가 멀어지면 어쩌랴, 이 아이를 위하여 할 수 있는 것은 뭐든지 해 보자며 부부가 서로 위로하며 살아왔다. 그런데 이 아이로 인하여 우리 집에 변화가 일어나고 있다는 것을 처음에는 알지 못했다.

부모가 이런 아이를 키우는데 정신을 파는 동안 아이 누나들이 학교생활에 변화가 일어나고 있었다. 딸들은 고등학교와 중학교에 다니고 있었는데 평소 느끼기를 공부도 곧잘하고 부모 말도 잘 듣는 착한 아이들이라, 부모가 장애인 동생을 키우는 고통을 이해할 줄 알았는데 반대였던 모양이다. 오히려 딸들은 부모가 아들을 낳더니 아들에게만 신경 쓰고 자기들에 대해서는 무관심하다고 생각했나 학교 성적이 조금씩 떨어지고 있었으며 눈에 보이지 않게 학교생활에서 일탈하고 있는 것을 깨닫지 못했다.

큰딸은 초등학교 1학년부터 고등학교 2학년까지 줄곧 학교학생회 임원이나 학급 반장을 해 온 모범생이었는데 어느 날부터 부모도 모르게 무용부에 들어가 활동하고 있었으며 성적이 중위권까지 밀리고 있었는데도 나는 전혀 눈치를 채지 못하고 있었다.

뒤늦게나마 깨달은 나는 깜짝 놀라 학교 일도 중요하지만 내 아이들에 대하여 관심 좀 가져 보자는 생각을 하게 되었다. 그래서 근무하던 학교에서 근무할 수 있는 기간이 일 년이나 남아 교장과 교감 선생님이 밥까지 사 주시며 1년 더 같이 근무하기를 권했으나 거절하고 중학교 2학년에 올라가는 셋째 딸이 다니는 학교로 전출했다.

그런데 막상 그 학교에 부임하여 아침저녁으로 딸을 차에 태우고 출퇴근하면서 딸에게 신경을 쓴다고 생각했는데 아이는 성적이 올라가는 것이 아니라 상위권에 있던 성적이 눈에 보이지 않게 조금씩 내려가고 있다는 것을 깨달았다.

나는 1년 만에 다시 교감 선생님과 많은 선생의 만류를 거절하고 근무할 수 있는 기간이 3년이나 남아 있는데도 남들이 기피하는 시골 지역으로 전출 신청을 냈다. 그러자 어떤 선생님은 내가 승진에 욕심이 많아 승진 가산점이 높은 도서벽지에 가려고 내신서류를 냈다고 뒤에서 흉보는 사람이 있다는 이야기가 들려오기도 했다.

그러나 사실은 성격이 내성적인 딸아이가 아빠와 같은 학교에 다니고 있는 것이 부담스러워 아이에게 역효과를 주고 있다는 것을 깨달았고, 두 번째는 아들에 대한 고민으로 갈피를 잡지 못하는 집사람의 모습을 옆에서 도저히 봐줄 수가 없어서였다.

그래서 교직 초년병에 근무했던 강원도 속초 앞바다가 그리워 집에서 멀리 떨어진 바다가 있는 태안으로 전출을 신청한 것이다. 한없이 펼쳐진 지평선의 파란 물결을 바라보며 흔들리는 내 마음을 다스려 보자는 생각에서 태안군에 전보를 신청한 것이다. 이렇게 태안군에 들어와 근무하다 보니 이왕이면 도서벽지에 들어가 승진가산점도 챙겨보자는 생각이 들어 2년 전에 이 학교까지 온 것이다.

달은 보름달인지 학교 운동장을 훤하게 비춰주고 있었다. 조그마한 시골 산자락에 자리 잡은 학교는 몇 채 안 되는 인가와도 떨어져 있어 적막하기 그지없었다. 운동장 가에 심어진 커다란 플라타너스 아래 만들어 놓은 벤치에 앉아 가게에서 사 온 소주를 종이컵에 따라 한 잔 마시니 지난주에 집에 가서 느꼈던 생각이 떠오른다.

내가 시골로 온 지도 벌써 3년이 지나가고 있다. 처음 집에서 떠나 올 때는 느끼지 못했는데 2년이 가고 3년이 지나면서 주말에 집에 가서 보면 지금까지 느끼지 못했던 가정 분위기가 무엇인가 달라지고 있다는 기분이 들었다.

서방이 없는 우리 집은 여자들만 사는 집으로써 같은 아파트 단지에 사는 집사람과 연령이 비슷한 아줌마들의 놀이터로 변하고 있었던 모양이다. 그렇게 되자 아이들은 학교는 다니지만, 공부와는 점점 멀어지는 생활을 하고 있다는 생각이 들어왔다.

서방은 집을 떠나 시골에서 혼자 학교 사택에서 생활하며 난관을 극복해 보자고 기를 쓰고 있는데 내 가정이 점점 더 무너지고 있다는 생각이 들자 내 인생이 너무 초라하다는 생각이 들었다.

혼자 깊은 한숨을 몰아쉬며 눈앞에 있는 학교 건물을 바라보니 별로 크지 않은 건물 앞 운동장이 커다란 하나의 무대 같이 보였다. 그리고 하늘에는 보름달이 훤하게 비치고 그 주변에는 무수한 별들이 유난히도 반짝이며 나를 유혹했다.

분위기가 좋아서 그런가? 아니면 취기가 올라와서 그런가? 나도 모르게 자리에서 벌떡 일어나 운동장 가운데로 걸어 나와 혼자 콧소리로 장단을 맞춰가며 너울너울 춤을 추기 시작했다.

평소 노래와 춤을 모르는 사람인데 어느 날 텔레비전에서 본 학춤이 떠올라 흉내를 내는 것이다. 오른발을 들었다 왼발을 들었다 오른손을 들었다 왼손을 들었다 고개를 좌로 돌렸다 우로 돌렸다, 또는 두 날개를 펼치기도 하고 접기도 하면서 운동장을 빨리도 갔다 천천히도 갔다 돌고 돌면서 춤을 췄다. 취해서 그런지 아니면 한이 복받쳐서 그런지 입에서 장단 소리가 절로 나온다.

"덩~더~꿍"

"덩~더~꿍"

"얼씨구"

"아~싸 좋다" 하면서 가슴속에 뭉쳐 있는 한을 한 올 한 올 풀어낸다. 힘이 들고 숨이 차면 벤치에 돌아와 쉬었다가 술 한 잔 마시고 다시 돌고 힘이 들면 또 쉬었다 다시 돈다.

춤을 추며 생각하니 내가 미쳐 가는 것인지도 모른다는 생각이 떠오르기도 했지만 돌고 돈 것이 얼마를 돌았는지 알 수가 없다. 처음에는 속으로 한없이 울기도 하면서 춤을 추었다. 그러다 문득 지금 내가 무엇을 하고 있는지 정신이 맑아지기도 했다. 얼마나 돌고 돌았는가? 옷이 땀에 흠뻑 젖어 있었다.

춤을 추며 생각하니 이런다고 달라질 것이 무엇이 있는가. 어차피 나에게 주어진 숙명이라면 받아들여 슬기롭게 이겨 내야지. 지금까지도 잘 살아오지 않았는가. 이제는 이 아이 가지고 눈물을 보이지 말자. 남에게 추한 모습도 보이지 말자. 얼마나 귀하게 얻은 아들인데! 하면서 마음을 되잡아 본다.

마음이 차분하게 가라앉자 정신을 차리고 하늘에 달을 쳐다보니 제법 서쪽으로 기울어져 있다. 손목의 시계는 새벽 2시가 지나가고 있었다.

이 아이가 나에게 온 것이 나의 숙명이라면 피하지 말고 이겨 나가야지. 이 순간부터 이 아이로 인한 눈물은 절대 보이지 말자. 그리고 고민도 하지 말자. 한 번 태어나 살다가는 인생, 남에게 굴하지 말고 떳떳하게 살다 가야지. 그리고 내 가정도 바르게 일으켜 세워야지 하면서 자리에서 벌떡 일어나 엉덩이를 툴툴 털고 숙소로 향했다.

행복을 위한 GPS

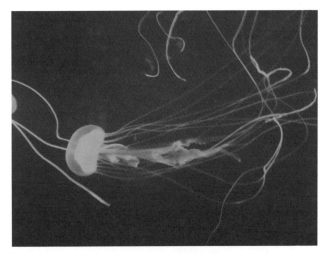

날개가 없는 천사는 수족관에 갇혀 버린
아름다운 해파리 모습이 아닐런가?

발달장애 아이를 키우면서 겪는 피할 수 없는 인간적 갈등 속에서 행복을 찾아가는 글로 수족관 속에서 아름다움을 뽐내며 살아가는 해파리처럼 발달장애 아이의 지킴이를 하면서 주어진 환경 속에 적응하며 아름답게 살겠다는 노부부의 인생 역경을 담은 글.

오늘 하루도 열심히 산 것 같다.

새벽 운동을 하고 아침 식사를 한 다음 주간 보호센터에 아들을 보낸 후 농장에 나가 밭에 있는 무가 추위에 바람이 들까 봐 뽑아서 하우스 안에다 들여놓았다. 그러고 나서 무엇을 더 할까 망설이고 있는데 집사람으로부터 전화가 왔다.

"여보, 지금 바빠요."

"지금 막 무를 다 하우스 안에 들여놓았는데, 왜요"

"아니 시간 있으면 올 때 경찰서 좀 들러서 오라 구요."

"그러지 뭐" 하면서 전화를 끊었다. 나는 하던 일을 대충 마무리 짓고 시계를 보니 11시가 가까워지고 있었다. 빨리 가면 점심식사 시간 전에 경찰서에서 일을 볼 것 같다는 생각이 들었다.

집사람이 나에게 경찰서를 다녀오라고 한 것은 지난주 일요일 새벽에 우리 집이 한바탕 소동이 벌어졌었다. 그날 나는 평상시와 같이 새벽 네 시에 아침 운동을 하러 나가 여섯 시에 집에 들어 와보니 집식구가 보이지 않았다. 속으로 이 사람이 나에게 말도 없이 아침 운동을 나갔나 생각하며 주방에 들러 물을 한 컵 마시는데 왠지 기분이 찝찝했다.

그래서 아들은 혼자 방에서 자고 있겠지? 생각하며 아들이 자는 방문을 열어 보니 보이지 않았다. 아들이 안방에 가서 자고 있나? 하면서 안방에 들어가 봐도 보이지 않았다.

평소 우리 집은 아들이 집에 있으면 나나 집사람 중 한 사람은 꼭 집에 있었다. 아들이 1급 정신발달장애인이라 혼자 둘 수 없어 교대로 돌봐주고 있기 때문이다.

오 년 전 여름 어느 날인가 아들이 늦잠을 자기에 두 사람 모두 새벽 운동을 나갔다가 집에 돌아오니 이 녀석이 잠옷 바람으로 없어져 한바탕 난리가 난 적이 있었다.

그런데 그때는 용케도 멀리 가지 않고 제가 자주 다니는 길목 아파트 놀이 공원에 있어 쉽게 찾았으나 놀래어 앞으로는 절대 혼자 두지 말자며 교대로 아이를 돌보아 온 것이다. 나는 그러기 때문에 당연히 저희 엄마와 같이 새벽 운동에 나간 것으로 착각하고 들어오기를 기다리면서 아침밥 준비를 하고 있었다.

한 시간쯤 지나자 현관문 소리가 나 당연히 두 사람이 같이 들어오는 줄 알았는데 집사람 혼자 들어왔다. 나는 의아심을 가지며

"섭이는 왜 안 들어와"라고 물었다. 간혹 이 녀석이 안 들어오고 밖에서 고집을 부릴 때가 있어 오늘도 그러려니 생각한 것이다. 그러자 집사람은

"섭이가 어데 갔는데?"

"같이 안 나갔어? 집에 없는데" 하며 걱정스러운 목소리로 말을 하면서 문제가 생겼나 보다는 직감이 머릿속을 감쌌다. 식구도 놀라는 표정을 애써 감추며

"이 녀석 혼자 자고 있었는데?" 하며 벗던 옷을 다시 집어 입

으며

"걱정하지 마, 제가 늘 가는 곳 어딘가 앉아 있을 테니까?" 하면서 나간다. 나도 옷을 주워 입고 대문을 나가면서 식구에게 전화를 걸었다.

"어떤 쪽으로 가고 있어"

"응 나는 동쪽으로 평소 나랑 다니던 롯데마트와 노래방 있는 곳으로 가는데 너무 걱정하지 마, 근방 찾을 거야" 하며 별로 걱정이 되지 않는 목소리다. 집사람은 종종 겪었던 일이라 대수롭지 않게 생각하는 것 같았다.

그러나 나는 생각이 달랐다. 새벽 날씨도 초겨울이라 추워지고 있었고 옷도 제대로 입지 않고 잠옷 바람으로 나갔을 참인데 얼마나 추우며 혹시 다른 사람들이 보면 어떻게 생각할까? 하는 생각이 들어 마음이 급해졌다.

그래서 나는 혹시 내 차가 있는 곳을 찾아 갔나 생각하며 먼저 아파트 지하 주차장을 돌아보았으나 보이지 않았다. 혹시 새벽이니 종종 엄마와 아빠가 새벽에 다니는 산책길로 나갔나 싶어 천변 길로 나가려는데 집사람으로부터 전화가 왔다. 찾았나 싶어 반갑게 전화를 받아 보니

"섭이가 보이지 않네. 평소 다니는 롯데마트 근방과 노래방 부근을 다 보았는데?" 하며 다급한 목소리가 들려왔다. 그러면서

"경찰 지구대에 신고할까?" 하고 물어 와

"그래요. 신고부터 하고 찾아보지!" 해서 집사람이 지구대에 신고하고 아파트 경비실에 들러 경비 아저씨에게 이야기하자 경비 아저씨는 아이가 새벽 여섯 시경에 제가 평소 저희 엄마랑 자주 다니는 아파트 후문 쪽으로 간 것이 아니라 휴일에 간혹 산책

하러 갈 때 사용하는 앞쪽 문 쪽으로 가는 것을 보았단다.

시간상으로 볼 때 내가 들어오기 직전에 나간 모양이다. 우리 두 사람은 몸에 힘이 죽 빠진 채로 아이가 제 엄마랑 간혹 다니는 천변 산책로를 따라 서로 헤어져 찾아 헤매었다. 근 한 시간을 헤매도 아이는 보이지 않았다. 그러다 보니 늙은이들이 추운 초겨울에 새벽 네 시에 일어나 아침 운동을 하고 들어와서 10시가 다 되도록 헤매고 다녔으니 지칠 대로 지쳐 버렸다.

허기진 모습으로 맥이 탁 풀어진 채 집사람이 집에 가서 기다려 보자는 말에 돌아오면서 생각하니 기가 막혔다. 30살이나 된 녀석이 제집 주소도 모르고 전화번호는 그만두고 이름도 제대로 말하지 못하는 사람이니 이 추운 날씨에 지금 어디서 무엇을 하고 있을까 생각하자 가슴이 미어지는 것 같았다.

어릴 때는 어쩌다 혼자 집을 나가 헤매고 있으면 어린아이라고 사람들이 지구대에 연결해 줘 쉽게 찾곤 했는데 이제는 덩치도 커졌으니 사람들이 쉽게 접근하지도 않을 것 같다는 생각이 들었다. 그리고 오늘은 일요일이라 거리에 사람도 눈에 잘 띄지 않을뿐더러, 제가 잘 가는 대형마트도 오늘은 문을 열지 않는 날이라 갈 곳이 없을 것 같은데 눈에 보이지 않는다.

집사람은 다 죽어가는 모습에 한이 서린 목소리로
"여보, 걱정하지 마, 사람들이 지구대에 신고해 돌아올 테니까?" 하는데 처량하기 그지없어 보였다.

터벅터벅 걸어서 집으로 돌아오는데 온몸에 맥이 하나도 없다. 내가 전생에 무슨 죄를 그리 많이 지었기에 죽을 때까지 이 짐을 지고 가야 하는지 알 수가 없다. 이 아이를 키우면서 죽고 싶다는 생각은 얼마나 했는지 모른다.

그런가 하면 이 아이가 나보다 먼저 죽어 줬으면 하는 생각도 수없이 했었다. 이런 생각을 하는 것은 내가 만약 죽고 나면 이 아이를 집사람 혼자 보살펴 줄 수 없을 것 같았기 때문이다. 또 집사람이 없으면 나 혼자 이 아이를 데리고 살 자신도 없다는 생각이 들어서다. 그런가 하면 우리 두 부부가 죽게 된다면 누가 이 아이의 까다로운 비위를 맞춰 줄 것이며 보살펴 줄 것인가?

영화에서도 보지 않았나? 외국 영화인 「제8요일」이란 영화를 보면서 얼마나 울었던가. 정신발달 장애인이 어머니가 돌아가자 어머니를 찾겠다고 헤매다가 죽어가는 모습을 내가 어찌 잊을 것인가. 또 국내 영화인 「마라톤」이란 영화 속에서 자폐 아이와 그 어머니가 살면서 겪는 정신적 고통이 눈에 아른거렸다.

내 아이는 이 두 영화의 주인공보다도 더 장애가 심한 아이인데 우리 부부가 죽고 난 후 얼마나 고통을 받으며 살다 죽을지 생각만 하면 가슴이 터지는 것 같다. 그렇다고 해결책이 있는 것도 아닌 것 같다. 모든 것을 숙명으로 받아들이고 시간에 맡겨야지 하면서 마음을 위로하며 살아가고 있는 부부인데 오늘 순간의 판단 실수로 문제가 일어난 것이다.

내가 직장에서 정년퇴직 후 매일 하는 일과는 아침 운동에서 돌아오면 태어날 때부터 고집이 세다는 다운증후군 아이의 기분을 상하지 않게 하기 위하여 살며시 그의 방으로 들어가 반응을 살피며

"아들 사랑해." 하며 양팔을 벌리면 그도 양팔을 벌리며

"사랑해" 한다. 둘이 서로 껴안고 등을 다독거려 준 다음 노래를 좋아하는 아들에게

"노래 틀어 줄까?" 하면 저도 따라서
"노래 틀어 줄까?" 한다. 지능이 낮아 대화가 되지 않고 내가 한 말을 앵무새 같이 따라서 하는 것이 내 아들이다. 노래를 좋아하는 아들에게 노래를 틀어 주고 우유를 한 컵 가져다준 다음 노랫소리에 기분이 좋아지면 아침 식탁으로 데리고 나와 밥을 먹여 준다.

그리고 양치질을 해 주고 세수를 시킨 다음 아들을 도와주는 활동 보조인이 도착하면 옷을 입혀 주간 보호센터에 보낸다. 그리고 오후 네 시 반이면 꼭 집에서 이 아이가 돌아오기를 기다렸다가 씻겨주고 간식을 챙겨 준다.

그리고 일주일에 두 번씩 샤워를 시키고 수시로 머리를 감겨 주며 보살피는 아들인데 오늘 일요일이라 늦잠을 자는 줄 알고 저희 엄마가 순간의 착각으로 일이 벌어진 것이다.

집에 돌아와 베란다 창문에 기대어 멍하니 창밖을 바라보고서 잊자니 지난날들이 하나의 영상같이 스쳐 갔다.

나는 이 아이가 태어난 후 혼자 집에서 도피해 안면도라는 섬에서 3년간 근무한 적이 있었다. 그때 어쩌다 술 한 잔 마시면 혼자 해변 모래밭을 거닐며 죄 없는 바다에 대고 목청껏 울부짖으며 마음을 달래기도 했고 어느 날인가는 보름달이 훤한 한밤중 술에 취한 것인지 마음을 다스리지 못한 것인지 시골의 자그마한 산 중턱에 자리 잡은 중학교 운동장에서 학춤을 춘답시고 밤이 이슥하도록 뱅글뱅글 돈 적도 있었다.

그런가 하면 이 아이를 위하여 내가 할 수 있는 일이 무엇인가 찾아보겠다고 방학만 되면 대구에 있는 대구대학에 내려가 특수교육에 관한 연수를 수차례나 개인 비용으로 교육을 받아도 봤다.

그러나 여기서 얻은 것은 우리나라도 특수교육에 관한 법률이 나타나 서양의 선진국같이 장애인이 살기 좋은 나라로 변해 갈 것이라는 이야기와 특수교육 유치원은 누구나 설립만 하면 국가에서 모든 인적, 물적 자원을 지원해 주게 되어 있다는 것을 알게 되었다. 그런가 하면 장애인에 대한 학교 교육은 특수학교보다 일반 학교에서 통합교육 형태로 변해간다는 것도 알게 되었다.

그리고 나머지는 교사들을 위한 교육이라 그런지 학교에서 장애인 학생이나 부모를 대할 때 필요한 내용이라 장애인 아이를 둔 부모에게는 별로 도움이 될 만한 내용이 없고 오히려 가슴만 더 아프게 했다.

여기서 교육받으며 들은 내용 중 내 가슴에 못을 박은 이야기는 다운 증후군 아이 중 지능이 아주 낮은 아이는 대화가 되지 않고 이야기를 하면 자기 의견을 말하는 것이 아니라 앵무새 같이 따라서 한다고 했는데 바로 내 아이가 그런 아이라는 것을 알게 된 것이다.

이런 와중에 집사람은 장애아들을 늦게까지 잘 보살피려면 돈이 있어야 한다고 주중이면 아르바이트를 하겠다고 집을 비웠다. 또, 매월 첫 번째 일요일이면 마음을 달래겠다고 산악회에 가입하여 새벽 5시에 나가 저녁 10시나 되어야 들어 왔다. 그러다 보니 이런 때 아이는 내가 돌봐야 했다. 일반 아이들 같으면 같이 놀아 줄 놀이가 많이 있을 것 같은데 이 아이를 위하여 내가 해 줄 수 있는 것은 제한적이었다.

놀이터에 나가 미끄럼틀이나 그네를 실어주고 싶어도 마음대로 되지 않는다. 내 아이를 보면 다른 아이들이 무섭다고 도망가 버리기 때문이다. 사촌 아이들도 놀아주지 않는데 다른 집 아이들이 같이 놀아 줄 리 없다. 그리고 이 아이는 다른 아이들이 타고 있는 그네에 무조건 달라붙어 자기가 타겠다고 우긴다든지 미끄럼틀 위에 올라가서 저보다 어린아이들이 있으면 무조건 밀어붙여 위험에 빠트리기도 하니 부모는 한시도 눈을 뗄 수가 없으며 불안하여 마음대로 놀이터도 데리고 나갈 수 없었다.

아이가 어릴 때는 틈만 나면 밖으로 나가자고 고집을 부렸는데 초등부 고학년쯤 되자 밖에 나가는 것을 싫어했다. 알고 보니 다른 아이들이 저를 싫어하여 피한다는 것을 알은 모양이다. 이것을 느낀 나나 제 어미는 얼마나 가슴이 쓰라린지 서로 위로하며 우리 두 사람이라도 이 아이에게 정성을 다해보자고 다짐하고 또 다짐하며 살아가고 있었다.

그래서 내가 이 아이와 놀아 주기 위해 선택한 것은 다른 사람이나 아이들과 접촉이 없는 자동차 드라이브를 선택한 것이다. 아이를 자동차에 태우고 노래 소리를 들으면서 천안 주변을 돌면서 시간을 보내는데 어쩌면 하루해가 그리 길게 느껴지는지 지루하기 짝이 없었다. 주로 가는 코스는 천안에 있는 광덕산 터널을 지나 마곡사로 간다든지, 또는 차동고개를 넘어 유구로 해서 온양 쪽으로 나오기도 하고, 또는 독립기념관으로 해서 병천을 거쳐 진천 백곡저수지를 넘어 올 때도 있고, 진천 농다리나 김유신 사당 또는 생가를 돌기도 했다.

한 달에 한 번인 집사람 산악회가 왜 그리 자주 돌아오는지 모르겠다며 짜증을 부리면서 하는 말이 내가 퇴직하고 나면 매주 산악회에 나가더라도 말하지 않을 테니까 산악회에서 빠져달라고 성질을 부리며 부부 싸움도 많이 했었다.

이런 생활 속에서 세월이 흘러 이 아이가 학교에 갈 나이가 되었다. 우리나라도 나라가 점점 발전하면서 특수교육에 관한 법률이 생기게 되었다. 새로 나타난 법률에 따라 각 시·도교육청 산하에 특수학교가 하나둘 설립되었다. 내가 사는 곳에도 도 교육청에서 운영하는 특수학교가 시내 변두리에 초·중등부가 있는 병설 학교인 사랑 학교가 개설되었으나 유치부가 아직 개설되지 않고 있었다.

집사람은 인근에 있는 청주는 유치부 특수교육 기관이 잘 되어있는데 우리 고장에는 없다고 불만을 하며 이 기관 저 기관 찾아다니면서 특수교육 유치원 설치를 하소연하고 다녔다. 교사인 나는 도청이나 시청은 학교와 아무런 관련이 없다고 아무리 이야기해도 들은 체도 하지 않으며 헤매고 다녔다. 그때마다 학교에 대하여 잘 알고 있는 내 속은 더 무너져 내렸으나 아들을 위하여 무엇인가 해 보겠다며 쏘다니는 집사람의 마음을 알기 때문에 억지로 붙잡을 수도 없었다.

집사람의 이런 노력을 우리 집 인근에 있는 종교재단의 사립대학 교수가 알게 되었다. 그는 자기네 대학의 종교재단을 설득하여 대학 내 일부 부지를 확보해서 특수아동 유치부 학교를 세웠으나 우리 아이는 학교에 들어갈 나이가 되어 아무런 도움을 받지 못했다.

나는 이렇게 아이 때문에 고민하는 집사람을 옆에서 보고 있으면서 이 사람이 혹시 정신적으로 잘못되는 것이 아닌가? 하는 조바심 속에 살면서도 내 직장에서는 조금도 흔들리지 않고 아무런 내색 없이 열심히 근무했다.

그러다 겨울방학 어느 날 집사람의 성화로 사랑 학교를 방문했다. 혹시, 사랑 학교에 유치부를 설치할 계획이 있나 알아보자는 것이다. 사랑 학교 교장 선생님은 초등학교 교장으로 평소 안면이 있는 분이었으며 교감 선생님은 몇 년 전에 나와 같은 학교에서 근무했던 분이었다.

학교에 방문하니 교감 선생님과 교장 선생님은 우리 부부를 반갑게 맞이해 주었다. 교장실에서 유치부 설치 계획에 대해 대화를 하다가 교장 선생님은 우리 아이 생년월일을 물어보았다.

"선생님 아이는 생년월일이 어떻게 되나요." 하자 집사람은

"1991년 12월생인데요."라고 대답을 하니, 교장은

"이 아이는 유치부에 들어갈 것이 아니라 초등학교에 들어갈 학령 아동인데요."라고 말하는데 우리 부부는 깜짝 놀랐다. 지금까지 초등학교에 들어간다는 생각은 미처 해본 적이 없었기 때문이다. 아이가 말도 못 하고 제 이름도 잘 모르는 것 같아 학교에 가야 한다는 것을 생각 못 하고 그저 유치원만 생각하고 특수 유치원만 찾고 있었기 때문이다.

"아니 우리 아이가 벌써 학령 아동이 되었나요?" 어이가 없다는 식으로 내가 되묻자 교감 선생은

"김 과장 아직 모르고 있었어? 올해 초등부 입학은 1992년 2월 이전에 태어난 아이들인데 김 과장이 중등에 있어서 잘 모르고 있었나 보네." 한다. 그러자 교장은

"3월부터 우리 학교로 보내세요." 하며 내 아이가 당연히 자기네 학교로 와야 하는 것 같이 말을 했다.

우리 부부는 이 아이의 학교 문제로 많이 고민하고 있었다. 새로 나타난 특수교육법은 장애 아동도 일반 학교로 진학시켜 일

반 학생들과 같이 생활하는 통합교육 중심으로 교육이 변해 간다는 것을 우리 부부는 잘 알고 있었다.

그러나 내가 근무하는 학교에 특수학급이 한 학급 있는데 이 아이들이 학급에서 왕따는 물론 선생님들도 이 아이들에 대한 인식이 부족하여 내방치는 형태로 유지되고 있었다. 대부분의 교사가 이 아이들은 특수교사들만 지도할 수 있다는 편견이 있었기 때문이다.

그러다 보니 장애아이 학부모는 늘 자기 아이 담임선생님에게 폐를 끼치고 있다는 생각에 죄를 지은 사람같이 굽실거리는 것을 나는 수없이 봐 왔다.

이런 사정을 아는 나는 내 아이를 일반 학교에 보내어 집사람이 교사들에게 수모당할 것을 생각하니 도저히 일반 학교에 보낼 용기가 나지 않았다. 그런 상황에서 특수학교 교장과 교감이 자기네 학교로 보내라니 거절하지 못하고 알았다며 집으로 돌아왔다.

이렇게 해서 특수학교 초등부에 입학했는데 입학 후 얼마 안 되어 학교를 방문한 적이 있었다. 교장 선생님께 인사를 하려 교장실에 들리자 교장은 나를 의자에 앉으라고 하더니 인터폰으로 담임선생을 교장실로 불러들여

"이 선생, 섭이 아버지인데 인사하지" 하며 나를 소개해 줘 나는 의자에서 벌떡 일어나 담임선생님에게 공손하게 인사하며

"섭이 아빠 김만복입니다."라고 인사하자 교장은

"섭이 아빠는 시내에 있는 제일 큰 천일중학교 학생과장으로 소문이 난 사람이니 아이를 잘 보살펴 주세요." 한다. 나는 황송해하며

"아닙니다, 선생님 제 아이는 장애가 심한 아이라 선생님 손이 많이 갈 것 같네요." 하자

"그래요?"

"잘 좀 부탁드립니다. 그리고 부탁드리고 싶은 것이 있다면 이 아이는 기가 약한 아이니, 글공부보다 사회에 적응할 수 있도록 사회성 교육에 특히 신경을 써 주셨으면 합니다."라며 굽실거렸다.

내 아이는 기가 약해 누가 큰소리만 쳐도 겁을 먹는 아이라 우리 부부는 이 아이 기를 살려 줘 사회에 적응할 수 있도록 하려고 노력하고 있었다. 그래서 한 이야기인데 이것이 해가 될 줄은 미처 몰랐다.

아마 선생님은 저나 내나 똑같은 교사인데 중학교에 있다고 자기를 깔봐 교장실로 오라 해서 자기 아이의 기를 살려 사회성 교육을 해 달라니, 그 말은 혼내지 말라는 뜻이 아닌가? 라고 오해를 했나 보다. 내가 잘못 판단하고 있나 모르지만 내 아이는 선생님의 관심 밖으로 밀려난 학교생활이 시작된 모양이라는 생각을 하게 되었다.

학교에 가기 전 사설 특수교육 유아원에 다닐 때는 글씨를 쓴다고 연필을 잡곤 했는데 오히려 학교생활이 시작되면서는 글씨공부에는 조금도 관심이 없어 보였기 때문이다. 그런가 하면 저녁때 내가 그와 놀아 주려고 하면 내 따귀를 때리는 나쁜 버릇이 나타났다. 뒤에 알은 일이지만 학교에서 누구로부터인가 따귀를 맞으면 그것을 흉내 내어 집에 와서 내 따귀를 때린다는 것을 처음에는 알지 못했다.

이 아이가 학교에 다니는 동안 나는 그 학교와 갈등이 나타나

기도 했다. 이 아이가 초등부에 다닐 때 이야기다. 나와 집사람은 학교 교장 선생님을 찾아가 학교 버스 노선을 조금 돌려주었으면 한다고 건의를 했었다. 나는 새벽밥을 먹고 학교로 일찍 출근해 버리고 나면 집사람은 일어나지도 않는 아이를 억지로 깨워 밥 한술 먹여 학교 버스를 태우는 데까지 데리고 나가는 것이 하나의 전쟁이었던 모양이다.

학교 버스는 사랑 학교에서 시내를 거쳐 인근 시와 군에 사는 아이들까지 태우고 다니는 노선인 모양인데 우리 아파트에서 아이가 차를 타고 내리는 곳까지 근 1㎞가 되었다.

아침이면 매일 밥 한술 먹이고 아이를 등에 업고 뛰는 것을 반복한 모양이다. 그래서 버스 노선을 조금만 돌려주면 집에서 300m만 가면 될 것 같아 부탁한 것이다. 그렇다고 그 차가 돌아간다고 시간이 더 걸리는 것도 아니고 거리는 같은데 다만 큰 도로에서 조금 작은 도로로 돌아가면 되는데 들어 주지 않았다.

학교에서 핑계는 도로가 좁아서 갈 수 없다는데 이 도로는 학교 버스와 크기가 같은 대형 시내버스도 다니는 길인데 확인해 보지도 않고 거절한 것이다.

오히려 학부모 편의를 봐주기보다는 우리 부부가 자기네 학교를 무시하여 그런 건의를 한다는 식이었다. 그래서 말도 못 하는 내 아이에게 해가 될까 봐 나는 집사람에게 학교 선생님과 거리를 두라며 주의를 시키고 있었다.

그러다 세월이 흘러 나도 승진하여 같은 시내 주변에 있는 고등학교 교감으로 근무할 때 있었던 일이다. 내 아이가 다니는 학교에 내가 할 수 있는 일이 무엇이 있을까 고민하다 특수학교에서는 학교와 학부모 간에 수시로 갈등이 일어나, 학부모들이 학교를 괴롭힌다는 것을 알게 되었다.

그래서 교원이면서 학부모인 내가 중간에 끼어 중재 역할을 하면 좋을 것 같다는 생각이 들어 학교운영위원회에 들어가겠다는 생각을 한 것이다. 이런 생각을 하던 나는 3월에 구성하는 학교운영위원회에 학부모 위원으로 입후보를 신청하도록 집사람에게 부탁했다.

집사람으로부터 운영위원회 학부모위원을 신청했다는 말을 듣고 학교를 출근했는데 오전 10시경 사랑 학교 교감 선생으로부터 전화가 걸려 왔다. 그 학교 교감 선생님은 여선생님으로 부군이 전에 나와 같은 학교에서 근무한 적이 있는 사람이었다. 거기다 교과도 나와 같은 사회과이면서 나이도 같은 사람이라 어느 정도 알고 있는 사이인데 이번 학기에 교감으로 승진하여 온 것이다.

"안녕하세요. 교감 선생님 저 사랑 학교 박인순이에요."

"예, 안녕하세요. 교감 선생님, 오랜만이네요. 축하드립니다."

하며 나는 반갑게 전화를 받았다. 그러자 그는

"교감 선생님 다름 아니라 이번 학교운영위원회 조직에 선생님이 학부모 위원으로 등록하셨던데 취소하면 안 될까요." 한다. 나는 어이가 없었다. 학부모 위원은 학부모면 누구나 등록할 수 있는데 나보고 취소를 해 달라니 알 수가 없었다. 그래서 나는

"교감 선생님 신청자가 너무 많나요?" 하고 물어봤다. 학교에 따라 학부모위원에 입후보자가 정원을 넘어서면 전 학부모가 투표해서 선출해야 하는 복잡함을 피하고자 학교장이 교감 선생에게 사전에 입후보자를 조율하도록 명하는 경우가 더러 있었기 때문이다.

"아니 그게 아니고" 하면서 우물거리다가

"실은 교장 선생님 말씀이 교감 선생님이 운영위원회에 들어오면 학교 버스 노선 문제 등 어려울 것 같다며 저보고 만류 좀 해 달라고 해서요." 한다. 나는 어이가 없었다. 버스 생각은 잊어버린 지 오래되었으며 딴에는 학교에 무엇인가 도움을 주고 싶어서 신청했는데 교장은 그렇게 생각하지 않은 모양이다. 나는 웃으며

"그래요." 했더니 그는

"교장 선생님이 자기가 여자라 내가 깔보고 운영위원을 신청했다잖아요." 하며 기분이 좋지 않다는 말투다. 나는

"그래요, 선생님이 곤란하면 행정실에 가서 신청서를 찢어 버리세요." 하며 인사하고 전화를 끊었다.

이 학교 교장 선생님은 초등에서 맡고 있는데 다리를 약간 저는 지체부자유 장애인인 분이 근무하고, 교감은 중등에서 맡고 있는데 아이러니하게도 교감 선생들이 개교 때부터 세 번째까지 나와 같은 학교에 근무했던 남자분이 근무했다. 그러다 이번에 처음으로 여자 교감 선생님이 오신 것이다. 그러자 교장은 내가 여자 교감이 부임하니 학교를 만만하게 봐서 운영위원회에 들어온다고 생각한 모양이다. 나는 어이가 없었다.

사실은 두 번째 교감까지는 운영위원회라는 것이 없었고 세 번째 때는 내가 처음 교감으로 승진하여 정신이 없을 때라 신청하지 않았는데 승진하여 몇 년이 지나자 학교 돌아가는 것을 어느 정도 알게 되었다. 그럴 때 집사람 이야기가 사랑 학교는 수시로 학부모들이 학교를 괴롭힌다고 해서 도와주려고 생각했는데 교장은 달리 생각한 모양이다. 이런 일이 있고 나자 나는 그

학교에 대하여 좋은 이미지를 가질 수가 없었다. 그러다 보니 그 학교에 대한 관심도 자연히 멀어진 것이다.

그러다 교장이 바뀌자 새로운 교장은 젊은 교장으로 학부모를 자기편으로 끌어들이려는 사람이 부임했다. 그는 섭이 아빠가 학교에 있다는 것을 알고 집사람을 학교 운영에 적절하게 활용했다.

집사람은 그 학교의 학부모회장이나 운영위원장을 맡기도 했으며, 각종 특수교육 세미나에 학부모 대표로 참석하여 토론도 하고 학교 발전기금도 조성해 주는 등 학교에 열성적으로 참가했다. 그러나 나는 그 학교 주변에 얼씬도 하지 않았다.

이렇게 어렵게 시작된 내 아이의 학교생활은 초·중·고·전문과정까지 장장 14년을 사랑 학교에 다녔다. 그런데도 제 이름자도 쓰지 못하고 1, 2, 3, 4도 알지 못하는 사람으로 졸업한 것이다. 그 아이가 학교에 다니는 동안 하는 것이라고는 특수 유치원에서 배운 하나, 둘, 셋, 넷 등 열까지 세는데 그것도 꼭 한 자는 빼먹고 세었고, 글씨를 쓰라면 2자만 쓰는 아이가 된 것이다.

내 생각은 이처럼 된 이유가 첫 학교생활인 초등부 1학년 때 시작이 잘못되어 나타난 현상이 아닌가 하는 의문을 가지고 있었으며 혹시 아비 말 한마디가 아이에게 영향을 준 것이 아닌가 하는 죄책감을 느끼고 살아가고 있다.

그 아이가 고등부까지 다니는 것은 의무적이었으나 전문 과정은 아마 저희 엄마 덕이라는 생각이 들었다. 이름자도 쓰지 못하는 아이를 전문과정에 입학시켜 줄 이유가 없는데 학부모회장도 하고 학교 운영위원장도 하다 보니 입학시켜 주지 않았나 하는 의심을 해 보는 것이다.

그리고 교원인 내가 생각할 때 '학교는 학생에게 사회에 잘 적응하며 살아갈 수 있게 변화시켜주기 위한 곳'이라 생각하는데 이 학교에서 내 아이에게 해준 것은 교육기관의 역할이 아니라 아이를 돌봐주는 돌봄 시설 역할만 한 것이라는 생각이 들었다. 부모인 우리 부부도 그 아이를 교육하기 위하여 학교에 보냈다기보다는 보육 시설에 맡기고 있었다고 생각하고 있었는지도 모른다는 생각이 들었다.

또 한편으로 아이 담임선생님들이 내가 같은 관내에서 선생을 하고 있었기 때문에 조심스러워 내 아이를 소신껏 지도하지 못한 것이 아니었나 하는 생각이 들기도 했다. 다시 말해 초등학교 입학 당시 아이에게 기를 살려 주라고 한 말을 아이가 하는 일에 간섭하지 말라는 의미로 받아들여지지는 않았나 하는 억지 생각이 들기도 했다.

우리 집은 이 아이로 인해 부부 갈등이 점점 심해졌다. 공명심이 강한 나는 아이의 일은 집사람에게 맡기고 학교 일에만 몰두하는 성품이었다.

그러나 한 가지 분명한 것은 이 아이로 인해 내 교육관이 변해가고 있었다는 것이다. 나는 가난한 환경에서 어렵게 자라 학교 교육을 받는데 제대로 된 교육을 받지 못했다. 그러다 보니 늘 중간을 오르내리는 성적으로 특히 초등학교 때 기초가 잡혀야 하는 국어 맞춤법이나 문법을 제대로 이해하지 못했으며 중학교에서 기본을 터득해야 하는 영어 과목이 뒤떨어져 사회에 나와 각종 시험에 고전하며 살아왔다. 그러다 보니 교원이 된 나는 내가 맡은 제자들에게 나와 같은 어려움을 겪지 않도록 중학교나 고등학교에서 학력 우선주의로 학생을 지도해 왔다.

이런 나에게 변화가 일어난 것이다. 나는 고등학교 고학년에 서야 정신을 차려 벼락공부로 대학을 나오고 직장을 잡았기 때문에 공부라고 하는 것은 누구나 같은 것을 반복해서 읽고 쓰면 저절로 알게 된다고 생각하고 있었다. 그런 내가 발달장애인 아이를 키우면서 깨달은 것은 아무리 노력해도 성적이 오르지 않는 학생이 있다는 것을 알게 된 것이다. 지금까지 학생들에게 공부하도록 달달 볶아도 성적이 오르지 않는 학생들을 조금씩 이해하게 된 것이다. 그러다 보니 내 교육관이 성적 우선주의에서 나 자신도 모르게 인성 중심으로 바뀌어 가고 있었다.

내가 처음 교장으로 부임한 학교는 인근 시내 변두리 중학교로 학급 구성이 7학급인 조그마한 학교였다. 이 7학급 중에 특수학급이 2학급이나 되는 독특한 학교였다. 이런 학급 편성이 이루어진 것은 학교 인근에 새로운 장애인 복지시설이 생겨 복지시설에 거주하는 학생들이 대거 들어오다 보니 장애인 학생 수가 많아졌단다. 그 아이 중에는 일반 학교에 다니기에는 부적절한 신변 처리도 되지 않는 중증 장애 학생도 배정되어 있었다.

이로 인해 그동안 학생은 물론 학부모들의 항의가 많았단다. 그리고 일부 학생은 학력도 저조하고 장애 학생이 많은 우리 학교로 진학하는 것을 피하려고 초등학교 5학년만 되면 인근 시내 중심권 학교로 전학시키는 사례가 나타나 우리 학교는 학생 수가 점점 줄어들어 작아지고 있다는 이야기가 들려왔다.

나는 이런 현상을 막아 학교를 발전시켜 보겠다고 인근 초등학교와 학부모들에게 학생들 학력이 타 중학교에 뒤처지지 않고 장애 학생들로 인한 문제가 발생하지 않도록 학교를 잘 경영할테니 초등학교에서 시내 중심권 학교로 전학 가는 일이 없도록 막아 달라고 수시로 홍보했다.

이런 상황에서 4월 말경 문제가 일어났다. 소규모 학교라 3년에 한 번씩 전교생이 2박 3일로 가는 수학여행을 매년 전교생이 봄 소풍 겸 1박 2일로 실시하도록 제도를 바꿔 수학여행을 보내고 학교는 교무부장과 내가 근무하고 있었다. 우리 두 사람은 점심을 먹고 학교 안에 있는 느티나무 그늘에 있는 정자에서 잠깐 쉬고 있었다.

우리 학교는 시내 변두리에 있는 작은 학교지만 한때는 학급 수가 21학급이나 되었으며 학교 대지가 2,000평이 넘는 학교로 그동안 선배들이 정원을 잘 가꾸어 아름답기로 소문난 학교였다. 그러다 보니 가끔 방송국에서 학교에 관한 프로그램 촬영 장소로 사용되기도 하는 아름다운 학교였다. 운동장에는 다양한 아름드리나무들이 조성되어 있고 몇십 년이 된 느티나무 밑에는 학생들의 쉼터로 정자가 예쁘게 지어져 있었다.

조용하기 그지없는 정자에서 5월 봄볕을 만끽하고 있는데 교무과장이 하는 소리가

"교장 선생님, 이 말씀을 드려도 좋을지 모르겠네요." 한다. 나는 직감적으로 학교에 나 모르는 일이 일어났나 생각하며

"무슨 일인데요." 하자

"사실은 지난주에 1학년 학부모가 학교에 찾아와서 교감 선생님에게 무슨 이런 학교가 있냐고 단단히 화를 내고 간 적이 있어요."

"그래요, 학부모가 무슨 일로 화를 냈는데요?" 물으면서 내 생각은 학년 초에 서로 다른 초등학교에서 온 1학년 남학생들이 중학교 와서 힘자랑 좀 하려고 기 싸움이 있었나 보다 생각하며

물었다.

그런데 그의 이야기는 전혀 다른 일이었다. 그는 조금 뜸을 들이더니

"1학년 2반 체육 시간에 운동장에서 여학생들이 보는 앞에서 시설에 있는 남학생이 소변을 본 모양인데 그걸 본 여학생 하나가 집에 가서 부모님께 이야기한 모양입니다."

"허 허 그래요"

"학생 이야기를 들은 어머니 한 분이 자기 딸을 다른 학교로 전학시키겠다고 난리를 피워 교감 선생님이 잘 타일러 보냈는데 어떻게 될지 모르겠네요." 한다. 나는 어이가 없었다.

"예~?, 왜 그런 중요한 일을 교감 선생님은 나한테 이야기하지 않았을까요."

"전에 교장 선생님은 그런 일은 교무실에서 교감 선생이 알아서 처리하라고 말씀하셔서 보고를 안 했을 거예요." 한다. 나는 어이가 없다는 표정을 지으며

"그런 일이 자주 일어나나요."

"장애인 학생 수가 많아진 작년부터 종종 나타나는 일이라 교감 선생님도 그러려니 하고 있습니다." 한다.

내가 어이없는 표정으로 바라보자 그는

"교장 선생님 죄송해요. 괜히 말씀드려서 마음 심란하게 해 드렸네요." 하며 말한 것을 미안하게 생각했다. 나는 손을 저으며

"백 부장, 그런 중요한 일을 교장이 모르고 있으면 되나요, 잘 이야기 해 주었습니다. 학교장이 그런 문제를 해결하라고 있는 것이 아니겠어요." 하며 그를 안심시키고 교장실에 들어와 특수교육법령을 꼼꼼히 살펴보기 시작했다.

내가 장애인 부모이지만 처음부터 이 학교에 부임하면서 우리 학교는 장애인 학생 수가 너무 많다고 생각하고 있었으며 왜 장애가 심한 학생들까지 이 학교에 수용하고 있나 교감에게 추궁해 본 적도 있었다.

그러자 교감은 인근 시에 있는 사랑 학교가 정원이 넘어 타시·군 학생은 못 받아 준다고 해서 교육청 학무과장이 전임 교장과 협의하여 우리 학교에 모두 배정했다는 것이다. 그런 소리를 들은 나는 단순히 전임 교장이 학생을 받을 때 그럴만한 이유가 있었을 거로 생각하고 있었다.

그리고 교무실에서 아무런 소리가 없어 문제없이 잘 돌아가는 줄만 알고 있었다. 그런데 그게 아니라 선생님들은 교장이 어려워서 문제가 발생해도 감추고 있었다는 것은 조금도 생각하지 못했다.

특수교육법 시행령을 찾아보니 우리 학교는 법적으로 문제가 있었다. 우리 학교는 전교생 일반 학생 수가 135명이며 장애인 학생 수는 28명으로 2학년과 3학년은 학년 당 일반 학급이 두 학급씩 편성되어 있고 1학년은 한 학급으로 일반 학급이 5학급에다 특수 학급 2학급 해서 총 7학급으로 편성되어 있었다.

특수교육법 시행령에는 일반 학급에 장애인 학생 배정 수는 일반 학생 수의 10%까지만 배정하도록 규정되어 있었다. 그런데 우리 학교는 2배수가 넘는 20%가 넘게 배정되어 수업 시간에도 교사들이 수업을 진행하는데 애로가 많았는데 학교장에게는 비밀로 한 것이다.

나는 이것을 시정하는데 시 교육청과 협의한 후 도 교육청 특수담당 장학사와 사랑 학교 교장 선생님과 협의하여 중증 장애 학생은 사랑 학교로 소속을 옮겨 복지원에 파견학급을 설치하도록 제안하자 그들은 파견학급 선생님 문제는 자기들이 해결할 테니 나보고 복지원에 파견 학급을 설치할 수 있도록 설득해 달란다.

이유는 도 교육청이나 사랑 학교가 복지원 원장과 장애 학생 수용 문제로 갈등이 있어 자기들이 나서기가 곤란하단다. 나는 내가 알아서 처리하겠다고 약속하고 복지원에 찾아가 복지원에 중증 장애 학생들을 위한 파견 학급을 제안하자 원장은 고맙다며 몇 번을 인사했다.

그래서 우리 학교에 재학 중인 신변처리가 안 되는 학생은 사랑 학교로 전학시켜 파견 학급에서 공부할 수 있도록 만들어 주었다. 그리고 사랑 학교에서 우리 학교로 전학 오기를 희망하는 학생이 있어 받아도 주었다.

그다음 나는 선생님들과 협의하여 우리 학교에 다니는 장애 학생들에게 즐겁고 행복한 학교생활을 할 수 있도록 특수 학급에 특별 예산을 배정해 주자 특수 교사도 고마워했고 학생들도 좋아해 그동안 장애 학생들 때문에 나타났던 문제가 어느 정도 해결된 것이다.

이렇게 더불어 생활하는 학교로 변하자 복지원에 있는 학생이 복지원에서 말썽을 부리면 보육교사들이 '너 학교 못 가게 할 거야'하는 말을 제일 두려워한다는 소문까지 내 귀에 들려왔다. 이런 변화 속에 나는 복지원 원장과 가까워졌으며 원장이 사는 아파트가 우리 아파트 옆이라 집사람도 원장과 자주 왕래하는 사이가 되었다.

내 아이는 커가면서 점점 더 어려워졌다. 초등부에 다닐 때는 작으니까 제 어미가 힘이 부쳐도 이럭저럭 처리해 나갔는데 중등부에 들어오면서 한 번 고집을 부리면 달래기가 쉽지 않아 학교 보내는 일로 힘들어하고 있었다. 그래서 결국 집사람이 차를 한 대 사 10㎞가 넘게 떨어진 학교에 직접 차를 태우고 매일 등·하교를 시키고 있었다. 이런 상황을 본 주변 사람들은 우리 부부의 눈치를 살피면서 한 살이라도 덜 먹었을 때 아이를 복지원에 보내라고 권했다. 그것이 아이에게도 좋고 부모에게도 좋은 일이라고 다들 권했다.

이런 상황에서 내 학교에 다니는 학생 중에 사랑 학교 초등부에 다닐 때 내 아이와 같은 반에 다니던 친구가 있었다. 그 아이가 자기 집에서 부모와 살 때보다 복지원에서 사는 것을 더 즐거워한다는 소문이 들리고, 복지원 원장도 우리 섭이를 자기 복지원에 한번 맡겨 보라고 권유해 여름 방학 때 복지원에 한시적으로 보낸 적이 있었다. 나나 집사람은 잘 적응하면 복지원에 보내 볼까 하는 생각을 하고 있었기 때문이다.

그러나 그 아이는 우리 부부와 떨어져서는 안 되는 아이였던 모양이다. 그 아이를 보내고 일주일도 못 되어 집사람이 병이나 아이를 보지 않고는 못 살겠다고 데리러 가자고 성화를 댄다. 나는 한 달만 버텨 보자고 고집을 부려 보았지만 결국 열흘을 넘기지 못하고 데리러 갔다.

복지원에 가서 보니 내 아이는 친구들과 어울리지 못하고 저 혼자 외딴 방에 혼자 있었다. 아들은 어미 아비를 보자 눈이 휘둥그레지며 제 어미 허리를 감싸고 떨어지지 않았다. 보육교사 말로는 이 아이가 틈만 있으면 밖으로 뛰쳐나가 원장님도 집으로 연락하여 데려가도록 하라는 말이 있었단다.

우리 부부는 아이를 차에 태우고 돌아오면서 아이에게 빌고 또 빌었다.

"섭아, 이제는 복지원에 절대 보내지 않을 거야."

"복지원에는 절대 가지 말자"

"아빠가 미안해, 앞으로 복지원에는 가지 말자" 목멘 소리로 아들을 달래며 손가락을 걸고 또 걸으면서 집으로 데리고 돌아왔다.

그 후 아이는 복지원 말만 하면 짜증을 부렸는데 아이가 복지원 이름을 잃어버리기까지는 상당한 시간이 흘러갔다. 그리고 우리 부부는 아이를 복지원에 보내겠다는 말은 서로 하지 않기로 약속했다. 그러는 사이 아이 엄마는 사랑 학교와 더욱 밀접한 관계가 되어 갔다.

처음에는 학부모회와 학교운영위원회 일을 맡더니 얼마나 지나자 뜻이 맞는 몇몇 학부모와 어울려 아이의 장래에 생활할 그룹-홈을 만들어 보겠다고 전국 이곳저곳을 찾아다녔다. 그러나 나는 집안일보다 내가 근무하는 학교에 정신이 팔려 세월이 어찌 가는지 알지 못하고 살아가고 있었다.

이런 생활 속에 딸들도 다 제짝을 찾아 결혼하여 집을 떠났다. 딸 셋 모두 부모의 의견과는 상관없이 본인들이 선택하여 결혼한 것이다. 아빠로서는 좀 더 좋은 짝을 찾아 결혼시키고 싶었지만, 인간의 만족이 끝이 있겠는가? 생각하며 아이들 의견을 존중하기로 한 것이다.

다만 우리 부부가 늙어 힘이 없을 때 누나 중 누가 제 동생 관리나 해 줬으면 하는 생각을 마음 한구석에 담고 있었으나, 한편으로는 '내가 난 내 아이를 형제라고 부담 줘서는 안 되지'라는 생각이 상존하고 있었다.

그러는 사이 아이는 고등부도 졸업하고 전문과정도 끝나가는 연령이 되어 갔다. 집사람은 나 듣기 좋게 하는 소리인 줄 모르지만, 학교에 가서 보면 우리 아이가 제일 양호하단다. 그러면서 다른 아이에 대하여 이야기하는데 내 눈에는 절대 그렇게 보이지 않았다. 나는 내 아이보다 못한 아이는 한 번도 본 적이 없다는 생각을 하고 있었다.

내 아이가 이렇게 변화 발전이 없었던 이유를 굳이 찾아본다면 여러 가지가 있겠지만 그중 하나는 늦둥이 외아들로 태어나 제 어미가 너무 안쓰러워하고 감싸다 보니 그 아이는 무슨 일이든 저 스스로 할 필요성을 느끼지 못하고 있었다.

장애 아동에게 필요한 교육은 자립심을 심어 주는 것이 가장 중요하다는 것을 알고 있는 나는 집사람에게 아무리 말을 해도 듣지 않았다. 그러다 결국 나도 집사람 고집에 포기하다 보니 아이는 커 가면서 제 고집만 많아지게 되어 갈수록 더 어려워지는 형태가 된 것이다.

아이가 전문과정에 다니고 있을 때였다. 그날은 교감 연수 동기 모임으로 한 달에 한 번씩 학교가 끝난 저녁 시간에 만나 식사를 하면서 서로 정보도 교환하고 우의를 다지는 자리가 있었다. 즐겁게 식사를 하고 같은 방향에 사는 교장 세 사람과 집으로 돌아오다 한 사람이 발동을 건다.

"우리 어데 가서 가볍게 한 잔만 더 하고 갈까? 하니 모두 기분이 좋았든지 합창하듯

"좋지요." 한다. 그래서 아파트 근방에 있는 목로주점으로 들어갔다. 주점에 들러 술 몇 잔 들어가는데 집사람으로부터 전화

가 왔다.

"여보, 섭이가 보이지 않아요?" 나는 살짝 취기가 있는 상태로
"무슨 소리야, 지금이 몇 시인데" 하며 또 일이 벌어졌나보다
생각하는데

"애가 학교에서 돌아온 후 제 방에 들어가서 있기에 잠깐 재희
네 집에 갔다 왔는데, 없어졌네." 재희는 둘째 딸로 우리 집에서
그리 멀지 않은 아파트에 살고 있었다.

"그래 찾아봤어."

"응, 애들과 주변을 다 찾아봐도 없어 지구대에 신고하고 집에
들어와 있는 거야." 한다. 갑자기 술이 확 깬다. 이런 전화 내용
을 들은 교장들은 어이없어하며 빨리 들어가 보란다.

우리 집은 이런 일이 자주 일어나는 집이다. 집사람은 나와 달
라 성격이 대범하며 무슨 일이든지 두려워하지 않는 사람이다.
아이가 없어져도 시간이 되면 찾겠지 하며 연락 오기를 기다릴
정도로 대범했다. 그에 비해 나는 아이가 눈에 띄지 않으면 곧
무슨 사고가 난 것 같이 설쳐 대는 소심한 사람이다.

사실 이 아이가 없어지면 아이의 팔에 매여 있는 장애인 팔지
를 보고 집으로 연락을 해 준다든지 아이를 본 사람이 지구대에
신고하여 지구대에서 데려다 아이 팔지를 보고 우리 집으로 연
락해 주는 일이 수시로 있었다. 이런 일이 있고 나면 꼭 부부 싸
움이 한바탕 일어나곤 했다. 나는

"당신은 도대체 집에서 무엇을 하고 아이가 집을 나간 지도 모
르는 거야."라고 큰소리치고 집사람은

"당신은 이 집에서 뭐 하는 사람이냐"고 나를 다그친다.

오늘도 지구대에서 연락 오기를 기다리는 모양이라면서 또 한

바탕 요란하겠다고 생각하며 자리에서 일어나려는데 다시 전화가 왔다.

"여보, 섭이 찾았어요. 지구대에서 연락이 어느 가게에서 신고가 들어와서 데리러 갔으니 바로 집으로 데려다준다고 연락이 왔네요."

"그래요, 알았어요. 그럼 나는 조금 더 있다 들어갈게요." 하며 다시 자리를 잡는다. 그러다 보니 내 울적한 모습을 달래 주려는지

"김 교장 기분도 찝찝한데 한 잔 들어" 하면서 서로 술을 권한다. 나는 울적했던 기분을 달래 보려는 듯 몇 잔을 거푸 마셔 버렸다. 그리고 집에 들어와 보니 집에는 옆에 사는 딸과 사위가 와 있는 것이 한바탕 소동이 있었다는 것을 직감할 수 있었다.

내가 들어가자 딸과 사위는 아이만 집에 두고 왔다고 돌아가겠다며 집을 나갔다. 나는 집사람 시선을 피해 제 방에서 겁에 잔뜩 질린 표정을 하고 있는 아들을 껴안아 주며

"섭이 혼자 어데 나갔다 왔어, 혼자 나가면 안 되지." 하며 등을 다독거려 주고 나오자 거실에 서 있는 집사람 표정이 심상찮다. 이럴 때는 얼른 피하는 것이 상책이라 생각하고 위층 서재로 올라가는데 등에다 대고

"애는 없어졌다는데 혼자 술이나 퍼마시러 다니고 잘한다, 잘해" 하며 소리를 지른다. 나도 술기운인지 한마디 내 쏘아 댄다.

"집구석에서 뭘 하고 있기에 애가 나간 지도 모르고 큰 소리야" 하며 방문을 닫고 있는데 아래층에서 소리가 쉽게 가라앉지 않았다.

우리 집 구조는 3층 건물로 1층은 가게고 2층은 투-룸으로 전

세를 주고 있으며 3층에서 살고 있었다. 집을 지을 때 3층을 복
층으로 만들어 위층은 서재로 꾸려 놓고 있었다. 그리고 나는 평
소 서재에서 생활했다.

아래층에서 집사람의 목소리가 한동안 요란하더니 잠잠해졌
다. 술이 오른 나는 내 인생이 너무 비참하다는 생각이 자꾸 머
릿속에 떠올랐다. 술기운에서 그런지 생각하면 생각할수록 세상
이 원망스럽다는 생각이 머리를 감싸고 들었다. 머리가 터질 것
같다는 생각이 들었다. 이러다 뇌졸중이라도 와서 죽는 것이 아
닌가 하는 불안감도 쌓였다. 그때 갑자기 성당에 가서 하나님께
기도라도 하면 이 괴로움을 이겨낼 수 있을까? 하는 생각이 들
었다.

사실 나는 종교를 갖고 있지 않았다. 어려서 우리 집은 어머니
가 토속 신앙을 믿으면서 간혹 산신당이나 절에 다니곤 했었다.
그러다 보니 나도 몇 번 절에 따라가 봤다. 이런 영향인지 나에
게 무슨 일이 있으면 속으로 종종 '나무아미타불 관세음보살'을
뇌까리기도 했다.

그리고 고등학교 때는 종교를 가져 보겠다고 가톨릭 대학교에
다니는 예비 신부를 만나 한동안 성당을 열심히 다녀 본 적도 있
었다. 그러다 대학 재수 시절 시골 성당에 찾아가 나이 드신 신
부님에게 종교에 대한 내 생각을 말씀드리자 신부님은 내가 가
지고 있는 것은 신앙이 아니라고 하여 그만두었다.

그러다 군대에 있으면서 조그마한 신약 성경을 다 읽어 봤지
만, 마음에 특별히 와닿는 것을 느끼지 못했다. 그리고 군 생활
이 거의 끝나갈 무렵 고참 병장으로 근무할 때 어느 일요일 날
교회에 가고자 하는 중대원 몇 명을 데리고 부대 옆 마을에 있는

교회를 인솔한 적이 있었다.

시골의 조그마한 교회에서 목사님이 기도하는데

"하나님 아버지 우리나라 서울에 있는 청와대에서 불경 소리와 목탁 소리가 계속 흘러나오는데 거룩하신 하나님의 힘으로 목탁 소리와 불경 소리가 나지 않게 해 주시기를 기도드립니다."하며 기도를 올리자 모든 신도가

"아~멘" 하며 합창한다. 나는 어이가 없었다. 우리나라는 신앙의 자유가 있는 나라가 아닌가. 청와대에서 대통령이 불교를 믿든 이슬람을 믿든 무슨 상관이란 말인가? 이런 일이 있고 나서 교회가 너무 이기적이라는 생각이 들어 그 후로는 교회 옆에 가지도 않았다.

그러나 결혼 후 우리 집에 딸만 셋을 두자 집사람은 처녀 때부터 믿었다며 이웃에 사는 선배 선생님의 사모님과 성당을 다니면서 자기는 물론 아이들 셋 모두다 영세를 받았다. 그리고 막내아들이 태어나자 바로 성당에 입적하여 모세라는 영세명을 가지고 있어 나만 빼놓고 모두 영세명을 가지고 있는 집이다.

그러다 보니 집안 곳곳에 십자가가 걸려 있고 예수님상과 성모 마리아상이 있었지만, 나는 학교에서 사회 교과를 가르치는 사람으로 집사람 신앙의 자유를 인정한 것뿐이지 종교에 대하여 별로 관심이 없었다.

더구나 고등학교에서 윤리 과목을 가르치면서 종교란 자기가 필요할 때 '믿음'이란 것을 가지고 자기 마음을 다스리는 것이라는 생각을 가지게 되면서 교회와 더 거리가 멀어진 것이다. 그러면서 누가 나에게

"김 교장은 종교를 믿지 않나요." 하면

"예, 어렸을 때는 부모님 따라 절에 가서 절을 하기도 하고 교회도 다녀 봤는데 아직 마음에 와닿는 종교가 없네요."라고 답하면서

"그렇다고 신을 믿지 않은 것은 아닙니다." 하면

"그럼, 어떤 신을 믿나요." 한다. 그러면

"예, 저는 제정신(精神)을 믿는 사람입니다." 그러면서

"정신의 신(神) 자는 귀신 신자가 아닙니까?" 하며 괴변을 펼치곤 했다. 즉 신을 믿는데 그 신은 바로 나 자신이란 뜻이다.

그런 나에게 호적수가 나타났다. 내가 정년이 다 되어 가는 마지막 학교 교장 때 교감 선생님으로 여자분이 왔는데 이분은 교사 시절 같은 학교에 근무한 적이 있는 사람으로 그때부터 신앙심이 깊어 학교에서 여자 선생님들을 모시고 기도를 하다가 교장 선생님으로부터 혼나기도 했다는 분이 왔다.

교감 선생님은 나에게 교회에 나가라며 수시로 책을 사다 주는데 그 책들은 기독교인들이 말하는 간증을 서술한 책이란다. 그러나 내가 볼 때는 누구나 일상생활에서 일어날 수 있는 일들인데 이 사람들은 이것을 기적이라며 믿는 모양이란 생각만 들게 만들어 주었다. 그렇다고 나를 위해 기도도 해주고 책을 사다 주니 나무랄 수도 없어 교장실에서 틈이 나는 대로 몇 권의 책을 읽어보게 되었다.

이런 시간을 보내고 있는데 우리 집안에서는 아버지가 갑자기 노환으로 돌아가시자 어머니를 어떻게 모실까? 하는 가정 문제가 발생했다. 거기다 장애아들도 이제는 성인이 되어 내년이면 전문과정을 졸업한다. 어머니 문제와 아들 문제로 우리 가정에는 어떤 상황이 벌어질지 모르는 갈등과 불안 속에 살다 보니 부

부간 갈등은 점점 더 심해지고 있었다.

나는 교감 선생님이 사 주신 책을 다 읽어 보았지만, 교회에 나가고 싶은 믿음은 조금도 나타나지 않았다. 그러나 그 성의에 고마워 성경이란 책에 도대체 무엇이 쓰여 있기에 그 많은 사람이 하나님을 믿고 있는가? 하는 의문이 나타나기 시작한 것이다.

간증에 관한 책을 모두 읽어 본 다음 돌려주면서

"교감 선생님 책 잘 보았습니다. 나는 다 읽어 봤으니 다른 사람에게 읽어 보도록 드리지요." 하며 돌려주자 그는 내가 책에 감동을 한 줄 알고

"교장 선생님 간증에 관한 책을 보셨으니 이제 성경책을 읽어 보시지요." 하고 고등학교 시절 한 번쯤 가지고 싶어 했던 두툼한 성경책을 한 권 사다 준다. 나는 거절하지 못하고

"꼭 다 읽어 보지요."라며 받아서 처음부터 끝까지 읽어 보겠다고 기를 쓰고 읽고 있었다. 그러던 중 어느 일요일 날 그녀의 초대로 그가 다니는 교회에 나가 예배를 보고 목사님도 만난 적이 있었으나 교회에 나가고 싶은 생각은 들지 않았다. 다만 마음 한구석에 때가 되면 가족과 같이 성당에나 가자고 생각하던 중이었다.

집사람의 잔소리에 열이 난 나는 옷을 다시 입고 밖으로 나왔다. 성당에 가서 하나님께 열심히 기도하면 마음이 좀 풀릴 것 같아서다. 내가 생각할 때 내 정신은 멀쩡했다. 집에서 1㎞ 남짓 떨어진 성당을 찾아가 대문에 있는 벨을 눌렀다. 조금 있다 벨을 통해서

"누구세요." 하고 굵직한 남자 목소리가 들려왔다. 나는 안에서 내 얼굴이 잘 보이라고 얼굴을 벨 가까이 대고

"죄송합니다만, 마음이 괴로워 그러는데 하나님께 기도를 드릴 수 있도록 성당 문 좀 열어 주셨으면 해서요." 하자

"지금 밤이 깊었으니 내일 오세요." 하면서 끊는다. 나는 다시 벨을 누르며

"마음이 너무 괴로워서 그러니 제발 하나님께 기도할 수 있게 한 시간만 있게 해 주세요."라고 부탁했으나 아무 소리가 없었다.

팔목에 시계를 보니 10시 30분이 지나가고 있다. 집에서 나 올 때 내 모습이 술 취한 주정뱅이로 오해할까 봐 점잖게 보이려고 정장에 넥타이를 매고 나왔는데 소용이 없었다. 집으로 돌아오는 길에 장로교회가 보이는데 들어갈까 망설이다가 그만두고 집으로 돌아왔다.

집에 들어오니 집사람도 화가 풀렸는지 조용했다. 서재에 들어 온 나는 취기인지 교감 선생에게 전화를 걸자 늦은 시간인데도 그는 반갑게 받는다.

"교감 선생님 밤늦게 죄송합니다. 혹시 자는데 깨운 것은 아닌지?"

"아녀요. 교장 선생님 11시뿐이 안 되었는데요."

"술 한 잔 마시고 하나님께 기도하려고 성당에 갔다 문을 안 열어줘 퇴짜 맞고 돌아왔네요." 하자 그녀는 반가운 목소리로

"그래요, 교장 선생님 그럼 우리 교회로 오시지요." 한다. 나는

"아니요. 다음 기회에 가지요." 하자 그녀는 자기가 교회 문을 열어 줄 테니 마음이 가라앉을 때까지 마음 놓고 기도하라며 지금 자기가 차를 가지고 우리 집으로 오겠단다. 나는 가까스로 그녀의 친절을 거절하며 전화를 끊었다.

그리고 침대에 앉자 성당에 갔던 일을 생각하면서 하나님도 나를 거절 하는 모양이라는 생각이 들었다. 만약 성당 문을 열어 줬더라면 가장 열심히 하나님을 믿는 성당 신자가 되었을 것 같은데 나와 하나님과는 인연이 아닌가 보다는 생각만 깊어지게 만들었다.

그 후 나는 교회나 성당은 바라보지 않았다. 그리고 교감 선생이 선물로 사준 성경책을 처음부터 끝까지 다 읽어 봐도 같은 이야기만 반복되는 책으로 의구심만 일으켰지 감명을 줄 만한 이야기는 눈에 띄지 않았다.

그런가 하면 나는 이 아들로 인하여 생활에 많은 갈등을 겪어 왔다. 특히 사람을 좋아하는 내 성격에 변화가 나타난 것이다. 친구들의 모임이나 각종 회의에 참석을 점차 피하게 되었고, 그동안 만나오던 모임을 하나씩 정리했으며, 정년퇴직 후에 가입하는 교원 출신 단체에도 일절 가입하지 않았다. 그러자 우리 집 사정을 모르는 선배들은

"김 교장 왜 그렇게 살아."라는 소리까지 듣게 되었다. 아마 그분들은 평소 윗사람과 잘 어울리던 사람이 어느 날부터 발길을 끊으니 하는 소리겠지만 그 소리를 듣는 나는 무척이나 괴로웠다.

그중 한 모임은 내가 처음으로 교장 발령을 받았던 학교에서 만들어진 모임이 있었다. 나보다 한 살 위인 면장이란 사람이 정년을 앞두고 지역협의회에 참석하는 사람들로 '고귀한 친구 모임'이라는 모임을 만들었다.

처음에는 12명으로 구성되었으나 이 핑계 저 핑계로 빠져나가고 5명이 남게 되었다. 이 다섯 사람은 매달 돌아가며 유사를 맡

앉으며 두 달에 한 번씩은 부부 동반으로 만났다. 그러다 면장이 퇴직한 후 조직을 좀 더 강화하기 위하여 회장은 최고 연장자인 농장장이 맡고 총무는 돌아가면서 맡되 회가 완전히 정착될 때까지 면장이 맡았다. 그리고 매달 회비도 조금씩 거출하여 상하이 국제 엑스포에도 다녀왔으며 부부동반 국내 여행도 몇 차례 다녔다.

그동안 내 모임은 교직에 종사하던 사람들만 있는 모임뿐이었는데 이 모임은 각자 직업이 달라 지금까지 느껴보지 못했던 재미도 있었다. 그리고 집안에 애경사가 있으면 서로 위로하고 축하해 주는 모임으로까지 발전하였으며 몇 년이 흘러 영원한 친구들이 될 줄 알았다. 그러나 나는 이런 모임을 탈퇴할 수밖에 없었다.

퇴직하고 나자 매달 하는 모임에 참석하고 나면 가정불화가 나타났다. 혼자 참석할 때는 그래도 괜찮은데 부부간에 참석할 때는 아들을 돌봐줄 사람을 구해야 하는 문제가 나타난 것이다. 간혹 회원들의 양해를 구하고 아들과 같이 참석도 했지만, 매번 그렇게 할 수도 없을뿐더러 아이를 데리고 참석할 때도 말은 안 했지만, 속으로는 기분이 좋지 않았다.

이웃에 사는 딸에게 더러 맡기기도 했지만, 한두 번도 아니고, 혹시 아이를 저희에게 떠넘기려고 한다고 생각할까 봐 부담스러웠다. 그러다 보니 부부간 모임을 하고 난 후에는 꼭 가정불화가 생긴 것이다.

그리고 꼭 이 모임뿐만 아니라 우리 부부가 집을 비워야 할 일이 생기면 수시로 딸에게 부탁해야 했다. 더구나 아들의 지적 능력이 떨어지다 보니 어린 제 조카가 제 장난감을 만지면 용납을 하지 않아 울리기도 하고, 커가면서 제 고집도 조금씩 나타나 저희 누나가 오는 것도 싫어해 딸이나 사위에게 미안한 마음이 들게 된 것이다.

그러다 어느 날 모임에 참석해서 술 한잔하고 돌아왔는데 무슨 이유인지 아들이 짜증을 부리자 집사람의 성화가 대단했다. 나는 이 모임도 그만두어야겠다는 생각에 모든 회원에게 문자로 탈퇴하겠다고 통보했다. 그리고 전화도 일제 받지 않았다.

그러자 나보다 나이가 어린 조합장만 조용하고 세 사람의 전화와 문자가 수없이 들어 왔으나 한 번 마음 먹은 일 끝까지 밀고 나가자며 모든 연락을 받지 않고 탈퇴했다. 그 사람들의 문자 내용은 혹시 오해가 있으면 대화로써 풀자는데 오해라도 가지고 있으면 행복하겠다고 생각하며 내 가정을 위해서는 내가 욕을 먹어도 참고 이겨나가야지 별수 없다고 생각하며 냉정하게 버티었다.

이런 상황 속에서 아이도 학교를 졸업하고 나도 정년퇴직을 했다. 어쩌면 일부러 졸업과 퇴직을 맞춘 것같이 한 해에 한 것이다. 아이는 2월에 졸업했는데 나는 같은 해 8월에 퇴직하게 된 것이다.

아이는 그동안 집사람의 활동으로 학교에서 졸업하자마자 얼마 안 있다 바로 갈 곳이 나타났다. 다른 아이들은 장애인 취업장에 나가 일을 한다는데 14년간 학교에 다녔지만 할 줄 아는 것이 없는지, 못하는 것인지 모르지만 취업 장에 갈 처지는 못되어 주간보호센터에 들어가게 되었다. 이곳에 들어가는데도 쉽지 않았으나 그동안 제 엄마가 다방면으로 활동한 덕에 손쉽게 들어가게 된 것이다.

내가 학교에 있을 때는 아들이 주간보호센터에 다니자 아침에는 집사람이 차를 태워 보내고 오후에는 내가 차에서 받아 데리고 들어 왔다. 나는 이 일이 죽기보다도 싫었다. 집에서 400m 정도 떨어진 큰길에서 아들을 받는데 매일 일·이십 분 전에 도로에 나가 서 있는 것이 싫었다. 차를 타고 지나가는 사람 중에 같은 학교 선생님이나 학부모가 있지 않을까 하는 조바심에 자존심이 상한 것이다.

그리고 종종 도롯가에 서 있다 보면 우리 학교 학생들이 인사를 하고 지나가는 것도 싫었다. 그리고 퇴직하고 나서는 내 차로 주간보호센터에 등·하원 시키는 일을 맡았다. 그러다 보니 내 생활은 모든 면에서 제한된 생활을 해야 했다.

그러나 사람은 죽으라는 법이 없는 모양이다. 우리 사회가 발전하다 보니 장애인에 대한 인식이 조금씩 변해가고 있었다. 내가 현직에 있을 때는 교장이나 하는 친구들도 내가 장애인 학부모인 줄 모르는지 무심코 자기네 학교의 장애인 학생 때문에 어렵다고 투정을 하다가 내 눈치를 살피는 일도 더러 있었으며, 특히 나잇살이나 먹은 사람들은 장애인을 보면 눈살을 찌푸리며 멸시하는 편견이 심했었다. 하나 다행인 것은 젊은 층들이 장애인을 감싸 주고 이해하려는 모습이 점점 확산하고 있다는 점이었다.

이런 생활을 1년쯤 하고 있는데 정부에서도 장애인 활동 보조인 제도가 나타나 우리 아들도 활동 보조인의 도움으로 주간보호센터에 등원과 하원을 지원받았다.

이처럼 주간보호센터에 다니는 것은 해결되었으나 이 녀석이 좋아하는 노래방과 수영장 가는 것이 또 문제로 등장했다. 이 녀석은 가요의 트로트를 좋아하여 혼자 있으면 늘 노래를 틀어 놓고 있다 보니 우리 집 TV 프로는 늘 가요만 나오는 TV가 되었으며 주말이면 꼭 한 번 노래방을 데리고 가야 했다.

그리고 일주일에 한 번은 수영장을 가야 했다. 수영장에 가면 수영을 하는 것이 아니라 킥보드를 가지고 행복해하며 노는 모습이 엄마로서는 행복했던지 집사람은 아이가 어릴 때부터 수영장에 데리고 다니다 아이가 커지자 나보고 데리고 가라고 성화를 댔다.

어쩌면 그렇게도 내가 싫어하는 것만 좋아하는지 알 수가 없다. 나는 내성적인 성격에다 어려운 환경에서 성장하여 노래라고는 한마디도 할 줄 모르고 남 앞에 나서는 것 자체도 싫어해 수영장 같은 곳은 가본 적이 없었다. 그런데 아이를 데리고 수영장에 가라고 하니 주말만 되면 꼭 한 번은 큰 소리가 나온다. 이 녀석은 나이가 20대 후반이 되었지만, 글자를 하나도 모르니 제 옷장을 알지도 못하고 내가 챙겨주지 않으면 안 되는 처지로 머리가 하얀 나는 남의 눈에 띄는 것 자체가 싫었다.

집사람 성화에 몇 번 수영장과 목욕탕을 데리고 가기도 했지만, 나랑 가면 아들이 나를 믿어서 그런지 꼭 실수를 저지른다. 이것을 알게 된 집사람도 더는 요구하지 않게 되어 수영장을 아들 머릿속에서 잃어버리게 했다. 그래서 지금은 노래방에만 주말에 저희 엄마가 꼭 한 번씩 데리고 가 기분을 풀어 주며 살고 있다.

이런 생활을 죽을 때까지 해야 한다고 생각하면 가슴이 답답하다. 몸은 자꾸 늙어 가는데 언제까지 아들 비위를 맞추며 살 수 있을까? 아이는 나이를 먹어 갈수록 제 고집이 점점 늘어 가는데 답이 없다.

처음에는 아침밥 먹는 시간이 늦으면 제 어미가 떠먹여 줬더니 점점 꾀를 부려 이제는 아예 제 손으로 먹지 않고 먹여 줘야 먹고 있으며 저녁은 반찬을 일일이 놔 줘야 먹는 꼴이 되었다. 이런 것을 반대했던 나도 세월이 가면서 점점 아들한테 끌려가 이제는 아침밥을 내 손으로 퍼 먹여주는 신세가 된 것이다.

그리고 일요일이나 휴일은 늦잠을 자고 밥을 먹으러 나오지 않는다. 나는 이런 버릇을 고치겠다고 몇 번 밥을 먹으라고 권하다 안 나오면 나올 때까지 기다려 보자고 시도해 보았으나 이 녀석은 무슨 고집이 그리 센지 입술이 바싹 타들어 가면서도 제 방에서 꼼짝을 하지 않는다. 그러다 점심시간이 다 되도록 나오지 않으면 결국 내가 포기하고 데리고 나와 밥을 먹인 것이 한두 번이 아니다. 이러다 보니 이제는 버릇도 고치지 못하고 아들에게 죄만 짓는 것 같아 사는 동안 마음이나 편안하게 살다 가자고 아들 비위를 맞추며 살아가고 있다.

이런 아들을 부모가 죽으면 누가 받아 줄까 생각하면 가슴이 저려 온다. 지난해는 아들 덕에 노년의 일자리도 잡기 겸 장애인 활동 보조인 양성 교육을 받았다. 이때 하반신을 사용하지 못하는 강사님이 서울에서 혼자 실체를 타고 전국 곳곳을 다니며 강의를 하고 다닌다니 내 눈에 신기하게 보였다. 그리고 강의를 들어보니 장애인에 관하여 지금까지 내가 알지 못하는 것들을 많이 알고 있는 것 같아 용기를 내어 쉬는 시간에 내 아이 상태를 이야기하며 상담을 받아 봤다.

"강사님 제 아이에 대해서 상담 좀 받고 싶은데요."

"아~ 예, 말씀해 보세요."

"사실은 제 아이가 다운증후군 아이인데 말도 제대로 못 하고 저 혼자 하는 것이라고는 아무것도 없는데 부모가 없으면 살아 갈 수 없을 것 같아 앞으로 어떻게 해야 좋을지 몰라서 말씀드립니다." 했더니 그는

"아무 걱정 하지 마세요. 다운증후군인 사람들은 살아가는데 아무런 지장을 느끼지 않으니까요." 한다.

"그게 아니라 우리 아이는 다운증후군 중에서도 지능이 가장 낮은 35로 대화가 되지 않는 아이인데요."

"부모님이 너무 걱정하는 것이지 살아가는 데 아무런 지장이 없습니다. 다만 그가 생활해 가는데 필요한 기본 재력만 갖춰주면 됩니다."

"돈이야 그가 살아가는 데 필요한 만큼은 있습니다. 내가 죽으면 내 연금의 60%가 그 아이가 죽을 때까지 지급되니 문제가 될 것 같지 않은데" 하자

"그러세요, 그 아이는 복이 많은 아이구먼요. 너무 걱정하지 마세요. 지금 우리나라도 점점 복지국가로 발전해 가고 있어 장애인들에게도 살기 좋은 사회로 변해가고 있으니까요." 강사는 잠깐 말을 멈추었다 다시

"부모가 걱정하는 만큼 문제가 생기지 않을 것입니다. 지금은 그 녀석이 부모를 믿고 응석을 부리는 것이지 부모가 저를 도와 줄 형편이 못 된다는 것을 알게 되면 제가 스스로 제 살 궁리를 할 것입니다." 한다.

그가 나를 위로하는 말인지는 모르지만, 그의 이야기를 듣고 스스로 위안을 찾아본다. 만약 그리되지 않더라도 별수가 없지 않은가? 죽을 때까지 우리 두 부부가 짊어지고 가야 할 숙명인

것을 누구를 탓하고 걱정한다고 답이 있는 것도 아니지 않는가?

이런 고민과 갈등 속에서도 그 아들 때문에 우리 집에 행복이 있다는 것을 뒤늦게 깨달았다. 한 번은 그가 다니는 복지관에서 주간보호센터에 다니는 사람들만 데리고 2박 3일 제주도로 여행을 떠났다. 주간보호센터에서 여행은 종종 실시했는데 다른 때는 저희 어머니랑 같이 갔다. 그럴 때 집에서 혼자 남아 있는 나는 조용한 집안 분위기에 홀가분함을 느끼곤 했었다.

그런데 이번에는 아들만 여행을 가고 집안에 두 늙은이만 남아 있다 보니 집안이 허전하고 이상한 기분이 들었다. 아침에 일어나서 아이가 없으면 편할 줄 알았는데 시간이 지루하고 심심하다는 기분이 들었으며, 식사하는데도 허전했다. 집사람은 식사하면서

"여보, 섭이가 없으니 허전하고 이상하네요." 한다. 나도

"글쎄, 그 녀석이 효자인가 본데 우리가 그걸 몰랐네." 하며 내 속을 드러내 보였다. 그리고 그가 없는 집은 사람이 살지 않는 것 같다는 쓸쓸한 생각이 들었다.

그러면서 둘이 사는 친구들을 생각해 보았다. 그 사람들은 매일 두 늙은이가 무엇을 하면서 살고 있을까? 그래서 그들이 툭 하면 손자 타령을 했던 이유를 알겠다고 하는 생각이 떠오른다.

우리 부부는 이 아들에게 모든 정을 들이다 보니 손녀·손자 녀석들에게 제대로 정을 주지 못했다. 그러니 그 녀석들이 외할아버지와 외할머니를 썩 좋아하지 않았다.

딸들이 할아버지나 할머니에게 아양을 떨라고 해도 이 녀석들은 우리 눈치를 보며 쉽게 접근하지 않았다. 내가 나를 생각해 봐도 내 아들이 태어난 후 어린아이들을 예뻐했던 마음이 사라

져 버렸다는 것을 느끼곤 했었다.

아들이 집에 없자 우리 두 부부는 처음으로 이 아들의 존재감을 알게 된 것이다. 바로, 늙어가는 두 부부에게 행복감을 안겨 주고 있는 아들인데 지금까지 그것을 느끼지 못하고 애물단지 같이 원망하며 살아온 것이라는 것을 깨닫게 된 것이다. 나는 내 마음의 신에게 감사하다는 것을 느꼈다.

늙어 가는 저희 엄마 아빠에게 악의 없는 천진한 웃음을 안겨 주고 노래를 듣게 해 주었으며, 춤을 추게 만들어 준 아들이 아닌가. 아들이 노래를 좋아하다 보니 어느 날부터 노래라면 노자도 모르든 나도 트로트 몇 가락을 부를 줄 알게 되었다. 단순히 부를 줄 아는 것이 아니라 자주 듣다 보니 트로트는 노래를 부를 때 꺾는 것을 잘해야 한다는 것도 알게 되었고, 아들을 운동시키고자 노랫소리에 맞춰 아들과 같이 춤을 추다 보니 늙은이에게 절로 운동도 되었다.

이 아들이 태어나지 않았다면 지금쯤 우리 부부는 어떻게 살고 있을까? 종종 의문을 표시해 보면서 혹시 두 사람 다 여행을 좋아하니 차를 타고 여행을 다니다 사고라도 만나 죽지나 않았을까? 하는 생각을 하며 스스로 위안을 해 보기도 했다. 바로 이 아이가 우리 부부에게 보이지 않는 엔도르핀 공장 역할을 하고 있었다는 것을 이제야 깨달은 것이다.

아이가 주간보호센터에 잘 다니면서 우리 집도 행복이 찾아왔다. 딸들은 다 출가하여 나름대로 잘살고 있고 나도 퇴직하고 나니 마음이 여유로워졌다.

막상 퇴직하고 집에 들어앉아 있다 보니 그동안 집사람이 얼마나 몸과 마음고생을 했나 깨닫게 되었다. 그래서 나는 내 남은 인생은 이 아들을 위하여 살기로 작정하고 아들 돌보미로 변한 것이다.

이런 나와 반대로 집사람은 자기도 직업인 한번 해보고 싶다며 장애인 활동 보조인 교육을 받아 다른 집 장애인 돌보는 일을 맡아 벌써 10년이 넘게 일을 하고 있다. 처음에는 내가 반대하자 1년만 해 보겠다는 사람이 힘이 있는 동안은 해 보겠다며 고집을 부려 내가 지고 만 것이다. 이런 상황이다 보니 내 행동에 더 많은 제약을 받았지만 즐거운 마음으로 아들을 돌보며 나 자신의 행복감에 살고 있다.

이런 우리 집에 지난 일요일 새벽에 생각지도 않은 일이 벌어진 것이다. 내가 새벽 운동을 나간 사이 일요일이면 늦잠을 자는 아들을 믿고 집사람도 새벽 운동을 하겠다고 집을 비웠는데 아들이 사라져 버린 것이다. 이 사건으로 우리 부부에게 상당한 충격을 주었다. 분명 늙었는지 지난날과 다르다는 것을 느꼈다.

우리 부부는 앞으로 이런 일이 절대로 일어나지 않게 하자며 혹시 모르니 아들이 어렸을 때 손목에 채워줬던 장애인 팔찌를 만들어 주려고 생각하고 있는데 경찰서에서 필요하면 아들에게 스마트 지킴이(GPS)를 제공할 테니 경찰서에 와서 설명을 듣고 수령해 가라는 연락이 왔다. 집사람은 자기는 사용 방법을 들어도 잘 모르니까 나보고 가라고 연락이 와서 내가 수령하러 간 것이다.

경찰서라는 곳은 언제나 낯설은 기관인가 보다. 내가 경찰서라는 곳을 가 본 것은 운전면허 갱신을 하러 서너 번 가봤지만 묘하게도 별로 들르고 싶지 않다는 기분이 들었다. 아마 내 마음속에 어렸을 때 어른들이 조금만 잘못해도 '너 경찰이 잡아가'라는 말로 좋지 않은 선입견을 심어 준 영향인 모양이다.

그리고 경찰 하면 형사과나 교통과 정도만 알았지 여성청소년과는 별로 들어 본 기억이 없었다. 속으로 사회가 발전하다 보니 여성과 청소년을 보호하기 위해서 설치된 부서인 모양이라고 생각하며 경찰서에 들어가 안내판을 보니 어느 구석에 막혀 있나 잘 분간이 가지 않았다.

그때 마침 젊은 경찰관 한 사람이 옆으로 지나가 여성청소년과를 물어보자 그는 친절하게 안내해 준다.

"이 건물 뒤편에 컨테이너로 된 건물이 있는데 그 건물의 2층으로 올라가면 첫 번째 사무실이 여성청소년과 입니다."라고 한다. 나는 고맙다고 인사하고 통로를 따라 건물 뒤편으로 가서 보니 낡은 컨테이너 건물이 보였다.

속으로 부서의 중요성에서 밀려 건물 뒤편 구석의 임시 건물에 사무실이 배치된 모양이라며 사무실을 노크하고 들어서자 젊은 경찰관이 나를 바라보며 누군지 알겠다는 식으로

"섭이 아버지이십니까?" 한다. 나는 속으로 집에서 미리 연락해 놓은 모양이라 생각하며

"예, 섭이 아빠입니다." 하자 앉으라고 의자를 권했다. 그리고 그는 캐비닛에서 자그마한 종이 상자를 하나 꺼내 가지고 왔다. 그리고 하는 소리가

"경찰이 신도 아니고 아드님이 나가면 어디로 갔는지 어떻게 알겠어요." 하며 아들이 나가게 했다는 것을 나무라는 것인지 알 수 없는 묘한 말을 한다.

이런 소리를 듣는 나는 자존심이 팍 상했다. 이 녀석이 사람을 어떻게 보고 하는 소리야라는 생각을 하는데 옆에 있던 경찰관

한 사람이 나서며

"어르신이 찰 거여요, 그것? 팔에서 풀면 안 되는데"하며 한 수 더 뜬다. 그러자 내 앞에 앉아있는 경찰관이

"아니 아들에게 채워 줄 거야"하며

"원래 이것은 치매기가 있는 노인에게 채워 주는 것인데 아드님이 집을 나가 찾아오지 못한다고 해서 드리는 것입니다."하며 사용 방법을 설명한다. 나는 속에서 자존심이 부글부글 끓었으나 참고 가만히 바라보고 있자니 상자 속에서 꺼낸 것은 내가 손목에 차고 다니는 밴드와 같아 보였다.

"어~ 이것 밴드 아닙니까?"하며 내 손목 밴드를 보여주자 경찰관은 신기한 듯 나를 다시 본다. 아마 늙은이가 이런 것을 사용하고 있네? 하는 눈치다. 그러면서 사용 설명서를 보면서 내 핸드폰에 지킴이 앱을 깔아 주는데 내 눈에는 어설프게 보였다. 나는 내 전직 직업을 밝힐까 생각하다 참으며 바라보고 있자니 답답하여

"이웃에 아이들이 살고 있으니까 의문 나는 것은 애들한테 물어서 하지요."하면서 빨리 GPS나 달라는 뜻으로 재촉하자 눈치 빠른 경찰관은

"아, 그러세요. 그러면 자녀분들에게도 앱을 설치하라고 하면 도움이 되겠네요."하면서 건네준다.

지킴이 GPS를 받아 집으로 돌아오면서 생각하니 이런 기기를 아들이 어렸을 때 있었으면 얼마나 좋았을까? 하는 생각이 들었다. 아들이 어렸을 때 툭하면 없어져 제 엄마나 내가 얼마나 애를 태웠던가. 그때 분명 위치 추적기가 있을 것이란 생각은 가지고 있었지만, 가격이 얼마나 하고 어디서 취급하는지를 몰라 인

터넷을 보고 비싼 돈을 주고 구한다고 구한 것이 10m만 떨어지면 알 수 없는 장난감을 사다가 버린 적이 있었다.

오후가 되어 집사람이 일을 마치고 들어오자 우리 부부는 아들의 손목에 지킴이 밴드를 채워주고 집사람 핸드폰에도 앱을 설치하다 생각하니 이것을 꼭 해야 하나 하는 서글픈 생각이 들었다.

내가 하루해를 보내며 하는 일이라고는 하기 싫으면 하지 않아도 되는 일들을 하고 있는데 하나뿐인 아들 손목에 평생 이런 것을 채울 필요가 있나 싶은 생각이 든 것이다. 그래서 집사람에게

"여보, 이것을 꼭 채워줘야 하나?" 하니

"왜, 채우기 싫어요."

"우리가 조금만 더 신경 쓰면 되잖아요. 지금은 어릴 때 같이 막 나가는 것도 아니고?"

"하긴 그렇긴 한데"

"내가 좀 더 신경 쓸게, 채우지 맙시다. 그리고 혹시 어데 여행을 간다면 그때나 채워 주지 뭐."

"그것도 좋은 생각이네." 하며 채워주던 일을 멈추고 다시 밴드를 종이 상자에 집어넣었다. 그러면서 생각이 이 아이가 태어날 때 얼마나 기뻐했든가, 더구나 술자리만 가면 아들 하나 못 낳는다고 놀림 받던 일을 없어지게 만들어 준 아들이 아니던가? 그리고 우리 두 늙은이에게 심심하지 않게 만들어 주는 아들인데 그 하나 제대로 보살펴 줄 수 없나? 생각하면서 '어떤 일이 있어도 너만은 내가 꼭 지켜줄게'하는 새로운 각오를 다져 본다.

우리 부부에게 언제나 천사 같은 웃음을 선사하는 아들을 다

시 한 번 바라보며

"아들 사랑해" 하며 양팔을 벌리니 이 녀석도 양팔을 벌리며 "사랑해" 한다. 우리 부자는 꼭 껴안으며 서로 등을 토닥거린다. 그러면서 내가 요 녀석을 보살펴 주려면 건강해야 하니까 더 열심히 운동하여 인간 수명의 한계가 130년이라는데 도전 한번 해보자며 속으로 웃었다. 그러면서 아들 얼굴을 쳐다보자 아들도 세 살 먹은 아이 같은 악의가 없는 천사 같은 미소를 지으며 나를 바라보고 웃고 있다.

탓

목련꽃 봉오리

꽃말처럼 이루어질 수 없는 사랑, 우애, 숭고한 정신과 같이
때 묻지 않은 청순함을 나타내는 것 같은 아름다운 순백색의
꽃봉오리가 고귀함·숭고한 정신을 보여주는 모습이
첫사랑의 청순한 모습같이 아름답게 느껴진다.

1960대 가난한 농촌 사회를 배경으로 한 순수한 농촌 청년의 이성을 그린 글로 아무런 의식 없이 사귀고 헤어진 청순한 이성 교제가 잊혀지지 않는 첫사랑이었음을 깨닫게 되었다는 글.

나에게도 첫사랑은 있었다. 사춘기가 되면서 여자만 보면 마음이 설레는 것은 남자라면 누구나 같을 것이요 조금만 나에게 관심을 보여준다든지 또는 예쁘게 보이는 여자가 있으면 가슴이 설레는 것은 사춘기 남자라면 누구나 갖는 감정이라 생각된다. 이런 과정을 거치면서 몸서리치게 그리워지는 사람이 나타나게 되고 하루라도 보지 못하면 죽을 것 같은 사람이 나타나는 것이 사랑이 아닌가 생각된다. 그리고 헤어졌지만 늘 마음 한구석에 남아있는 사람, 기회가 있으면 한 번쯤 만나보고 싶은 사람, 그 사람이 첫사랑인 모양이다.

내가 그녀를 마지막 만난 것은 결혼 후 몇 개월쯤 지났을 때 만나고 수십 년이 지나도록 소식 한번 들어보지 못했다. 그녀와 사귀고 있을 때 내 나이 21살이고 그녀는 19살이었다. 서로 연애를 하면서 8년 후에 결혼하자고 약속한 아가씨였는데 그녀와 헤어진 후 군대에 갔다 오고, 늦게 대학을 다니다 보니 다시 만날 기회가 사라졌으며 까마득하게 잊고 있었다.

그러다 결혼한 후 어느 날 부모가 사는 시골집을 가보니 그녀의 편지가 와 있었다. 한번 만나보자는 편지였다. 편지를 읽은 나는 코웃음 치며 버렸다가 다시 집어 들고 한 번 만나볼까 하는 생각이 들었다. 8년이란 세월 속에 그녀가 어떻게 변했을까? 궁금하기도 하고 지난번 헤어질 때 그녀의 행동이 괘씸했다는 생각이 떠올라 마음에 변화를 준 모양이다.

사실 나는 결혼한 지도 얼마 되지도 않았지만, 아직도 공부하는 신분이다 보니 여자에 대한 관심을 가질 겨를이 없는데 이 여자는 한 번 만나 따져 봐야겠다는 생각이 강했나 보다.

결혼한 아내 모르게 편지에 적힌 장소로 나갔다. 대전역 앞 건너편에 있는 조그마한 찻집인 모란 다방이었다. 헤어진 지 8년이란 세월이 흘렀으니 알아볼 수 있을까 하는 의구심을 가지며 다방에 들어갔다.

엽차 컵을 가져다 놓는 아가씨에게 혹시 곽숙자라는 사람이 오지 않았나 물어보자 잠깐 기다리란다. 나는 속으로 이 사람이 먼저 왔다 갔나 하는 생각을 하면서 엽차를 한 모금 마시고 앉아 있었다.

시간이 조금 지나자 뚱뚱한 마담이 다가오는데 자세히 보니 만나자고 했던 그 사람이었다. 이 아가씨가 8년이란 세월 속에 다방 마담으로 변한 모양이다. 반갑다는 표현보다 어이가 없어 어리둥절한 표정이 되었다. 비록 결혼 약속은 지키지 못하고 다른 여자와 결혼했지만, 마음속은 옛날같이 발랄하고 예쁜 사람이려니 생각하고 나왔는데 내 앞에 나타난 사람은 사회생활에 물든 중년 부인같이 보이는 다방 얼굴마담이었다. 순간 머릿속에 잘못 왔다고 하는 생각이 들었다.

서로 서먹한 상태로 가볍게 차 한 잔 마시자 그녀는 저녁 식사나 하자며 주변 식당으로 안내했다. 우리는 자리를 옮겨 저녁 식사를 하면서 8년이란 세월이 흐르는 동안 서로 얼마나 변했는가만 확인하는 자리가 되었다. 그녀는, 나이가 30살이 다 되어가는데 아직도 대학에 다니는 내 모습이 한심스럽게 보였을 것이고. 내 눈에 비친 그녀는 인생 막다른 골목에서 사는 것 같은 기분만 안겨주었다. 두 사람 사는 모습이 너무나 다르다 보니 별로 할 이야기도 없었다.

우리는 8년 전 이야기만 간단히 주고받았다. 그녀는 나 때문에 자기가 이런 생활을 하는 것 같은 느낌을 주는데 나는 그녀에게 죄책감을 느낄만한 행동이 없었고, 오히려 그녀가 배신하여 나의 앞길에 많은 고통을 주었다는 생각이 가득했다. 그러다 보니 서로 반가움을 표현하기보다는 원망하는 대화만 간단하게 주고받고 집으로 돌아오는 데 기분이 별로 좋지 않았다. 이렇게 헤어진 후 우리는 두 번 다시 연락은 없었으나 간혹 연인이란 이야기만 나오면 머릿속에 이름이 맴돌곤 하는 사람이 되었다. 그러면서 그녀가 정말로 나를 원망했을까? 하는 의문이 들기도 했다.

내가 그 여자를 처음 알게 된 것은 고등학교 3학년 때로 기억된다. 어느 여름 토요일이었다. 학교에서 집으로 돌아오는데, 아가씨 세 사람이 반대쪽에서 걸어오고 있었다. 우리 집은 학교에서 새로 난 신작로를 따라 1.5㎞ 정도 떨어진 읍이지만 외곽에 있는 농촌 마을이었다.

아가씨들은 무엇이 그리 재미있는지 낄낄대며 내 앞을 지나갔다. 덩치는 크지만, 여자를 모르는 나는 수줍음이 많아 아가씨들 앞을 혼자 지나가는 것이 무척 부담스러웠다. 낄낄대며 오고 있던 아가씨 중 한 사람은 우리 앞집에 사는 사람인데 학교에 한참 후배면서 나이도 2살이나 어리어 어린애로 취급하고 있는 아가씨였다. 그리고 소문에 의하면 좀 먹고살 만하다고 멋이나 부리고 까불며 별로 행실이 바르지 않은 아가씨라는 소문이 돌고 있었다.

아마 그녀 친구들이 놀러 왔다 가는데 바래다주는 모양이라 생각하면서 모른 체하고 지나치려는데 그들은 무엇이 그리 웃기는지 내 앞에서 고개를 돌리고 배꼽을 잡으며 낄낄대고 지나간다. 나는 순간 얼굴이 홍당무로 변하며 후끈거렸다.

그날 오후 6시쯤 되었을까? 아래 집에서 시시덕거리는 여자들 웃음소리가 나더니 한 아가씨가 장난기 섞인 목소리로 내 이름을 부르는 소리가 들려 왔다. 사내 녀석이 나이도 어린 계집애들에게 당한 것 같은 기분이 들어 불쾌한 생각이 들었다. 나는 당당히 맞서야겠다는 생각에 싸리문 밖으로 나와 담장 너머를 내려다보니 얼굴이 예쁘장하면서 깜찍하게 생긴 아가씨가 넉살 좋게 웃으며 장난기 섞인 목소리로 나를 또 부르는 것이다.

"권동석?"

"권동석?" 하고 제법 큰 소리로 부른다. 나는 어이가 없었지만, 똑바로 바라보며 어린 것들이 까분다고 생각하면서

"왜 불러" 했더니

"그냥 불러 봤는데." 하며 조금도 미안한 표정이 없었다. 오히려 재미있다는 표정으로 '너한테 관심이 있다는 표정이었다.' 어이가 없었지만 뾰족한 수가 없어 방으로 들어왔다. 이렇게 해서 알게 된 아가씨가 곽숙자라는 여자다.

이 아가씨의 이름과 사는 곳은 앞집 아가씨와 친척인 옆집에 사는 친구가 알려 줘 알게 되었다. 그리고 그녀가 나와 사귀고 싶어 한다는 말도 전해 줬다. 그러나 나는 내 주변에 어머니 외

에는 여자가 없어 여자들 대하는 것이 부담스러워 답변하지 않고 있었다.

옆집 친구 말에 의하면 이 아가씨는 꽤 개구쟁이로 그녀가 사귀고 있는 남학생이 있는데 대전 상업고등학교 3학년에 다니는 박상현이란다. 상현이라는 친구 나이는 나와 같았으나 중학교 2년 후배로 가정이 넉넉하여 중학교는 금산에서 다녔지만, 고등학교를 대전으로 진학했단다. 내가 그 친구 이름을 알고 있는 것은 고등학교를 그만두었다가 다시 2년 후배들과 다니다 보니 내친구 중에 상현이 친구가 있어 알게 된 것이다.

금산이란 군 단위에서 학교에 다니는 우리는 가정형편이 좋아 대전으로 고등학교를 진학한 학생들을 부러워했다. 그리고 대전에서 고등학교에 다니는 애들은 우리를 시골 촌놈들이라고 깔보며 거드름을 피워 대부분 그들 이름 정도는 알고 있었다.

나는 고등학교를 졸업하고 집이 가난하여 대학에 원서조차 내보지 못하고 부모님 일손을 도우며 공무원 시험 준비를 했다. 그러다 우연한 기회에 군청 산림계 임시직원으로 일한 적이 있었다. 그때 큰집을 다녀오다 그녀가 사는 산골 마을을 다녀오게 된 것이다. 큰집은 진안군 주천이라는 곳으로 그곳에서 우리 집을 빠르게 오려면 산길로 남이면 하금리라는 마을로 오면 4㎞가 단축된다. 그래서 아버지와 큰집에 다녀올 때는 자주 큰 고개를 세개씩이나 넘어 다니곤 했던 길이다. 이 길목에서 1㎞ 정도 떨어진 600고지라는 산자락에 이 아가씨가 사는 역평리라는 마을이 있는데 일명 역들이라고도 불렀다.

날씨가 따뜻한 5월 토요일로 기억된다. 오후 2시쯤 큰 산을 하나 넘어서 남이면 대양리에서 하금리로 가는 길목을 지나다 무슨 마음에 변화가 생겼나 그녀를 만나보고 싶다는 생각이 들었다.

그래서 하금리로 향하던 발걸음을 역평리 쪽으로 가는데 중학교 1학년 남학생 3명이 학교에서 끝나고 집으로 가는지 시시덕거리며 장난을 치면서 걷고 있다. 나는 그들을 불러 어데 사냐고 물어보니까 역평리 산다고 했다. 반가워하면서 그럼 그 동네에 사는 곽숙자라는 사람 아냐고 물었더니 한 녀석이 제 친구를 가르치며

"애 누난데요" 해서, 그 녀석을 바라보니 귀여우면서도 맹랑하게 생겼다.

"그래"

"너 참 잘 생겼구나. 네 이름이 뭐니?"

"명식인데요."

"명식이, 이름이 참 예쁘구나."

"누나 집에 있니?" 하자 이 녀석 꽤나 개구쟁이인 모양이다.

"누구세요. 누나 남자 친구는 내가 다 아는데" 하며 이름을 대란다. 나는 웃으며

"내 이름은 모를 거야." 하자

"김영수, 아니면 박상현" 하며 몇 사람 이름을 대는데 내가 아는 이름도 두 명이나 있었다. 꽤나 깡그리고 쏘다니는 모양이다. 그 두 명 모두 대전에서 상업고등학교를 졸업한 내 또래들이다.

"너 동석이란 이름 들어 봤어?" 하니

"아니요. 처음 듣는데." 한다. 나는 요 녀석을 내 편으로 만들었다.

"누나 좀 불러줄 수 있니?"

"지금은 안 되고 이따 어두워지면 불러 줄게요."

이 녀석 하는 이야기가 저희 누나를 낮에는 사람들이 보니까 저녁에 불러준다면서 자기들 낚시 가는데 같이 따라가잔다. 참 재미있는 남매구나 생각하면서 한편으로는 남자들이 종종 찾아오는 바람둥이 아가씨라는 느낌이 들었다. 그가 가방을 가져다 놓고 나오기를 기다렸다. 그들은 대나무로 만든 엉성한 낚싯대를 하나씩 들고나왔다. 나는 호기심이 생겨 마을 위에 있는 제법 커다란 저수지에서 낚시하는데 구경하면서 시간을 보내다 어둑어둑해지자 학생들과 같이 마을로 내려왔다.

그가 집으로 들어간 지 얼마 되지 않아 돌담을 넘어 보리밭 사이로 아가씨가 뛰어나왔다. 참 겁도 없는 아가씨인 모양이다. 나를 보자마자 지금 저녁 식사를 차리고 있으니 자기 집으로 가잔다. 그러면서 나를 작은오빠 친구라고 하라면서 군대에 가 있다는 오빠 이름을 가르쳐 주고 싸리문을 열고 들어가 버렸다. 싸리문 밖에서 조금 기다리다 용기를 내어 싸리문을 열고 큰기침을 하며 마당으로 들어서자 그녀가 부엌문을 열고 나오면서 내가 말을 걸기도 전에

"아버지 작은 오빠 친구가 왔네요." 하며 반가운 듯 맞이해 준다. 그녀 부모도 군대에 가 있는 작은 아들 친구라니 별로 의심하지 않고 방으로 불러들여 내 밥을 내오게 했다. 이 아가씨가 내 밥을 미리 준비했나 모르지만, 그녀 아버지와 같이 점상을 차려서 들여와 아버지와 같이 식사를 하게 되었다.

부모님은 마음이 넉넉한 분들 같았다. 군대에 간 아들 친구라는 말에 반가워서 그런지 아니면 자기 딸이 거짓말을 하는 줄 알면서 모르는 체하는지는 알 수 없지만 나에게 몇 가지 질문을 했

다.

몇 살 먹었느냐, 무엇을 하느냐, 어데 사느냐는 등 물어보는데 나는 사실 그대로 또박또박 대답해 드렸다. 나이는 21살이고 집은 음지장동이며 지금 하는 일은 군청 산림계 직원이라고 대답했다. 혹시 들통이 날까 봐 조마조마하면서 대답을 했다. 밥을 다 먹었을 때 자기 아들을 어떻게 아냐고 물어 오는데 내가 대답하기도 전에 이 아가씨가 먼저 나서

"오빠 중학교 동창생이에요." 한다. 나는 아무래도 들통이 날 것 같아 식사가 끝나자마자 그들이 조금 더 쉬었다 가라는 것을 뿌리치고 늦었다며 일어나자 그들도 같이 일어나 마당까지 따라 나와 배웅 해 주었다.

부모님께 인사하고 싸리문을 나서자 그녀도 같이 따라나서 마을 입구까지 따라 나왔다가 들어가 봐야 한다며 가 버렸다. 데이트 좀 하고 싶어 왔는데 아쉬웠으나 별수 없었다. 내가 생각해 봐도 들어가는 것이 부모님에게 누가 되지 않을 것 같아 같이 있자고 강요하지 못하고 들여보낸 것이다.

혼자 사람이 없는 산골짝 시골길을 걸으려니 무서움이 엄습해 왔다. 분명히 그 집을 들어갈 때는 밝은 보름달이 떠 있었다. 처음에는 아가씨 부모로부터 들키지 않고 저녁 대접까지 받은 황홀함과 불안감에 어두움을 알지 못했는데 혼자 조금 걷다 보니 달이 보이지 않는다는 것을 알게 된 것이다. 하늘에는 별들이 초롱초롱한데 달이 보이지 않았다.

그녀의 마을에서 우리 집까지는 장장 12㎞가 넘으며 해발 700m가 되는 진악산에 있는 작은 재와 수리미 재를 넘어야 했다. 시골에서 자라 겁은 없다고 하지만 달도 보이지 않는 캄캄한

밤중에 사람들이 전혀 보이지 않으며 마을과 마을 사이가 2㎞가 넘게 떨어진 낯선 산골짝 신작로 길을 걷는데 긴장감으로 온몸에 땀이 뒤범벅된 채 걷고 또 걸었다.

처음에는 생각지도 못한 저녁 식사 대접을 받으면서 부모님에게 들키지 않을까 조마조마했던 긴장감이 풀려서 그런지 아니면 혹시나 했던 예쁜 아가씨를 만난 기쁨에서인지 콧노래 소리가 나왔는데 점차 시간이 지나면서 낯설은 깜깜한 산골 밤길이 공포감으로 엄습해 왔다.

그래도 처음 6㎞ 정도는 드문드문 마을이 나타났는데 반쯤 지나자 장꾼이나 나무꾼만 다니는 산골짝 길로 접어들었다. 깜깜했던 하늘에 조각달이 나타나기 시작했다. 그때서야 나는 오늘 개기월식 현상이 나타난 것이라는 것을 깨닫게 되었다. 얼마 정도 시간이 지나자 월식에서 완전히 벗어난 보름달이 두둥실 밝게 비춰 길은 잘 보여서 좋았지만 무서움은 더욱 심해졌다.

길옆에 있는 바위나 나무가 밝은 달빛을 받아 커다란 괴물이나 산짐승 같은 형체로 보이기도 하고 하얀 돌덩이는 꼭 흰 옷을 입은 처녀 귀신같이 보이기도 했다. 더구나 길은 돌덩이로 가득 찬 돌길이라 마음 놓고 빨리 걸을 수도 없었다. 이렇게 험한 자갈길로 된 작은 재와 수리미 재라고 하는 고개를 넘어야 했다.

처음은 양손에 제법 묵직한 돌덩이를 하나씩 들고 걷다 크게 도움이 되지 않을 것 같아 버리고 인삼밭에서 몽둥이를 하나 구하여 들고 걸었다. 혹시 짐승이 나타나면 몽둥이로 내 몸을 지키겠다는 것이다.

무서워도 피할 수 없는 길이라 그저 앞만 보고 걷고 또 걸은 것이다. 연애도 좋지만, 어른께 거짓말한 죗값을 톡톡히 받고 있다고 하는 생각을 하면서 공포 속에 집에 오니 옷은 흠뻑 젖어 있고 시간은 자정이 지나 있었다.

이렇게 해서 알게 된 아가씨와 인연이 된 것은 그해 가을 대학을 가기 위해 대전에서 하숙하며 공부를 하고 있을 때였다. 6월부터 진안 마이산에 있는 절에서 공부하고 있었는데 8월경 대전에서 공부하고 있던 친구가 자기와 같이 공부하자고 연락이 왔다. 나는 둘이 서로 모르는 것을 도우면서 공부하면 도움이 될 것 같아 그와 함께 생활하기로 하고 대전 목동에 있는 하숙집에서 한 달 같이 지내보았다. 그러나 친구는 학원에 다니며 공부했고 나는 혼자 하숙방에서 공부하는 사람으로 공부하는 방법이 달라도 너무 달라 같은 방에서 공부할 수 없어 헤어지게 되었다.

나는 혼자 공부하는 습관이 있어 친구가 찾아오는 것을 싫어했다. 그래서 친구 하숙집과 멀리 떨어진 대동에 있는 대전여자고등학교 운동장 앞으로 하숙집을 옮겼다. 그런데 옮겨온 하숙집 근방에 이 아가씨가 미용기술을 배운다며 방을 얻어 살고 있었던 모양이다.

어느 날 우연히 하숙집으로 가는 길목에서 이 아가씨를 만나게 되었다. 그날 나는 남에게 이야기하고 싶지 않은 일이 있었다. 목동에서 친구와 같이 생활할 때 유성 온천에 목욕하러 갔다가 우연히 알게 된 경북 영천이 집이라는 사람을 알게 된 것이다. 친구와 같이 온천탕에서 나와 그늘에서 쉬고 있는데 우리보다 나이가 대여섯 살 위로 보이는 신사 한 사람이 다가와 말을 걸어왔다.

"학생들은 대전에 살아?" 그러자 친구가

"그런데 왜 그러세요."

"아니 나는 다른 지방에서 와 대전을 잘 몰라서." 하며 접근해왔다. 그러면서 그는 우리에게 자장면을 사주며 선심을 썼다. 성격이 활달한 친구는 그와 금방 친해져 우리 하숙집까지 데리고 와서 저녁에는 영화까지 공짜로 얻어 보기도 했다.

그는 경북 영천이 고향인데 현재는 수원에 살고 있으며 이리에 사랑하는 여자가 있어 만나러 가는 중 대전을 잠깐 들렸단다. 그러면서 수원 역전파출소에 자기와 친한 친구가 있는데 이리까지 열차 무임승차권을 구해 줬다며 보여 줘 확인해 보니 사실이었다.

우리는 무임열차 승차권을 보고서도 잘 알지도 못하는 사람에게 돈을 쓰는 것이 혹시 간첩이 아닌가? 의심하며 그가 화장실에 갔을 때 가방을 뒤져보기도 했다. 그런데 가방 안에는 간단한 세면도구뿐이라 믿고 하숙집에서 하루 저녁 같이 보낸 적이 있었다.

그 형과 헤어진 지 3일 차 되는 날 나는 친구와 다투고 하숙집을 옮기게 되었다. 그런데 공교롭게도 하숙집을 옮기는 시내버스 안에서 그 사람을 다시 만난 것이다. 그 사람 모습은 지난번과 달라도 너무 달랐다. 지난번에는 말쑥하게 차려입은 멋진 신사였는데 버스에서 만났을 때는 초라한 잠바 차림에 운동화를 신고 있었다.

나는 반가워하며 어쩐 일이냐고 하자 그는 이리에 가서 자기 애인에게 거절당하고 대전까지 왔으나 돈이 떨어져 옷과 모든 것을 전당포에 저당 잡혔단다. 그러면서 내일이면 수원에서 친구가 돈을 가지고 온다고 했다며 내 하숙집에 가서 하루 저녁만 신세를 지잔다. 순박한 시골 촌놈인 나는 그를 하늘같이 믿었다.

그래서 처음 들어가는 하숙집으로 그를 데리고 갔는데 하루가 지나고 이틀이 돼도 그의 친구는 연락이 없었다.

그러자 그는 나보고 수원 역전파출소에 가서 홍 순경이라는 자기 친구를 만나 돈을 받아 오라며 심부름을 시켰다. 나는 그를 빨리 보내고 싶어서 알겠다며 수원 역전파출소를 찾아가 보니 그의 친구라는 홍 순경은 비번이라 하숙집에서 쉬고 있단다. 그래서 하숙집을 찾아가 홍 순경이란 사람을 만나 이야기하자 그 사람은 친구가 아니라 불량배라 고향으로 보내기 위해 열차 무임승차권을 구해 줬단다.

어이가 없었다. 시골 촌놈이 사기꾼에게 확실하게 당한 것이다. 대전에서 수원에 올라올 때 그의 친구가 돈을 줄 것으로 생각하고 올라오는 차비만 가지고 왔는데 하숙집으로 돌아갈 차비가 없었다. 그래서 홍 순경이란 사람에게 대전까지 갈 무임승차권을 한 장 구해 달라고 하자 그는 나를 사기꾼으로 몰아 철장에 집어넣겠다며 오히려 협박했다.

내 호주머니에는 수원에서 병점역까지만 갈 수 있는 돈뿐이 없었다. 병점역까지 차표를 끊어 열차를 타고 대전까지 오다 무임승차로 대전역에서 걸리게 된 것이다. 세상 물정을 잘 모르는 촌놈이라 대전역에서 내가 처한 입장을 이야기하면 봐줄 줄 알고 역무원에게 도둑 열차 타고 온 것을 떳떳하게 말한 것이다. 그러자 역전파출소 직원은 두말도 없이 파출소 안에 있는 철창에 가두어 버렸다.

생전 처음 철창에 들어 온 나는 이곳에서 새로운 세계를 보게 된 것이다. 그날 저녁 도둑 열차를 타고 오다 붙잡힌 사람이 세 사람이었다. 두 사람은 30대로 철창 안에서 보여주는 행동이 자연스럽게 보이는 것이 자주 들락거리는 사람 같았다.

한 사람은 경상도 남쪽 바닷가 어디에 산다는데 과실로 사람을 죽여 5년간 서대문 형무소에서 있다가 오늘 출소해 고향으로 가는 길에 돈이 없어 도둑 열차를 타고 오다 붙잡혔다며 철창생활에 익숙해 보였다. 내가 아침에 나온 식사를 안 먹는다고 하자 그는 두말도 없이 뺏어서 다 먹어 치우고 다른 사람 눈치도 볼 것 없이 한쪽 구석에 있는 통에 볼일을 본다.

그리고 또 한 사람은 대전 사람이라는데 다음 날 맞선을 보기로 했다며 노총각이 장가 좀 갈 수 있게 해 달라고 애걸복걸하면서 내보내 달란다. 그러면서 자기 어머니가 빨리 오지 않는다고 어머니에게 욕을 해대는 것이 불쌍하기도 하고 우습기도 했다.

도둑 열차를 타다 걸리면 요금을 세배 물어야 한다는 것도 여기서 알게 되었다. 세상 물정을 조금만 알았으면 회덕역이나 대전역에서 뒤쪽으로 도망치면 될 것을 뭐가 잘났다고 자기 발로 도둑 열차를 타고 왔다고 자수했으니 얼마나 순진했는가? 웃음이 나온다.

다음 날 아침 즉결심판에 넘어가기 직전 입고 있던 티셔츠를 맡기고 돈을 구하려 대동에 있는 하숙집으로 급히 걸어가고 있을 때 구세주 같은 곽숙자를 만나게 된 것이다. 나는 상황이 급한지라 창피한 줄도 모르고 그녀에게 사실을 이야기하고 병점역에서 대전까지 오는 열차 요금 세배를 빌려 달라고 하자 그녀는 두말도 없이 선뜻 자기와 같이 역전 파출소를 가자며 앞장섰다.

그녀와 같이 역전파출소에서 나와 하숙집에 와 보니 하숙집 아주머니가 땅이 꺼지게 걱정을 했다. 가난한 하숙집 아주머니는 문간에 조그마한 방을 두 칸 만들어 처음으로 하숙생을 받은 것이 나였는데 그 학생이 들어오면서 바로 사기를 당했다고 하니 걱정이 꽤 많았던 모양이다.

방안을 살펴보니 내가 공부하고 있던 책이 몇 권 없어졌다. 나는 그녀와 같이 주변에 있는 헌책방에 들러 살펴보니 내가 공부하고 있던 책이 눈에 보였다. 우리는 책방 주인에게 도난당한 책이라고 말하자 주인은 당황해하며 자기가 구매한 값만 계산해 달라고 했다. 그러자 숙자는 성큼 돈을 주고 책을 찾아 줬다. 이런 그녀의 행동에 감명을 받았는지 나도 모르게 그녀를 좋아하게 된 모양이다.

이렇게 알게 된 아가씨는 사랑이라는 기쁨보다 근심덩어리가 되었다. 대학 시험 날짜는 점점 다가오는데 눈치코치도 없이 매일 저녁 내방으로 놀러 와 공부하고 있는 내 옆에서 놀다 저녁 늦게 돌아가는 것이다. 순진하고 착한 시골 청년인 나는 그를 냉정하게 가라고 돌려보내지 못하고 눈치만 보며 귀한 저녁 시간을 빼앗기는 날이 많아졌다. 마음 한쪽에서 이러면 안 되는데 하면서도 독하게 몰아붙이지 못하고 혼자 가슴앓이를 했다.

이 아가씨는 비위가 남달랐다. 하숙집 아주머니를 어떻게 사귀었는지 아주머니는 이 아가씨가 찾아오면 반갑게 맞이해 주고 식사 시간이 되면 더러 밥도 차려 준다. 하긴 지난번 내가 자기 집을 방문 했을 때 외눈 하나 까닥이지 않고 부모를 속이는 넉살 좋은 사람이니 하숙집 아주머니 구워삶는 것은 쉬웠을 것이다.

그런 생활이 몇 날 계속되다 어느 날인가 그는 밤이 늦은데도 집으로 가지 않고 있다가 통행 금지 사이렌이 울리자 해제되는 새벽 네 시까지 있다가 간다는 것이다. 나는 난감했지만, 강제로 쫓아 보낼 수도 없었다. 여자가 통행 금지에 걸리면 경찰서로 붙잡혀 가 철창에서 자야 하는데 그것을 알면서 강제로 가라고 할 수는 없었다. 별수 없이 방 한쪽에 자라고 이불을 내주고 공부를 하다 잘 시간이 되어 잠자리에 눕게 되었다.

처음에는 서로 떨어져 잠을 청하는데 세상의 조화는 그리되지 않는 모양이다. 아직 20대 전후인 남녀가 조그마한 방에서 같이 누워 있으니 잠이 제대로 오지 않았다. 서로 엎치락뒤치락하며 잠을 청하다 그녀가 살며시 내 손을 잡아 왔다.

고등학교 다닐 때 친구들이 자기 여자 친구를 자랑하면, 겉으로는 공부하는 학생이 무슨 계집애냐고 비웃으면서도 속으로는 은근히 부러워했었다. 본래 비위도 없고 성격이 내성적인 데다 주변에 여자가 없는 가정에서 자라다 보니 여자만 보면 얼굴이 홍당무가 되었던 나에게도 젊음이란 자연의 조화를 느끼게 된 모양이다.

내가 처음 여성에 대한 그리움을 느끼기 시작한 것은 고등학교 3학년 때였다. 금산 농촌지도소에 얼굴도 예쁘고 야무져 농촌지도소에서 사원으로 근무하면서 금산군 4-H 연합회 총무 일을 맡고 있던 박희순이란 아가씨가 있었다. 나는 우리 마을에 꿀벌이란 4-H를 만들고 금산읍 4-H 연합회를 조직하기 위하여 농촌지도소를 뻔질나게 들랑거렸다. 그러다 보니 군 연합회 총무인 박희순이란 아가씨와 자연스럽게 가까워졌다.

금산읍 4-H 연합회 회장을 맡은 나는 농촌지도소에서 4-H 업무를 지원해 주고 있는 박희순이란 아가씨와 자주 접할 수뿐이 없었다. 그녀도 내가 하는 일을 적극적으로 도와줬으며, 내가 조직한 금산읍 4-H 연합회 여성 부회장도 맡아준 것이다.

그러던 중 추석 때 그녀가 사는 마을인 상지말 4-H 회장의 초대가 있었다. 자기 마을에서 4-H 회원들이 중심이 되어 윷놀이 대회를 연다고 읍 연합회 회장도 좀 참석해 달라는 초대가 왔다. 나는 우리 마을 회원 한 사람과 같이 참석했다.

그때 나는 어머니가 열심히 지어놓은 아버지 한복을 장롱에서 몰래 꺼내 입고 그 마을에 나타났다. 키도 크고 얼굴도 핸섬한 고등학교 학생이 한복을 입고 나타났으니 다른 사람들 시선을 끌 만도 했다. 행사가 시작될 때 간단하게 축사 한마디 해 주고 윷놀이를 하는데 같이 간 친구와 한편이 되어 두 팀을 이기고 세 번째 팀에게 다 이긴 게임을 마지막 패 한 번 잘못 써서 지고 말았다.

이렇게 재미있게 놀고 있는데 어느 아이가 내 옷자락을 끌면서 희순이 누나가 보잔다며 희순이네 집으로 데리고 갔다. 친구와 같이 그 집을 찾아가서 보니 대문이 반듯하고 제법 큰 집에 살고 있었다. 어른들은 가을 추수하러 나가고 자기 혼자 집을 본다면서 음식을 한 상 차려다 줬다. 친구와 나는 웃어 가며 즐겁게 먹고 어른들이 보면 오해할까 봐 조금 머무르다 집으로 돌아왔다.

이렇게 대접을 잘 받고 놀다 왔는데 그날 저녁 한가위 달이 함박만 하게 비춰주는 마을 앞 강변에 앉아 있는데 갑자기 낮에 초대해 주었던 희순이란 아가씨 얼굴이 보름달 모습같이 눈앞에 아른거리며 보고 싶다는 그리움이 솟구쳤다.

분명 낮에 만났는데 왜 그리 보고 싶은지 알 수가 없었다. 문득 머릿속에 스쳐오는 것이 있었다. '이것이 사랑인 모양이구나.' 사랑하면은 보고 또 봐도 보고 싶다더니 낮에 만나서 음식을 먹으면서 이야기도 나눴는데 몇 시간 지나갔다고 또 보고 싶어 안달이 나니 웬일인지 알다가도 모르겠다. 아마 그녀가 나를 초대해 준 것은 나를 좋아해서 그랬던 것이 아닌가 하는 생각에서인지 모르겠다고 생각하면서도 혹시 내가 그녀를 좋아하는 것이 아닌가 하는 생각이 들었다. 그런데 그녀는 무엇이 그리 급했는지 그해 겨울 결혼을 했다. 나이도 고작 20살밖에 안 되었는데 결혼한 것이다. 그러다 보니 그녀에 대한 생각은 바로 잊어버리게 되었다.

그리고 나는 책을 좋아하여 책 속에서 연애하고 있었다. 내가 읽었던 책들을 소개하면 젊은 베르테르의 슬픔, 부활, 쿼바디스, 좁은 문, 심지어 철학책인 소크라테스의 변명까지도 읽은 독서광이었다. 그러다 보니 유치하게 느껴지는 시골 처녀들과 어울려 연애한다는 생각은 조금도 없었다. 그리고 마음속에 내 결혼 상대 여성은 대학을 나와야 한다는 의식이 꽉 차 있었다.

이런 내가 한 방에서 여자와 단둘이 누워 있는 것이다. 가슴에서 콩닥콩닥 심장 뛰는 소리가 아가씨에게 들릴까 봐 전전긍긍하며 누워 있는데 아가씨 손이 내 손을 꼭 잡아 오자 온몸이 불덩어리로 변했다. 나도 모르게 그녀를 와락 끌어안았다. 그녀는 아무런 저항도 없이 그의 얼굴을 내 가슴에 묻었다. 나는 꿈인지 생시인지 알 수 없는 황홀감에 빠져들었다. 친구들이 자기 애인과 잔 이야기를 하면

"미친놈 미친 소리 하네."라고 비웃었는데 그들은 이런 황홀감을 자랑한 모양이라는 생각이 들었다. 지금 내가 느끼고 있는 이런 감정을 친구들이 표현했던 것이 아닌가 생각하며 내 마음을 어떻게 표현해야 할지 알 수가 없었다.

괴테가 쓴 '젊은 베르테르의 슬픔'이란 소설에서 베르테르가 아름다운 롯데를 만나 혼자 짝사랑에 결국 자기의 생명을 포기하는 고귀한 사랑에 빠져있던 나에게 알지 못하는 행운이 온 것인지 알 수 없으나 나는 넋을 잃고 있는 상태가 된 모양이다. 여자만 보면 얼굴이 붉어지고 가슴이 콩닥거리던 사람이 여자를 껴안고 같은 이불속에 누워 있으니 그 황홀경을 어떻게 표현할 수 있을까?

그러고 얼마나 지났는지 모른다. 그녀가 고개를 들고 나를 빤히 쳐다봤다. 그녀를 꼭 껴안은 채 나도 고개를 숙여 그녀의 얼굴을 바라봤다. 창문 달빛에 비친 그녀의 얼굴은 불그스레하게 홍조를 띠고 있었다. 내 숨결이 그녀의 얼굴에 닿는다. 나는 숨이 막히는 것 같은 기분이 들었다. 가슴에서 콩닥거리는 심장이 그대로 숨결로 변하여 코로 내뿜는 모양이다.

내 마음을 들키는 것 같아 호흡을 조절하려 안간힘을 쓰는데 그녀는 턱을 들어 입술로 내 입술을 덮는다. 난생처음으로 키스를 한 것이다. 가난한 집에서 어렵게 살다 보니 부모는 물론 누구에게도 뽀뽀 한 번 받아 본 기억이 없는데, 여자로부터 입맞춤을 받은 것이다. 그녀는 분명 나보다 두 살이나 아래라는데 상당히 노련하게 키스해 왔다.

단순히 입맞춤뿐이 아니라 포개진 입술 사이로 그녀의 혀가 들어오더니 내 입술을 빨아들여 애무한다. 난생처음 해보는 키스지만 그 감미로움은 어떻게 표현해야 할까? 소설책에서만 읽어 오던 키스가 아니던가? 그녀는 노련하게 나의 혀를 자기 입속으로 끌어들여 앞니로 잘근잘근 씹으며 자극을 준다. 남자 나이 스무 살이면 하늘도 들을 힘이 솟구치는 나이가 아니던가?

아마 내 몸은 불덩이가 되었고 이성을 잃은 상태로 변한 모양이다.

누구한테 배우지도 않았는데 나는 그녀의 앞가슴을 더듬기 시작했다. 책에서 본 것과 같이 그녀의 블라우스 단추를 풀고 그녀의 앞가슴에 손을 집어넣는다. 그녀는 아무런 저항이 없이 앞가슴을 만지기 좋게 자세를 고쳐 줬다. 앞가슴을 쓰다듬던 내 손은 용기를 얻었는지 점점 아래로 내려갔다. 그러다 배꼽을 쓰다듬다 팬티 안으로 손을 넣으려 하자 그녀 손이 내 손을 잡는다. 나는 멈칫했다 다시 손을 밀어 넣자 저항하지 않았다. 그녀의 가장 은밀한 곳까지 손을 뻗치게 된 것이다.

그녀는 숨만 헐떡거리며 죽은 듯 조용하며 눈을 지그시 감고 있었다. 그러다 여자의 은밀한 곳을 쓰다듬을 때까지 크게 거부감이 없어 용기를 얻은 나는 팬티를 벗기려 하자 완강히 거부했다. 나는 그녀가 완전히 받아들인 것으로 착각했었다. 다만 여자들은 누구나 처음에 거부하는 체하면서 자기 몸을 허락한다고 친구들이 이야기했으며 많은 소설책이 그렇게 쓰여 있었다. 완전히 이성을 잃은 나는 한 마리의 짐승으로 변한 모양이었다. 완력으로 그녀를 정복하려 한 것이다. 결국, 남자 힘으로 그녀의 하체를 알몸으로 만들어 놓았다. 이런 실랑이를 벌이고 있는데도 학교 운동장 앞 외진 곳에 문간방 두 칸을 드려 하숙하는 주인집은 자정이 넘은 깊은 밤이라 그런지 조용하기만 했으며 옆방은 비어 있었다.

두 사람은 얼마나 실랑이를 했나 알 수가 없었다. 실랑이하다 보니 여자의 반항이 사라졌다. 나는 소설책에서 읽은 내용이나 친구들 말대로 여자가 포기하고 승낙한 것으로 생각하고 섹스를 하려고 그녀 몸 위로 올라가 얼굴을 바라보니 기절한 상태였다.

사람이 기절한 모습을 처음 본 나는 머릿속이 복잡해졌다. 그렇게 강제로 여자를 정복하려 했던 마음은 언제 그랬냐는 듯 싹 사라져 버렸다. 그녀를 일으켜 흔들어 보아도 축 처진 채 반응이 없었다. 수건에다 찬물을 적셔 얼굴을 닦아줘 봐도 소용이 없었다. 갑자기 겁이 나기 시작했다.

지금까지 살면서 죽은 사람이나 기절한 사람을 한 번도 본 적이 없는 사람이라 혹시 죽은 것이 아닌가? 의심이 생겨 호흡을 확인해 보고 맥도 짚어 보았다. 이상이 없다. 이대로 깨어나지 못하는 것이 아닌가 하는 불안감이 엄습해 왔다. 벗긴 팬티를 입혀주고 기절해 있는 여자의 얼굴을 바라보면서 별별 생각을 다 했다.

이 여자가 참말로 죽는 것인가? 이대로 깨어나지 않는 것이 아닌가? 아침까지 깨어나지 않으면 어떻게 해야 할까? 경찰에 자수해야 하나, 아니면 통금이 해제되면 도망가야 하나 등등 별별 생각을 다 했다. 지금까지 가장 양심적으로 산다고 살아왔으며 철이 들면서 남에게 부끄러운 일은 한 번도 한 적이 없다는 생각이 들자 죄를 지었으면 당연히 벌을 받는 것이 마땅하지! 라는 생각을 하면서 그녀 옆에 쭈그린 채 나도 모르게 잠이 들었다.

얼마나 잠을 잤나 인기척을 느껴 눈을 떠보니 그녀는 부스스한 얼굴로 일어나 있었다. 창밖을 보니 날이 새는지 창문에 밝은 빛이 부옇게 보였다. 나는 반가워하며 이상한 짓은 안 했으니 안심하라고 하자 그녀는 아무 말도 하지 않고 헝클어진 머리 모양을 한 체 방문을 나갔다.

나는 살았다고 하면서 한숨을 길게 내 쉬었다. 살인자가 된 줄 알았는데 깨어났으니 얼마나 다행인가? 이제는 그녀와 마지막 이라는 생각을 하면서 앞으로는 여자를 사귀지 말고 열심히 공부나 해야겠다고 다짐을 했다.

그러나 알 수 없는 것이 사람의 마음인 모양이다. 내 앞에 다시는 나타나지 않을 줄 알았던 그녀가 다음 날 저녁에 다시 나타난 것이다. 저녁을 먹고 열심히 공부하고 있는데 동쪽으로 난 조그마한 창문에 인기척이 난다는 느낌을 받았다. 처음에는 바람 소리인가 생각하고 공부를 하고 있는데 조금 있다가 이번에는 노크 소리가 들렸다. 일어나 창문을 열어보니 그녀가 창문 아래에 쭈그리고 앉아 있었다. 들어오라고 하자 아무런 일이 없었다는 듯 들어왔다.

그리고 밤이 깊어 가는데도 가려고 생각을 하지 않고 내방에서 자고 새벽에 가는 것이다. 이런 날이 매일 반복 되었다. 그녀는 집을 떠나 혼자 자취생활을 하고 있으니 다른 사람 눈이 두렵지 않은 모양이다. 그녀가 내방에서 자고 가는 것을 하숙집 아주머니도 알고 있는 것 같은데 아무런 말이 없다. 하긴 이 여자 수단이 얼마나 좋은지 하숙집 아줌마 마음을 꽉 잡고 있었다.

공부하는 나에게는 괴로운 나날이 되었다. 대학 입시는 점점 눈앞에 다가오는데 예쁜 여자가 매일 찾아와 옆에서 자고 있으니 앉은뱅이책상에 혼자 앉자 공부를 한다는 것은 결코 쉬운 일이 아니었다.

이렇게 며칠간 잠자리를 같이했지만, 그녀를 겁탈하지는 않았다. 첫날 너무나 놀라 그녀와 섹스를 한다는 것은 상상조차 하기 싫었다. 그렇다고 그녀만 혼자 자게 놔두지도 않았다. 그녀도 스스럼없이 접근해 왔지만 젊은 나도 그냥 놔둘 수는 없었던 모양이다. 수없이 키스하며 그녀의 몸 구석구석을 애무했지만, 남녀간의 마지막 선은 넘지 않았다. 나는 분명 그녀에게

"그날 아무 일도 없었으니 그리 알아" 했더니

"내가 그리 거부했는데도 하려고 해 놓고 기절했을 때 어떻게 무엇을 한 줄 알아"라며 믿지 못하겠단다. 더 할 말이 없는 나는 행동으로 보여주면 알게 되겠지 하면서 선을 넘지 않은 것이다.

그녀는 무슨 생각으로 내 방을 찾아오는지 알 수 없지만 자기가 찾아오는 것이 공부하는 데 방해가 된다는 것을 알지 못하는 것 같았다. 이런 생활이 계속되자 나는 초조해지기 시작했다. 일 년간 어렵게 마련한 돈으로 밤잠 설치며 공부한다고 했는데 마지막 단계에 와서 여자 때문에 실패로 돌아가겠다는 생각에 마음이 불안해졌다. 그렇다고 그녀를 오지 말라고 말할 용기도 없었다. 결국 나는 하숙집에서 한 달을 채우고 서울로 떠나기로 했다.

그녀에게 서운하지 않도록 좋은 말로 타일렀다. 우리는 아직 어리니 대학을 나온 다음 좋은 직장을 구한 후에 다시 만나자며 8년 후에 결혼하자고 약속한 것이다. 그리고 나는 서울에 가서 한 달 남짓한 기간 학원에 다니면서 공부하겠다며 대전을 떠났다.

서울 마포구 사거리에 있는 사설 독서실에 자리를 잡았다. 매일 아침 연희동에 사는 친척 집에 가서 식사하고 도시락 두 개씩 싸서 독서실에 나가 공부를 한다고 했지만, 체력이 떨어져서 그런지 졸기만 하다 결국 대학에 실패하고 말았다. 봄부터 가을까지 독하게 공부했는데 마지막 유종의 미를 거두지 못하고 탈락

한 것이다.

우리는 한동안 서로 연락을 하지 않았다. 대학에서 떨어진 내 자존심은 그녀를 만나는 것이 허락되지 않았으며 마음 한구석에 그녀 때문에 떨어졌다는 피해 의식도 가지고 있었다. 그렇게 몇 달이 지난 이른 봄 어느 날 그녀로부터 편지가 왔다. 큰오빠 결혼식이 있는데 자기네 마을 앞 커다란 느티나무 아래에서 오후 6시경에 만나자는 것이다.

편지를 읽고 언뜻 마음이 내키지 않았으나 혼자 외딴곳에서 살고 있다 보니 외로움을 느꼈나 찾아가겠다고 답장을 보냈다. 지난번 그의 집에 갔다 밤중에 오면서 고생했던 생각보다 여자를 만난다는 것이 더 좋았던 모양이다.

그녀가 사는 마을은 산골이라 버스가 다니지 않았다. 면 소재지인 하금리라는 마을은 버스가 하루에 오전 2대, 오후 2대가 다니는데 그녀가 사는 마을은 더 산골이라 버스 정류장에서 4㎞나 떨어져 있었다. 나는 오후 5시경 하금리에 도착하는 버스를 타고 갔다. 이 버스를 타고 가면 약속 시각은 지킬 수 있으나 그녀를 만나고 난 후 집으로 돌아오는 버스는 없었다. 지난번같이 산길을 걸어와야 하는데 사랑이 무엇인지 또 겁 없이 달라붙어 본 것이다.

하금리에 내려서면 소재지인 마을을 지나 산골짝으로 이어지는 새로 난 신작로를 걸어가면서 내가 정말 그녀를 사랑하고 있는 것인가. 지난번 그녀 부모를 만났을 때는 작은 오빠 친구라고 둘러댔는데 이번에는 어떻게 둘러대야 할까? 혹시 오빠들에게 들켜 두들겨 맞지는 않을까? 밤중에 집으로는 어떻게 돌아갈까? 별별 생각을 다 하면서 세월아 네월아 하며 걸어가는데 앞에서 젊은 아주머니 한 분이 포대기로 어린아이를 업고 머리에는 보따리를 이고 손에다 보따리를 또 하나 들고 걸어갔다.

보따리가 무거워 보이지는 않지만, 등에 업은 아이가 내려갈까 봐 한 손은 포대기로 묶은 어린아이 엉덩이를 바치고 걸어가는 모습이 뒤에서 바라보니 무척이나 안쓰럽게 보였다. 얼마나 뒤를 따라가다 보따리를 들어다 주기로 마음먹고 가까이 다가가

"제가 보따리를 들어다 드릴까요." 하면서 손을 내밀자 아주머니는 환하게 웃으며

"괜찮은데." 하면서 보따리를 내민다. 무척이나 반가웠던 모양이다. 그리고

"총각은 어디까지 가는데" 하며 말을 걸어온다.

"아래 역들 가는데 아주머니는 어디까지 가세요."

"그래요. 나는 위 역들까지 가는데." 하며 반가워하면서 나를 살펴보더니

"처음 보는 총각이네." 한다. 아래 역들과 위 역들은 역평리라고 하는 같은 마을로 서로 400m 정도 떨어져 있었다. 그러다 보니 마을 사람들끼리 서로 잘 알고 지내는 모양이다.

"예 잔칫집이 있어서 가는 중인데요."

"아~ 곽 씨네 큰아들 장가가는데 가는 모양이구먼."

"예. 그 집에 대해서 잘 아세요."

"그럼. 같은 마을인데. 친척인가?"

"아니요. 둘째 아들 친구입니다."

"군대 간 아들?"

"예."라고 대답하자 아주머니는 군대 간 아들의 친구라니 너는 왜 군대에 안 가고 친구도 없는 잔칫집에 가냐는 듯 나를 힐

끔 쳐다본다. 가슴이 뜨끔했으나 시치미를 띠고

"숙자가 한번 와보라고 해서 ~"라고 대답하자

"그 집 둘째 딸 말하는구먼" 하며 입가에 알 듯 모를 듯 이상한 미소가 지나간다. 네 속을 알겠다는 뜻인 모양이다. 등에 업힌 아이를 보니 갓 돌이 지났을까 하는 사내아이로 귀엽게 생겼다.

"꼬르륵 까꿍." 나는 아이를 웃기며

"참 예쁘게 생겼네요." 하자 아주머니는 기분이 좋은지 아이의 엉덩이를 추석 거리며

"우리 상철이요." 하면서 내 옷차림을 살피며

"총각은 이 근방 사람이 아닌 것 같은데?" 한다. 아마 말쑥한 양복에 넥타이 차림이 시골 사람이 아니라는 모양이다.

"아~ 예 저는 읍에 살아요." 하니 알았다는 표정으로 환하게 웃어 준다. 나도 언뜻 사촌 누나 같다는 느낌을 받았다. 그러다 보니 대화가 자연스럽게 흘러갔다. 나는 처음에는 머뭇거리다 용기를 내어 숙자네 집에 관해서 물어보자 아주머니는 알았다는 듯 숙자네 가정에 대하여 자세히 말을 해 준다.

아주머니 이야기로는 그녀 아버지는 둘째 아들로 마음씨가 부드럽고 인자하여 마을 사람들로부터 존경받으며 자녀는 3남 2녀인데 형제간 우애가 깊은 집이란다. 그리고 숙자는 젖 띠기로 싹싹하기로 소문난 아가씨인데 큰집에 사는 할머니의 귀여움을 독차지하는 아가씨란다. 나는 그래서 그렇게 넉살이 좋고 사람 어려운 줄 모르는 아가씨가 되었구나 하는 생각이 들었다.

위 역들은 아래 역들을 지나가야 있었다. 아주머니는 헤어지면서 묘한 웃음을 띠며

"총각 고마워서. 그리고 숙자와 한 번 잘해 봐." 한다. 나는 얼굴이 빨개지면서

"안녕히 가세요." 하고 걸어가는데 잔칫집에서 나오는 사람들인지 하얀 두루마기를 입고 술들이 거나하게 취한 어른들이 몇 사람 지나간다.

잔칫집이 점점 가까워지자 가슴이 뛰면서 내가 지금 무슨 짓을 하는지 모르겠다는 생각이 들었다. 부모님은 일손이 부족하여 쩔쩔매는데 큰아들이란 놈은 공부한답시고 부모를 속이고 계집애 꽁무니나 따라다니니 한심하기 짝이 없다고 생각하면서도 그녀가 만나자고 한 마을 앞 정자나무 밑에 도착했다.

시계를 보니 5분 정도 남아 있다. 산골이라 그런지 해는 서산에 지고 어둠이 깔리기 시작했다. 정자나무 밑에는 아무도 보이지 않았다. 설마 나왔다 들어가지는 않았겠지 하면서 마을 반대편을 바라보며 담배를 한 대 꺼내 입에 문다. 무슨 일이 있겠나? 배짱으로 버텨 보는 거지. 하며 담배를 태우고 있는데 어디서 나타났는지

"동석이 형" 하는 소리가 들려 돌아보니 지난번 만났던 숙자 동생이었다.

"명식이구나."

"누나가 데리고 오라는데" 하면서 앞에 걸어간다. 그는 내가 말도 붙이기 전에 앞장서서 걸어갔다. 나는 따라갈 수뿐이 없었다. 명식이가 데리고 간 곳은 그네 집이 아니고 마을 제일 안쪽 언덕에 있는 집 사랑채로 안내해 주었다. 그리고 방으로 들어가 있으라며 돌아가 버렸다.

방으로 들어가 방을 둘러보니 사랑방인 모양이다. 조그마한

방 한구석에 이불이 한 채 있고 벽에는 남자 옷이 걸려 있다. 집의 크기로 봐서는 머슴을 두고 살만한 집이 아닌 것 같은데 누구 방인지 알 수가 없다. 방 안쪽으로 자리를 잡고 앉는다. 멍하니 들어온 쪽문을 바라보고 있자니 밖에서 인기척이 났다. 자리에서 일어나 문 쪽을 바라보자 문이 열리며 웃는 얼굴로 숙자가 나타난다.

"왜 서 있어."

"혹시 누군가 해서." 하며 반가운 표정으로 대답했다. 나는 불안한 마음에

"여기 있어도 괜찮은 거야."

"걱정하지 마. 큰집인데 아무도 안 올 거야." 하며 상의를 벗겨 벽에 걸어 놨다. 몇 달 만에 만난 얼굴인가? 그러나 어떻게 표현해야 할지 어색하기만 했다. 그녀는

"조금만 기다려 내가 음식을 가져올게." 하며 방에서 나갔다. 나는 아랫목 쪽으로 자리 잡고 얼마 동안 앉아 있으니 그녀가 둥근 상에다 잔치국수와 떡 부치기 등 한 상을 차려서 들고 왔다. 그리고 혼자 먹고 있으란다. 지금 가족들 마지막 상을 치우고 있으니까 가서 거들어 주고 오겠단다.

혼자 집에서 빚은 곡주 한 잔을 마시니 얼굴이 달아오르는지 화끈거렸다. 창문을 바라보며 음식을 먹으면서 생각하니 배짱 한 번 좋다는 생각이 들었다. 나이도 몇 살 먹지 않은 녀석이 처녀 집 잔치에 찾아와 남의 집 방을 하나 차지하고 앉아 있으니 겁도 없다는 생각이 들었다. 집안 어른들이나 마을 청년들에게 들키면 몰매라도 맞을 줄 모르는데 하면서 어지간히 먹자 상을 위로 밀어 놓고 다리를 쭉 펴고 벽에 기대어 이 생각 저 생각에

젖어 들었다.

 얼마나 있다가 밖에서 인기척이나 일어서자 문이 열리고 그녀와 함께 할머니 한 분이 들어 왔다. 나는 얼른 옷을 주워 입고 바른 자세로 할머니를 응시하자 그녀는 자기 할머니라며 인사를 하란다. 나는 할머니를 바라보며 웃는 얼굴로
 "안녕하세요. 아랫목으로 앉으세요." 하면서 큰절할 준비를 했다. 할머니는 아랫목 쪽으로 자리를 잡으며
 "괜찮아~ 그냥 앉아." 하면서 손사래를 친다. 공손하게 큰절을 했다. 그리고 일어나 할머니 앞에 두 손을 무릎에 포개고 앉았다. 할머니 인상이 너무 인자하시며 좋아 보였다. 할머니는 나를 자세히 바라보며
 "이름이 뭐야?"
 "권동석입니다."
 "몇 살 먹었어?"
 "스물한 살입니다."
 "집은 어디고?"
 "금산읍 장동이입니다."
 "부모님은 다 살아 계시고?"
 "네."
 "형제는 몇이며 몇 번째인가?"
 "7남매 중 장손입니다."
 "7남매? 부모님들이 무엇을 하시는지 힘드시겠구먼."
 "농사일하고 계십니다." 한동안 할머니로부터 면접을 톡톡히 봤다. 할머니는 손녀사위 감으로 마음에 들었는지 흐뭇한 얼굴로 바라보다가 일어나신다. 그러면서

"편히 쉬었다 가게. 나는 나가 볼 테니까?" 하면서 나가신다. 그리고 숙자도 마지막으로 집안 식구들끼리 잔치를 한다며 기다리고 있으라면서 다시 나갔다.

배도 부르고 할머니 면접도 합격한 것 같고 방이 따뜻하니 졸음이 왔다. 나는 상의를 벗어 벽에 걸어 놓고 따뜻한 아랫목으로 희미하게 비춰주는 호롱불을 바라보며 누워 있었다. 밖은 칠흑같이 캄캄했다. 설마 이대로 나 혼자 놔두고 오지 않는 것이 아닌가? 내일 아침은 언제쯤 나가야 할까? 이런 생각 저런 생각 하다 깜박 잠이 들려고 하는데 그녀가 들어왔다.

"이제 다 끝나고 잠자리에 들었네. 심심했지?" 하면서

"이것은 내일 아침 대신 먹어." 하면서 신문지에 싼 떡과 부치기 한 뭉치를 들고 들어서는 그녀 모습은 개선장군같이 보였다. 새언니 맞아들이기 위하여 얼마나 열심히 뛰어다녔는지 아느냐 하는 표정이다. 그녀 성격상 한 번도 서 있지 못하고 동동거리며 뛰어다녔을 것 같다는 생각이 들었다.

"피곤한데 집에서 푹 쉬지. 왜 또 왔어." 하자

"나 지금 자러 왔는데." 하면서 나랑 같이 자겠단다. 나는 어떻게 해야 할지 당황스러웠다. 아까 할머니도 왔다 갔으니 어머니도 알 것 같은데 나와 함께 잠을 자겠단다.

"여기서 자도 괜찮아."

"어머니에게 잠자러 간다고 이야기하고 왔으니까 안 찾을 거야." 한다.

전에 하숙집에서는 주변에 아는 사람이 없으니까 젊은 남녀가 한 방에서 밤을 보냈지만, 지금은 시골의 처녀네 친척 집인 모양인데 남녀가 한방에서 밤을 보낸다는 것이 용납되는지 알 수가

없었다.

　속으로 부모님들이 나를 사위로 받아들이고 모르는 체하는 것인가? 아니면 정말로 몰라서 친척들이 많이 와 잠자리가 부족해 딸이 나가서 자는 것을 허락한 것인가? 알 수는 없지만, 그녀가 자고 간다는 것이 싫지만은 않았다.

　같은 이불 속에 드러누운 그녀는 내 가슴 속으로 파고들었다. 그리고 거침없이 키스해 왔다. 나도 그녀를 꼭 껴안으며 애무해 준다. 오늘 장가간 큰아들만 신방에 든 것이 아니라 작은딸도 신방에 든 사람이 된 꼴이 되었다.

　그러나 나는 그녀 몸을 애무만 하고 남녀가 지켜야 할 최종 선은 넘지 않았다. 지난번 혼나도 너무 혼나 절대로 그녀를 범하지 않겠다는 것이 내 생각이었다. 그런 내 마음을 아는지 모르는지 알 수 없지만, 그녀는 자기 몸을 완전히 나에게 맡기는 것이다.

　새벽이 되자 그녀는 밥을 해야 한다면서 일어났다. 그러면서 자기도 오늘 대전에 간다면서 오후에 내가 사는 인삼밭 움막집으로 찾아오겠단다. 그리고 싸다 준 음식을 먹고 날이 새기 전 알아서 가란다.

　나는 창문이 밝아지면서 방을 나와 안채를 살펴보니 아직 일어나지 않았는지 조용했다. 구두 소리가 나지 않게 조용히 걸어 나와 시계를 보니 아침 6시가 조금 지나가고 있다. 첫차는 면사무소 앞에서 7시 30분경에 지나는 것으로 알고 있었다. 차 시간에 늦지 않도록 조금 서둘러 나왔다.

　마을을 빠져나오자 몸이 날 것 같은 기분이 들었다. 배짱 좋게 잘 알지도 못하는 마을에 와서 처녀와 같이 낯모르는 집에서 자고 나왔으니 아무래도 마음에 부담이 컸던 모양이다. 어제 젊은 아주머니와 함께 걸어왔던 자갈길을 혼자 걸어가는데 상쾌하면서도 몸에 찬기가 살짝 느껴졌다.

내가 움막집에 도착한 시간은 오전 10시가 조금 지나서였다. 그녀가 어제저녁에 싸다 준 음식으로 아침 겸 점심으로 때우고 나자 긴장했던 마음이 풀려서 그런지 잠이 왔다. 얼마나 잤나 한숨 푹 자고 일어나 시계를 보니 오후 2시가 지났다.

움막에서 나와 인삼밭을 한 바퀴 돌면서 몸을 추스르는데 산 아랫마을 쪽에서 양산을 든 여자 한 사람이 내가 있는 방향으로 올라오는 것이 눈에 들어왔다. 언뜻 생각에 숙자가 오고 있다는 예감이 들었다. 내려갈까 생각하다 혹시 밭에서 일하는 사람들이라도 보지 않을까 하는 생각에 모른 체하고 움막 안으로 들어왔다.

내가 사는 움막은 돌과 질흙으로 벽을 만들고 위에는 지붕 겸 원두막을 만들어 여름에 사용할 수 있도록 거적문이 있었으며 방 크기는 두 평 남짓으로 높이는 내 키보다 조금 높았다. 문이라고는 벽 중간에 작은 창문이 하나 있고 출입구는 조그마한 쪽문으로 낮에도 컴컴하니 어두웠다.

방 안에는 창문 쪽으로 조그마한 탁상과 호롱불 등잔 하나와 그리고 책 몇 권이 탁상 위에 놓여 있으며 한쪽 구석에 이불이 한 채 개어 있다. 그리고 쪽문 측 벽 앞에 곡식 자루가 하나 놓여 있다.

20분쯤 지나 방에서 나오자 그녀는 인삼밭 가까이 왔다. 나는 싸리문을 열고 나가 그녀를 안내했다. 그녀는 주변을 둘러보고 신기한 듯

"여기서 혼자 살아." 한다.

"어때. 경치 한번 좋지?" 하며 넉살을 핀다.

"아이 힘들어. 왜 그리 멀어."하면서 움막 앞 부뚜막에 신문지를 펴고 앉는다. 숨을 돌린 그녀는 움막 안으로 들어가면서 "토굴 같은데" 하면서 방안을 둘러본다.

"여기서 공부가 돼"

"조용하잖아"

"조용은 하네. 수도승 되겠어." 그녀는 웃으며 이야기하지만 불쌍하다는 표정이었다.

"어제 잔치 치르고 피곤할 텐데 집에서 좀 쉬지 왜 왔어"

"집에 친척들이 와 있으니 심부름하기 싫어 학원가야 한다면서 도망 나왔지 뭐"

"하긴 쉴 수도 없겠다."

"공부는 잘돼"

"한다고 하는데 잘 되는지 모르겠네."

"무슨 공부 하는데"

"공무원 시험 준비"

"대학은 포기했어."

"공무원 하면서 야간 대학을 가려고"

가난한 집에 형제가 7남매인데 동생들이 죽 있으니 가정에 기댈 형편은 못되었다. 그래서 내가 생각한 것은 공무원 생활을 하면서 돈을 벌어 야간대학을 다녀야겠다는 생각에 근무지가 서울, 대구, 광주, 대전에만 있는 소년원에 근무하는 보도직 공무원 시험 준비를 하고 있었다. 이 네 도시는 어느 곳에 가더라도 야간 대학을 다닐 수 있다는 생각에서였다. 대학은 꼭 가겠다는 생각이다.

그녀는 잠깐 숨을 돌리고 나더니 가겠다며 일어섰다. 나는 붙잡을 처지가 못 되었다. 움막에서 자고 가라고 할 수도 없고 그녀에게 해 줄 음식도 없었다. 혼자야 깡보리밥을 된장에다 적당히 버무려 때우지만, 그녀에게 먹으라고 줄 수는 없었다.

그리고 그녀 집은 우리 집보다 시골이라 중학교도 다니지 못했지만 먹고 사는 것은 넉넉한 집이라 꽁보리밥을 먹지 않는 집이었다. 나는 그녀와 같이 이야기를 나누며 버스 정류장까지 바래다 주었다. 그리고 서로 편지나 하자며 헤어졌다.

이렇게 헤어진 그녀는 한동안 소식이 없었다. 나도 그해 7월에 실시하는 보도직 공무원 시험에 1차 합격하여 잘 되나 생각했는데 아직 때가 이른 것인지 2차 면접에서 떨어지고 말았다.

보도직 시험은 자격이 만 20세 이상 되어야 하는데 생년월일이 1년 늦게 된 나는 실제 나이는 만 20세가 넘었으나 호적상 원서를 접수하는 기점으로 3일이 부족 했다. 원서를 접수할 때 거짓으로 응시하여 합격했으나 2차 면접을 볼 때 제출하는 서류 중 호적등본을 임으로 정정하여 제출한 것이 탄로 난 것인지 탈락하고 말았다.

그러고 있는 사이 어느 날 옆집에 사는 친구가 숙자가 박상현이란 친구와 교제하면서 그 친구 도움으로 외부리란 마을 도로변에 조그마한 미장원을 차렸다고 알려 줬다. 상현이란 친구는 만난 적은 없지만, 나이는 나와 같으며 대전 상고를 졸업한 제법 잘사는 집 아들이라고 친구가 말해 준 적이 있었다. 그리고 지난번 그녀 동생 입에서 나보고 상현이 형이 아니냐고 물었듯이 그녀는 나보다 먼저 박상현을 사귀고 있으면서 나에게 접근했는지 모른다고 생각하고 있었다.

나는 그녀가 누구와 만나든 별로 신경이 쓰이지 않았다. 내 마음속에 간직하고 있는 여자는 최소한 대학을 나와야 한다고 자부하고 있었기 때문이다. 그러나 한 번 만나고 두 번 만나자 나도 모르게 정이 들었던 모양이다.

숙자는 지난번 움막에 와서 내가 생활하는 것을 보고 실망했을 것이란 생각도 해 봤다. 집은 가난하고 형제는 많으며 공부한다고 하는 것이 믿음이 가지 않아 돈이 많은 다른 남자를 사귀고 있는지 모른다는 생각이 들었다. 그녀가 다른 남자를 사귄다고 아쉬움은 없었으나 혼자 외딴곳에 있다가 보니 한번 만나보고 싶다는 생각이 들어, 어느 날 용기를 내어 그녀 미장원을 찾아가 봤다.

그녀가 간판을 내건 미장원은 금산에서 대전으로 가는 새말이란 마을 도로변에 있는데 도로를 따라 흙벽돌로 3칸의 가게가 지어져 있었다. 아래 칸은 잡화상 상점이고 가운데 칸은 막걸리 파는 술집이며 맨 위 칸에 미장원 간판이 붙어 있었다.

엉성하게 달린 창문을 노크하고 안으로 들어가 보니 3평 정도 되는 조그마한 공간에 의자가 3개 놓여 있는데 그녀가 가운데 의자에 앉아있다 일어서며 어떻게 왔냐는 눈초리로 나를 바라본다. 몇 달 전만 해도 자기 집까지 초대했던 사람이 안면을 바꿔 어색한 표정으로 나를 맞이했다.

같이 일하는 친구는 잠깐 볼일이 있어 나갔다며 누가 오기 전에 빨리 갔으면 하는 눈치라 별말 없이 창문을 열고 나왔다. 그녀는 잘 가란 말도 없이 창문을 닫았다. 집으로 돌아오는데 기분이 찝찝했지만 잊어버리자고 마음을 먹으며 돌아왔다. 그러다 그해 10월경 유성에다 미장원을 내려고 그런다며 돈 좀 있으면

한 달만 융통해 달라는 편지가 왔다. 나는 어이가 없어 모르는 척하고 있다가 11월에 처음 생기는 대학 예비고사를 보기 위하여 부모님에게 취직한다고 속여 돈을 타 갖고 집을 나왔었다.

그리고 진안 마이산으로 들어가 대학 예비고사 준비를 하면서 한 달 후에 돌려줄 수 있으면 돈을 가져다 쓰라고 편지를 보내자 득달같이 찾아와 두 달 치 하숙비를 한 달 후에 돌려주겠다고 약속하면서 가져갔다. 내가 제시한 한 달이란 날짜는 대학 예비고사를 보는 바로 전날로 시험에 떨어지면 집으로 돌아갈 수 없어 생활비로 남겨둔 돈이었다.

나는 대학 예비고사를 대전에서 보면서 시험 전날 유성에 있는 그녀의 미장원을 찾아갔으나 그녀는 나에게 빌려 간 돈이 부담스러웠는지, 아니면 나와 교제를 끊기 위한 것인지 알 수 없었지만, 미장원을 잠가 놓고 어디로 갔는지 만나주지 않았다.

여자에게 배신당한 것을 깨달은 나는 그날로 그녀를 잊어버리자고 맹세하고 대학 예비고사에 합격한 다음 대학 입학시험에도 합격하여 대학생이 된 것이다. 그리고 대학을 다니다 중간에 군대에 입대하여 3년이란 세월을 복무하고 다시 대학에 다니는 만학도가 되었다. 그사이 우리는 서로 어디서 무엇을 하며 살고 있는지 전혀 알지 못하고 있었다.

그녀와 관계는 어린 시절 하나의 불장난으로 생각하고 있었다. 그리고 나이 어린 계집애가 나를 가지고 놀았다는 피해 의식이 마음속에 강하게 잠재하고 있어 그녀에 대한 생각은 까마득하게 잊어버리고 있었다.

그녀와 헤어지고 차를 타고 집으로 돌아오면서 곰곰이 생각해 봐도 내가 그녀에게 잘못을 저질렀다는 생각은 조금도 들지 않았다. 오히려 그녀 때문에 내 인생이 늦춰져 있다는 피해 의식이 강하게 남아 있는데 그녀는 나를 원망하는 것 같은 말을 남기고 내 모습이 한심하다는 표정을 지어 보였다.

앞으로는 어떤 일이 있어도 다시는 만나지 말아야지 하면서도 혹시 이 여자가 정말로 내가 자기의 정조를 빼앗은 사람이라고 생각하고 있는지도 모르겠다는 생각이 들어 씁쓸한 기분이 들었다. 그러면서 한 편으로는 그때 헤어진 것이 얼마나 잘된 일인지 모른다고 생각하면서도 그래도 내 첫사랑의 연인 한다면 나에게 첫 키스를 해준 이 사람이라는 생각이 들어 그녀가 잘되었으면 하는 생각에 마음속으로 행복하기를 기원해 본다.

천상의 문턱에서

호수 속의 나무

삶과 죽음은 호수 속에 있는 물위의 나무와
물속에 있는 그림자 같은 하나의 실상과 허상 같은 것이 아닐까?

중소도시에 있는 중학교에서 여교사가 학생지도 문제로 학부모에게 경찰서에 고발당하자 자존심이 상한 여교사는 자신의 생활을 비관하면서 스스로 목숨을 끊으려다 실패하고 병동에 누워 가련했던 자신의 지난날을 회상하는 이야기를 담은 글.

소독약 냄새가 코를 진동하며 기도 소리와 웅성거리는 소리가 내 귀에 들어온다. 내세가 있다더니 정말로 있는 것인가? 분명 나는 죽는다고 죽었는데 하면서 살며시 눈을 떠보니 낯익은 얼굴이 나를 쳐다보며

"깨어났어."

"박 선생 나 알아보겠어." 하는 소리가 들려왔다. 눈을 옆으로 돌려 바라보니 교감 선생님과 행정실장 그리고 나이가 지긋한 체육 선생님이 어렴풋이 보였다. 나는 다시 눈을 감자 그들은 간호사를 부르며 의사를 모셔오라고 외치는 소리가 들려왔다. 나는 한숨을 내쉬며 조용히 눈을 감고 생각해 보았다.

분명 오늘 아침 학교를 나가지 않고 두려움과 공포 속에 방문을 걸어 잠가 놓고 침대에 누워 죽을까 말까 하는 갈등을 느끼고 있는데 밖에서 사람들이 웅성거리는 소리가 들려 들어보니 우리 학교 교감 선생님과 2학년 학년 부장 같았다. 순간 자리에서 벌떡 일어나 주방에서 사용하는 식칼을 들고 내 침대에 걸터앉아 눈을 감고 왼손 동맥에 대고 힘껏 잡아당겼다. 그러자 따끔함을 느끼며 나도 모르게

"악~" 하면서 이를 악무는 순간 따뜻한 피가 내 얼굴에 튀는 것을 느끼면서 그대로 침대에 누워 버렸다. 그러자 밖에서

"박 선생. 박 선생."

"문이 잠겼어."

"분명 방에 누가 있는 모양인데"

"주인아줌마 찾아와." 하면서 방문 고리를 돌리는 소리가 들리더니 조금 있다. 주인집 아주머니가

"웬일이라, 열쇠가 없는데"

"신발이 있는 게 분명히 사람이 방에 있는데." 당황스러워하는 목소리가 들려왔다.

"안에 무슨 일이 있나 봐"

"문고리를 부숴 봐, 망치 없어요." 하자 누군가 신발을 끌며 뛰어가는 소리가 들리며 정신이 몽롱해졌다. 그러다 문고리를 부수는 망치 소리를 들은 것 같은데 그 뒤는 생각이 나지 않았다. 아마 정신을 잃은 모양이다.

그러고 조용히 속닥거리는 소리와 기도 소리가 들려 천국에 왔나 생각하며 눈을 떠보니 소독약 냄새가 코에 진동하는 병실이었다. 내 죽음이 실패로 돌아간 모양이라는 생각이 들자 두 눈에서 눈물이 볼기를 타고 주르르 흘렸다. 죽는 것도 쉬운 것이 아닌 모양이다.

나를 물끄러미 바라보고 계시던 교감 선생님은 시선이 나와 마주치자

"박 선생 정신이 들어"

"나 누군지 알아보겠어." 하면서 눈물을 보았는지 걱정하지 말라고 위로하며 손수건을 꺼내 눈물을 닦아 준다. 그리고 두 손

으로 내 손을 꼭 잡아주는데 어렸을 때 어머니가 잡아주던 손길 같이 다정하면서도 따뜻하다는 느낌을 받았다. 그러는 사이 의사가 와서 고비를 넘겼으니 곧 회복될 거라며 너무 걱정하지 말라고 주위 사람들을 안심시켰다. 그리고 문밖에서

"교장 선생님 지금 막 깨어났어요."

"의사 선생님 말씀이 고비를 넘겼으니 걱정하지 말라고 하네요."라고 행정실장이 교장 선생님에게 보고하는 목소리가 들려왔다.

의사는 환자가 안정을 취하며 쉬어야 한다며 걱정하지 말고 한 사람만 남고 두 분은 돌아가라고 선생님에게 말했다. 그러자 교감 선생님은 자기가 집에서 누가 올 때까지 옆에 있을 테니 실장과 체육 선생님은 학교로 먼저 가서 교장 선생님에게 자세히 보고 드리라며 돌려보냈다. 의사와 같이 그들이 나가자 교감 선생님이 눈을 감고 있는 나를 위하여 또 기도하는 소리가 들려왔다.

"하나님 아버지 감사합니다. 오늘 위험에 처한 우리 박명숙 선생님을 위기에서 구해 주신 하나님 아버지께 진심으로 감사드립니다. 하나님 아버지 우리 박명숙 선생에게 강인한 힘을 주시어 앞으로는 이런 일이 절대 일어나지 않도록 보살펴 주시옵소서. 하나님 아버지 우리 박명숙 선생님이 병석에서 하루빨리 일어나 다시 학생들 앞에 설 수 있도록 보살펴 주시옵소서. 하나님 아버지 이름으로 간절히 기도드리옵나이다. 아멘."

교감 선생님은 여자로 착실한 기독교 신자였다. 학교에서도 방과 후에 몇몇 선생님들을 모시고 수시로 기도를 하는 분으로 업무도 꼼꼼하며 모든 것을 솔선수범하여 처리하는 자상한 분이

다.

조금 있다 문소리가 나며

"이게 무슨 일이~라냐." 하며 놀란 표정의 엄마 목소리와

"명숙아."하고 부르는 작은 언니 목소리가 들려 눈을 뜨자 엄마와 작은 언니가 눈에 들어왔다. 그들은 꽤나 놀랐나 옷차림이 집에서 입고 있는 허술한 모습 그대로 달려온 모양이다. 나는 세상이 싫은 듯 다시 눈을 감고 있는데 머릿속에서 내 삶에 대한 서러움이 북받쳐 나도 모르게 눈물이 흘렀다. 어머니는 누구에게 말하는 것인지

"이게 웬일이~라냐." 하고 언니는

"명숙아 괜찮아~"하며 내 손을 꼭 잡는다. 그러자 교감 선생은

"어머님 너무 걱정하지 마세요. 의사 선생님 말씀이 위험한 고비는 넘겼다네요."

"선생님 미안해서 어쩐대요."

"아녀요, 어머님. 많이 놀라셨죠."

"선생님이 많이 놀라셨겠어요."

"철부지 ~, 어린애도 아니고, 이게 웬일이람" 하며 어머니가 말끝을 흐린다. 그러자 교감 선생님은 언니를 밖으로 데리고 나가는지 문소리와 발걸음 소리가 들려 왔다. 아마 지금까지 있었던 상황을 언니에게 이야기할 모양이다. 조금 있다, 다시 문소리와 발걸음 소리가 나더니 교감 선생은 어머니에게

"어머님 죄송합니다. 이만 학교에 가 봐야겠네요."

"아~ 그러세요. 이젠 우리가 왔으니 걱정하지 마시고 어서 들어가 일 보세요." 하자 교감 선생은

"학교 일 좀 보고 시간 나는 대로 다시 오겠습니다." 하면서 내 손을 꼭 잡자 나는 눈을 뜨고 그녀를 물끄러미 쳐다봤다. 그러자 그녀는 상냥한 미소를 띠며

"박 선생 학교 일은 걱정하지 말고 몸조리 잘해. 시간이 나면 다시 올게" 하면서 내 손을 다독거려 주고 어머니와 언니에게 인사를 하고 나갔다.

교감 선생님이 돌아가자 눈을 감고 있는 나에게 어머니와 언니의 잔소리가 한바탕 요란하다.

"썩을 놈의 가시네, 할 일이 그리 없어 뒤질 나고 해"

"야 너 정말로 독하다. 어떻게 칼로 손목을 잘라" 하며 눈을 감고 입을 다물고 있는 나에게 한바탕 퍼붓더니 제풀에 지친 것인지 조용해진다.

얼마 정도 시간이 흐른 후 나는 눈을 뜨고 언니에게

"언니 바쁜데 미안해" 하면서

"나 괜찮으니까 어머니 모시고 돌아가"라고 말하자 물끄러미 나를 바라보고 있던 언니가 "정말 괜찮겠어, 학교에서 아이가 돌아올 시간이 돼 가는데" 그러고 보니 점심시간이 다 되어 가는 모양이다. 언니는 큰아이가 초등학교 1학년으로 이번 학기에 학교에 들어갔다. 아이가 학교에 들어간 지 두 달 남짓하니 엄마로서 걱정이 되는 모양이라는 생각이 들었다.

"걱정하지 말고 돌아가"라고 하자 엄마가

"그래 너는 들어가라. 정식이 올 시간이잖아" 하며 언니만 들어가기를 권했다.

"엄마, 엄마도 가, 나도 조용히 쉬고 싶으니까?"

"너를 어떻게 혼자 두고 간다니"

"엄마, 나 인제 안 죽을 꺼야."

"그걸 누가 믿어"

"하나님이 죽지 말라고 이렇게 살려 놨잖아?"

"이야기할 힘도 없어, 자고 싶으니까 집에 가서 밥 먹어"

나는 어머니에게 점심시간도 되고 조용히 쉬고 싶으니까 엄마도 가기를 재촉하고 있는데 간호사가 병실로 들어왔다. 그녀는 나와 엄마의 이야기를 듣고 있다가

"이제는 괜찮으니 바쁘시면 돌아갔다가 저녁때 가벼운 옷가지와 이불을 준비해 가지고 오세요. 10일 정도 입원해야 하니까" 한다. 나는

"5일이나 입원해요. 내일 나가고 싶은데"

"피를 많이 흘려 완전히 회복되려면 몇 달 걸려요. 퇴원하고도 집에서 잘 요양을 해야 하는데 ~"하면서 어머니와 언니를 바라보며 요양을 잘 시켜야 한다면서 나갔다.

조금 있다, 언니가 엄마를 모시고 병실을 나갔다. 내 주변에 사람이 없자 병실이 눈에 들어왔다. 내가 누워 있는 병실은 여섯 사람이 사용하는 병실로 내 침대는 출입문 입구에 놓여 있었다. 다른 입원 환자들은 낮잠을 자는지 조용했다. 오른쪽 팔뚝에 링거 주삿바늘과 혈액 주삿바늘이 꽂혀 있고 왼쪽 손목은 붕대로 칭칭 싸매있는 것이 칼자국을 꿰매 놓은 모양이다. 그러다 보니 마음대로 움직이지도 못하게 되어 있었다.

약 기운에 취한 것인지 엄마와 언니가 나가자 나도 모르게 눈이 스르르 감겨 와 얼마나 잤는지 모른다. 혈액 주사와 영양제 주사 맞는 팔이 아파 눈을 떠 보니 병실 창밖이 어둑어둑해지고 있다. 몇 시간 푹 잔 모양이다. 옆을 바라보자 언제 왔는지 어머

니가 걱정스러운 표정으로 나를 바라보고 앉아있다.

"왜 또 왔어."

"네 옷과 이불 챙겨 왔잖아"하며 짜증 섞인 목소리로 말하는 엄마가 안쓰러워 보였다. 그러는 사이 저녁밥이 들어왔다. 밥맛이 없는 나는 어머니에게 드시라고 하자 그는 기어이 나보고 먹으란다. 저녁을 먹는 둥 마는 둥 마치고 침대에서 일어나 화장실에 가려고 하자 현기증이 일어난다.

피를 얼마나 흘렸는지 모르지만, 의사 선생님이 조금만 늦었으면 큰일 날 뻔했다고 선생님과 어머니에게 한 이야기를 들었는데 사실인 모양이라는 생각이 들었다. 피 주머니와 링거주사액이 걸려 있는 설치대를 잡고 일어나 화장실에 가 가볍게 양치질을 하며 거울을 바라보니 얼굴이 핼쑥하니 창백해 보였다. 그리고 가지 않겠다는 어머니에게 이제는 죽지 않을 테니까 걱정하지 말라며 억지로 돌려보냈다.

어머니가 돌아가고 내가 누워있는 병실이 조용해지자 어제 있었던 일이 주마등같이 머릿속을 스쳐 갔다. 2교시 수업을 마치고 교무실에 들어와 의자에 앉으려고 하는데 어머니 한 분이 내 책상 옆으로 다가와 바라보니 우리 반 말썽꾸러기 민수 어머니였다. 어머니는 나와 시선이 마주치자 환하게 웃으면서

"선생님 안녕하세요. 아이들 때문에 힘들지요"하고 인사를 하는데 나는 앉으려다 말고

"오셨어요." 하고 건성으로 인사를 받았다. 별로 만나고 싶지 않은 사람이 찾아온 것이다. 민수라는 아이는 키도 크고 잘 생겼으며 공부도 제법 하는 학생인데 부모님을 믿고 그러는지 학급에서 종종 말썽을 부렸다. 아침 자율학습 시간에 늦게 와

"민수 너 왜 늦었어." 하면 잔뜩 불만을 품은 표정으로
"늦잠 잤는데요."
"일찍 일어나면 안 되니."
"선생님은 늦잠 안 자나요?" 하는 식으로 말끝마다 한마디도
지지 않고 꼬박꼬박 말대꾸했다. 그리고 학교에서 하지 말라는
짓은 다 한다. 교복 위에 다른 옷을 걸치고 다닌다든지 춥지도
않은데 목도리를 칭칭 감고 다니는 등 다른 사람 시선을 끌기 위
한 복장을 하고 다녔다.

우리 학교는 새로 오신 교장 선생님 성품이 인자하면서도 주
관이 뚜렷한 분이었다. 그분 말씀은 학생은 학생다워야 한다며
춥지도 않은데 교복 위에 잠바나 체육복 또는 목도리를 걸치고
다니는 것을 용납하지 않았다. 그런가 하면 운동화를 제대로 신
지 않고 뒤꿈치를 꺾어 신고 다닌다든지 또는 실내화를 신고 등
·하교하는 학생을 용납하지 않았으며, 여학생이 입술에 루주를
바르고 손톱에 매니큐어를 바르는 등 필요 없는 모양을 내는 것
을 허용하지 않았다.

이런 성품이다 보니 그분이 부임하고 나서 그동안 손을 대지
않았던 학교 구석구석을 수리하고 지저분하고 더러웠던 곳은 인
부를 사서 깨끗이 청소하여 학교가 새롭게 변해가고 있었다. 이
런 교장 선생님을 보고 어떤 선생님은 우리 교장 선생님은 혹시
결벽증 환자가 아니냐고 말할 정도였다.

이런 교장 선생님이 오시자 처음에 선생님들은 너무 권위적이
라고 수군거렸지만, 시간이 흐르자 학교가 깨끗해지고 말썽부리
는 학생들이 점점 줄어들어 선생님들이 편해지게 되었다. 그러
자 선생님들도 멋진 교장 선생님이라고 인정하는 분위기로 변해

가고 있었다. 내가 보기도 교장 선생님은 절대 권위적인 사람은 아니었으며 그분이 주장하는 대로 교사는 교사다워야 하고 학생은 학생다워야 한다는 말이 옳다는 것을 실감하게 만들어 주고 있는 분이라고 생각하고 있었다.

이분은 작년 9월에 우리 학교에 부임해 왔는데 한 학기 동안에 학교 분위기를 완전히 바꾸어 놓았다. 이분이 처음 한 사업은 학교 담장이었다. 우리 학교는 남쪽은 아파트가 있고 앞과 뒤쪽 및 북쪽은 도로로 둘러싸인 도시형 학교로 좁은 공간에 39학급으로 구성된 전형적인 도시형 학교였다. 그러다 보니 운동장이라야 손바닥보다 조금 컸으며 나지막한 펜스가 쳐 있는데 학생들이 축구를 하면 볼이 펜스를 넘어 도로로 나가기 일쑤였다. 그리고 북쪽과 뒤쪽은 그마저도 없었으며 뒤쪽 후문이 있는 곳은 교실과 도로 사이의 공간이 고작 10m도 떨어지지 않았다.

교장 선생님은 한창 장난이 심한 중학교 1학년과 2학년 학생들이 쉬는 시간이나 하교 때 도로로 뛰어나가다 교통사고라도 나면 누가 책임질 것이냐며 부임한 지 하루 만에 교육청에 들어가 특별 예산을 타다 담장을 만들었다.

그리고 직원 회의실을 □자로 자리를 배치하여 서로 얼굴을 바라보면서 모든 교직원이 동등한 입장에서 회의를 할 수 있도록 꾸며 주었다. 그뿐이 아니다. 이분은 지난여름이 무척이나 더웠는데 학급에 냉방시설이 설치되지 않아 임시 휴교를 했다는 이야기를 듣고 부임하던 날 올해 중에 전 교실에 냉방기를 설치한다고 약속하시더니 가을이 채 오기 전에 학교 발전기금을 조성하여 전 교실에 냉방기를 설치해 주셨다.

그리고 환경 개선을 위한 사업으로 그동안 얼룩진 학교 계단이나 벽을 일요일 날 인부를 사서 깨끗이 닦아 주었으며 여학생 화장실 문짝이 잘 열리지 않는다며 아무도 건의하지 않았는데 새롭게 고쳐 주기도 했다. 또 화장실 청소가 잘 안 되자 지금까지 학생들이 맡았던 화장실 청소를 특별예산을 편성하여 인부를 한 사람 특별고용해서 관리하도록 했다.

이분이 처음 부임하면서 하신 말씀이 학교란 학생을 위한 학교가 되어야 한다며

"이 학교의 주인은 내가 아니라 학생들이며 또한 선생님들입니다. 따라서 교장이나 교감 및 행정실은 학생들이 공부하는 데 불편함이 없고 선생님들이 학생을 지도하는 데 불편하지 않도록 지원해 주는 보조 기관이니 선생님들은 학생을 위한 것이라면 무엇이든지 건의해 주시기 바랍니다. 저는 가능한 한 다 들어 줄 것을 약속하겠습니다. 그리고 나는 절대 선생님을 이기지도 못하지만 이기려 하지도 않을 것입니다. 그렇다고 지지도 않을 것입니다. 새로 생긴 신설 학교답게 멋진 학교로 만들어 봅시다." 라고 인사말을 한 분이다.

우리 학교는 4년 전에 설립된 학교로 삼면이 아파트로 둘러싸여 있으며 건물 자체가 새로운 모델로 복도가 넓고 학생 개개인의 사물을 보관할 수 있는 라커룸과 승강기까지 설치된 최신형 학교였다. 그런 학교가 3년도 채 되기 전에 화장실 문짝이 잘 여닫치지 않고 벽에는 낙서투성이며 복도에는 껌 자국과 때 자국이 많아 지저분하기 그지없었다.

초대 교장 선생님은 초등학교에 계시다 중등에 올라온 분이라는데 무슨 이유인지 모르지만, 교무실이나 행정실에 교장의 명이 서지 않아 학교가 지저분해졌다. 그러다 보니 학생들도 관리

가 제대로 되지 않아 복장은 물론 사건 사고가 끝날 날이 없었다. 이런 소문이 밖으로 흘러나간 것인지 초등학교에서 중학교에 올 때 13개 중학교에서 1지망이나 2지망으로 오는 학생은 극소수이고 대부분의 학생이 마지못해 오는 12지망이나 13지망 학생이 입학하여 학생이나 학부모 모두 학교에 대한 애착 감이 없었으며 신뢰하지도 않았었다.

그런가 하면 일부 선생님들은 교장의 행동에 쑥덕거리며 흉을 보면서 자기가 할 일을 제대로 하지 않고 놀고 있었다. 이런 학교라 학생들 실력도 형편없었다. 지난해 고등학교 입시에서 시내에 있는 중학교 가운데 우리 학교 학생들이 관내에 있는 고등학교 진학에 실패하고 농촌 지역에 있는 시골 고등학교로 유학 가는 학생이 제일 많았다.

그런 학교에 새로 오신 교장 선생님은 처음에는 시설을 깨끗이 고쳐 주더니, 10월에 도에서 실시한 학력고사 점수가 나오자 손수 학력고사 점수를 분석하면서 지난해 고교입시 상황도 분석하여 방과 후에 직원회의를 열도록 했다.

교장 선생님은 손수 PPT 자료를 만들어 우리 학교 학생들의 성적과 도 단위 학생들의 평균, 시 단위 학생들의 평균 등을 분석하여 브리핑하는데 내가 보기에도 창피했다. 우리 학교 학생들은 시 단위 평균은 고사하고 시골 면 단위 학생들보다 저조하게 나타났다. 그리고 지난해 고등학교 진학 상황도 손수 브리핑했다. 브리핑을 마친 교장은 선생님들에게 학생을 지도하는데 애로 사항이 있으면 언제든지 말씀하시라며 모든 지원을 아끼지 않겠다는 약속을 했다.

그러자 어느 여선생님이 자리에서 벌떡 일어나더니

"교장 선생님 학교 교육이 성적만이 최고가 아니잖아요?"하자 그분은

"그럼 집 옆에 가고자 하는 학교에 진학하지 못하고 시골 학교로 진학시키는 것이 올바른 학교 교육입니까?" 반문하고 잠깐 멈추었다가

"앞으로 우리 학교 성적은 최소한 시 단위 평균은 유지하는 학교를 만들어 주시기 바랍니다." 라며 회의를 마쳤다.

회의가 끝나자 회의 때 성적만이 최고냐고 항의했던 여선생이 식식거리며 1층에 있는 교장실로 내려갔다. 이 여선생은 우리 학교 교원노조 여교사 대표로 올드미스며 성격이 활달하면서 누구에게 지지 않는 성격의 소유자였다. 전임 교장과는 수시로 부닥치었으며 3학년 담임만 맡는 선생님이었다.

그녀는 이번 교장 선생님이 새로 부임하자 좋은 분이 오셨다고 떠들어 댔으며 지난가을 소풍 때는 교장 선생님이 학생들의 꿈을 키워 주라면서 가을 소풍을 서울대학교 견학과 서울에 있는 소극장에 가서 연극 관람을 시켜주면 어떠냐는 제안이 들어왔다고 신바람이 나 학생을 서울로 인솔했던 사람이다.

그런데 학생 성적이 저조하다는 지적을 받자 화를 내면서 교장 선생님을 찾아간 것이다. 그가 교장실에 가서 무어라 했는지는 사용하는 교무실이 달라 알 수 없었지만, 소문에 내년에 고등학교로 가란다고 했다는 소문만 들려왔다. 그러더니 정말로 3월에 고등학교로 전출했다.

그리고 3월 인사에는 생각지도 않았던 선생님들이 몇 분 다른 학교로 이동했다. 그분들 대부분이 내가 생각해도 그동안 학생지도보다는 자기들 권익만 주장했던 분들로 종종 학생지도에 문

제를 일으켰던 분들이었다.

그중 어떤 남자 선생님은 교무실에서 중학교 1학년 여학생에게 사용하면 안 되는 욕을 했다고 학생 어머니가 교장 선생님을 찾아와 이럴 수가 있냐고 항의하면서, 이런 교사에게 내 딸을 맡길 수 없으니 교사를 내보내지 않으면 언론에 공개하여 학교를 욕보이겠다고 협박하고 간 적이 있었다. 이 선생은 내가 보기도 교사로서 자질이 문제가 있어 보였으며 학생들을 열심히 지도한다고 하는데 학생지도 방법이나 품위가 말이 아니었다.

교장 선생님은 이 선생님을 교장실로 조용히 불러 해결책을 모색하려 하는데 이 선생은 교장 선생님에게 오히려 큰소리치면서 내가 무엇을 잘못했냐고 항의를 했단다. 그러자 교장은 그럼 선생님이 한 행동이 잘한 행동인지? 아니면 잘못된 행동인지? 확인해 보자며 제안하기를

"선생님 그럼 교감 선생님이 중심이 되어 학교운영위원회 대표, 학부모회 대표, 교원노조 대표, 교총 대표, 젊은 남녀교사 대표, 나이 드신 남녀 교사 대표, 학생 남녀 대표, 언론사 한 분 등, 총 12분을 모셔다 놓고 의견 한번 들어 봅시다. 그분들이 선생님의 행동이 옳다고 하면 이 학교에 계속 근무하고 잘못했다고 하면 내년 3월에 이 학교를 떠나 주시기 바랍니다. 학부모는 내가 책임지고 다독거려 놓겠습니다." 하면서 내보냈단다.

그 교사는 다음 날 아침 교장실로 찾아가 자기가 내년 3월에 떠난다고 약속하고 사건은 일단 마무리 지었다는데 그는 정말로 3월에 다른 학교로 전보를 신청하여 떠난 일도 있었다.

평소 성격이 꼬장꼬장해서 그런지 나는 이런 교장 선생님이 멋져 보였고 자기 소신과 원칙이 뚜렷한 것이 마음에 들었다. 그

리고 교사들도 전과 달리 교장 선생님의 학교 경영 방침에 걸맞게 학생을 지도하게 된 것이다. 전 같으면 학생들의 행동이나 복장이 잘못되었어도 모르는 채 넘어가는 것이 우리 학교 선생님들이었는데 이제는 이를 고쳐 주려고 노력하는 선생님으로 변한 것이다.

본래 내 성격도 그와 비슷하여 잘못된 행동을 하는 학생은 용납이 되지 않는 성격이었다. 그래서 그런지 지난주에는 아침에 등교한 민수의 복장이 불량하여 주의를 주자 이 녀석이 눈을 부라리며 불평 거려 복도에 나가 무릎 꿇고 앉아 손들고 있으라고 말하고 조금 있다 복도에 나가 일으켜 세운 다음

"너 이런 거 입지 말라고 했어, 안 했어." 하자

"선생님이 뭔데 그래요. 학생부 선생님도 아니면서?" 어이가 없는 나는 화를 내는 체 하며

"뭐야, 학생과 선생님도 아니면서?" 출석부를 쳐들자 이 녀석은

"엄마가 그러는데 학생과 선생님이 괜찮다고 했다는데요?" 하고 또 말대꾸했다.

"학생과 어느 선생님이"

"학생부장 선생님이 그랬다는데요."

나는 어이가 없어 들고 있던 출석부로 가볍게 머리를 툭 건드렸다. 그런데 이것을 트집 잡아 의사 진단서를 제출하고 5일간이나 학교에 나오지 않다가 어제부터 학교에 나온 학생이다.

그 아이는 중학교 2학년이지만 내 키보다 10㎝는 더 큰 학생이며 말이 출석부로 때렸다고 하지만 그저 타이르는 식으로 살짝 건드린 것인데 나는 기가 막혔다.

민수 학생의 가정환경은 외삼촌이 시내 중심부에서 커다란 병원을 운영하고 있었으며 학생 아버지가 병원에서 사무장으로 근무하고 있단다. 그래서 그런지 아이 말만 듣고 진단서를 작성하여 학교에 제출한 모양이다. 그리고 어머니는 서울에서 꽤나 이름 있는 S 여자대학교를 나온 사람으로 학교 학부모회에 임원을 맡고 있었다. 그런가 하면 여유로운 사람이라 그런지 꽤나 멋을 부리며 설치고 다니는 사람 중 한 사람으로 소문이 나 있었다.

지난해는 민수 형이 이 학교를 졸업 했는데 시내에서 제법 공부를 잘하는 학생만 진학하는 특수 고등학교로 진학했단다. 형제가 같은 학교에 다니면서 공부도 제법 잘하고 어머니가 학부모회 활동을 오랫동안 하다 보니 교장 선생님은 몰라도 교감 선생님이나 대부분 선생님이 잘 알고 지내는 사이인지 지난번에는 학생부장 선생님이 어떤 뜻인지는 모르지만, 어머니가 이야기했다며 이 녀석을 잘 봐주라는 식으로 이야기한 적도 있었다.

그리고 선생님들 사이의 소문에 의하면 자기 아이 담임이 마음에 들지 않으면 종종 학교를 골탕 먹이는 사람으로 민수가 초등학교 4학년에 다닐 때 담임선생님이 자기 마음에 들지 않는다고 교장실에 찾아가 항의하여 학교에서 담임을 바꿔 준 적도 있었다는 소문이 있다며 조심하라고 학년 초에 내 귀에까지 소문이 들려온 여자였다.

나는 학기 초부터 이 여자와 너무 가까이하지 말고 내 약점을 잡히지 않겠다고 생각하고 있었다. 그런데 출석부로 그 녀석 머리를 건드린 것이 문제가 될 줄은 전혀 생각하지 못한 것이다.

그리고 내가 출석부로 머리를 건드릴 때 그는 손을 올려 막아 출석부가 머리에 닿나 모를 정도를 가지고 현기증이 일어나 어지러워서 학교를 못 나오겠다고 의사 진단서를 제출하고 학교를 나오지 않은 것이다. 그러다 어제 학교에 나오자 나는 속이 부글거렸지만 참고 웃으며

"이제는 괜찮니?" 하고 친절하게 대해 줬는데 오늘 무엇 때문에 어머니가 왔는지 모르겠다.

그녀는 웃으며

"선생님 고마워요. 우리 민수가 선생님을 무척 좋아해요. 그리고 선생님이 예뻐해 주셔서 지난번 시험에 선생님 과목인 과학 점수가 100점을 맞았잖아요." 하면서 손에 들고 있는 종이 가방에서 무엇인가 꺼내며

"이것은 요즘 새로 나온 화장품인데 한 번 사용해 보세요." 하며 나에게 건넨다. 나는 서서 있는 채로

"그냥 가져가세요. 저는 선물을 받지 않습니다."라고 냉정하게 쏘아붙였다. 그러자 그녀는 얼굴이 홍당무로 변하며 나를 노려본 다음 선물 포장 꾸러미를 들고 교무실을 나가 버렸다. 나는 아차 하는 생각이 머리를 스쳐 갔다.

그러고 4교시가 끝나고 점심을 먹으러 가는데 간 줄 알았던 그 여자가 본부 교무실에서 교감 선생님과 같이 나오는 것이 먼 발치로 눈에 들어왔다. 기분이 별로 좋지 않지만 내가 뇌물이나 받는 사람인가 하는 생각을 하며 점심을 먹으러 식당으로 내려갔다.

6교시가 끝나자 교감 선생님이 상담실에서 보자는 연락이 왔다. 교감 선생님 말씀은 그 여자가 교장실에 가서 내가 출석부로 학생을 때려 학생이 5일 동안이나 학교를 나가지 못했는데 담임 선생이란 사람이 병문안 한 번 안 왔다며 열을 올렸단다.

교장 선생님은 사실을 확인하기 위하여 자기를 교장실로 불러 교장실에 가서 그 여자를 만나 대화하던 중 내가 담임선생님 이야기를 듣고 어머님께 전화하지 않았냐고 하자 교감 선생님보다 담임이 직접 전화해야지 무슨 말이냐고 오히려 열을 냈단다. 그러자 교장 선생님이

　"왜 담임선생님이 학생 머리를 때렸지요."라고 물어 와 '아이가 학교에서 금지한 복장으로 등교하여 주의를 주자 선생님은 학생부 소속도 아니면서 왜 혼을 내느냐고 항의해 잠깐 복도에 나가 손을 들고 있으라고 한 다음 조회가 끝난 후 주의를 주면서 출석부로 머리를 건드렸는데 진단서를 제출하고 학교에 나오지 않자 담임선생님은 자기와 상담을 하여 자기가 선생님 대신 집에 전화를 걸었다.'고 말씀드리자 옆에서 듣고 있던 어머니가 화를 내며 교장 선생님에게

　"선생님이 아이 머리를 때려 학교를 못 나오게 할 수 있어요."라고 열을 올리자 교장 선생님은 학생부장을 불러 사실을 조사하여 학생이 잘못한 것이 있으면 상벌위원회를 열고 거기에 맞는 처벌을 하고 선생님이 잘못했으면 사과하고 교감 선생님이 주의를 주라고 지시를 내렸단다. 그러자 그 여자는 화를 내며 본부 교무실까지 자기를 따라오면서

　"어디 학생만 손대봐, 내가 학교를 가만두는가, 학교를 쑥대밭으로 만들어 줄 테니 ~~ 건들기만 해 봐라?"

　"젊은 것이 선생이면 눈에 보이는 것이 없나 봐?"하며 화를 냈단다.

　"학부모가 성의 표시로 선물을 주면 받을 것이지 제까짓 게 얼마나 잘났다고 사람 무안하게 만들어" 하면서 돌아갔단다. 그러

면서

"왜 선물을 주면 받지 그랬어, 스승의 날이 가깝다고 학부모가 성의 표시라는데"했다. 그러면서 그 여자와 있었던 일을 설명해 줬다.

그녀는 나와 헤어진 후 교장실로 찾아갔단다. 그리고 '선생님이란 사람이 자기보다 나이가 더 많은 학부모가 찾아왔는데 의자에 앉으라는 말 한마디 없이 세워놓고 이야기할 수 있는 일이냐고 화를 내면서 출석부로 자기 아들 머리를 때려 며칠간 학교에 못 나갔는데 전화 한 통화 하지 않는 사람이 무슨 선생이냐며 항의했단다. 교장 선생님은 자기가 한 번 알아보고 주의를 주겠다고 사과해도 듣지 않아 교감과 학생부장을 불러 사실을 조사해 보라는 지시를 내렸단다.'

그러면서 자기에게 선생님과 면담을 해보고 선생님 태도에 문제가 있으면 주의를 주라고 했으며 학생부장에게는 학생을 조사하여 잘못이 있으면 거기에 맞는 조처를 하라는 지시가 있었단다. 그러자 학부모는 오히려 화를 내며 교장실에서 나와 학생만 처벌하면 학교를 가만두지 않겠다고 하여 자기가 잘 타일러 보냈단다. 그러면서 학부모에게 오해 가지 않도록 하라는 말을 해 줬다.

교감 선생님 이야기를 들으며 생각해 보니 수업 시간에 학생들과 실랑이를 하고 나온 나는 짜증이 난 상태로 교무실에 들어와 막 자리에 앉으려는데 학부모가 들어와 미처 의자에 앉으라고 권하지 못했다는 생각이 들었다.

또 가난한 환경에서 자란 나에게 돈 좀 있는 체하는 학부모가 위선적인 말을 하며 주는 선물에 짜증이 나 불친절하게 대한 모양이다. 하긴 평소에도 다른 사람과 별로 말이 없는 내 성격에 문제가 있는 것은 아닌가 하는 생각도 들었다.

교감 선생님 말씀에 동조하는 것은 아니지만

"잘 알았습니다."라고 대답하고 7교시 보충수업이 끝난 다음 퇴근하려 준비를 하는데 또 교감 선생님이 상담실에서 보자고 연락이 왔다.

상담실에 들어가자 교감 선생 표정이 심각해 보였다. 그는 조금 뜸을 들이다

"박 선생 학부모가 고발했다는데!"

"예~?"

"내가 잘 타일러 보냈는데 민수 어머니가 화가 덜 풀렸던가 봐"

나는 어이가 없어 멍하니 교감 선생 얼굴만 쳐다봤다. 그러자 교감 선생은

"경찰서에서 퇴근할 때 잠깐 왔다 가라는데?"

"경찰서요?" 순간 내 얼굴 색깔이 변하는 것 같은 기분을 느끼며 성질이 났다. 그러자 교감 선생은

"교장 선생님과 상의 했더니 영장이 발부된 것도 아니니 선생님이 싫으시면 갈 필요는 없는데 경찰에 협조한다는 차원이면 가보는 것도 좋을 것 같다는데~~?" 한다. 나는 생각할수록 화가 치밀었다. 내가 무엇을 잘못해서 피해야 하나 하는 생각이 들자

"가지요. 가겠습니다." 라고 강하게 대답했다.

민수 어머니는 학교에서 나와 집으로 가지 않고 경찰서로 찾아가 나를 학생 폭행죄로 고발한 모양이다. 그러자 경찰관은 교

감 선생에게 전화하여 퇴근 시간에 잠깐 들러 달란 모양이다.

경찰서에서 전화가 정규 수업 시간이 끝나고 방과 후 수업을 할 때 걸려와 교장 선생님과 수업이 없는 선생님들은 대부분 퇴근한 후였다. 교감 선생님은 경찰서에 가면 자기도 같이 가 주겠단다.

지금까지 살면서 내가 경찰서에 간다는 것은 한 번도 상상해 본 적이 없었는데 어이가 없어 정신이 멍했다. 한참이나 생각해 봐도 내가 경찰서에 갈 만큼 학생을 괴롭혔나 이해가 가지 않지만, 교감 선생님도 동행해 준다며 한번 가보자고 해서 우리 두 사람은 경찰서를 찾아갔다.

경찰서에 찾아가자 담당 경찰관은 친절하게 대해 주었다. 자기가 생각해도 어이가 없는 일이지만 고발장이 들어왔으니 조사를 안 할 수 없어 불렀단다. 그러면서 오히려 고발한 학부모를 나무라는 식으로 나에게 위로를 했다. 나는 그간 학생과 있었던 일과 오늘 학부모와 만났던 이야기를 사실 그대로 이야기하자 그는 웃으며

"선생님 하기도 점점 어려워지지요. 자기들 잘못은 인정하지 않고 권리만 주장하는 세상으로 변해가니?" 하더니

"우리 경찰도 갈수록 어려워지네요." 하며 웃었다. 그리고 시간이 지나면 해결될 테니 걱정하지 말고 가라고 해서 경찰서를 나왔다. 경찰서에서 나오자 교감 선생님은 내가 안쓰러웠는지 가지 않겠다는 나를 기어이 음식점으로 데리고 가 저녁을 사 주시며 여러 말로 위로했다. 그러면서 학생지도 및 학부모와 유대 관계에 대해서 자기가 교사 시절에 겪었던 경험담을 예를 들어 가며 들려주었다. 그러나 자존심이 상한 나에게는 그녀의 말이

귀에 들어오지 않았다. 빨리 헤어지고 싶어 머리가 아프다며 밥을 먹는 둥 마는 둥 하고 집으로 돌아왔다.

썰렁한 자취방에 들어온 나는 오늘 하루가 지옥 같은 생각이 들었다. 시계를 보니 밤 11시가 지나가고 있었다. 모든 것이 귀찮아 옷도 벗지 않은 채 침대에 누워 버렸다.

생각하면 생각할수록 어이가 없고 분하다는 생각이 들었다. 내가 무엇을 잘못했는가? 학생의 태도가 잘못되었으면 고쳐 주는 것이 교사의 권리가 아닌가. 출석부로 아이의 머리를 건드린 것이 잘못이라고 치자. 그렇다고 그것이 진단서를 제출하고 결석할 정도까지 될 만한 사유가 되는가? 교사에게 학생 체벌은 하지 말라는 것을 모르는 것도 아니다. 그러나 훈육 정도의 권한도 없다면 어떻게 학생을 지도하라는 것인가?

그리고 그 부모의 태도는 무엇인가? 담임이 잘못했으면 담임에게 따질 것이지 교장실에 가서 미주알고주알은 무엇인가? 그리고 내가 자기 같은 부류 사람이던가? 잘 사용하지도 않는 화장품을 선물이라고 가지고 와서 생색이나 내려고 하니? 이 세상은 가진 자만 사는 세상인가? 생각이 꼬리를 물고 이어졌다. 이런 생각 저런 생각 하다 보니 내 신세가 너무 초라해졌다. 그러다 지난날 나의 모습들이 머릿속으로 하나씩 스쳐 갔다.

나는 시골의 가난한 집에서 태어났다. 부모님들은 남의 집 과수원에서 일이나 해주며 벌어 온 돈으로 근근이 생활하는 집안에 딸만 다섯인데 그중 막내딸로 태어났다. 언니들은 모두 시집은 갔지만 사는 것이 모두 그렇고 그렇다.

그렇다고 아버지와 어머니가 사이가 좋은 것도 아니다. 아들이 없다고 술 한 잔 마시면 늘 신세타령이나 하는 아빠가 밉고

기죽어 사는 엄마도 싫었다. 그런 가정이다 보니 주말에도 집에 가는 일이 별로 없었다. 명절이나 돌아오면 찾아갈까? 거의 가지 않았다.

그렇다고 친구가 있는 것도 아니다. 이제는 내 나이도 30살이 가까워지다 보니 몇 안 되는 학교 친구마저 하나둘 결혼하여 점점 멀어지고 있었으며 성격이 내성적이라 학교에서도 선생님들과 특별히 가까이 지내는 분이 없었다.

나는 어려서부터 외곬으로 살아온 모양이다. 가난한 집 아이지만 고집이 세고 남에게 지기 싫어하는 성격의 소유자였던 모양이다. 비록 학생이 몇 명 안 되는 시골 학교지만 초등학교서부터 1등을 뺏겨 본 적이 없었다. 그러다 읍내에 있는 중학교에 가자 공부를 잘하는 아이들이 있어 1학년 때 첫 시험에 학급에서 5등이란 것을 알았을 때 분하고 억울해서 집에 돌아와 얼마나 울었는지 모른다. 그리고 그다음부터는 전교에서 3등 권 밖으로 밀려나 본 적이 없었다. 고등학교에서도 고집은 계속되었다.

이런 내가 자랑스러웠던지 아버지와 어머니는 심부름이나 집에 일이 있으면 언니들을 시켰고 나에게는 공부할 수 있도록 잔소리를 하지 않았다. 그리고 동네 사람들도 언니는 공부를 못했는데 동생은 잘한다고 칭찬을 하자 언니들로부터 은근히 시샘도 받으며 살았었다.

고등학교를 졸업하고 대학을 진학할 때 내 욕심은 서울에 있는 이름 있는 대학에 도전해 보고 싶었지만, 가정환경이 대학을 진학할 형편이 못 되었다. 이런 나를 담임선생님은 집에서 가깝고 학비도 저렴하며 장학제도가 잘 되어 있을 뿐만 아니라 졸업과 동시에 취업도 유리한 국립 교원대학에 진학하기를 권해 국립 교원대학교로 진학하게 된 것이다.

대학 생활은 4년간 기숙사에서 생활했다. 기숙사 생활은 집에서 다니던 중·고등학교 때보다 마음에 여유가 있었고 편했다. 집에서는 일에 찌든 부모의 눈치도 봐야 했고 집안일을 돕는 언니들의 눈치도 살펴야 했는데 기숙사는 환경도 좋았지만, 마음도 편했다. 그리고 학생 대다수가 나보다는 나았지만, 가정환경이 그리 여유롭지 못한 학생이 많이 다닌다는 것을 알게 되었다. 대부분의 학생이 고등학교 때 그래도 학급에서 내로라할 정도로 공부를 잘한 학생들만 모였다.

그런가 하면 가정형편이 여유롭지 못해 학비가 저렴하고 안정적인 직업을 구하기 위하여 온 학생들로 특히 여학생이 많았다. 학생 대부분이 1학년 때부터 교사 임용고시를 준비하는 공붓벌레로 대학생의 낭만보다는 개인 중심으로 혼자 보내는 시간이 더 많았다.

졸업 후 교직에 들어와 교직 생활을 하면서 느낀 것은 내가 생각했던 것과 매우 달랐다. 교원대학을 다닐 때 자존심이 다른 국립사대생이나 일반 사립 사대생보다 우월하다는 자긍심이 가득했는데 현직에서 느끼는 것은 매우 달랐다. 종종 선배와 동료가 많은 국립사대 출신 교사들이 부럽다는 생각을 하게 된 것이다.

지방 국립사대생들은 대부분 그 지방에서 근무하고 있어 선후배가 많았으며 대부분이 중·고등학교 은사들과의 관계 및 선후배 관계가 돈독했는데 내가 나온 대학은 전국에서 온 학생들로 구성되어 있어 졸업하자마자 대부분 자기 고장으로 돌아가 선·후배가 같은 학교에서 근무하는 경우가 드물었다.

교직에 들어온 지 벌써 8년 차가 되었지만, 지금까지 같은 학교에서 대학 동문과 같이 근무한 적이 없었다. 학년 초 교사들 간에 하는 대학 동문회 모임을 보면 부러운 생각이 들어서 나도 국립지방사범대학에 진학했더라면 어땠을까? 하는 생각을 하다 보면 가난한 가정환경이 원망스러워지기도 했다.

이런 생각 저런 생각 하다 보니 내가 지금 왜 살고 있는지조차 알 수가 없었다. 아무리 생각해도 오늘 경찰서에 불려간 것은 내 자존심에 용납이 되지 않았다. 분명 내일이면 이 소문이 학교에 다 퍼질 것이 아닌가?

그러다 민수라는 녀석을 생각하니 온몸에서 열이 올랐다. 이 녀석은 저희 어머니 이야기를 듣고 친구들에게 저희 어머니가 담임선생님을 경찰에 고발했다고 의기양양하게 떠들고 다닐 텐데 그 꼴을 어떻게 봐줘야 할 것인가? 이 말을 들은 학급 아이들은 어떻게 생각할까? 이런 상황에서 학생들을 제대로 가르치고 지도할 수 있을지도 의문이 들었다.

그리고 동료 교사들은 어떻게 생각할까? 잘난 체하더니 속이 시원하다고 할까? 아니면 그 녀석을 더 단단히 혼내주라고 격려할까? 또 학교장은 어떻게 생각하고 있을까? 중학교 2학년 하나 제대로 다루지 못하는 무능 교사로 생각하지는 않을까?

별별 생각을 다 하다 보니, 차라리 이렇게 구차하게 살 바야 죽어 버리는 게 낫지 않을까? 내가 이런 수모를 당하려고 그렇게 공부했는가? 생각에 생각을 계속하다 보니 부모도 원망스럽고 학교도 원망스럽고 사회 모든 것이 다 원망스러웠다.

부모나 형제들과 상의 한번 해 볼 사람이 없는 내 신세가 더욱 가련하다는 생각이 머리를 감싼다. 그렇다고 친구나 동료 선생님들을 생각해 봐도 상의해 볼만한 사람이 떠오르지 않았다. 앞으로 이런 일들이 계속 나타날 것이 아닐까? 그때마다 이렇게 괴로워할 것이 아닌가?

죽어 버릴까?

차라리 이렇게 사느니 죽는 것이 낫겠다는 생각이 들자 죽고 싶다는 생각이 머리를 감쌌다. 죽으면 어떻게 죽을까? 목을 매고 죽는다고 생각하니 죽은 내 모습이 너무 비참하고 끔찍해 보였다. 그러면 약을 먹을까? 약을 먹으면 무슨 약을 먹을 것이며 어디서 구해온단 말인가? 약을 구하려면 누군가에게 이야기해야 구할 수 있는 것이 아닌가. 내가 맡은 과학실 약품을 사용하면 어떨까? 생각하며 여러 가지 실험용 화학 약품을 생각해 봐도 쉽게 답이 나오지 않았다. 참 바보 같은 생각을 하고 있다는 생각이 들었다. 화학약품을 먹으면 죽을 때까지 그 고통을 어떻게 감당한단 말인가? 생각만 해도 몸서리가 쳐진다.

그러면 동맥을 절단하면 어떨까? 처음 칼을 댈 때 따끔하고 말 것 같다는 생각이 들었다. 눈을 감고 자르면 피가 나오는 것도 보이지 않고 죽을 수 있을 것 같다는 생각이 들었다. 그래 동맥을 자르고 죽는 것이 좋을 것 같다는 생각을 굳히며 유서를 쓰고 죽을까 그냥 죽을까 머리가 복잡했다.

유서를 쓰면 무어라고 쓸까? 이기적이고 독선적인 학부모를 욕하고 죽을까? 가난한 집에서 나를 태어나게 만든 부모님을 원망할까? 혈연, 학연, 지연으로 꽉 막힌 사회를 원망하는 글을 남길까? 상상의 날개가 끝이 없다. 그러는 사이 시간은 얼마나 흘러 갔나 알 수가 없었다. 정신을 차려보니 창밖의 환한 햇살이 들어오고 있었다.

아마 나도 모르는 사이에 깜박 잠이 들었던 모양이다. 시계를 보니 오전 8시가 지나가고 있다. 깜짝 놀라 출근 준비를 하려고 서둘다 보니 지각은 피할 수가 없었다. 학생들에게 단 1분도 지각을 허용하지 않던 내가 지각한다고 생각하자 성질이 나며 자존심이 허락하지 않았다. 다시 어제 일이 떠올라 머리를 감쌌다. 내가 지금 무엇을 하고 있는가? 학교에 가면 또 어떤 일이 벌어질까?

어제 경찰서에 갔다 온 소문이 다 퍼져 있을까? 학생들은 경찰서에 갔다 온 나를 어떻게 생각할까? 민수라는 녀석은 분명 저희 어머니가 경찰에 고발하여 우리 담임이 경찰서에 끌려갔다고 희희낙락거리며 떠들고 다닐 텐데 하는 생각에 몸이 무거워졌다. 머리가 멍한 채로 이런저런 생각을 하며 침대에 앉아 있다 보니 9시 반이 지나가고 있을 때 밖에서 웅성거리는 사람 소리가 들려 왔다.

"이 방인데요." 학년 부장의 목소리가 들려왔다. 학년 부장은 여자로 지난번 학년 회식이 끝나고 집으로 가는 길에 내 방에 들러 차를 한잔 마시고 간 적이 있었다.

꼼꼼하기로 소문난 내가, 출근 시간이 지나도 학교에 나타나지 않자 집으로 찾아온 모양이다. 조금 전에 핸드폰이 울려 누군가 확인도 하지 않고 전원을 차단해 버렸는데 학년 부장이 했던 모양이다.

"방에 있나 불러 봐." 교감 선생님의 목소리가 들리고 행정실장과 나이 드신 마음씨 좋은 체육 선생님 목소리도 들려왔다. 집단으로 온 모양이다. 나는 다급해졌다. 나도 모르는 사이에 주방에 있는 식칼을 가지고 침대로 갔다. 더 미련을 갖지 말자. 구차한 모습을 남에게 보이고 싶지 않다는 생각이 머리를 감싼다.

밖에서 내 방문 고리를 틀어보며 다급한 소리가 들린다.

"신발도 있고 문이 잠긴 것이 분명 방에 사람이 있는데?"

"무슨 일이 있는 것 아냐?"

"박 선생"

"박 선생"

"주인아주머니를 불러와." 나는 눈을 감은 채 이를 악물고 칼을 왼손 팔목에 대었다. 그리고 오른손에 힘을 주고 그으니 나도 모르게

"악~"소리가 났으나 이를 악물어 나지막하게 비명을 지른 것이다. 따끔하며 뜨거운 것이 얼굴에 튀기는 느낌과 팔목에 흐르는 느낌이 들었다. 그리고 눈을 감은 채 침대에 벌렁 누워버렸다. 밖에서 황급한 주인아주머니 목소리가 들려왔다.

"열쇠가 없는데, 무슨 일이야?"

"망치를 찾아오세요." 하면서

"박 선생, 박 선생" 외치는 소리와 문고리 돌리는 소리가 요란하게 들리며 머리가 흐릿해지는 느낌을 받았다. 그리고 문고리를 부수는지 망치 소리가 꽝꽝 울리는 소리를 들은 것 같은데 그다음은 기억이 없다. 정신을 잃은 모양이다. 그런 나를 병원으로 옮겨 다시 살아나게 한 모양이다.

꼭 꿈에서 깨어난 것 같은 기분이 들었다. 하나의 악몽을 꾸었나 보다. 죽음의 문턱을 넘지 못하고 문 앞에서 주저앉진 모양이다.

눈을 감고 조용히 생각해 보니 죽고 사는 것은 종이의 앞면과 뒷면 같은 것이라는 생각이 들었다. 종이를 앞면에서 보면 뒷면을 알 수 없고 뒷면에서 보면 앞면을 알 수 없듯 살은 사람은 죽

은 사람을 알 수 없고 죽은 사람은 산 사람을 알 수 없을 것 같다는 생각이 들었다.

나는 분명 죽는다고 죽었는데 죽음의 세상에서 무엇이 있었는지 아무런 기억이 없다. 혹시 죽음의 문턱을 넘지 못해서 죽음을 알지 못하는 모양인지도 모르겠다는 생각이 들기도 했다. 그리고 내 인생이 질겨 죽는 것도 마음대로 되지 않는다고 생각하며 앞으로 어떻게 해야 하나? 눈을 감고 깊은 생각에 잠겨 들었다.

나보다 더 재수 없는 놈

그물 속에 가친 멸치 조형물

부산 대변항에 설치된 멸치 조형물로 멸치 떼가 그물에 걸려있는 모형이다.
멸치 떼가 아무런 생각 없이 열심히 살아가다 자기도 모르는 사이 피할 수 없는
그물 속에 걸리듯 우리 인생도 살아가는 동안에 자신도 모르는 그물에
갇히는 경우가 종종 있지 않을까? 하는 생각을 해 본다.

중등학교에 근무하는 한 교장이 하루 동안에 겪은 좋지 않았던 일들을 나열하면서 그동안 학교 개선을 위하여 열심히 노력하며 살아왔는데 전혀 알지 못하는 사회의 음흉한 조직에 엮여 검찰청에 참고인으로 소환된 이야기를 넋두리 식으로 엮은 글.

옷을 갈아입고 책상에 앉아 오늘 하루 동안 있었던 일을 생각해 보니 길기도 긴 하루 같다는 생각이 들었다. 어쩌면 하루 사이에 이런 일이 겹쳐 일어났을까 신기도 하고 영 기분이 찝찝하며 속에서 열불이 났다. 세상이 아무리 지저분해도 이처럼 지저분할 수가 있을까? 육십 평생을 살면서 별별 일을 다 겪었지만 나와 전연 상관이 없는 일에 조기가 꾸러미에 엮이듯 엮여 들어간 것 같은 기분이 들었다.

오늘 아침도 평상시와 다름없이 직원회의가 끝나고 교장실에 들어와 컴퓨터를 켜고 공문을 보려는데 똑똑 노크 소리가 들려왔다. 행정실에서 누가 오나보다 생각하며 가만히 있는데

"혹시, 안 계신 건가?" 하는 여자 목소리와 같이 다시 똑똑 소리가 났다. 나는 자세를 바로잡고

"들어오세요."라고 말하자 문이 열리는 소리가 나며 여자 두 분이 들어왔다. 고개를 돌려보니 한 분은 1학년 어머니회장이고 한 분은 잘 모르는 사람이었다. 어머니회장은 나를 보자

"교장 선생님 안녕하세요." 하며 웃으며 인사하고 같이 온 여자분도

"안녕하세요." 인사를 했다. 나는 자리에서 일어나며

"안녕하세요. 어서 오세요." 반갑게 맞이하면서 소파에 앉기를 권한 다음 커피 자판기를 가리키며

"커피와 율무차가 있는데 어느 것을 드릴까요?" 하고 물으니 두 분 모두 커피를 달라고 해서 커피 석 잔을 뽑아 그녀들을 맞바라보게 자리를 잡았다.

나는 시대의 변화에 따라 학교장의 권위 의식을 버려 보겠다고 아침 출근하면 행정실에 인터폰을 눌러 차를 가져오라든지 혹 손님이 오면 행정실에 차 심부름시키는 일을 시정하고자 교장실에 조그마한 자판기를 하나 설치하여 커피와 율무차로 손님을 접대했다. 그리고 직원들 회의가 아니면 소파의 내 자리를 비워두고 손님과 맞바라보게 앉아 손님을 맞이했다.

자리에 앉은 나는 웃으며

"아침 일찍 회장님이 어쩐 일이신지?" 하며 바라보자 회장이란 사람이

"교장 선생님 어쩌면 선생님이 그럴 수가 있어요." 하며 첫 마디부터 따지는 식이다.

"무슨 일이 있었나요." 하면서 어제 교무실에 내가 알지 못 하는 일이 일어난 모양이라고 생각하며 왜 꼼꼼한 교감 선생님이 아침 간부회의 때 이야기를 안 했나 의문이 생겼다.

"글쎄, 남자 선생님 한 분이 교무실에서 중학교 1학년 여학생에게 '야~ 이 가시나 야'가 무어예요." 하며 정색을 한다. 나는 가볍게 생각하고

"설마 선생님이 그런 말을 했겠어요." 하자 같이 따라온 학부모가

"아녀요, 교장 선생님 정말로 '야~이 가시나 야'라고 했대요."
라고 하자 옛날 젊었을 때 시골 학교에서 같이 근무했던 어느 젊은 남자 선생님이 머릿속에 스쳐 갔다.

그분은 수학 선생님인데 학생들한테 인기가 좋았던 분이었다.
그 선생님은 딸 같은 여학생들에게 애칭으로 종종 웃으며 '야~이~ 가시나 야' 라는 표현을 곧잘 써 그런 차원에서

"혹시 선생님이 애칭으로 그런 말을 사용하는 분들이 가끔 계시는데 그런 것이 아닌가요?" 하자 어머니는

"교장 선생님 어제 제 아이가 교무실 청소를 하러 갔는데 수업 시간에만 들어오시는 수학 선생님이 많은 선생님 앞에서

"야 이놈의 가시나 야 그게 청소라고 하는 거야?" 하면서 혼냈다고 집에 돌아와 울면서 학교에 가지 않겠다면서 다른 학교로 전학을 보내 주든지 그렇지 않으면 학교를 그만둔다고 해서 간신히 달래 오늘 학교에 보냈습니다."라고 했다.

그러자 어머니회장이

"교장 선생님은 잘 모르시나 본데 그 선생님은 툭 하면 여학생들한테 '가시나'라고 한다고 어머니들이 그 선생님을 다른 학교로 보내든지 아니면 그만두게 해야 한다고 지금 난리여요."

나는 어이가 없었다. 지금이 어느 시대인데 선생님이 여학생들에게 '가시나'라니 생각하며 어떻게 처리할까 생각하는데 학부모회장은 이번 일은 그냥 조용히 넘어가지 않겠다며 날을 세운다. 나는 뜸을 들이다

"그러면 어떻게 해결했으면 좋을까요?" 하고 방법을 제시하라니 그들은 그 선생님을 앞으로는 '가시나'라는 용어를 사용하지 못하게 지도해 주시고 자기 아이의 수학을 다른 선생님에게 받

게 선생님을 바꿔 주시던지 아이의 반 편성을 옮겨 주고, 내년에는 그 선생님을 다른 학교로 보낸다고 약속하면 조용히 넘어가겠단다.

나는 잘 알았다며 그런 일이 재발하지 않도록 하겠다는 약속을 하고 이왕 학교에 왔으니 담임선생님을 만나 뵙고 가라고 교무실로 올려보냈다.

그리고 교감 선생을 불러 내막을 알아보니 학부모의 이야기가 사실이란 것을 알았다. 이 수학 선생님은 공교육학과를 나온 분으로 부전공인 수학을 가르치고 있었으며 심성은 착한데 학생들 대하는 말투가 거칠다는 보고가 들어왔다.

나는 교감 선생에게 어떻게 처리하는 것이 좋겠냐고 묻자 교감 선생도 난색을 보이며 지난해도 똑같은 사건이 일어나 교감 선생이 나서서 가까스로 해결했는데 이번에는 어려울 것 같다고 한다.

그래서 그분이 이 학교에 오신 지 얼마나 되었냐고 묻자 3년 차라고 하여 그럼 내년에 다른 학교로 전보시키는 것으로 결정했다. 그리고 교과는 수준별 반 편성이라 학생을 다른 반으로 옮겨 주도록 지시한 다음 2교시 후 선생님을 교장실로 불러들였다.

선생님에게 학부모가 항의한 내용을 이야기하자 그는 펄쩍 뛰면서 자기가 학생을 얼마나 사랑하고 열심히 지도하는지 교장 선생님은 잘 모른다며 자기가 학생 지도한 것을 하나씩 설명하는데 일반 선생님들과 다르다는 것을 느끼게 했다.

나는 그에게 교사가 학부모들의 항의를 받게 되면 설 자리가 없다며 앞으로는 학생들의 인격을 존중해 주는 교사가 되라고 타일렀다. 그리고 특히 중학교 1학년 여학생들은 감수성이 예민

한 아이들이라 말 한마디 한마디에 상처를 입는 경우가 많으니 조심하라고 타이르면서 내년에 이 학교를 떠난다는 조건을 받아들이면 사건을 조용히 처리하겠다고 제안하자 처음에는 거절했다. 나는 왜 떠나는 것이 좋은지 차근차근 설명해주자 알았다고 승낙하여 사건을 일단 마무리 지었다.

그리고 오늘은 지역 단위 학교장 회의가 있는 날이었다. 교육청에서 주관하는 교장 회의는 특별한 경우가 아니면 교감 선생님을 대신 보내고 학교에서 근무했는데, 오늘은 지역 교장들이 자치적으로 한 달에 한 번씩 만나는 날이었다.

다른 달은 일과가 끝나고 오후에 만나는데 이번 달은 가볍게 회의를 하고 상반기에 정년퇴직하는 교장 선생님이 계셔 송별연도 겸하기로 되어 있었다. 평소 같으면 회비만 보내고 불참하기가 일수인데 마지막 학교를 떠나는 분들이 있어 얼굴이나 한번 보자고 참석한 것이다.

간단히 회의가 끝나고 송별연이 시작되었다. 회장 인사와 퇴직하는 분들의 인사말이 끝나고 총무를 맡은 교장 선생님의 건배사에 따라 식당 주인이 특별히 서비스라고 내온 검붉은 복분자 술을 입에 댔다. 평소 같으면 한입에 들어 마시고

"거참 술맛 한번 기차다"라고 했을 텐데 오늘은 웬일인지 술이 썩 내키지 않아 가볍게 입만 대고 잔을 내려놓았다. 그러자 앞에 앉아있던 송 교장이

"어~ 김 교장 웬일이야? 술잔을 꺾고"

"글쎄, 운전도 해야 하고 별로 생각이 없네."라고 웃으며 응수했다. 정년퇴직하는 분들의 권유로 사양하면서 복분자 두 잔은 마신 것 같다. 이렇게 서로 술잔을 주고받으며 자리가 무르익어

갈 때 호주머니에 있는 핸드폰이 울렸다.

나는 얼른 일어나 밖으로 나가면서 핸드폰을 열어보니 모르는 사람으로부터 전화가 온 것이다. 방 밖으로 나가면서

"여보세요." 하자

"태봉중학교 김광석 교장 선생님이시지요."

"네 그렇습니다만."

"저는 태진 검찰청 수사관 박병두입니다."라고 자기소개를 한다. 나는 순간 아차 무슨 일이 터진 모양이구나 하는 생각이 머리에 스치고 지나가는데 침착하게

"아~, 그러세요. 무슨 일이세요." 하자

"전에 청량고등학교에 근무하셨죠?"

"네 그렇습니다."

"청량고등학교에 근무하실 때 일로 그런데 영감님이 빨리 처리하라고 해서 오늘 중 우리 사무실로 출두해 주셨으면 하는데요?" 한다. 나는 기분이 확 상했다.

무슨 일인가는 모르지만, 밑도 끝도 없이 검찰청에 출두하라니 어이가 없었다. 머릿속으로 '왜 내가 거기에 가? 잘못이 있으면 제 놈들이 영장을 들고 찾아오면 되지!' 하면서

"무슨 일인지 모르지만, 오늘은 시간이 될 것 같지 않은데 지금 밖에 나와 있으니 이따 학교에 들어가서 생각해 보겠습니다." 하고 전화를 끊었다. 기분이 상했다. 전에 근무한 학교에서 무엇이 잘못된 것인가 아무리 생각해도 알 수가 없다.

청량고등학교는 내가 교감으로 재직하면서 많은 변화를 일으킨 학교였다. 시내 변두리에 있는 면 단위 학교지만 태진시에 있는 일반 고등학교에서 제일 먼저 세워진 학교였다. 역사와 전통

이 깊은 만큼 선배들도 많이 사회적으로 진출해 있었다.

그러나 사회가 발전하면서 도심의 중심 학교들이 커지자 통학 거리가 먼 면 단위 학교는 자연스럽게 쇠퇴하고 있었다. 그러다 보니 신입생 유치가 어려워 시내에 있는 일반 고등학교는 물론 실업계 고등학교도 입학 전형이 끝난 후 갈 곳이 없는 학생들이 진학하는 학교로 변해 버렸다. 그래서 해마다 신입생 유치를 3월 말까지 하는 학교로 낙후된 것이다.

나는 태진 시내에 있는 중학교에서 교사로 근무하다 승진하여 청량고등학교 교감으로 발령을 받아 가서 보니 같은 시에 근무하고 있었지만, 이 학교가 이렇게 낙후된 줄은 미처 알지 못했다.

그리고 면에 있는 시골 학교니까 학급수도 잘해야 학년 당 3~4학급이나 되겠지 했는데 한 학년이 9개 학급씩 27학급으로 편성된 큰 규모의 학교였다. 그리고 병설인 중학교는 교감 선생이 근무하지 않는 5학급의 소규모 학교와 같이 있는 병설학교였다.

나는 이 학교 교감으로 재직하면서 학교에 많은 변화를 주고 떠났었다. 교감으로 부임하여 학교를 살펴보니 대학 진학을 목표로 하는 인문계 고등학교로서는 교육환경이 너무나 열악했다.

병설학교인 청량중학교 출신의 몇몇 학생과 다른 지역에서 태진 시내에 있는 고등학교로 전학하려다 갈 수가 없어 온 학생을 제외한 나머지 학생들은 공부와 담을 싼 학생으로 구성되어 있었다.

결석 지각은 물론 툭하면 폭행, 절도뿐 아니라 선생님과 실랑이는 물론 심지어 여선생님 머리채를 잡아채는 등 사건 사고가 끝날 날이 없었다. 수업 시간에는 선생님 수업을 듣는 것이 아니라 책상에 엎드려 자는 학생이 대부분이고 선생님도 한계에 찼는지 책상에 엎어져서 자는 학생을 깨우는 것이 아니라 못 본채하고 천장을 바라보며 수업을 하는 학교였다.

나는 이 학교에 교감으로 2년을 근무하면서 많은 변혁을 주고 떠났었다. 대학 진학을 목표로 하는 인문계 고등학교로서는 한계점에 다다른 학교라 생각하고 있을 때 교육부에서 실업계 고등학교를 발전시키기 위하여 추진하고 있던 통합형 교육과정 시범학교를 받아들인 것이다.

이 교육과정은 우리나라에서 처음으로 실시하는 것으로 6년이란 긴 기간 동안 연구하여 성공하면 전국 실업계 고등학교로 확대하려는 실험 학교였다. 그러다 보니 학교에 많은 재원 투자는 물론, 인적 자원도 적극적으로 지원하는 연구학교로 학교를 변화시키는데 매력이 있어 보였다.

이 연구학교 모집을 위한 공문이 왔을 때 학교장은 물론 대부분 선생님이 우리 학교는 어렵다고 반대하는데 굽히지 않고 학교장과 선생님들을 설득하여 전국에서 6개 학교만 선정하는데 그 중 한자리를 차지하게 된 것이다.

그것도 5개 학교는 시골에 있는 낙후된 실업계 소규모 학교였으나 규모가 큰 일반계 고등학교는 우리 학교가 유일했다. 그러다 보니 연구학교를 추진하기 위하여 2년이란 세월이 어떻게 흘러갔는지 모르게 바삐 지나갔다.

신입생 모집은 전국단위로 확대하여 특차 전형으로 바꿨다. 또 연구학교 유치로 변형될 학교 청사진을 대대적으로 홍보한 결과 해마다 3월 말까지 유치하던 신입생 모집이 1차에 2대 1이라는 경쟁력 있는 학교로 변화시킨 것이다.

그리고 교육과정은 1학년 때 공통과정을 교육하고 2학년부터는 일반 과정과 실업 과정으로 구분하여 학생들이 자율적으로 선택할 수 있도록 편성했다. 그리고 실업 과정은 다시 애니메이션과 조리, 미용 등 3과로 나누어 전문과정을 이수할 수 있도록 편성했다.

그리고 이런 교육과정을 운영하기 위하여 교육부와 도 교육청의 특별 지원금으로 실습 동을 신축하고 타시·도에서 오는 학생들을 위하여 기숙사도 신축할 수 있도록 재원을 확보했다. 그러는 과정에서 도 교육청과 마찰도 있었고 선생님과 학부모 사이에도 수시로 마찰이 일어났다.

내가 이 학교에 부임한 첫해는 연구학교 유치와 새로운 교육과정 편성을 위한 준비와 신입생 유치로 정신이 없었다. 2년 차는 새로운 실업 과정을 위한 시설 준비에 바빴다. 이렇게 학교가 급변하다 보니 교사들 사이에 이해관계가 얽혀 잡음이 계속 나타났으며 편안한 날이 없었다. 거기에다 2년 동안 교장 선생님이 세 분이나 바뀌는 상황이 나타났는데 세분 모두 개성이 강하고 학교 경영 방침이 달라 교장과 교사들 중간에 있는 교감은 더욱 힘이 들었다.

연구학교 유치 때 10여 년 남짓 남은 교직 생활을 이 학교에서 마친다는 조건으로 우리 학교에 연구학교를 지정해 준다고 했는데, 나는 스스로 한계점에 이르렀다는 것을 깨닫게 된 것이다. 결국, 나는 많은 선생님과 학교장의 만류에도 다른 학교로 전보 내신을 내기로 했다. 내신서를 작성하여 도 교육청 인사 담당 장학관에게 제출하자 그는 나를 보고

"청량고등학교는 어떻게 하고 떠납니까?" 하면서 내신서를 되

돌려 줬다. 나는

"제가 떠나야 연구학교 운영이 원만할 것입니다. 그동안 교사들과 이해관계가 너무 복잡하게 얽혀 교감으로서는 한계점이 다다랐습니다."라고 하자

"그러세요." 하면서 받아 줬다. 이렇게 해서 이 학교에 부임한 지 2년 만에 6년 차 연구학교를 1년만 추진하고 떠나게 된 것이다.

그 후 나는 교장으로 승진하여 이웃에 있는 시의 면단위 중학교 교장으로 2년을 근무하다 다시 태진시로 내신을 신청했는데도 교육청에서 발령을 낸 곳이 다시 청량고등학교였다. 후에 교육감 이야기를 들어보니 많은 사람이 내가 청량고등학교에 가야 6년 차 연구학교를 마무리 지을 수 있으며 그 학교 교육과정을 가장 잘 아는 사람이라고 추천하여 발령을 냈다는 것이다.

이 학교를 떠난 지 4년 만에 다시 교장으로 승진하여 되돌아온 것이다. 와서 보니 중학교가 인근 사립중학교를 통합하여 10학급이나 되는 학교로 변하여 교감 선생도 배치되었고, 고등학교도 학급 수는 변화가 없었으나 교감 때 추진했던 실습 동과 기숙사가 건축되어 운영되고 있었다. 그리고 준 특성화 학교가 되어 신입생 유치에 어려움이 없었으며 학생들 수준도 상당히 좋아져 안정된 학교로 발전하고 있었다.

그러나 연구학교를 처음 유치했던 사람들은 다 떠나고 새로 오신 선생님들이 교육과정을 제대로 이해하지 못하여 처음에 추진했던 그대로만 따라가고 있었다.

내가 떠난 3년 동안에 또 교장이 세 분이나 바뀌고 교감이 두 분이나 바뀌다 보니 교육과정이 교육감 승인으로 6년간만 운영

되는 한시적인 교육과정이란 것을 알지 못했다. 그러다 보니 1학년은 연구학교 교육과정이 적용되지 않는데 그대로 적용하고 있어 신입생 유치부터 법에 어긋나는 학교 경영을 하고 있었다.

나는 이런 모순점을 지적하고 직원회의와 학교운영위원회를 거친 다음, 학생과 학부모 동의를 얻어 도 교육감으로부터 학교 교육과정의 자율권을 3년 더 연장 승인을 받아 합법화시켰으며, 6년 차 마지막 연구학교를 마무리 짓고 특성화 고등학교로 변화하고 발전할 수 있도록 튼튼한 기틀을 만들어 놨다. 그리고 학생들이 수업하는 교실이 지은 지가 50년이 넘어 개축을 추진했다.

원래 중학교 건물이 가장 오래된 건물이었으나 내가 교감 때 선생님들과 상의하여 가운데 동에 있던 중학교 교실을 제일 뒷동에 새로 건축한 고등학교 건물과 바꾸었는데 이 건물은 아직 새 건물이라 그대로 두었다.

그리고 오래된 고등학교 건물만 BTL(Build Transfer Lease : 임대형 민자 사업으로 민간이 시설을 건설하되 운영권은 정부가 소유하는 형태의 사업을 뜻함) 사업으로 재건축을 추진했다. 이 사업은 전임 교장이 추진하다 말고 떠나자 도 교육청에서는 내년에 추진하겠다고 발뺌하면서 꺼리는데 과감하게 밀어붙여 추진하게 된 사업이다.

여러 차례 직원회의와 동창회 의견을 들어 고등학교 교사가 있는 1동과 2동을 헐어내어 그 자리에 중학교 운동장을 만들어 주었다. 그리고 넓은 운동장을 반으로 나눠 반은 27학급 인문계 고등학교 교실과 강당 겸 식당을 신축하고 반은 고등학교 운동장으로 만들어 중학교와 고등학교를 완전히 분리하여 사용할 수 있도록 추진했다.

그 이유는 병설인 중학교가 선생님이나 학생들이 규모가 큰 고등학교에 기가 죽어 발전하지 못하고 있었기 때문이다. 그러다 보니 지역에 사는 초등학교 학생들이 고학년만 되면 공부 좀 하고 가정형편이 좋은 학생은 시내 중심권 학교로 전학하여 중학교 신입생이 점점 줄어들었다. 이런 현상은 같은 울타리 안에 있는 고등학교에 영향을 미처 고등학교도 점점 낙후되고 있다는 것을 알았기 때문이다.

그리고 학생들의 적성을 살려주기 위하여 노력한 결과 전국기능경기대회에 참가할 선수를 뽑는 도 기능경기대회에서 요리 분야와 제과 분야에서 각각 1등과 미용 분야에서 3등을 차지했다. 그리고 풍물부는 각종 전국대회에 나가 최우수 아니면 우수상을 받아 왔고 양궁부도 전국체육대회에서 금메달을 획득했으며 전국 학생 봉사 활동 대회에서도 최우수를 받는 등 지방 신문과 TV에 수시로 학교의 발전 모습이 소개되었다.

이처럼 우리 학교는 내가 교감 때 근무하던 학교와는 완전히 다른 모습으로 발전하고 있었다. 나는 힘 바람이 나, 각 대학은 물론 일본 동경에 있는 미술학교와 뉴욕 한인협회와도 자매결연을 맺어 학생들을 위한 장학금 유치와 진학 및 진로의 길을 열어 주고 있었다.

그 외에도 도 교육청으로부터 특별 교부금을 지원받아 새로운 양궁장 대지를 매입하도록 했으며 지방자치단체로부터 지원금을 받아 중·고등학교 모두 특별실을 새롭게 개선해 주었다.

이처럼 정신없이 일을 추진하면서 한편으로는 3년 남짓 남은 정년을 집이 가까운 시내 중심 학교로 이동해서 근무할까 아니면 이 학교에서 정년을 맞이해야 하나 고민하다 한참 공사 중인 BTL 사업이 마무리되면 다시 생각해 보자고 미루고 있었다.

그런데 2년 차 되던 여름 방학 중 어느 날 출근을 하는데 자동차 블루투스가 울려 받아 보니 도 교육청 인사 담당 장학관 전화였다.

"안녕하세요, 교장 선생님, 저 송진규 장학관입니다."

"아~, 안녕하세요. 장학관님"

"교장실에 전화하니 안 받아서 핸드폰으로 했는데 받을 만하세요."

"지금 출근 중인데~ 블루투스라 상관없습니다."

"그러세요. 다름 아니라 교장 선생님 나이도 있고 해서 혹시 집 가까운 시내 중심권 학교로 자리를 옮기시면 어쩔까 해서"

"아~ 그래요." 하면서 머릿속이 복잡하게 돌아갔다. 누가 내 자리를 밀고 들어오는 모양이란 생각이 번쩍 떠오른다.

"그런데 장학관님, 시내에는 고등학교가 없는데요."라고 반문하자

"다들 고등학교만 원하는데 중학교는 어떻습니까?" 한다. 사실 고등학교도 두 자리가 있었다.

그런데 소문에 의하면 한 학교는 현제 태진시 교육장을 하는 사람이 가기로 결정되어 있다는 소문이 돌고 있었고 또 다른 학교는 역사가 깊은 명문 여자고등학교인데 동창회와 학부모 회의에서 정년이 다 되어 가는 나이 많은 교장보다 오래 근무할 수 있는 젊은 교장을 요구한다며 나보다 다섯 살이나 아래인 교장이 들어가기로 되어 있다는 소문이 파다했다. 그리고 중학교는 세 자리가 있는데 그리 마음에 썩 들어오지 않는 학교들이다.

전화에 뜸을 들이면서 생각해 보니 어느 학교에 가서 근무하면 어떠냐는 생각이 들었다. 인사권을 가진 사람이 옮겨 달라는데 괜스레 미운털 박힐 이유가 없지 않은가? 라는 생각이 들자 "장학관님이 알아서 하세요. 아무 데서나 근무하면 어떻습니까?" 하고 전화를 끊었다. 분명 기분은 좋지 않았다. 이런 전화를 받고 난 다음 전출에 대해서는 별로 신경을 쓰지 않고 그때 추진하고 있던 애니메이션과 학생들을 위해 일본 동경에 있는 미술대학과 자매결연을 체결하기 위해 동경에 나가 있는데 발령이 난 모양이다.

자매결연을 체결하고 다음 날 미술대학을 돌아보는데 행정실장이 학교에서 전화가 왔다며 바꿔줬다. 전화를 받아보니 내가 발령이 났다고 어떻게 된 일이냐고 호들갑이다. 나는 잘 알았다며 전화를 끊자 동행한 선생님과 행정실장이 어안이 벙벙해 했다. 나는 웃으며 설마 했는데 정말로 옮겨났다며 사전에 연락이 왔었다고 설명해 준 일이 있었다.

내 후임 교장은 나와 교감 연수 동기로 배경이 있었는지 교장 연수는 나보다 늦게 받았는데도 도교육청 장학관도 하고 교육장을 거쳐 우리 학교로 온 것이다. 나는 속으로 이 친구가 밀고 들어왔구나 하는 생각을 하며 속으로 웃었다. 이렇게 해서 지금 있는 태봉중학교로 전출해 왔는데 무엇을 잘못했기에 검찰청에서 오라고 하는지 알 수가 없다.

하긴 이 학교에서 교감으로 근무할 때 행정실장이 금전적인 문제를 일으켜 좌천된 일이 있었는데 그때 특별감사에서 학무담당 감사를 맡고 있던 장학사가 교감도 '주의 촉구' 하나 정도는 각오하라고 해서 웃으며 마음대로 하라고 했는데 특별감사 마지

막 날에 감사관은

"교감 선생님 수고가 많으십니다. 학교가 새롭게 변화 발전하고 있네요." 하며

"이번 감사에 교감 선생님은 흔들리지 마시고 추진하시던 일 계속 추진해 주시기 바랍니다."라고 오히려 격려를 받은 적이 있었다.

그런데 내가 이 학교를 떠난 후 다른 학교에 있을 때 나도 모르는 주의 촉구가 날아와 정당한 절차를 거쳐 항명한 적이 있었다. 나는 분명 법령을 보고 주의 촉구가 잘못되었다고 공문을 통하여 항의했는데 뒤에 중등교육과장이란 사람으로부터 주의 촉구는 아무것도 아니니 취소하면 어떠냐고 전화가 와 취소하라고 한 적이 있었다.

그런데 며칠 후 인사 담당 장학관에게 문의할 일이 있어 전화를 거니 그는 다짜고짜

"항명 공문을 올린 교감이구먼." 하면서 전화를 쌀쌀하게 받았다. 그래서 그런지 교장 승진에 영향을 줬나 교장 연수 동기는 그만두고 후배 기수보다도 늦게 교장에 승진되었었다.

그뿐만이 아니었다. 내가 그 학교를 떠난 지 3년 차 되던 해는 '주의 촉구'가 4개나 날아들어 왔다. 청량고등학교 교감이 초등학교 4년 후배였었는데 그는 전화로

"형님 어쩐대요."

"왜, 무슨 일이 있어."

"우리 학교 종합 감사를 받았는데 형님에게 주의 촉구를 4개나 때린대요."

"그래?, 무엇을 잘못했는지 모르지만 마음대로 하래." 하며 전

화를 끊었다. 나는 속으로 이제는 교장인데 제 놈들이 뭘 어떡할 거야? 라는 배포가 생긴 것이다.

나에게 벌을 주고자 하는 것은 전에 행정실장이 좌천된 것에 대해 앙갚음을 하고자 하는 모양이라고 생각했다. 그때 행정실장이 좌천하게 된 근본 이유는 본인이 잘못해서 그런 것이지만 그의 비위 사실을 폭로한 것은 교무실의 선생님이었다. 그때 당시는 교감을 손대면 사건이 더 커질 것 같으니 나를 건들지 못하고 몇 년이 지난 후에 교무실을 건드는 모양이라는 생각이 들었다.

그 당시 학교 상황을 조금 설명해 보면 교장이란 사람이 도교육청 장학관을 하다 처음 일선 교장으로 승진해서 왔는데 차분하게 교장실에서 학교 간부들과 협의 하면서 학교를 경영하는 것이 아니라 운동장에서 운동선수 지도하는 식으로 즉흥적이라 선생님들이 교장에게 붙인 별명이 '럭비공'이라고 했다.

그러다 보니 일부 교사들 사이에서는 학부모들과 연대하여 교장 거부 운동을 추진하는데 교감인 내가 학부모들을 설득하여 가까스로 넘어가고 있는데 행정실장의 비위 사실이 드러난 것이다.

굳이, 나에게 꼬투리를 잡는다면 교육부에서 내려온 연구학교 특별 교부금 문제일 것 같았다. 특별 교부금은 당년도에 집행해야 하는데 어려움이 있어 차일피일 미루고 있었다. 예산 집행 문제는 책임이 실무담당 교사와 행정실장 및 교장에게 있었지만, 연구학교를 총괄하고 있는 교감에게도 책임이 없다고 할 수는 없다.

나는 연말이 다가오자 간부회의 때 교장과 행정실장에게 예산 집행에 대해서 교무실 선생님들에게 피해가 가지 않도록 도 교육청과 상의해서 교육부 지시대로 집행하라고 건의한 적이 있었다.

그러자 교장이 교감 말은 무시하고 도 교육청 장학사 이야기만 듣고 집행하지 않아도 된다며 다음 해로 이월시킨 것이다. 결국, 교육부 감사에 지적당해 교감과 담당 교사를 처벌하려 하자 교감인 내가 집행하지 못한 상황을 강하게 항의하자 학교는 처벌하지 못하고 도 교육청에서 책임을 지고 교육감이 사유서를 작성하는 선에서 마무리한 사건이 있었다.

나는 혹시 그 사건을 4년이나 지난 후에 들쑤셔 행정실장 좌천에 대한 분풀이를 떠난 지 3년이나 된 교감에게 하는 모양이라며 마음대로 해 보라지 하면서 웃어넘긴 적이 있었다.

이렇게 청량고등학교에서 근무할 때 많은 일을 추진하다 보니 혹시 나 모르는 사이에 행정실이나 교무실에서 문제가 될 만한 일을 했을지도 모르겠다는 생각이 들었으나 특별히 문제가 될 만한 일은 떠오르지 않았다.

그리고 검찰청에서 오라고 한다고 무조건 갈 필요가 있겠느냐는 생각이 들었다. 필요하면 다시 연락이 오겠지 하면서 송별 자리로 들어왔으나 기분이 좋을 수가 없었다.

교장 선생님들은 송별연이 끝나자 각자 학교로 돌아가는 사람, 또는 개인 일을 보려고 가는 사람, 그리고 헤어짐이 아쉬운지 끼리끼리 어울리는 사람도 더러 있었다.

나는 특별히 볼 일이 없어 학교로 돌아가기로 마음먹었다. 얼마 있으면 하교 시간이라 불편한 정장을 벗고 가벼운 옷으로 바꿔 입고 학교로 돌아가고자 집으로 차를 몰고 갔다. 우리 집은 학교 가는 도로의 왼편에 50m 정도 떨어져 있었다.

집 옆을 지날 때 자동차가 신호등에 걸렸다. 좌회전을 할 수 있는 점선 옆에 왼쪽 깜빡이를 켜고 기다리다 앞에서 오는 차가 없어 왼쪽으로 회전을 하는 순간 앞 범퍼 쪽에서 "쾅" 하며 부닥치는 소리와 함께 오토바이 한 대가 10여 m 앞에 나둥그러졌다. 깜짝 놀라 바라보니 중국집 배달 오토바이와 같이 10대 후반쯤 보이는 남자가 한 사람 나둥글었다.

나는 순간 사고를 냈다고 하는 생각과 사람이 심하게 다치지 않았나 걱정이 되어 차를 세우고 달려가니 이 친구는 당황한 표정으로 괜찮다며 오토바이를 일으켜 세우고 도망가려고 했다.

나는 혹시 사후관리를 잘못하여 뺑소니로 몰리지 않을까? 하는 불안감과 함께 이 친구를 병원으로 데리고 가 진찰을 받아 봐야겠다는 생각으로 자동차를 도로 옆으로 옮겨놓고 병원으로 가자고 하는데 이 친구는 가지 않겠다고 버티며 빨리 현장을 벗어나려고만 했다.

그런데 신기한 것은 내가 있는 곳에서 채 50m도 떨어지지 않은 곳에 순찰차와 경찰 두 사람이 우리를 쳐다보고 있었다. 그들은 사고처리를 하는지 오토바이를 가진 젊은 사람과 이야기하고 있었다.

나는 속으로 저 친구들이 사고 나는 소리를 들었으니 곧바로 쫓아오겠지 했는데 한번 슬쩍 바라보고 못 본 체하고 있다. 오히려 쓰러진 아이의 친구인지 경찰과 같이 있던 두 녀석이 오토바이를 타고 나타났다. 나는 혹시 이 녀석들한테 덤터기를 쓰지 않을까 하는 의심을 하는데 이 녀석들은 오토바이가 부서지지 않았나 살펴보았다. 나도 자동차를 살펴보니 앞 범퍼 왼쪽 옆구리에 살짝 스친 표시만 나 있었다.

그러는 사이 누가 연락했는지 식당을 운영하는 오토바이 주인 이라며 40대 초반 남자가 나타나 처음에는 걱정스러운 표정을 짓더니 무슨 생각을 했나 나에게 대드는 표정으로 변했다.

그러면서 보험으로 처리하자고 보험회사에 전화해서 속으로 이 녀석들을 잘못 다루면 안 되겠다는 생각이 머리를 스치고 지나갔다. 나도 보험회사에 전화를 걸었다. 이처럼 서로 옥신각신 하는데 뒤에 있던 경찰관이 다가와 뒤에서 봐 놓고 모른 체하면 서 어떻게 된 일이냐고 물었다. 나는

"점선에서 좌회전하려고 깜빡이를 켜고 있다 차가 오지 않아 좌회전하는데 뒤에서 갑자기 오토바이가 나타나 왼쪽 앞 범퍼와 충돌 했네요." 하자 경찰관은

"신호등은 무슨 색깔이었습니까?" 한다. 나는 본 그대로

"적색 신호였습니다." 하자

"신호 위반이구만요?" 한다. 나는 운전한 지 20년이 다 되었는 데 지금까지 비보호지역에서 녹색 신호에만 좌회전이 되는 줄을 몰랐다. 앞에 차가 오지 않으면 언제든지 좌회전해도 되는 것으 로 알고 있었다. 그러자 옆에 있던 주인이란 녀석 얼굴에 생기가 돌았다. 그러자 경찰관이 내 귀에다 대고

"해결이 잘 안 되면 지구대로 오세요."라고 귀띔해 주고 가버 렸다. 나는 경찰관이 뒤에서 봤으니 해결해 줄 줄 알았는데 본인 들이 알아서 해결하라는 뜻인 모양이다.

그러는 사이 양쪽 보험회사에서 사람이 왔는데 이상한 일이 나타났다. 상대편 보험회사에서 온 젊은 친구가 버릇없이 나에 게 큰소리를 치며 내가 잘못해서 사고가 났다고 책임을 나에게

지우려 했다. 나는 순간 화가 치밀었다.

"중앙선을 넘어온 것이 누구냐?"고 말하자 보험회사와 주인 및 친구라는 녀석들이 누가 중앙선을 넘어왔냐고 달려든다. 그런데 내차 보험회사에서 온 사람은 꿀 먹은 벙어리인 양 아무 소리도 없고 내차 부서진 곳이 없나 자동차만 살피고 있다.

뒤에 안 일이지만 상대편 보험회사는 보험료도 비싸며 이름 있는 큰 보험회사라 정식직원이 나왔고 내가 가입한 보험회사는 보험료가 저렴한 회사로 정식직원이 나온 것이 아니라 자동차 정비업소와 연결되어 수리를 전문으로 하는 정비업소에서 사람이 나왔다는 것을 알게 되었다. 나는 '중앙선을 넘어오지 않았으면 어떻게 사고가 나냐며 상대편 보험회사 직원에게

"당신이 뭔데 큰소리야"

"헛소리하지 말고 지구대로 가서 따지자."고 하자 좋다고 했다. 그런데 우리 보험회사는 물끄러미 바라보고만 있다가 자동차를 맡기지 않겠냐고 해서 놔두라고 하자 무슨 일이 있으면 연락하라며 명함만 한 장 주고 가버리고 상대방 보험회사는 지구대까지 따라왔다.

지구대에 사고 접수를 하자 아까 본 경찰관들은 모른 체하고 사고 접수를 한 사람은 어딘가 전화를 하더니 경찰서 교통과에서 사람이 올 것이니 조금 기다리란다. 그리고 상대방 사람들은 보내고 나만 붙잡아 놓았다. 나는 지금까지 자동차와 자전거나 오토바이가 접촉사고가 나면 힘이 센 자동차가 모든 책임을 지는 것으로 알고 있었다.

이런 경험이 한 번도 없었으니 사건이 어떻게 처리되는지 알 수는 없으나 침착한 체하며 혹시 음주측정이라도 하지 않을까

하는 생각에 물을 한 컵 들어 마시고 집사람에게 전화했다. 내가
오토바이와 접촉 사고로 지구대에 와 있다고 하자 그는 큰 사고
라도 낸 줄 알고 겁을 잔뜩 먹고 쏜살같이 왔다.

명색이 학교 교장이란 사람이 사고를 내고 지구대에 왔으니
창피하기가 말이 아니었으나 별수가 없었다. 얼굴에 교장이라고
써 있는 것은 아니지만 이 지구대 부대장 격인 경위가 집사람 산
악회 회원이었다. 그래서 집사람 산악회를 따라 등산을 두어 번
간 적이 있어 통성명하고 지내는 사이라 저절로 내 신분이 노출
된 것이다.

집사람은 내 속도 모르고 이쪽저쪽으로 돌아다니며 분주했다.
나는 걱정하지 말고 집으로 돌아가 저녁때 친구들 모임에 참석
할 준비나 하라며 억지로 내보냈다.

경찰서에서 근방 사람이 오는 줄 알았는데 한 시간 가까이 기
다렸는데도 소식이 없다. 그동안 음주 측정을 한 결과 이상 없는
것으로 나타났다. 송별연에서 안 마신다고 했지만 퇴직하는 분
들이 권하는 것은 거절할 수가 없어 복분자 술을 글라스로 두잔
가까이 마신 것 같은데 평소 주량이 있는 사람이라 그런지 아무
런 표시가 없었던 모양이다.

기다리다 지친 나는 이왕 이렇게 된 것 검찰청에 전화나 하자
고 전화를 걸자 검사가 받는다.

"태봉중학교 교장 김광석입니다." 하자

"안녕하세요. 교장 선생님 저는 박철수 검사입니다."하며 친절
하게 전화를 받았다.

"안녕하세요, 다름 아니라 오전에 검찰청에서 가능한 오늘 와
달라는 전화를 받았는데 갑자기 오토바이와 접촉사고가 나 지금

영천지구대에 와 있네요."

"아 ~ 그러세요."

"좀 늦어도 사건이 마무리되는 대로 가겠습니다."

"네. 감사합니다. 시간 되는대로 오시기 바랍니다." 한다. 나는 주변에 있는 경찰들이 들으라고 일부러 나지막한 목소리로 또박또박 전화한 것이다.

검사와 잘 아는 사이니 함부로 취급하지 말라는 속셈으로 전화를 한 것이다. 그러다 보니 검찰청에 꼭 가야만 하는 신세가 되었다. 그러나 우선 급한 것부터 해결해야 하지 않는가?

근 두 시간 가까이 지나서 손에 수첩을 든 사람이 지구대 안으로 들어왔는데 그 사람이 교통사고를 처리하는 사람인 모양이다. 그는 먼저 사건을 접수한 경찰관과 말하더니 나에게 다가와 어떻게 된 것이냐고 물었다.

나는 사건이 나타나게 된 상황을 그대로 설명하자 수첩에 몇 자 적고 일주일 후에 경찰서로 와 달라며 나가보란다. 어이가 없었다. 현장 조사라도 하는 줄 알았는데 그런 것도 없이 이야기 몇 마디 나눠보고 가라면서 먼저 나가 버렸다.

그러다 보니 시간이 오후 4시가 지나가고 있었다. 마음을 가라앉힌 후 교감 선생님에게 전화하여 학교에 들어가지 못할 것 같다고 연락한 다음 검찰청으로 갔다.

고등학교를 졸업하고 재수할 때 가장 가까웠던 친구가 대학을 간다고 공부하면서 군대에 가지 않아 기피자로 병무청으로부터 고발당해 재판을 받은 적이 있었다. 그때 법원과 검찰청이 같이 있다는 것을 알게 되었으나 검찰청은 한 번도 가본 적이 없었다.

막상 법원을 찾아와서 보니 어떤 건물이 검찰청인지 알 수가 없어 무조건 중앙에 있는 큰 건물 안으로 들어가서 보니 법원의 민원창구였다. 검찰청이 어디냐고 묻자 정문 바로 옆에 있는 허름한 건물로 가 보란다. 민원창구를 나와 가르쳐 준 건물을 바라보니 우중충하고 음산하며 별로 기분이 내키지 않았다. 두리번 거리며 건물 안으로 들어가자 매점이 눈에 띄어 점원에게

"검사실이 어디 있습니까?" 하고 묻자

"2층 서쪽 끝 방인데요." 한다. 나는 감사하다고 인사하고 2층으로 올라가 문패를 확인한 다음 노크하고 들어가자 책상이 세 개가 놓여있고 40대 남자와 여자 한 사람이 근무하고 있다. 여자가 나를 힐끔 쳐다보고

"어디서 오셨습니까?" 한다. 나는

"태봉중학교에서 왔는데요." 하니까 남자가 일어나 잠깐 따라오라며 그 방을 나와 조금 떨어진 동쪽 끝에 있는 대기실로 안내했다.

그를 따라가는데 복도 저쪽에서 죄수복을 입고 포승줄에 묶인 채 3층으로 끌려가는 사람이 눈에 들어왔다. 뒷모습이 나와 교감, 교장 연수 동기이며 모임도 같이하는 동년배 교장 선생 모습 같이 보였다.

그 교장은 욕심이 많고 처세술이 뛰어나 전 교육감 및 참모들과 친하여 교장 연수 동기 중에서 가장 먼저 교장으로 승진했으며 새로운 교육감과는 고등학교 선후배 사이로 다음 인사 때 청포시 교육장으로 발령 난다고 공공연히 소문이 돌고 있는 사람인데 무엇 때문에 죄수복을 입고 포승줄에 묶여 있는지 알 수가 없었다. 어떤 일인지 모르지만 잘 못돼도 단단히 잘 못된 모양이라는 생각이 머리를 스치고 지나갔다.

나를 안내한 사람은 대기실에다 혼자 놔두고 먼저 처리할 일이 있어 그러니 잠시 기다리라며 나가 버렸다.

대기실에 혼자 남게 된 나는 머리가 복잡했다. 죄수복을 입은 교장은 무슨 이유며 내가 전 학교에서 무엇을 잘못했을까? 죄수복을 입은 교장과 나는 별로 가까이 지내는 사이가 아니다.

학교에 근무하는 동안 오로지 학생들만 위한다고 열심히 근무한 것이 죄라면 죄랄까? 알 수가 없었다. 얼마나 시간이 지나자 아까 안내한 사람이 다시 와 나를 검사실로 안내했다. 그를 따라 검사실에 들어가자 내가 사용하는 교장실의 3분의 1 규모인 사무실에 테이블 하나와 소파 몇 개가 놓여 있다.

사무실에 들어서자 검사인지 젊은 친구가 테이블에서 일어나 "교장 선생님이세요." 하면서 인사를 하고 나를 세워 놓은 채 이야기를 한다. 그의 인상을 보니 아직 젊은 티를 벗지 못한 애송이로, 언뜻 느끼는 분위기가 별로 기분이 나쁘지 않다는 것을 직감했다. 그는 웃으며 "오토바이와 접촉사고가 있었다고요. 별일 없을 것입니다." 한다. 혹시 나 모르게 따로 전화한 것인가? 하는 생각을 하고 있는데 "바쁘신데 이렇게 오시라고 해서 죄송합니다. 그동안 얼마나 마음고생을 하셨습니까? 교장 선생님은 학생들을 위하여 열심히 일하시는 분이라고 말씀 들었습니다. 앞으로 아무 걱정하지 마시고 열심히 근무해 주시기 바랍니다."라며 수사관에게 모시고 나가 보란다. 싱겁기도 하다고 생각하며 수사관을 따라 나왔다.

수사관은 자기 책상 앞에 나를 앉게 하고 수사가 시작되었다.

언뜻 시계를 보니 17:30분이 지나고 있다. 사무실에는 수사관과 나 두 사람만 있었고 여자 직원은 퇴근했나 보이지 않았다. 나는 수사에 임하기 전에 전화 좀 할 수 있냐고 물으니 하란다.

오늘 저녁 7시에 모임이 있는데 아무리 생각해도 그 전에 끝날 것 같지 않아 갑자기 일이 생겨서 모임에 조금 늦어질 것 같으니 먼저 시작하라고 연락을 주기 위해서였다.

수사가 시작되자 수사관이 묻는 대로 또박또박 대답했다. 수사관이 묻는 내용의 요지는 선생님이 청량고등학교에 근무할 때 추진하던 BTL 사업 때문에 도 교육청 교육감과 다툼이 있지 않았냐는 것이며 그로 인해 괘씸죄에 걸려 열심히 학교를 개선하고 있는데 중학교로 좌천된 것이 아니냐는 것이었다. 그리고 BTL 사업은 부정적인 사업이 아니냐는 질문을 했다.

나는 어이가 없었다. 그래서 BTL 사업이란 교육청에서 부족한 재정을 해결하기 위하여 민간업자에게 민간자본으로 학교를 건축하게 한 다음 교육청에서 20년간 임대료를 내고 사용하는 것이며 학교 시설관리는 건축한 회사에서 관리하다 20년이 지나면 재산권을 교육청으로 넘겨주는 사업으로 낙후된 교사(校舍)를 개축하는데 아주 유익한 사업이라고 답변했다.

그리고 내가 중학교로 온 것은 중등교원은 고등학교가 좋고 중학교가 나쁜 것이 아니라 필요에 따라 자유롭게 이동하는 것으로 집 가까운 곳으로 보내준다고 해서 알아서 하라고 해 보내준 것이지 좌천된 것이 아니라고 대답했다. 이런 대답을 하면서 생각하니 갑자기 내 머릿속에 스쳐 가는 사람이 있었다.

지난 7월에 퇴직 후 사회에 쉽게 적응하기 위하여 정년에 가까운 공무원을 대상으로 하는 '사회 적응 연수'를 3일간 합숙하며 받았었다. 그때 두 번씩이나 같은 학교에서 근무한 교장을 만난 적이 있었다. 그때, 그는 나를 반갑게 대해주며 해 준 이야기가 떠올랐다.

사실 나는 그를 좋게 평가하지 않고 있었다. 그는 전직 교육감의 고등학교 직속 선배로 고등학교 시절 교육감과 같은 하숙집에 살면서 형과 아우 사이로 지냈단다. 그래서 그런지 지난번 교육감 선거에서 자기가 다닌 대학 동문 중 교직에 있는 사람들에게 선거 운동을 하여 큰 공을 세웠단다. 그 우세로 꽤나 어깨에 힘을 주고 다녔으며 교장이나 교감 인사권에 대해서도 제법 큰소리는 치고 다니는 교장이라고 소문이 나 있는 사람이다. 그에 비하면 학연이나 지연이 없는 나는 이런 사람들이 눈엣가시 같은 존재라 좋아할 이유가 없었다.

그런데 그는 나에게 친절하게 대하며 우리 학교 BTL 사업에 관하여 물어봐, 아는 대로 대답해 준 적이 있다. 그때 그는 헤어지면서

"김 교장도 우리와 같이 손을 잡아."라는 알 수 없는 말을 하며 악수를 청해 악수한 적이 있었는데 이 사람이 손을 잡자고 하더니 나를 얽어맨 모양이라는 예감이 들어왔다.

그 사람은 후배라는 교육감이 부정 선거와 부정 인사발령으로 파면되자 그동안 누렸던 위세가 많이 꺾여 있었다. 그러나 한 번 맛본 권력의 힘을 놓기 어려웠던지 지난 교육감 보궐 선거에서 현 교육감 편에 붙어 이러쿵저러쿵 한 모양인데 전과같이 인정을 받지 못한 것인지 지난번 인사 때 옆에 있는 작은 시의 중학교로 발령이 났다.

소문에는 근무하는 고등학교에서 근속 기간이 되어 다른 학교

로 이동해야 하는데 얼마 남지도 않았으니 교육장 같은 전문직 자리를 원했다는 소문이 돌았는데 작은 신설 중학교로 발령이나 불만이 가득 하다는 소문이 돌았다.

나 같이 힘이 없는 사람이 생각하면 그가 근무하는 학교도 좋은 학교로 상당한 예우를 해 줬다고 생각되는데 그는 좌천으로 생각한 모양이다. 그리고 자기가 교육감 선거에서 커다란 공을 세운 사람인데 그에 대한 예우가 불만이었던 모양이다.

하긴 지난번 교육감 때는 처음 승진하는 교장이 시내에 신설되는 중학교에 부임했으며 소문은 교감이나 많은 선생님을 자기 입맛에 맞는 사람들로 구성했다는 소문이 있었으니 그의 위세가 얼마나 대단했나 짐작이 간다.

그러니까 나는 잘못이 있어 불려온 것이 아니라 피해를 본 참고인으로 불려와 교육감의 비리를 찾기 위해서 불려온 것이라는 것을 직감했다. 고등학교에서 중학교로 발령을 받았으니 당연히 불만이 있어 교육감에게 불리한 진술을 할 것이라는 가정에서 불러들인 것이다.

수사관이 내 진술을 다 정리하여 확인까지 받고 나니 근 2시간 가까이 흘렀다. 수사관은 조사가 끝나자

"교장 선생님, 오늘 여기에서 있었던 일은 누구에게도 이야기하지 말아 주세요."라며 비밀로 지켜 달란다.

검찰청에서 나온 나는 친구들 모임에 참석하기 위하여 서둘렀다. 오늘 저녁에 만나기로 한 모임 명칭은 '고귀한 친구'라는 모임으로 내가 처음 교장으로 승진하여 부임한 주천중학교에서 만들어진 것이다.

이 학교는 면 단위 학교지만 제법 역사와 전통이 있었다. 지금

은 도심에서 벗어난 지역적 여건으로 소규모 학교로 전락했으나 한 때는 3개 면을 아우르는 학교로 동문이 사회에 진출하여 권력이나 재력으로 이름이 나 있는 사람이 꽤 있었다. 특히 그 지역 국회의원이 선배 기수 동문으로 동창회 조직이 활성화되어 있었다.

그리고 재경 동문회에서도 동창회 활동이 활발하여 수시로 학교에 도서뿐 아니라 행사에도 적극적으로 지원을 해 주었다. 그리고 이 지역은 자그마한 면 단위에 있지만, 향교까지 있는 곳으로 지역 주민들이 학교에 대한 관심이 높고 자부심도 강했다.

나는 이 학교에 부임 첫인사로 교직원들에게

"학교는 학생이 주인이며 학생들의 개성과 잠재능력을 최대로 개발해 주는 것이 선생님들의 역할이라고 생각합니다. 따라서 교장이나 교감 및 행정실 직원은 선생님들이 학생을 가르치는 데 불편이 없도록 지원하는 지원체제로 선생님들의 의견을 최대로 받아들일 것입니다."

"그리고 선생님들 출·퇴근 시간은 법정 시간을 존중할 것이며 자율권을 최대로 보장해 드리겠습니다. 다만 부탁을 하나 드린다면 선생님들이 각자 맡은 교과 성적이 주변 학교에 뒤처지지 않도록 지도해 주시기를 부탁드리겠습니다."라고 했다.

그리고 입학식 날 학부모들 앞에서

"우리 선생님들이 지금 오전 8시에 출근하여 오후 6시에 퇴근하고 있다는데 앞으로는 오전 8시 30분까지 출근하여 오후 4시 30에 퇴근하게 할 것입니다. 혹시 여름에 선생님들이 너무 일찍 퇴근한다고 나무라지 말아 주시기 바랍니다. 그 대신 학생들 성적은 우리 시 관내에서 제일 좋은 학교가 되도록 최선을 다하겠습니다." 하자 학부모들이 웅성거렸는데 그 이유를 알지 못하고 혹시 내가 실수를 했나 하는 생각을 했었다.

그러나 부임 초 학교가 돌아가는 상황을 보고 알게 되었다. 이 학교는 같은 지역에 장애인 복지 시설이 있어 일반 학생이 5학급뿐이 안 되는 작은 학교에 특수학급이 2학급이나 편성되어 있었으며 학생들 성적은 관내 13개 중학교에서 12, 13등을 하는 학력이 아주 저조한 학교였다.

그러다 보니 인근에 있는 초등학교에서 고학년인 5학년만 되면 시내 중심권 학교로 전학하여 학생들 숫자가 점점 줄어들고 있어 올해 신입생은 1학급으로 편성되어 있었다. 이런 학교에 새로 부임하는 교장이 선생님들을 더 옥죄지 않고 늦게 출근시키고 일찍 퇴근시킨다고 하자 학부모들은 어이가 없어서 웅성거렸다는 것을 알게 된 것이다.

그것을 깨달은 나는 부임 인사차 인근 초등학교를 찾아다니며 학생들 성적을 올리고 학교 문제점을 바로 잡을 테니 초등학교에서 우리 학교 진학을 피하여 시내 학교로 전학 가는 일이 없도록 지도해 달라고 부탁했다. 그리고 학부모 회의와 동창회 때 학생들 성적을 올리는데 최선을 다할 테니 학교 홍보 좀 해 달라고 부탁했다.

그리고 선생님들에게도 학생 지도에 불편이 없도록 지원하겠다고 약속하고 출퇴근부터 자유스럽게 만들어 주었으며, 그들이 학교에 재미를 붙일 수 있도록 강당에 배드민턴 코트를 만들어 배드민턴 채와 콕도 지원해 수시로 운동할 수 있게 해줬다. 또, 내가 앞장서서 인근 중학교와 초등학교 직원들과 침묵 배구대회를 분기별로 열어 직원 분위기 쇄신에 최선을 다했다.

그리고 특수학생 문제는 일반 학생 수에 비하여 특수학생 숫자가 특수교육법 시행령의 규정보다 2배수가 넘게 배정되어 있다는 것을 알게 되었다. 그래서 교육청에 강력히 항의한 결과 중증장애 학생은 인근에 있는 특수학교에 전학 시켜 복지원에 파견학급을 개설하도록 해서 해결해 주었다.

이렇게 선생님들의 어려움을 해결해 주면서 지원해 주었으나 5월에 실시한 도 학력고사에서 우리 학교 성적은 관내 13개 중학교에서 10위와 11위로 전년도 보다는 한두 단계 올랐으나 오십보백보였다.

성질이 난 나는 교감 선생과 교무부장을 교장실로 불러들여 성적이 오르지 않는 이유와 학교장이 잘못한 것이 있으면 이야기하라고 하자 그들은 전체 직원 간담회 자리를 요청했다. 그래서 나는 행정실에 다과를 준비하도록 하고 그날 오후 수업이 끝난 다음 도서실에서 간담회를 가졌다.

그 결과 선생님들은 학업성적이 오르지 않는 이유를 분석하고 대안을 내놓았다. 그들이 결정한 것은 방과 후 교육 활동에 전 학생이 참여할 수 있도록 음악과에서 지도하고 있는 가야금부를 해체하고 인근에 있는 학원은 학교 교육이 끝난 다음 학생들을 학원으로 데리고 가도록 학교장이 해결해 달란다. 나는 좋다고 하면서 해결해 주기로 약속했다.

전교생이라야 일반 학생은 135명 남짓한데 그중에 여학생은 반수 가까이 가야금부에 들어 있어 방과 후 교육이 제대로 될 수가 없었다. 가야금부는 시청에서 가야금을 지원받았으며 1년에 한 번씩 시에서 주최하는 행사에 출연하기 위하여 전임 교장의 강요로 운영되고 있었단다. 그 이유를 들여다보니 시에서 지원해 주는 특별 교부금에 대한 답례 성격을 띠고 있었다.

나는 가야금 지도 선생께 가야금부 해체를 어떻게 생각하느냐고 묻자, 선생님은 자기나 학생 모두 교장 선생님 눈치 때문에 하는 것이지 할 필요성을 느끼지 못한다며 해체해 주기를 요청해 과감하게 해체해 버렸다. 그랬더니 뒤에 시청에서 주관하는 행사에 학생들이 참여할 수 없다고 하자 시장이란 사람이 가야금부 해체를 교육장에게 보고하겠다고 전화로 으름장을 놓는 어이없는 일도 당했지만 나는 흔들리지 않았다.

그리고 학원 문제는 통학 거리가 먼 일부 학생들이 학원 차량을 이용하여 통학하고 있어 학생들이 차를 타고 통학하는 재미로 학원에 다니고 있다는 것을 알게 되었다. 그래서 나는 학원을 직접 방문했다.

학원 원장은 우리 학교 학부모로 학생은 2학년에서 일 이등을 하는 수재 학생의 학부모였다. 나는 학교 사정을 이야기하고 학교에서 대부분 학생에게 방과 후 교육을 하고자 하니 학원은 학교 교육이 끝난 다음 학교를 지원하는 체제에서 학생을 지도해 달라고 하자 그는 흔쾌히 승낙했다.

이런 과정에서 선생님과 사이가 가까워졌나 어느 날 교원노조를 하는 젊은 선생님 한 분이 하는 말이

"교장 선생님 저는 처음 교장 선생님 말씀이 모두 가식이라고 생각했는데 아마 제가 잘못 판단한 모양입니다."

"허허, 그러셨어요. 교장이 선생님께 가식을 쓸 필요가 있을까요."

"아녀요. 교장 선생님, 대부분 교장 선생님들은 가식이 많아요."라고 웃으며 대답했다. 직원들이 처음에는 내가 하는 행동

이 가식이라고 생각했는데 잘못 생각했다고 자기들 입으로 이야기를 한 것이다.

이처럼 노력한 결과 그해 10월에 실시한 도 학력평가에서 우리 학교가 속한 관할교육청 내 중학교에서 1학년은 1위, 2학년은 2위, 3학년은 4위로 성적이 올라갔으며 그다음 해는 1학년과 2학년은 1위 3학년은 2위까지 올라가 학부모와 지역 주민들에게 자랑스럽게 자랑할 수 있었다. 그리고 도 교육청으로부터 학력 우수학교 교육감 표창을 받아 면장과 협의하여 면사무소 앞에 플래카드를 걸어 놓기도 했다.

이런 과정에서 면장이나 직역단체협의회 사람들과 친해지게 된 것이다. 이 학교에 처음 부임했을 당시 젊은 면장은 처음 승진해 온 사람인 모양인데 면장이 대단한 벼슬인 줄 알고 목에 힘을 주어 달갑지 않게 생각했는데 그다음에 온 면장은 나이가 나보다 한 살 위인 사람으로 대화가 잘 통했다. 그리고 그는 지역 학교를 발전시키겠다고 학교에 필요한 것이 있으면 말하라고 하여 교사(校舍) 주변 포장과 유실수인 매실나무를 학교에 지원해 주기도 했다.

이렇게 해서 알게 된 면장은 정년퇴직이 일 년 남은 사람으로 퇴직 후 만날 친구 모임을 만들고 있었나 보다. 그는 면에서 운영하는 '직능별 지역단체장' 모임을 중심으로 마음이 통할만 한 사람을 골라 사조직을 만들었다. 이 모임 명칭이 '고귀한 친구'인데 명칭도 면장의 머리에서 나온 것이다.

처음에는 시의원 등 말깨나 하는 사람들로 10여 명이 넘게 참석했는데 시간이 흐르면서 한 사람 두 사람 빠져나가 지금은 다섯 사람만 남아 한 달에 한 번씩 모이는데 짝수 달에는 부인들과 같이 만나기로 되어있었다.

모임에서 나이가 제일 많은 사람은 나보다 다섯 살 위이며 양돈과 양봉을 하는 사람으로 꽤 재력이 있는 사람이라고 소문이 나 있었다. 비록 농촌에 살고 있지만, 아들이 대학교 교수며 집은 이만여 평이 넘는 구릉지에 농장과 같이 별장식으로 지어 놓고 살았다. 그는 집 옆으로 흐르는 계곡에 정자도 지어 놓고 사는데 주변 경치가 가히 일품이었다. 어느 여름날 계곡 옆에 있는 커다란 나무 밑에 지어놓은 정자에서 술 한 잔 마시는데 옛 선비들의 풍류가 절로 느껴지게 했다. 이분은 면의 지역개발위원장을 맡은 유지 중 한 사람으로 점잖으면서도 인품이 출중하여 많은 사람으로부터 존경받는 사람이었다.

그리고 두 번째는 나보다 한 살 위인 면장과 동년배인데 생일이 조금 빠르다고 둘째 노릇을 톡톡히 하는 화끈한 경상도 사나이다. '주식회사 서양 정밀' 대표로 자동차 부품과 화장품 및 여러 가지 제품을 생산하는데 공장이 이곳저곳 몇 개를 경영하고 있는 사람으로 기업가답게 걸걸하며 시원시원했다.

그는 지역에 환심을 사기 위한 것인지 어느 날 교장실로 찾아와 자기는 운동을 좋아해서 그런다고 학교 운동부를 지원하겠다며 학교에서 요구도 하지 않았는데 500만 원을 학교발전기금으로 내놓으면서 필요한 것이 있으면 말을 하란다. 나는 고마워서 면 단위 기관장 회의와 학교운영위원회 및 학부모회의 때 소개를 했다. 그러다 보니 그와 자별하게 지내는 사이가 된 것이다.

그리고 막내는 나보다도 10여 년 아래인 농협 조합장으로 가무잡잡하니 좀 촌스럽게는 생겼어도 성품이 온순하고 착했다. 그는 우리 학교 동문으로 학교운영위원회 지역위원으로 위원장을 맡고 있었으며 학교에서 경로잔치를 하면 책임지고 떡과 과일을 지원해 주는 사람이었다. 나는 원래 사람과 어울리기를 좋아하여 별로 거부감 없이 이들과 가깝게 지내게 되었다. 모두 다 술 한 잔 정도는 마실 줄 알고 상대방을 배려할 줄 아는 사람들로 쉽게 정이 들었다.

검찰청에서 나온 나는 기분이 찝찝해서 모임에 나가고 싶은 생각이 별로 없었다. 회장에게 전화해 이번 달은 불참했으면 좋겠다고 하자 다들 음식을 먹지 않고 기다리고 있으니 늦더라도 오란다. 오늘은 부부 모임이라 꼭 참석해야 한단다.

전화로 집사람을 큰 도로 옆으로 나오라고 해서 정신없이 차를 몰고 도착해 보니 정말로 상을 차려놓고 그대로 앉아 있었다. 미안하다고 몇 번이나 인사를 하며 자리를 잡고 앉자 회장이 무슨 일이 있었냐고 물어서 웃으며

"오늘은 재수가 더럽게 없는 날인지 오토바이 접촉사고도 나고 무슨 일인지 모르지만, 검찰청에 참고인으로 소환되어 갔다 왔네요." 하자 모두 무슨 큰일이나 난 것처럼 눈이 휘둥글 해 지며

"무엇 때문에?"

"왜?" 하고 한마디씩 한다. 그러자 면장으로 근무하다 퇴직한 친구가

"낮의 뉴스 일이구먼!" 한다. 나는

"무슨 뉴스?" 했더니

"교육감이 뇌물 사건에 연루돼 있다고 뉴스가 나오던데" 한다. 그때야 내 머릿속에 '그렇게 된 거구나' 하면서 스치고 지나가는 것이 있었다. 아까 검찰청에서 죄수복을 입고 있던 교장의 의문

이 풀리는 것 같았다. 교육감이 고등학교 선배라고 꽤나 큰소리 치며 어느 지역 교육장은 내 자리라고 떠들고 다녔다더니 사실 이었던 모양이라는 생각이 들었다. 면장은

"교육계도 참 지저분해" 한다. 나는 어이가 없었다. 내가 생각 하기는 일반 행정기관이 더 권위적이고 지저분한 줄 알고 있는 데 '똥 묻은 개가 겨 묻은 개' 흉보는 격이란 생각이 들었다.

아마 이 사람이 교육계 흉을 보는 것은 자기 손아래 처남 중 한 사람이 초등학교 교장을 하다 인근에 있는 군에 교육장으로 근무하는 사람이 있다고 알고 있는데 그 사람한테 무슨 이야기 를 들어서 하는 소리인 모양이라 생각하며 귀로 흘려보낸다.

오늘은 두 달 만에 만나는 부부 모임이라 사모님들에게 맛있 는 음식을 대접하자며 제법 그럴듯한 음식점에서 만났는데 내 입은 음식 맛을 모르겠다. 그리고 겉 표정은 웃고 있었으나 속은 영 기분이 아니었다.

술을 좋아하는 성격에 평소 같으면 술 한 잔 마시고 운전대를 집사람에게 맡겼을 텐데 오늘은 영 기분이 찜찜하여 그리 권해 도 술을 입에 대지 않았다. 그러자 회장이

"사모님도 운전 잘하시잖아, 기분도 그런데 한잔하시지!" 하 며 권하는데

"오늘은 사양하겠습니다. 눈도 안 좋은 집사람에게 밤 운전시 키는 것도 그렇고" 그러자 화끈한 경상도 이사장이

"어이 아우, 그깐 검찰청 한 번 갔다 왔다고 뭐 그리 신경을 쓰 노, 한 잔 받으래이" 한다.

"감사한데 오늘만은 사양하겠소." 하자 면장이

"그려, 재수 없는 날은 조심하는 것도 좋으니까?"라며 나를 지

원해 줘 끝까지 술을 입에 대지 않았다.

우리가 모인 장소는 온천 관광지로 집에서 근 16㎞ 정도 떨어져 있었다. 그러다 보니 2차선 도로지만 인적이 한산한 자그마한 산 고개를 세 개나 넘어야 했다.

운전하고 집으로 돌아오는데 음력으로 그믐인지 차창 밖이 칠흑같이 어두웠다. 눈앞에 보이는 것은 자동차 라이트 불빛이 비치는 곳만 보일 뿐이다.

나는 눈에 녹내장이 있다는 진찰을 받고부터는 운전에 특별히 신경을 쓰며 하는 습관이 있었다. 그러다 보니 더구나 밤 운전이라 조심스럽게 운전을 하고 오는데 두 번째 산 고개를 넘어 모퉁이를 막 돌아서는 순간 눈앞에 커다란 고라니 한 마리가 내 차선에서 차를 바라보고 서 있는 모습이 눈에 들어왔다.

내가 깜짝 놀라는 순간, 옆에 타고 있던 집사람이

"저게 뭐야" 하며 소리를 지른다. 나는 순간

"고라니" 하며 자동차 핸들을 왼쪽으로 틀어 피해 갔는데 내 뒤를 바짝 따라서 오던 승용차는 고라니를 미처 발견하지 못하고 앞차가 피해 가자 그대로 들이받았는지 팍 소리가 우리 차에까지 들려왔다.

순간 내 몸에 땀이 솟았다. 우리는 아슬아슬하게 사고를 피했으나 뭐가 그리 바쁘다고 밤에 길도 좋지 않은 곳에서 앞차에 바짝 붙어 오던 차는 고라니를 피하지 못하고 친 모양이다.

고라니를 지나치고 백미러를 바라보니 뒤에 오던 차는 고라니를 친 것인지 모르지만 도로 가에다 차를 멈추는 모습이 눈에 들어왔으나 나는 그대로 집으로 운전을 했다.

옆에 타고 있던 집사람은

"여보 뒤차가 고라니를 치었나 봐"

"글쎄 그런 것 같은데"

"뒤차가 멈추었으니까 우리도 내려서 볼까?

"쓸데없는 소리, 그냥 가" 하면서 나는 차를 멈추지 않고 그냥 운전했다. 그러자

"왜 그리 밤에 앞차에 바짝 붙어 왔을까?"

"바빴던 모양이지" 하면서 뭐가 그리 바빠서 앞차 운전에 방해하면서까지 바짝 따라왔나 모르겠다는 생각이 들었다.

사고를 면하고 생각해 보니 술을 한 모금도 입에 대지 않은 것이 신통했다는 생각이 들었다.

어쩌면 하루에 이렇게 기분 나쁜 일이 아침부터 저녁까지 연속해서 일어날 수 있을까?

얼마나 어수룩하게 보였으면 교장이나 한다는 사람이 엉뚱한 일로 검찰청에 참고인으로나 불러 다닐까? 생각하니 괘씸하다는 생각이 들었다. 그리고 오토바이 접촉 사고는 어떻게 처리할까? 그 녀석들이 자동차는 각자 수리하고 넘어진 녀석 치료비나 책임지라고 해서 못한다고 했는데 만약 치료비를 달라고 요구하면 나도 병원에 입원해서 치료비를 요구해야지? 하는 생각을 하면서 지그시 눈을 감고 하루를 정리해 본다.

그러다 문득 고라니 모습이 스쳐 갔다. 어쩌면 그 시간에 도로로 달라붙었을까? 차가 오면 뛰어가던지? 왜 도로 가운데서 차가 오는데 순한 눈으로 빤히 쳐다보고 있었는지 알 수가 없다. 그리고 내 뒤차는 엉겁결에 살생을 한 것이 아닌가?

그러고 보니 오늘 나만 재수 없는 날인 줄 알았더니 더 재수가 없는 사람은 바로 내 뒤를 따라오다 고라니를 친 사람이라는 생

각이 들어 위안으로 삼으려다 생각하니 그보다도 더 운이 없었
던 것은 차에 치이어 죽은 고라니라는 생각이 들어 위안으로 삼
으며 잠자리에 들었다.

꼴머슴이 가져다준 행복

끝없이 펼쳐진 고구마밭 풍경

교원 생활을 하다 정년퇴직을 하고 농부로 변신한 한 노인네가 농부의 아들로 태어나 꼴머슴으로 어린 시절을 보냈을 때는 농부의 아들로 태어난 것을 원망했는데 정년퇴직을 하고 나서 보니, 자신도 모르게 부모님 어깨너머로 배운 잠재적 교육으로 농사짓는 방법을 터득하게 된 것에 대한 고마움을 표현한 글.

6월의 이글거리는 붉은 태양 아래서 고구마밭에 올라오는 풀을 매다 잠깐 숨을 고르려 그늘 가리개로 만들어 놓은 움막에 들어왔다. 이마에 흐르는 땀을 수건으로 훔치고 그늘막에 앉아 피로를 잊고자 소주 한 잔 입에 부어 넣고 방금 따온 방울토마토를 바짓가랑이에다 썩썩 문질러 아작아작 씹어 먹는다.

이렇게 마시는 소주 한 잔의 맛과 토마토 맛은 아무나 느끼는 것이 아니다. 농부만이 느낄 수 있는 천하의 진미가 아니겠는가? 입안에 맴도는 향긋한 맛을 느끼며 넋잃은 표정으로 이글거리는 태양을 바라보며 내 심정을 그려 본다.

뙤약볕 내려 솟는 이른 여름 어느 날
개미허리로 일구어 놓은 내 농작물이
땡볕에 그을려 죽을까 봐
가냘픈 스프링클러 하나 돌려놓고
가뭄을 달래는 어설픈 마음

쓰러져 가는 움막에 태양 볕 가리고
녹색 짙어 가는 블루베리 나무를 쳐다보다
문득 고개 들어 하늘을 보니

티끌 하나 없는 청잣빛 하늘이
내 마음을 무지개 속으로 끌어들이네!

살아온 인생 칠십 짧고도 길건만
엉켜버린 명주 실타래처럼
뒤엉킨 내 인생길이
언지도 이다지 힘들기만 한가?

훨훨 타오르는 태양 볕 불 속에
한 마리 불나비가 되어
이내 심사 던져 버린다면
세상사 다 잊혀버린 석가모니 될 너냐?

이렇게 신세타령을 하다 보니 내가 살아온 지난날의 추억이
아련히 떠오른다. 사람마다 누구나 잊혀지지 않는 추억이 있겠
지만 나의 어린 시절은 유독 험난했다는 생각이 들었다. 그중에
서도 가장 생생한 것은 오늘날 나를 있을 수 있게 만든 암소가
생각이 났다. 그 암소는 우리 집을 가난에서 벗어나게 해 주었으
며 내가 대학까지 나올 수 있는 돈을 만들게 해준 순하면서도 일
을 잘하는 누렁이 암소였다.

우리 집이 소와 인연을 맺은 것은 내가 중학교 1학년에 입학
하면서부터였다. 그 당시 농촌에서 중학교에 간다는 것은 복을
받고 태어난 행운아들이다. 내가 살던 시골에서는 초등학교에서
한 학급 학생이 60명인데 그중에 반수만 중학교 입학 전형에 응
시했으며 응시생 중에서 반이 합격했으니 고작 한 반에 15명 정
도만 중학교에 다닌 셈이다. 결국, 학생 수의 반은 집안이 가난
해서 원서조차 내보지 못했고 원서를 낸 학생 중에서도 반은 실

력이 모자라 중학교에 가지 못한 것이다.

하긴 여학생은 여자가 무슨 중학교에 가냐고 대부분의 부모가 보내주지 않았던 시절이다. 이처럼 어려웠던 시절 나는 큰아들이란 귀속적 지위를 가지고 태어난 덕분에 어려운 가정인데도 부모님이 중학교를 보내 준 것이다.

우리 집은 내가 초등학교 2학년 때 사정이 있어 젊은 부모님은 아들 둘을 데리고 고향을 떠나 살게 되었다. 그러다 보니 아버지와 어머니는 매일 남의 집 일을 도와주고 받는 품값으로 가정을 꾸려가는 어려운 형편에서 나를 중학교에 보내 준 것이다.

학교 문턱에도 가보지 못한 아버지와 어머니가 나를 중학교에 보낸 것은 그분들 나름대로 배운 사람에 대해 알지 못하는 한이 서려 있었기 때문이라 생각되었다.

이런 우리 집에 행운이 찾아왔다. 힘도 좋고 열심히 일하는 젊은 부부에게 믿음이 갔는지 마을에서 밥술깨나 먹고 사는 사람이 배냇소 한 마리를 준 것이다.

배냇소란 어린 송아지를 가져다 키워서 새끼를 나면 어미 소는 원주인에게 돌려주고 송아지는 기른 사람이 가지게 되는 것을 말한다. 내가 중학교에 들어가던 해 우리 집에 송아지가 들어온 것이다. 그러다 보니 그 송아지 먹이 꼴은 내가 책임을 지게 되었다.

나는 학교에 다녀오면 매일 꼴지게를 지고 소먹이 꼴을 베어 나르는 사람이 되었다. 13살 먹은 꼬마 아이가 베어 나르는 꼴짐이야 얼마나 될까? 만은 나름대로는 열심히 베어 날랐다. 이렇게 해서 우리 집에 소를 기르기 시작한 것이다.

이때 소를 키운 흔적이 지금도 내 몸에 남아 있다. 중학교 1학년 때 겨울로 생각된다. 여름에는 소먹이로 꼴을 베어다 먹이면 되지만 겨울에는 볏짚이나 콩깍지 또는 고구마 줄기를 건조한 것을 작두로 썰어 만든 여물을 끓여서 먹인다.

평소 여물은 아버지와 내가 썰어 만드는데 그때마다 나는 아버지로부터 꾸중을 듣곤 했다. 힘 있게 작두를 밟지 못한다고 꾸중을 들은 것이다. 그러다 보니 여물을 썬다는 것은 나에게 힘들고 고된 일이며 스트레스로 남아 있었다.

그런데 어느 날 저녁때 쇠죽을 끓이려고 여물을 가지러 가서 보니 하나도 없었다. 부모님은 남의 집 일을 하러 가셨으니 늦은 시간에 오시기 때문에 할 수 없이 초등학교 4학년인 동생과 여물을 썰기로 한 것이다. 나는 작두에 앉아 짚단을 작두에 넣고 동생은 작두를 밟았다. 중학교 1학년인 내가 작두를 밟아도 잘 썰어지지 않는 짚단이 초등학교 4학년 아이가 밟으니 제대로 썰어질 리가 없었다.

동생에게 작두를 들라고 하고 작두날이 닿는 곳에 끼어있는 지푸라기를 빼기 위하여 왼손을 작두 안에 집어넣는데 동생은 짚단은 넣는지 알고 작두를 밟은 것이다. 나는 순간 '악~' 소리를 지르자 동생이 깜짝 놀라며 작두를 들었는데 내 왼쪽 엄지손가락 마디에서 피가 뿜어 나왔다. 엄지손가락을 감싼 다음 헝겊을 찾아 싸매고 보니 엄지손가락 첫마디에 상처만 나고 손가락은 잘려 나가지 않았다. 만약 동생이 조금만 힘이 더 세었다면 내 왼쪽 엄지손가락은 영원히 나와 이별할 뻔했다. 이 흉터는 60년이 지난 오늘날에도 초승달 모양으로 남아 있다.

이렇게 시작된 소먹이는 내가 고등학교 2학년 때까지 계속되었다. 봄만 되면 이 골짝 저 골짝 헤매며 논둑이나 밭둑 또는 개

울가 꼴을 베어 나르는 것이다.

그러다 보면 뱀도 만나 깜짝깜짝 놀라기도 하고 왼손의 손가락은 낫에 베어 흉터와 상처투성이가 끊일 날이 없었다. 꼴을 베기에 서투른 나는 상처가 아물기 전에 낫에 또 베니 특히 검지와 중지 손가락은 성할 날이 없었다. 이렇게 상처가 나는 이유는 아직 나이가 어려 꼴을 잘 베지 못하는 데도 있지만, 학생이 학교에서 돌아와 짧은 시간에 많은 꼴을 베려고 서두르다 다치는 경우가 많았다.

어쩌다 학교에서 방과 후에 영화라도 보여주는 날이면 그날은 어둑어둑해지면서 지게를 지고 나가니 정신이 있을 수가 없다. 또 비가 오는 날은 어떠한가? 비를 흠뻑 맞으며 베어서 짊어진 꼴지게 무게가 장난이 아니며 어쩌다 논둑을 잘못 디뎌 미끄러져 넘어지기라도 한 날은 어린 나이에 눈에서 눈물이 고인 것이 몇 번인지 알 수가 없다. 이런 꼴머슴 애환을 누가 알겠는가.

학교에서 너무 늦게 끝나던지 여름 장마철 오후에 소나기 비가 그치지 않으면 그날 우리 집 소는 굶주려야 했다. 이야기책에서 나오는 '비가 오는 날 꼴짐을 지고 소를 몰고 가는데 바지는 가랑이로 내려가고 소는 날뛰는 꼴머슴의 황당한 모습' 그 이야기 주인공이 바로 나였으며 그런 일이 종종 일어났다.

이렇게 소먹이 풀을 베어 나르는 꼴머슴이 된 나는 짧은 시간에 많은 꼴을 베려고 노력하다 보니 풀 한 포기라도 더 쥐려고 오른 손가락을 뻗치고 또 뻗친 결과 왼손과 오른손 뼘이 서로 다른 짝 뼘이 되었다.

오른손은 낫을 잡는 손이라 뼘이 23cm 정도인데 왼손 뼘은 25cm로 2cm나 더 늘어난 것이다. 하긴 돼 바쁠 때는 손가락에 풀을 감고 또 감아 풀한 주먹이 한 다발이 될 수 있도록 쥐는 법도 터득하게 되었으며, 엉터리 꼴이지만 30~40분이면 한 짐을 베기도 하였으니 꼴머슴 중에 상 꼴머슴이 된 것이다. 이런 나는 지금도 풀베기나 낫질은 일가견을 가지고 있다.

이런 꼴머슴이다 보니 풀에 대한 애환이 많을 수뿐이 없었다. 중학교 3학년 때로 기억된다. 국어 시간에 글짓기를 한 적이 있었다. 동요나 산문이나 시 등 자기가 좋아하는 글을 쓰는 시간이었다. 나는 산문을 선택했다. 계절이 봄이라 내가 선택한 주제는 풀로 정했다.

풀에 대한 의인법을 이용하여 풀이 추운 긴 겨울을 땅속에서 이겨내고 따뜻한 봄을 기다리다 봄이 되자 힘들게 땅을 헤집고 나와 노란 새싹에 힘을 불어넣어 힘차게 자라려고 하는데 어디서 싹싹 소리가 들려 주변을 살펴보니 앞에서 꼴머슴이 인정사정 볼 것 없이 자기 동료들을 베어가는 장면을 보고 공포에 질린 표정으로 안절부절못하는 장면을 연상하는 글을 썼다.

내가 글을 다 작성하자 옆에 있는 짝꿍이 읽어보고 어떻게 이런 생각을 했냐고 너무나 신기하고 멋지다고 칭찬해 주었는데 다음 국어 시간이 문제였다.

우리 국어 선생님은 젊은 분으로 얼굴에 흉터가 길게 나 있고 화를 내면 얼굴이 붉어진다고 하여 별명이 '찢어진 핏대'였다. 그분의 특징은 학생들 놀리기를 좋아했던 모양이다. 지난번 국어 시간에 글짓기 한 작품을 가지고 들어와 잘된 작품과 잘못된 작품을 지적했다. 잘된 작품으로 시를 쓴 한 학생을 일으켜 세우더니 지그시 눈을 감고

"뒷동산에 붉은 장미가 한 송이 피어 있다"라고 쓴 한 줄로 작

성된 시인데 눈을 지그시 감고 낭독하더니 감탄에 젖은 목소리로
"어쩌면 이렇게 멋진 시를 생각했냐."며 시를 지은 학생에게 칭찬이 이만저만이 아니었다. 그리고 다음은 나를 가르치며
"이만복 일어나" 하더니
"이게 글이냐?"
"어떻게 풀이 세상에 나온 것을 좋아하고 사람을 보고 무서워하냐." 하면서 창피를 줘도 너무나 줬다. 나는 얼굴이 홍당무가 되었다. 그 후 나는 그 선생님만 보면 시선을 피한 기억이 아직도 남아있다.

이 생각이 떠오르다 보니 그 선생님에 대한 기억이 또 하나 떠오른다. 글짓기 사건이 있고 난 뒤 얼마 안 있다가 1학기 중간고사를 보았다. 국어 시험에 반대말 쓰기가 문제로 나와 있었다.

문제는 '장가'의 반대말을 쓰는 것이었다. 아마 정답은 장가(긴 형식의 노래)의 반대말은 단가(짧은 형식의 노래)인 모양인데 나는 '단가'가 떠오르지 않고 시험 시간이 끝날 때까지 생각하다 끝나기 직전 결혼식의 신랑 신부를 연상하며 남자는 '장가'를 가고 여자는 '시집'을 간다고 생각하여 시집이라고 답을 적었다.

이렇게 답을 적어 놓고 다음 국어 시간에 마음을 얼마나 졸였는지 모른다. 분명 선생님이 지난번 시험에 이만복은 장가가고 싶어 장가의 반대말을 시집이라고 적어서 냈다고 놀릴 것만 같았다. 그런데 선생님은 그 생각까지는 못했는지 다른 학생의 답만 가지고 학생을 놀려대고 나는 그냥 넘어간 적이 있었다.

이런 생각을 하면서 눈앞의 밭둑에 제멋대로 자란 풀이 아깝

다는 생각이 들었다. 요즘같이 풀이 많으면 꼴 베는 일이 그리 힘들지 않을 것 같은데 그때는 어쩌면 그렇게 풀이 귀했는지 모르겠다. 사람이 가난하게 살면 풀도 제대로 자라지 못하는 모양이라는 생각을 해 본다.

조금 전까지 이글거리는 태양 볕 아래서 밭고랑에 제멋대로 자라는 풀을 뽑고 뽑아도 끝이 없이 자라나는 풀을 생각하며 중학교 때 선생님의 놀림에도 정신을 못 차렸나 잡초에 의인법을 인용하여 내 인생의 신세를 한탄하는 '내 이름은 잡초'라는 시를 지어 봤다.

　　　내 이름은 잡초

　　　옛 아낙의 호밋자루 한숨 피우고
　　　어설픈 햇병아리 농부 가슴에
　　　피멍 들게 하는 잡초

　　　아무리 짓밟아도 되살아나고
　　　나를 무시하는 인간이 싫어
　　　태어나고 또 태어나는 내 이름은 이름 모를 잡초

　　　한 해가 시작되면 새롭게 태어나
　　　한 해가 마무리되면 삶을 마감하는
　　　영원한 생명 내 이름은 잡초

　　　아 ~ ~ ~
　　　삶의 허무함 한 포기 잡초려니
　　　한 번 왔다 가는 세상 넉넉히 살다 가리라

우리 집은 내가 중학교 3학년 때부터 2년 동안 아버지는 우마차를 끌었다. 봄에서 가을까지는 농사일하시고 추운 겨울에는 새벽 4시만 되면 아직 날이 밝지 않은 깜깜한 밤중에 일어나 5시만 되면 우마차를 끌고 내가 사는 마을보다 더 산골로 나가 인삼밭에 사용하는 통대(금산에서 인삼밭을 꾸미기 위해 사용하는 지주 나무를 말함) 또는 발(인삼밭 해가림 덮개)을 사다 파는 것이다.

그러다 보면 쇠죽을 끓이는 나와 아침을 준비하는 어머니는 새벽 세 시 반이면 일어나야 했다. 추운 겨울날 새벽에 쇠죽을 끓이기 위하여 여물을 나르고 쇠죽을 퍼다 주는 일이 하루 이틀도 아니고 겨우내 이어지는 일은 정말로 하기 싫었다.

그러나 도시락 하나 싸서 눈보라와 추위를 이겨가며 하루 진종일 100여 리를 걸어 다니는 아버지를 생각하면 하지 않을 수도 없었다. 그러다 보니 어머니는 이른 새벽에 일어나기 싫어하는 아들을 위하여 내가 나오기 전에 먼저 쇠죽 끌일 준비를 다 해놓는 날이 많았다.

이처럼 꼴머슴이 된 나에게 특별히 기억에 남는 소가 두 마리 있다. 한 마리는 암소로 송아지 때부터 내가 베어다 주는 풀을 먹고 자란 어미 소다. 성질이 온순했으며 우리 집을 부자로 만들어 준 소로 어머니와 나에게 특별히 정이 있어 오랫동안 기억하고 이야기하던 누렁이 암소다. 이 소가 우리 집을 부자로 만들어 준 것은 송아지를 낳아서 돈을 벌어도 주었지만 40대 초반인 아버지와 같이 우마차를 끌었기 때문이다.

이 암소와 나와의 관계는 족히 4년이 넘는 세월을 같이 살았다. 내 나이 13살 때부터 16살이 될 때까지로 기억되었다. 내가 친구들과 어울리다 풀을 베어오지 못하면 굶주리기도 하고 어느 때는 소가 일에 지쳐 쓰러져 있으면 아버지는 뱀을 잡아다 토막을 쳐 풀에 싸 강제로 먹이기도 한 소였다. 그럴 때면 나는 소고삐를 잡아줘야 하는데 제대로 잡지 못한다고 아버지에게 꾸중을 듣곤 했다. 이 소가 바로 새벽 4시만 되면 나를 일어나게 만든 소였다. 이른 새벽에 여물을 먹고 우마차를 끌고 나가는데 어느 날은 소가 지쳐 고개를 올라오다가 힘에 부쳐 도로에 주저앉아 있다가 힘이 회복되면 다시 일어나 오기도 하는 일이 있다고 아버지가 어머니에게 하시던 말씀이 지금도 기억에 남아 있다.

얼마나 힘이 들었으면 주인이 회초리로 때리고 같이 옆에 붙어서 우마차를 끌어도 앉았을까? 생각하면 내 몸이 저절로 몸서리가 쳐진다. 그런 일이 있고 나면 아버지와 어머니는 여물에 콩이나 호밀을 넣어서 쇠죽을 끓여 주기도 했다. 바로 영양보충을 해 준 것이다.

나는 요즘 나이를 먹으면서 걷기 운동을 하는데 무릎이 아플 때 아버지와 이 암소 생각이 머릿속에 떠오르면 아프다는 생각이 싹 사라졌다. 말이 백 리지 먹는 것도 시원찮은데 하루도 아니고 이틀이 멀다고 우마차를 끌고 다녔던 아버지 생각에 눈시울이 뜨거워지며 말 못 하는 짐승인 소는 얼마나 고통스러웠을까? 하는 생각이 내 고통을 없애주는 모양이다.

이처럼 정이든 암소가 우리 집을 떠나게 된 것은 아버지의 욕심 때문이었다. 아버지는 우마차를 끄는데 힘이 센 황소가 필요했던 모양이다. 이 소를 시장에 내다 팔고 다음에 들어온 소는 누런 황소로 눈망울이 부리부리한 아직 덜 큰 황소였다. 이 소는 어미 소가 되자 크기도 어마어마했으며 성질이 사나워 다루기 힘든 소로 변하였다. 아버지가 우마차를 끄는 데는 도움이 되었겠지만 다른 가족들에게는 공포의 대상이 되었다.

성질이 얼마나 난폭한지 아이들은 물론 어른들도 노인이나 여자는 깔보고 눈을 부라리며 고개를 처박고 뿔을 흔들어 댄다. 소여물을 주는데도 고개를 처박고 흔들어 대어 눈치를 살피며 풀을 주고 여물을 줘야 했다. 소를 들판에 내다 맨다든지 집으로 끌어들이려면 소의 눈치를 살피며 줄을 길게 맨 채 멀리 떨어져 오지 않으면 안 된다. 그런데도 어떤 때는 고개를 처박고 쫓아오기라도 하는 날은 기겁하고 도망치면 저 혼자 집으로 들어와 외양간으로 들어갔다. 이 소를 다룰 수 있는 사람은 우리 집에서 오직 한 사람 아버지뿐이었다. 고등학교에 다니는 나도 얼씬 못 했다.

어느 날 새벽에 소를 잘못 묶어 놨나 소가 외양간에서 나와 집을 헤집고 돌아다닌 적이 있었다. 아버지는 인삼밭을 지키기 위하여 집에서 주무시지 않고 집에는 어머니와 우리뿐이었다. 어머니와 내가 방에서 나와 소를 외양간으로 몰아넣으려 하자 오히려 고개를 처박고 심술을 부리며 다가와 하는 수 없이 싸리문을 열고 몰래 아버지를 모셔온 적이 있었다. 이때 집을 앞뒤로 휘젓고 다니던 소가 담장 너머에서 아버지 기침 소리가 나자 언제 그랬냐는 듯 외양간으로 들어가 다소곳이 있다. 이런 소를 보고 아버지는

"소만 순한데 웬 소란 여." 하셨다. 그러면 어머니는 볼멘소리로

"그놈의 소 당신 기침 소리도 기가 막히게 아네." 하며 볼멘소리를 했다.

결국, 이 소는 큰일을 저지를 뻔하고 우리 집을 떠났다. 어느 여름날 오후 60대인 외할아버지가 집에 오신 적이 있었다. 나와 동생은 소를 몰고 들어 왔는데 겁을 먹은 동생과 나는 멀리 떨어져 소를 따라서 왔다. 그런데 소가 집으로 와서 외양간으로 가지 않고 방문 앞에 서서 계시는 외할아버지를 향하여 고개를 처박고 달려 들은 것이다.

할아버지는 엉겁결에 소에 밀려 벽으로 몰렸다. 동생과 나는 할아버지에게서 떨어지라고 소 뒤에서 소리치며 지게 작대기로 때려대니 소는 조금도 물러서지 않고 더 식식대며 밀어붙였다. 이때 할아버지는 소뿔을 양손으로 잡은 채 뒤로 밀려 벽에 등을 기대고 쓰러지면서

"만복아, 소를 때리지 말고 이리와 고삐를 쳐들어"라고 다급한 목소리로 소리 질렀다.

"예~ 할아버지" 하면서 할아버지 말씀대로 나는 문지방에 올라가 소고삐를 위로 쳐드니 소는 힘을 쓰지 못하고 할아버지에게서 떨어진 것이다. 그때서야 소라는 동물은 고삐를 잡고 머리를 들어 올리면 힘을 쓰지 못하는 것을 알게 되었다. 할아버지는 소고삐를 위로 쳐들은 체로 소를 외양간으로 끌고 가 붙잡아 매었다.

이 사건으로 안방의 벽이 한쪽 부서졌으며 외할아버지는 우악스러운 황소 뿔에 떠받칠 뻔했으나 나이는 드셨지만 원래 힘이 장사이신 분이라 가까스로 위험을 피할 수 있었다.

이렇게 되자 아버지도 힘센 황소에 대하여 미련을 버리시고 시장에 내다 팔았다. 그러면서 힘이 드는 우마차 일도 그만두었다. 그리고 우리 집은 담배 농사를 주로 하다 내가 고등학교를

졸업하고 집을 떠난 다음은 포도밭과 복숭아밭 등 과수를 재배하여 가정을 꾸려나가셨다.

중학교 1학년 때부터 시작된 꼴머슴은 고등학교 3학년이 다 되어서야 면한 것이다. 초등학교 다닐 때부터 어린 동생을 돌보고 부모님의 일손을 도와주던 나는 고등학교 3학년이 되자 부모님의 말씀을 잘 듣지 않았다.

봄부터 가을까지는 농사일을 도와주고 겨울에는 나무를 해 나르던 나는 집안 일손 돕는 것을 거절한 것이다. 그 이유는 내가 가난에서 벗어나는 길은 공부를 열심히 해야 한다고 생각했기 때문이다.

그래서 가정 일손을 돕는 것보다 공부하겠다고 책상에만 앉아 있자 일에 지쳐 있는 부모님들에게는 불효자가 되어 매일 꾸중을 듣게 되었다. 어느 날부터인가 부모님이 심하게 나무라면 며칠씩 친구 자취방에서 생활하는 반항아로 변해 갔다. 비록 부모님 말씀을 안 듣고 가정 일손을 돕지 않았지만, 그와 같은 고집을 피운 결과 농촌에서 벗어나게 되었고 대학까지 졸업하여 교육공무원이 될 수 있었다.

이처럼 어려서부터 가정의 농사일을 돕고 꼴머슴이 되었던 나는 지금까지 살아오는데 많은 영향을 주었다. 교사 시절 시골 학교에 근무할 때는 수업하다 학생들이 지루해하면 내가 어린 시절에 농촌에서 경험한 이야기를 들려주곤 했다. 그때 자랑거리가 내 뼘은 꼴머슴이라 오른손과 왼손이 짝 뼘이라며 칠판에다 길이를 재어 주면서 풀을 베다 뱀을 만나 놀란 이야기나 할아버지를 위험에 빠트렸던 황소 이야기를 들려주면 학생들이 재미있어하며 분위기가 숙연해져 다시 수업을 이끌어 가기도 했다.

그런가 하면 학부모회의 때 부모님들이 키도 크고 얼굴도 핸섬한 나를 부잣집 아들로 태어나 일이라는 것은 전혀 모르고 고생 한 번 하지 않고 자란 사람으로 인식할 때 내 뼘의 길이를 재주며 꼴머슴 이야기를 들려주곤 했다.

이처럼 어렸을 때 가정 일손은 도와주면서 얻은 것은 강한 인내력이었다. 무엇을 한다고 생각하면 아무리 힘들어도 참고 버티는 참을성이 길러진 것이다. 그리고 잘못된 것이 있으면 그냥 넘어가지 못하고 고치려는 의식이 생겨났으며 남들이 갖지 못한 강한 집념도 가지게 된 것이다.

그러나 한참 친구들과 재미있게 돌아다니며 놀아야 할 때 집안일을 하다 보니 내가 가지고 있는 재능을 발산하지 못하고 살아온 불행한 사람으로 변해 버린 것이다. 친구들과 어울려 노래를 들어 보지도 못했고 불러보지 못했으니 노래라고는 한마디도 부르지 못했으며 운동도 잘하는 것이 하나도 없었다.

그러다 보니 대학교 시절이나 직장 생활을 할 때 모임 자리에서 노래를 부르지 못해 쩔쩔매기도 했다. 특히 친구 결혼식 자리나 부모님 회갑연 또는 직원 연찬회 때 참석한 사람들이 돌아가면서 한마디씩 노래를 부르는 자리에서 얼굴만 붉히며 사양하다 마지못해 한마디 부르면 음치라는 놀림이나 받으며 살아야 했다.

그뿐 아니라 운동도 못 하는 몸치인 줄 알았다. 해본 적도 없고 구경도 제대로 못 했으니 잘할 리가 없었다. 남자라면 누구나 좋아하는 축구공도 마음 놓고 차본 적이 없었으며 배구공도 제대로 만져보지 못했으니 직장에서 직원체육이라도 하는 날이면 맨날 뒤에서 손뼉이나 쳐야만 했다.

그러다 세월이 흘러 사회적으로 자그마한 지위에 오르자 노래도 불러볼 기회가 나타나고 운동도 할 기회가 생겨났다. 나는 평생 음치인 줄 알았고 몸은 둔치라 운동을 못 하는 줄 알았는데 살다 보니 이제는 노래를 썩 잘하지는 못하지만 그럴듯하게 흉내는 내고 있으며 운동도 곧잘 하는 몸치가 아니라는 것을 알게 되었다.

한때는 낫자루와 괭이자루를 잡으면 성을 바꾼다며 이를 부득부득 갈면서 공부하겠다고 부모님 속을 썩이며 '왜 나는 농부의 아들로 태어났나?' 원망도 많이 했는데 살다 보니 농부의 아들로 태어난 것이 이처럼 자랑스러울 줄 알지 못했다.

어려서 지지리도 가난하고 부모님들 일손 돕는 것이 죽기보다 싫을 때도 있었는데 나이 먹어 직장에서 정년퇴직하고 나니 농부의 아들로 자란 것보다 더 큰 유산이 없는 것 같다고 생각하게 된 것이다. 이제는 내가 세상을 제대로 볼 줄 아는 사람이 된 것 같은 생각이 들었다.

1950년대는 한국전쟁이 끝나고 전쟁의 후유증도 있었겠지만 발전하지 못한 우리나라 농촌의 생활은 너나 할 것 없이 비참했다. 1950년대 우리나라 국민 1인당 GNP가 약 80불에 불과했으니 얼마나 비참한 생활을 했는지 알 수 있다. 하긴 2만 불 시대에 사는 요즘 사람들이 생각할 때는 도저히 이해가 가지 않는 생활을 하고 있던 것이 내 어린 시절이 아니던가?

이런 어려운 시절 열심히 일하시는 부모님을 도와 초등학교 2~3학년 때부터 집안 일손을 거들어 주고 중학교 1학년 때부터 꼴머슴과 나무지게를 진 것이다. 동생을 등에 업고 젖을 먹이기 위하여 남의 집 일을 하러 가신 어머니를 찾아 이 골짝 저 골짝 논밭으로 찾아다니는 것은 늘 있던 일이고 초등학교 6학년 때

농번기 어느 날인가는 동생을 데리고 학교에 가서 하루를 생활한 적도 있었다.

그러다 고등학교 1학년 때는 흉년으로 학교를 더 다니지 못하고 집에서 농사일하는 농부로 전락한 일도 있었다. 내 머릿속에는 1962년으로 기억된다. 5·16이 일어난 그다음 해로 가뭄이 유독 심하여 농촌학교에서는 학교에 가서도 공부하는 것이 아니라 전교생이 대민지원 일손 돕기를 했었다. 7월 초까지 모내기를 하지 못한 논에 밭작물이라도 재배할 수 있도록 흙덩이를 부숴주러 다닌 것이다.

그해 우리 집은 가뭄과 벼 도열병으로 농사를 망쳐 고작 싸라기 쌀 5말을 생산했다. 이런 혹독한 흉년으로 나는 학교를 그만두었고 집에서 일하는 농부로 변신한 것이다. 그해 우리 가족의 식량은 어머니가 산에서 주어온 도토리를 물에다 며칠씩 우려내어 고구마와 같이 밥을 해 먹으며 겨울을 넘겨야 했었다. 그때 내가 해본 일은 농촌에서 하는 일은 거의 다 해 봤다. 모내기나 논에 김매기는 당연하고 곡식의 씨앗을 드린다든지 밭매기는 물론 봄에는 보리와 밀 타작 가을이면 벼 타작이나 콩 타작도 해봤다.

어느 날은 이웃집에 벼 베기 품앗이도 해 봤다. 벼 타작을 하다 보면 어려서 그런지 손바닥 가죽이 연한 내 손이 볏단에 닿아 피가 곧 날 것 같이 붉은색을 띠고 말랑말랑할 정도까지 일해 본 것이다.

지금도 기억에 남는 것은 볏단을 논에서 집으로 지어 나르는데 30단씩 짊어지고 오전에 여섯 짐, 오후에 여섯 짐을 나르며 한 짐을 나른 다음 배가 고파 떫은 땡감이나 무를 뽑아 씹어 먹으면서 다니던 생각이 아련히 떠오른다.

내가 한 일 중에서 가장 싫어했던 일은 6월에 수확하는 보리 타작이었다. 우리 집에서 생산하는 보리는 겉보리로 이삭 끝에 바늘 모양의 부푸러기가 있는데 이것이 6월 더위에 땀으로 뒤범벅이 된 옷에 들어가면 말할 수 없이 군시러웠다. 이 보리부푸러기는 보리 단을 지어 나를 때나 타작할 때 몸에 잘 달라붙었다. 그리고 내 키보다 더 큰 담배밭에서 담뱃순 집기와 벌레 잡기를 할 때 커다란 담뱃잎에서 끈적끈적한 진이 옷에 묻는 것이 그리도 싫었다.

그러나 내가 배우지 못한 농사일이 하나 있다. 그것은 밭을 가는 쟁기질이다. 쟁기질은 딱 한 번 해 봤는데 단 1m도 갈기 전 아버지는 내 손에서 쟁기를 빼앗아 가셨다. 이유는 쟁기질이 서툴러서 그런 모양인지 아니면 큰아들에게 가르쳐 주고 싶지 않으신 것인지는 모르지만 요령을 가르쳐 주시지 않고 못 하게 한 것이다.

지금 생각해 보면 쟁기로 밭을 갈 때 내 생각은 땅을 깊게 갈기 위하여 쟁기를 누르면서 가는 것으로 알았는데 실제는 반대라는 것을 깨닫게 된 것이다. 쟁기를 누르면 쟁기 날이 땅속으로 기어들어 가게 만들어져 있어 소가 끌고 갈 수가 없어 밭을 갈 수 없다. 즉 쟁기를 살며시 든다는 기분으로 밭을 갈아야 소가 쟁기를 끌고 갈 수 있는데 반대로 한 모양이라는 것을 깨달았으나 그 후로 쟁기질을 할 기회가 오지 않아 확실한 것은 알지 못했다.

그리고 일 중에서 가장 어렵다는 장군은 잘 지어 날랐다. 내가 짊어진 장군은 똥 장군이 아니다. 똥 장군은 아버지가 지셨고 가

품에 인삼밭이나 곡식에 물을 주기 위하여 물장군을 지어 나른 것이다. 지게질은 꼴머슴에다 학교에서 제적당하고 2년 동안 여름에는 풀짐을 지고 겨울 동안은 나무를 해 날랐으니 선수가 된 것이다. 나뭇짐이나 풀짐은 아무렇게나 해서 짊어지면 힘들어서 갈 수가 없다. 나뭇짐은 보기 좋으면서도 중력이 한군데로 몰리지 않게 짐을 꾸려야 짊어지기가 편하며 풀도 지게에 붙어있는 발채에 쌓아 올릴 때 요령이 있어야 많이 올릴 수 있다. 그리고 장군은 리듬을 맞춰야 출렁이지 않고 걸을 수 있는 것이다.

이처럼 일을 하던 나는 책을 좋아하여 힘들고 바쁜 일손에서도 친구들이나 헌책방에서 책을 구해다 읽고 있었다. 그 영향인지 어느 날부터 학교에 다시 가겠다는 생각으로 부모님을 졸라 2년 동안 일하고 다시 고등학교를 들어가 시골 마을에서는 구경하기 어려운 대학 생활도 하게 된 것이다. 그때 내 결심은 '내가 괭이나 낫을 잡으면 사람이 아니다.'라고 단단히 결심하고 공부를 시작했었다. 그러다 보니 농사짓고 사는 우리 집이 창피하게 느꼈던 것도 부인하지 못한다.

그랬던 내가 농부의 아들로 태어난 것을 이렇게 자랑스럽게 느끼게 된 것은 나이가 70이 다 되어서야 깨달았다. 그동안 공직 생활을 하면서 남에게 욕먹지 않는 삶을 살겠다고 발버둥 치며 살다 정년이 되어 집에 있게 되자 또 다른 사회가 나를 기다리고 있었다. 많은 선배로부터 퇴직 후의 생활을 들어 왔고, 퇴직 전 퇴직 후 생활을 위하여 나라에서 시행하는 교육도 받아 보았지만 손수 체험해 보기 전에는 알 수 없었다.

누구나 직장에서 퇴직하고 나면 시원하면서도 섭섭함은 어쩔 수 없을 것이다. 시원함은 공직에서 맡고 있던 책임감에서 벗어났다는 기분일 것이고 섭섭함은 그동안 누려왔던 권한을 내려놓는 것에서 오는 허탈감이 아니겠는가?

퇴직 후 처음 몇 달은 식구로부터 특별대우를 받았다. 그동안 얼마나 고생했는가? 이제는 다리 쭉 펴고 편안하게 살라는 것이다. 그러나 인생살이 그리 만만하던가? 얼마 가지 못해 갈등은 또 쌓이기 마련이다.

지금까지 서로 다른 생활을 해 왔던 부부가 아니던가. 맞벌이 부부는 아침만 먹으면 서로 다른 직장에 나가 하는 일이 다르고 만나는 사람이 달랐으며 직장의 분위기도 다른 곳에서 자기 나름대로 적응하며 살아왔다. 그런데 퇴직하고 집에 들어앉자 보니 생각지도 못했던 부부간의 간섭이 나타난 것이다.

그리고 부인이 가정에 있던 사람은 남편이 출근하고 나면 집안은 자기 세상이었는데 남편이 출근하지 않고 집에 있으니 자기만의 공간이 줄어든 것이다. 즉 새로운 세상이 나타난 것이다. 이런 새로운 환경에 적응하려고 사사건건 서로 잔소리한다고 부닥치게 된다.

그렇다고 부닥치기 싫어 밖에 나가보니 생소하기만 하다. 같은 생활을 했던 옛 직장 동료들을 만나는 것도 한두 번이지 맨날 만나서 할 이야깃거리도 없다. 그래서 각자 자기 나름대로 취미 생활을 한다면서 자기의 재능을 찾기도 한다. 사회적 직위가 높았던 사람은 처음에는 이곳저곳에 초청받아 강의를 나간다며 목에 힘을 주기도 하지만 그도 얼마 못 가 다 물러나게 되어있다.

또 평생교육으로 서예를 배운다든지 그림을 그리기도 하고 악기를 배워 봉사활동을 다니기도 하는데, 이것도 한계가 있다. 서예나 그림은 매일 쓰고 그리는 것을 처치하기도 곤란하고 악기를 배우는 것도 그리 만만하지가 않다.

사람에 따라서는 운동으로 눈을 돌려 테니스나 배드민턴 또는 탁구 등을 하는데 몸이 사방에서 무리라고 신호를 보내니 얼마 못 가서 그만두어야 하고, 돈 좀 있는 사람들은 맑은 공기를 마시며 즐긴다며 골프를 하는데 이도 쉽지만은 않다.

퇴직하고 이런 과정을 거치면서 제일 부러운 직업이 자영업이라는 것을 깨닫게 되었다. 조그마한 사업체를 가진 사람은 물론 힘은 들겠지만 늘 일을 할 수 있으니 노년의 새로운 사회에 특별히 준비할 필요성이 없어 보였기 때문이다.

젊어서는 알지 못했던 이런 현상이 어디서 나타났나 생각해 보니 과거 사회에서는 인생 70이며 거의 다 사라졌는데 지금은 인간 수명이 늘어나 100세 인생이라고 떠들다 보니 30년이란 세월을 보내기 위한 새로운 고민거리가 만들어진 것이다.

이런 고민거리를 해결하려는 방법으로 내가 선택한 것이 '밭 가꾸기'라는 취미 생활이다. 처음에는 밭 가꾸기를 하면서 골프에 취미를 붙였다. 오전에 밭에 가서 놀다 오후는 클럽에 나가 골프 연습을 하고 샤워를 하고 들어오는 것이 내 하루의 삶이었다.

그리고 매주 월요일은 전국 곳곳 골프장을 찾아다니며 필드에 나가 골프 라운딩을 즐겼다. 그리고 한여름이나 겨울에는 태국으로 골프 여행을 다녀 보기도 했다. 그때 기분은 85세까지는 충분히 골프를 즐길 줄 알았는데 막상 해보니 그것도 그리 쉬운 일이 아니었다.

골프에는 세 가지 조건이 충족되어야 한단다.

첫째, 건강해야 한다. 18홀을 돌 수 있는 건강한 체력이 없으면 다른 조건을 다 갖추어져 있어도 골프는 할 수 없다.

둘째, 돈이 있어야 한다. 필드에 나갈 때마다 필드와 카터 사용료 및 캐디비가 만만치 않게 들어간다.

셋째, 친구가 있어야 한다. 골프는 네 사람이 하는 운동이다. 세 사람이 해도 되지만 비용이 많이 들어간다. 네 사람이 서로 믿고 라운딩을 하는 운동으로 서로 믿지 못하면 운동보다 오히려 스트레스를 받고 네 사람 중 한 사람이라도 약속을 잘 지키지 않으면 어려운 운동이다.

이런 골프를 근 5년 가까이 즐겨 보았다. 그러나 허리 건강도 좋지 않은데다 여러 가지 조건이 맞지 않아 그만둔 지 3년 정도 되었다. 골프를 그만둘 때 처음에는 골프채가 아깝기도 했지만, 그 대신 걷기에 주력하다 보니 건강도 훨씬 좋아지고 스트레스도 덜 받는 노년 생활이 되었다. 대신 '밭 가꾸기'에 취미를 붙여 밭작물 재배에는 일가견을 갖게 된 것이다.

골프를 하다 그만두고 밭에서 일하자 만나는 친구마다

"요즘 뭘 하길래 안 보여? 하면 나는 스스럼없이

"매일 필드 가서 살아."라고 답했다. 그러면

"어느 필드에 다녀왔는데"

"내 전용 필드"

"어느 골프장 회원권을 가지고 있어" 한다. 그때야 나는

"골프장이 아니라 내 농장에 가서 사는데" 하며 웃었다. 그러면서

"밭이 필드(field) 아닌가?"

"예이~~" 한다. 처음에는 이렇게 농담을 주고 받으며 웃었으나 다음부터 만나면

"또 밭에 가서 일하다 왔어."

"응 오늘은 고구마를 심었는데"

"얼마나?"

"60단"

"60단이면 몇 포기며 몇 평 정도야"

"6,000포기로 한 600평 정도"

"완전히 일에 미쳐 있구먼. 힘 안 들어"하며 신기한 듯 바라본다. 농사일을 모르는 친구들로서는 신기할 것이다. 하긴 힘이 왜 들지 않겠는가? 누가 시켜서 한다면 절대 하지 못할 것이다.

내가 생각해도 신기한 것은 사실이다. 퇴직하기 몇 달 전만 해도 비가 많이 와 밭에 가서 삽으로 물이 내려가라고 골을 파는데 삽질을 두 번이나 했나 갑자기 허리가 뜨끔하더니 제대로 움직일 수 없어 병원에 다니면서 물리치료를 두 달씩이나 받은 사람인데 이제는 매일 밭에 나가서 사니 이보다 신기한 일이 어디 있겠는가.

밭농사를 짓는데, 가장 힘이 들 때가 여름 장마철이 지나면서다. 여름 장마철이 지나면서 밭에 풀이 아침저녁으로 다르게 크기 때문에 이때 잠깐 시기를 놓치면 죽어라 재배한 농작물 밭이 풀밭으로 변한다.

농촌에서 어린 시절을 보냈던 사람들은 대부분 직장에서 퇴직하면 조용히 농사나 지으면서 살겠다고 한 번씩은 달라붙어 본다. 그러나 대부분 2년을 넘기지 못하고 포기하고 만다. 그 이유는 여러 가지가 있겠지만, 그중에서 가장 많은 이유는 풀 때문에 못 하겠다는 것이다.

모든 식물은 처음 싹을 틔워 나올 때는 연노랑 색을 띤 보드라운 떡잎이 그렇게 예뻐 보일 수가 없다. 그러다 며칠이 지나면 언제 그랬냐는 듯 크는 것이 아침저녁으로 다르기 때문에 어렸을 때 김을 매주지 않고 시기를 놓치면 농부가 풀에 지고 마는 것이다.

그러다 보면 죽어라 가꾸어 놓은 농작물 밭이 풀밭으로 변해 버린다. 이렇게 풀밭으로 변하는 것을 막으려고 어떤 사람은 제초제를 사용하는데 생각이 있는 사람은 자기 농작물 밭에 제초제를 잘 사용하지 않는다. 제초제를 사용하면 아무래도 작물에 영양을 줘 인체에 해로울까 봐 사용하지 않는 것이다.

그러나 나는 풀을 두려워하지 않았다. 한 번은 친구들과 회식 자리에서 농사 이야기가 나왔다. 모두 다 현직에 있을 때는 중·고등학교에서 교장을 지냈던 사람들이다. 다들 젊어서 열심히 살은 보람으로 먹고사는데 크게 걱정이 없다 보니 그중 삼 분의 일은 취미 생활로 농작물을 조금씩 가꾸며 시간을 보냈다. 농고에서 교장을 지냈으며 목장을 하다 자그마한 야산을 사 농장을 경영하고 있는 심 교장이

"에이, 그놈의 풀 징그러워" 하고 한탄스러워하는 소리를 듣고 옆에 있던 내가

"풀 그거 뭐가 무서워" 하니까 그 소리를 들은 다른 친구가

"풀 때문에 어디 농사짓겠어." 한다. 그때 내가

"풀을 제때 매 줘야지" 하니

"언제가 제때인데" 하며 농고 교장이었던 사람이 반문하자, 나는

"풀은 초기 올라올 때 서양 괭이로 싹싹 긁어 주면 없어지는 거야."

"그려? 김 교장은 농사일을 하나도 모를 것 같은데 농고 교장 보다 낫네."

"왜 이래, 내가 농고 출신이라는 것 몰랐어." 그러자 농사일은 전혀 하지 않는 친구가

"들어 보니 심 교장은 농대 출신에다가 농고 교장을 했는데 오히려 김 교장이 농사일을 더 잘 아는 것 같은데" 한다. 그러자 심 교장은

"나는 농기계과 출신이라 농기계는 잘 알아도 밭농사는 잘 몰라" 한다.

우리 세 사람은 모두 농업고등학교 출신으로 심 교장은 농고를 졸업하고 농기계과로 유명한 서울에서 농대를 졸업한 사람으로 대부분 농고에서 교원 생활을 한 사람이고, 한 사람은 농업고등학교를 졸업하고 교육대학을 나와 초등학교에서 근무하다 중등학교로 올라와 교원 생활을 한 사람이다. 나도 역시 농업고등학교를 졸업하고 일반 법대를 졸업한 후 중·고등학교에서 교장 생활을 한 사람이다.

그러니 누가 보아도 법대 나와서 일반 학교에서 근무한 사람보다 농대를 나와 농업고등학교에서 교원 생활을 한 사람과 비교한다면 누가 농사에 대하여 잘 알 것인가 빤한 일이 아닌가? 그런데 반대 현상이 나타난 것이다.

이런 것이 잠재적 교육과정인 모양이다. 세 사람은 다 같이 농촌에서 태어나 농사짓는 집에서 자라며 농업고등학교를 졸업했지만, 성장 과정이 조금씩 달랐다.

심 교장이란 사람은 농사 집에서 자랐지만, 아버지가 면사무소에 다니신 공무원 집 자녀로 어렸을 때 자기가 직접 농사일을

해 본 적이 없었다. 그리고 또 한 사람도 농사일하는 부모 밑에서 자라 간혹 부모님 일손은 도와주었지만 직접 해 보기보다는 어깨너머로 본 것이다. 그런데 나는 직접 어린 시절 농사일을 체험한 사람이다 보니 재래식 농법에서는 내가 한 수 위에 있다는 것을 알게 되었다.

젊어서 열심히 산 보람으로 내가 살아갈 집 한 채는 있고 자녀들도 다 출가하여 따로 살림을 차리고 있으니 돈도 필요 없다. 다만 걱정이 있다면 노년에 몸이 건강해야 하니 건강을 지키기 위하여 몸에 무리하지 않게 꾸준히 걷기 운동을 하고 스트레스를 받지 않기 위하여 자연의 식물과 가까이할 수 있는 것이 밭 가꾸기가 제격이란 것을 깨달은 것이다.

이런 밭 가꾸기는 아무나 할 수 있는 것은 아니다. 언뜻 보기에는 누구나 땅에다 씨앗을 뿌리면 되는 줄 아는데 그리 단순하지만은 않다. 밭을 일구고 거름을 적당히 주어야 하며 수분도 맞추어 줄 줄 알아야 한다. 그런가 하면 작물의 특성에 따라서 조금씩 재배 방식이 다르다는 것도 알아야 한다.

한때는 괭이자루를 잡으면 성을 바꾼다고 했는데 이제는 성을 바꿀지언정 잡아야겠다. 노년의 내 건강을 지켜주고 스트레스를 주지 않는 것이 밭 가꾸기라는 것을 깨달았기 때문이다.

나는 농업경영 등록 체에 농업경영인이라는 등록도 하고 명함에 농장대표로 직업은 농업경영인이라고 기재하고 다니는 생활을 하고 있다.

이렇게 사는 나를 보고 주변 사람들은 신기하게 생각하는 모양이다. 친구들도 지금 뭐 하냐고 물어오면 "밭에 나가서 놀아" 하면 이상하게 생각한다.

"어떻게 농사를 지어"

"풀을 어떻게 매"

"힘들지 않아" 하며 농사짓는 사람이 따로 있는 것 같이 말을 한다. 그 사람들이 생각할 때는 내가 그동안 중·고등학교에서 교장을 하다 퇴직한 사람이 무슨 농사를 지을 줄 알겠느냐는 식이다. 그러나 나는 농사일에는 자신이 있다. 농업고등학교를 졸업한 것도 있지만 어려서 직접 일을 해 보고 어깨 너머로 부모님에게 배운 잠재적 교육과정이 몸에 배어 있기 때문이다.

내가 생각해도 신기하게 농사를 잘 지었다. 풀을 이겨내고 가뭄을 방지하기 위하여 비닐을 사용하는데 다른 사람들과 같이하는 것이 아니라 나만의 비법을 사용하여 농작물에 가뭄이 타지 않도록 했다.

김을 매는데도 제초제를 사용하지 않고 풀이 크기 전 싹이 트면 서양 괭이로 곡식에 붙을 주면서 긁어 버리니 풀은 살 수가 없고 곡식은 더 잘 자란다. 이런 농법으로 심심풀이 1~2백 평이 아니라 이곳저곳 합치면 1,000여 평이 넘는 밭을 별로 힘들이지 않고 관리하니 신기할 것이다.

이렇게 몇 년간 농사를 짓다 보니 이제는 제법 박사가 되었다. 감자 씨앗을 일찍 올리려면 감자를 심은 다음 비닐로 멀칭을 한다든지 고구마를 심을 때는 밭이랑에 수분이 흡족할 때 비닐로 멀칭을 한 다음 이식을 한다든지, 아니면 멀칭을 하고 모종 심을 자리에 일일이 물을 주고 심는다든지 들깨 묘나 콩 묘를 이식하려면 심을 이랑에 물을 흘려보내고 심으면 잘 산다는 것도 터득하게 된 것이다. 그보다 더 신기한 것은 마늘 종자를 통마늘을 사용하지 않고 마늘종에서 나오는 씨앗을 활용하는 방법까지 터득했으니 분명 박사가 된 모양이다.

요즘은 이처럼 농사를 짓는 나를 부러워하는 친구들이 꽤 많이 나타났다. 그 친구들을 보면 대부분 어려서 가정이 나름대로 부유하여 농사에 대해서는 알지 못하는 친구들이거나 부모님이 농업에 종사하지 않고 다른 직업에 종사했던 친구들이다. 처음에는 나를 비웃었는데 가진 것은 시간뿐인 노인들이다 보니 아침만 먹으면 밭으로 나가는 내가 부러운 모양이다.

내가 생각해도 늙어서 농사를 짓는다는 것은 참으로 행복했다. 직접 땅을 파고 씨앗을 뿌리고 가꾼 작물들이 무럭무럭 자라고 열매 맺는 것을 보면 신기도 하고 자랑스러웠다.

모든 씨앗이 처음 촉을 띄우고 나오는 떡잎을 바라보고 있자면 어찌나 그리 청순하고 곱게 보이는지 모르겠다. 꼭 어린아이의 고사리손 같은 느낌을 받는다.

그리고 내가 먹고 싶은 작물은 거의 다 자급자족하고 남은 생산물은 이웃에 나눠 주기도 하며 대량으로 생산한 것은 조금씩 판매도 하는데 이제는 제법 수입도 짭짤한 농부로 변한 것이다.

이와 같은 내 생활은 누구에게 얽매여 있지 않은 것이 가장 행복했다. 일하다가도 볼일이 생기면 누구의 눈치도 볼 것 없이 얼마든지 일을 볼 수 있으며 몸이 힘들다고 생각되면 쉬면서 하면 되고, 여행을 가고 싶으면 얼마든지 다닐 수 있는 자유 직업인이다.

그뿐인가 혹시 일을 잘못한다고 나무랄 사람도 없고 농사가 잘못되었다고 걱정할 필요도 없다. 다른 사람과 이해관계가 없어서 좋고 정년이 없으니 내 몸만 건강하다면 힘이 있는 동안 얼마든지 할 수 있는 일이기 때문에 좋고, 틈이 나면 가족여행이나 산행도 즐긴다. 이런 내 생활을 친구들은 무척 부러워했다.

이처럼 노년의 내 생활을 할 수 있게 만들어 준 것은 농부 아들로 꼴머슴이었기 때문이 아니었겠는가? 어렸을 때 농부였던 부모님이 창피하게 느낀 적도 있었는데 나이를 먹고 보니 이렇게 고마울 줄을 어찌 알았겠는가. 이런 나를 돌아보며 옛날 아버지 어머니 생각에 농부라는 시를 한 수 지어 봤다.

농부

동이 트기 전 이른 새벽에 들녘을 거니는 사람
이슬 떨이를 하며 논과 밭을 돌아보는 사람

허리가 끊어지게 아파도 호미질을 하는 사람
옆구리가 결려도 괭이질을 하는 사람

아무리 햇볕이 따가워도 아랑곳하지 않는 사람
비가 아니 와도 괴롭고 너무 와도 괴로운 사람

그러나 무럭무럭 자라나는 곡식을 바라보며
마음에 흐뭇함을 느끼는 사람

바로 그 사람이 농부라네!

꿈속 같은 안나푸르나

히말라야 마차푸차레의 아침 모습

마차푸차레산(Machapuchare 또는 Machhaphuchhare, 6,993m)은
네팔 북부에 위치한 안나푸르나 히말에서 남쪽으로 갈라져 나온
산맥의 끝에 위치한 봉우리로 네팔 중앙의 휴양도시인
포카라로부터는 북쪽으로 약 25km 떨어진 곳에 있다.

70대 노인이 고희(古稀) 기념으로 딸과 같이 히말라야 안나푸르나 베이스캠프(ABC)까지 트레킹을 하면서 느꼈던 감정을 소설로 엮어 놓은 글로 히말라야 트레킹 계획이 있는 사람이 읽어보면 많은 도움이 될 수 있는 글.

지난 3월 베트남의 호찌민에 사는 큰딸이 아빠 고희(古稀) 기념으로 히말라야 등반을 하자고 제의가 들어와 겁 없이 덜컥 승낙했다. 평소 걷는 것은 자신이 있기에 부담 없이 대답한 것이다. 나는 호찌민에 사는 딸을 찾아가 베트남에서 네팔에 직접 가는 비행기가 없어 말레이시아의 쿠알라룸푸르 국제공항을 거쳐 카트만두로 가는 비행기에 몸을 실었다.

카트만두 공항에 도착해 보니 국제공항이라고 말하기가 곤란할 정도로 허술했다. 우리나라 지방에 있는 조그마한 공항보다도 한참 허술하게 보였다. 그리고 입국 절차를 밟는데도 장소가 비좁아 혼잡하고 시간이 오래 걸렸다. 다른 나라와 달리 이 나라는 입국하면서 비자 발급을 해 주는데 절차를 잘 몰랐던 우리는 비자 발급을 받는데 많은 시간을 소비해야 했다.

공항에서 빠져나오자 공항 광장이란 곳도 허술했으며 택시가 우리나라 소형 승용차인 모닝같이 작은 차들인데 요금이 일정하게 정해있는 것이 아니라 즉석에서 기사와 흥정한 다음 타고 가는 모양이다.

우리가 탄 차는 딸이 가격을 깎아 저렴한 차를 타서 그런지 백

미러도 덜컹거리며 앞자리에 앉은 내 의자가 고정된 것이 아니라 앞뒤로 제멋대로 움직이고 있었다. 거기다 네팔의 수도라는데 도로는 곳곳이 패여 있고 신호체계가 어떻게 되어 있는지 알수가 없어 불안하기 짝이 없었다.

20여 분이나 공포 속에 달여 온 택시가 차 한 대 겨우 드나드는 골목길로 들어가서 호텔이라고 내려놓는다. 우리나라 시골여인숙도 이보다는 나을 것 같다는 생각이 들었다.

내 마음 한구석에 아비를 여행시켜 준다고 해 놓고 거지들 소굴에 숙소를 정한 것이 아닌가 하는 불만이 생겼으나 알고 보니이 나라 경제 수준이 그런 것을 뒤에 알았다.

여행 첫날 카트만두에서 보낸 밤은 앞으로 전개될 여행이 순조롭지 않겠다는 생각이 들어 마음을 단단히 잡았다. 한번 매인몸이라 피할 수도 없고 어떤 난관이 다가올는지 알 수 없지만 아무리 어려운 일이 부닥치더라도 스스로 헤쳐나갈 수밖에 없게된 것이다.

딸은 호텔 주인과 포터 문제와 포카라까지 가는 방법 등 이번트레킹에 대하여 조언을 받고 안내를 받는 모양이다.

딸은 포카라로 이동할 때 네팔을 관광하기 겸 비행기보다 버스를 타고 가자고 제안했다. 내 마음 같아서는 빨리 이 나라를 벗어나고파 비행기로 갔으면 하는데 여행을 즐기는 40대 초반인 딸의 생각은 다른 모양이다. 나는 여행의 모든 일정을 딸에게맡기고 그녀가 하자는 대로 따르기로 마음먹었다.

다음 날 아침 포카라로 가는 버스를 타기 위하여 택시를 타고시가지로 나가는데 크고 번화한 도심은 전혀 보이지 않고 우리나라의 산골 군 단위에 있는 건물 구조와 도로만 보였다. 이 애가 호텔을 카트만두 변두리에 정한 모양이라고 생각하고 있었는데 조금 나가니 제법 넓은 도로에 버스들이 삼사십 대가 일렬로 늘어서 있고 도로 건너편은 간판들이 붙어 있는 3층 건물들이 초라하게 줄지어 있었다.

신기하게도 이곳이 버스 정류장이란다. 딸아이는 일렬로 늘어선 버스 중 포카라로 가는 버스를 묻고 또 물어봐 탔다. 버스에 올라가 뒤쪽 중간에 자리를 잡고 앉은 나는

"야, 여기가 버스 정류장이냐."

"아빠, 왜 이상해"

"이곳은 도로잖아"

"여기가 카트만두 버스 정류장이야" 한다.

9시경 버스는 출발했다. 버스는 시가지 중심지를 지나가는 모양인데 도로는 군데군데 패여 있고 도로 옆으로 늘어선 건물들은 대부분 3~4층의 낮은 건물로 이어져 있는데 기울여진 건물들이 많이 보였다.

"이곳이 네팔 수도가 맞아"

"응"

"그럼 도시 중심지는 안 거치는 거야"

"아빠, 여기가 제일 번화한 중심지야" 나는 어이가 없었다. 한 나라 수도의 중심지가 이렇게 허술할 수 있나 하는 의문에서였다. 그리고 건물이 기울여지고 도로가 파인 것은 몇 년 전에 있었던 지진 피해라는 것을 깨달았다. 뉴스에서 보았던 네팔 지진에 대하여 대대적인 보도가 생각난 것이다.

딸아이는 2년 전에 히말라야를 등산했기 때문에 놀라지 않고 나를 안내하고 있다는 것을 깨달은 것이다. 그때 트레킹하고 너

무 좋아 산을 좋아하는 아비에게 칠순 기념으로 안내를 한 것이
다.

카트만두 중심지 시가지 모습

도로가 아스팔트로 포장은 되어 있는데 양쪽이 다 파여 나가
버스가 얼마나 흔들거리고 뛰는지 산을 넘고 또 넘으며 능선을
돌고 또 돌아가는데 정신이 없었다. 3시간 조금 넘게 달리던 버
스가 휴게소에 잠깐 멈췄다.

점심시간인 모양이다. 호텔에서 어제저녁과 아침은 먹었지만,
아직 이곳 음식이 어떤 것인지 알지 못했다. 딸에게 표현은 안
했지만, 이곳에서 산행하는 동안 음식을 잘 먹을 수 있을까 걱정
이 많았다. 휴게소에서 점심을 먹는데 산행 중에 주로 먹을 요리
라고 주문해 주는데 새고기인지 닭고기인지 잘 구별은 안 되지
만 우리나라 닭볶음밥 같은 메뉴가 그럭저럭 먹을 만했다.

"야, 이 메뉴가 이 나라 사람들이 많이 먹는 음식이냐?"

"그런데 어때, 먹을 만해."

"산에서도 이런 것 먹는 거야?"

"입에 안 맞아"

"먹을 만한데" 원래 내 식성은 그리 까탈스러운 편은 아니다. 세계 각 곳에 여행을 다녀 봤지만, 음식을 못 먹어 고생한 적은 없었다. 다만 1990년대 초 태국 방콕에서 향료 냄새로 한번 고생한 적은 있었지만 크게 걱정할 정도는 아니었다. 이 정도면 되겠다고 생각하면서 비위가 약한 나는 출발 전에 네팔 음식이 지저분할 것 같은 생각이 들어 잘 적응할 수 있을까 은근히 걱정을 많이 했었다.

그래서 딸에게 혹시 음식을 먹지 못하면 대체 음식으로 식빵과 꿀을 준비하라고 부탁했었다. 언뜻 생각에 식빵에다 꿀을 발라 먹으면 피로 해소도 되고 허기도 면할 것 같은 생각에서였다. 그런데 딸은 이것저것 준비하다 식빵 챙기는 것을 놓친 모양이다.

아침에 출발한 차는 8시간 가까이 산을 넘고 또 넘어 모퉁이를 돌고 돌아 포카라에 도착했다. 해는 서쪽으로 상당히 기울어져 있었다. 차가 얼마나 흔들렸는지 정신이 거의 나가 있었다. 허리에 찬 만보기는 한계 숫자인 10만 보가 꽉 차 있다. 지리산만 산으로 싸인 줄 알았더니 이 나라는 들판 구경이 힘든 산으로만 되어 있는 나라였다.

포카라의 주차장은 제법 그럴듯하고 시가지도 카트만두와 다른 도시의 모습을 보여줬다. 역시 국제 관광도시 이미지를 풍겨 주고 있었다. 호텔도 급이 달랐고 시가지 모습이 제법 반듯하며 계절이 트레킹하기 좋은 계절이라 그런지 거리에 사람들 모습이 원주민보다 외국인 관광객들로 붐비고 있다는 느낌을 받았다.

숙소에 짐을 풀어놓고 시가지를 한 바퀴 돌아 본 다음 한국인이 직접 운영한다는 '낮술'이란 식당을 찾아가 삼겹살과 된장찌개로 저녁 식사를 했다.

다음 날 아침 8시가 조금 지나 호텔에서 소개해준 포터 두 사람을 만나 인사하고 택시를 타고 나야폴로 이동했다. 포터는 20대 중반으로 내 눈에는 아직 어린 태를 벗지 못한 아이들같이 보였다.

네팔 택시는 모다 소형택시였다. 작은 차에 커다란 배낭 두 개와 네 사람이 타니 뒤에 탄 사람들은 고생이 이만저만이 아니었다. 나는 그나마 딸의 배려로 앞자리에 앉아 다행이었으나 첫날 카트만두 택시 같은 공포는 없었으나 이번 차도 거기가 거기였다.

패여 나간 도로를 제멋대로 달리며 중앙선도 표시가 없는 도로를 마음대로 추월해 가는데 가슴이 쿵더쿵쿵더쿵한다. 작은 차 뒷좌석에 남자 둘과 타고 가는 딸을 생각하니 잔소리할 상황도 못 되어 입을 다무는 것이 딸을 도와주는 것이란 생각이 들었다. 처음에는 겁을 먹고 손잡이가 부서져라, 잡고 가다 '에라 모르겠다, 죽어도 별수 없지' 하는 생각을 하자 꽉 잡았던 손에 힘이 풀어지며 편안함을 느꼈다.

한 시간 남짓 달려 나야폴에 도착해서 본격 트레킹이 시작되나 보다 생각하고 등산화 끈을 조여 매고 트레킹을 시작하려 하는데 딸과 포터가 한참이나 이야기를 나누더니 다시 지프를 타잔다.

이유는 우리의 트레킹 목적지가 A.B.C(안나푸르나 베이스캠프)라고 하자 5박 6일 가지고는 마칠 수 없다며 푼힐 코스를 권하는데 딸이 갔다 왔다며 안 된다고 하자 일정을 줄이기 위하여 사우리바자르까지 차로 이동하기를 권했단다.

지프를 타고 이동하다 보니 잘 선택했다는 생각이 절로 들었다. 도로가 비포장에다 그늘이 없는 신작로라 먼지가 이만저만이 아니다. 많은 돈을 들여 이 먼 곳까지 왔는데 먼지를 먹고 갈 필요는 없지 않은가?

나야폴에서 히말라야의 산을 들어가려면 여권에 확인 도장을 받아야 한단다. 포토와 딸이 도장을 받으러 간 사이 차가 멈춰 있는 창밖을 내다보니 한글로 된 2013년 2월에 재단법인 엄홍길 휴먼재단에서 세운 '쉬리 비레탄티 세컨더리 초등학교' 입간판이 세워져 있다.

반가움에 읽어 보니 엄홍길 대장이 세계 최초로 히말라야 8,000m를 등정하는데 도움을 준 네팔사람과 셰르파의 자녀들을 위하여 학교를 건립한 안내판이었다. 내용을 읽어 본 나는 마음이 뿌듯하며 한국인이란 자긍심이 불끈 솟았다.

기사가 운전을 잘한다고 자랑하는 것인지 모르지만 비포장도로를 제 마음대로 달렸다. 이곳 사람들은 위생에 대하여 전혀 관심이 없다는 것을 보여 주는 것인지 모르지만 먼지를 뒤집어쓰면서 앞차 꽁무니에 바짝 붙이고 운전하여 결국, 좀 떨어져서 가라고 잔소리를 한마디 했다.

사우리바자르에 11시경 도착하여 본격적으로 트레킹이 시작되었다. 나는 트레킹이 시작되면서 딸에게 제안했다.

"진아 아빠는 혼자 내 걸음 속도에 맞게 걸을 테니까 너는 네 걸음 속도에 맞게 걸어"

"아빠 천천히 같이 가"

"너는 포터들과 여행 일정도 상의해 가면서 그들과 보조를 맞춰"

"그래도 되겠어."

"걱정하지 마, 그래야 내가 무리가 가지 않고 편안하게 걸을 수 있으니까"

그래서 딸은 포터와 같이 걷고 나는 내 걸음 속도에 맞게 걸었다. 비록 70세 늙은이지만 매일 만 보 이상 걷기를 시작한 지 3년이란 세월이 흘러가다 보니 지난해에 지리산 천왕봉까지 혼자 산행을 하는데 별로 무리 없이 마친 경험이 있어 별로 걱정은 없었다. 빠르게 걷지는 않지만 쉬지 않는 꾸준한 걸음걸이를 유지하는 데는 나름대로 자신이 있었다.

그들이 쉴 때 나는 걸어야 그들과 보조를 맞출 수 있기에 먼저 출발하고 그들이 따라오면 앞세우는 형태로 트레킹이 끝날 때까지 계속하다 보니 딸하고 이야기할 시간을 제대로 갖지 못한 것이 조금 아쉬웠다.

이곳은 산속이라 그런지 다랑논 같은데 심어있는 곡식이 처음 보는 작물이었다. 시골에서 농업고등학교를 졸업했으며 지금도 농업경영인이라고 자부하며 살고 있는데 처음 보는 곡식이다. 걸으면서 곰곰이 생각해 보니 이 곡식이 바로 귀리라는 것을 알아냈다. 농지나 사람들 사는 집을 살펴보니 사는 모습이 꼭 우리나라 60년대 같다는 생각이 들었다.

40여 분 걸었을까 내 허리에 찬 만보기가 3,000보 숫자가 찍혀 있었다. 점심을 먹자고 하여 쉬는 곳이 어데 인가 지명을 물어보니 난두룩이란다.

점심을 먹으며 딸과 포터가 오늘 저녁 숙소 문제를 상의하는 모양이다. 5박 6일에 산행을 끝내려면 오늘 촘롬까지 가야 하는데 촘롬은 숙소가 적어 사전에 예약해야 하고 만약 도착하지 못하면 예약 취소대금을 내야 한단다.

머리가 하얀 백발노인이 40대 초반의 젊은 여자와 둘이 트레킹을 하니 만만하게 보이는 모양인지 숙소를 저희가 예약하고 식사도 알아서 주문해 주겠다며 돈을 맡기라고 한단다. 나는 일단 생각해 보겠다며 거절하라고 말하고 생각해 보니 괘씸한 생각이 들었다. 그러나 영어를 할 줄 모르니 나서기도 어려웠다.

점심 먹는 동안 옆 좌석에 앉아있는 한국인 두 사람을 만나게 되었다. 서로 인사를 나누고 보니 그들은 내가 사는 천안의 옆 동네인 공주에서 왔단다. 반갑게 인사를 나누고 포터가 한 이야기를 하자 절대 돈을 맡기지 말고 촘롬에는 숙소가 많이 있으니 걱정하지 말란다. 그리고 오늘 촘롬까지 가야 한다고 하자 내 나이를 물어 이제 막 70이라고 하자 무리라며 지누단까지 만 가라고 권한다. 내가 산행에는 자신이 있어 지리산 천왕봉도 무리 없이 수시로 오른다고 자랑하자 이 산은 지리산이나 설악산과 비교할 수 없이 험악하다며 절대로 무리하지 말란다.

딸에게 돈은 절대 맡기지 말라고 당부하고 주위를 감상하며 쉬지 않고 한들한들 꾸준하게 걷기 시작했다. 얼마를 걷다 보니 길옆에 움막집이 두 채가 보였다. 그 옆을 지나가는데 꾀죄죄한 옷차림과 콧물이 흐르는 꼬마 남자아이와 그의 누나인지 여자아이가 길옆에 쭈그리고 앉아 물건을 파는 모습이 보였다. 걷는데 정신없는 내가 언뜻 보기에 옥수수와 열대과일 같았다. 무심코 그들을 지나치고 생각하니 하나 좀 사줄 걸 하는 생각이 들었으나 한걸음이라도 아끼자며 앞으로 걸어갔다. 그러나 그 아이들 모습이 쉽게 지워지지 않았다.

내가 어렸을 때의 초라했던 모습이 떠오른 것이다.

1990년대 말 우연히 금강산 연수를 다녀온 적이 있었다. 그때 버스를 타고 가며 북쪽에서 보았던 여자아이가 생각이 났다. 8월 말쯤인데 가을 채소밭을 매던 여자들이 우리 버스를 보자 일을 하다 허리를 펴고 바라보는데 단발머리 소녀가 손을 흔들어 준 것이다. 그는 10살 남짓 먹어 보이는 아이인데 햇빛에 그을려 가무잡잡한 얼굴에 남루한 옷차림이 내 가슴을 아프게 했는데 그런 감정을 다시 느끼게 했다.

어릴 때 내 모습이 저렇지 않았나 생각이 들었다. 그때 미군들이 내가 지금 느끼는 이런 감정으로 나를 바라보지 않았을까 하는 생각이 들어 지금 내가 사는 나라가 얼마나 잘살고 있으며 행복한 나라인가 새삼스럽게 느껴졌다.

딸은 포터와 일행이 되어 이야기하면서 걷고 나는 혼자 그들과 앞서거니 뒤서거니 하면서 걸었다. 내 걸음은 결코 그들에게 뒤처지는 걸음은 아니었다. 가끔 보이는 사람들을 추월하며 2시간 반쯤 걸었을까? 지누단다(1,780m)에 도착하자 오후 3시경이 되었다.

사전에 히말라야 트레킹에 대한 정보를 얻고자 인터넷을 검색해 보았는데 히말라야 트레킹에서는 절대 무리하지 말고 오후 3시 정도면 산행을 중지하고 일찍 쉬라고 적혀 있었다. 무리하면 다음 날에 고생하며 몸이 견디지 못한단다. 이 생각이 떠오르자 갑자기 쉬고 싶다는 생각이 몰려왔다. 오늘 산행은 여기까지만 했으면 하는 생각이 든 것이다. 그런데 딸과 포터는 지누단다에서 차 한 잔 마시자 다음 쉼터인 촘롬(2,170m)까지 가야 한다며 산행을 재촉했다.

지누단다에서 촘롬까지 코스를 살펴보니 젊은 시절 내 인생 산악에서 가장 고통스러웠던 코스였던 설악산 소청봉에서 천불동계곡으로 내려오는 쉬운각 코스보다 더 가팔라 보였으며 거리도 훨씬 길어 보였다. 물 한 모금 마시고 까드락까드락 오르기 시작했다. 포터 말로는 두 시간을 걸어야 한다니 잘 해낼지 모르겠다는 생각도 들었지만, 지난 8월 지리산 써리봉에서 중봉을 거쳐 천왕봉에 오르던 생각을 하자 이곳은 그보다 힘들지 않을 것 같다는 생각이 들어 오르고 또 오르기 시작했다. 혹시 고산병이 올까 봐 가뜩이나 차오르는 호흡을 신호흡법으로 조절하면서 거름이 나는 대로 걸었다.

이렇게 오르는 도중 50, 60대 한국인 아줌마들이 떼를 지어 내려 오면서 길옆 골짝에 피어있는 고마니 풀을 바라보면서 꽃이 아름답다고 수다를 떨었다. 고마니 풀은 습지에서 자라는 풀로 아름답다고 하기는 어울리지 않는 꽃인데 이곳은 깊은 산중이라 그런지 내가 봐도 하얀 꽃들이 너무 깨끗하고 맑으며 예뻐 보였다. 다른 나라의 깊은 산골에서 한국 아주머니들을 만나자 반가워

"꽃보다 아름다운 분들이 저 꽃이 뭐가 아름답다고 하십니까?"라고 인사를 하자 우리말에 반가운지 내 하얀 머리를 보고 깜짝 놀라며

"어머나! 누구랑 같이 오셨습니까?" 한다.

"딸과 둘이 왔습니다." 하자

"세상에 부러워라, 역시 딸이 최고야!" 하면서 인사를 하고 갈

길이 바쁜지 재촉하며 내려갔다.

아직 시간은 어두워질 시간이 아닌데 어두워지는 기분이 들었다. 힘이 들어서 그런가? 몸이 지쳐오니 아까 지누단다에다 숙소를 정해야 했는데 하는 생각이 자꾸 떠오른다. 그때 원주민의 젊은 친구가 혼자 올라오다 내 흰머리를 보고 감탄을 하며 나이를 묻는다. 내가 70이라 하자 "원더풀" "원더풀" 하면서 웃는 얼굴로 엄지손가락을 치켜세우며 올라갔다.

촘롬에 가까이 왔을 때 원주민이 말을 한 마리 끌고 오는데 말에는 부인인지 여자가 타고 있고 남자는 말고삐를 쥐고 올라오고 있었다. 나는 그들에게 길을 터주기 위하여 조금 빠른 걸음으로 10m 정도 걸어 피해 주었는데 갑자기 숨이 차올랐다. 그러면서 머리가 띵하고 숨이 차는 것 같아 혹시 고산병이 오는 것이 아닌가? 하는 생각에 겁이 덜컥 났다.

가까스로 숙소에 도착하니 방안에 냉기가 가득하며 추위가 몸을 감쌌다. 갑자기 기온이 뚝 떨어진 모양이다. 체면이고 뭐고 필요 없이 엉성한 샤워장에 들어가 얼굴과 발에 물만 한 번 묻히고 따뜻한 겨울옷으로 갈아입자 좀 살 것 같았다.

저녁을 먹으며 캔 맥주에 준비해온 발렌타인을 칵테일 해서 한잔 마시자 추위도 가시고 몸도 따뜻해졌다. 식사하는 동안 딸과 대화하는 소리를 듣고 산장 주인이 반갑게 다가와 말을 걸어와 대화를 나눠보니 이 사람은 동대문 시장에 있는 식당에서 3년 동안 일하다 온 사람으로 한국에서 벌어 온 돈으로 여기에 산장(롯지)을 차렸단다. 그러다 보니 한국 사람을 만나면 더 반갑게 느껴진단다.

딸은 주인과 포터랑 이야기하게 놔두고 나는 먼저 숙소에 들어와 잠자리에 누워 생각하니 딸이 괘씸하다는 생각이 들었다. 아까 지누단다에다 숙소를 정했더라면 고생을 덜 했을 것 같은데 내 말을 듣지 않고 밀어붙여 늙은 아비를 고생시켰다는 생각이 든 것이다. 얼마나 있다가 딸이 들어왔다.

"늦었네."

"주인이 토속주를 한 잔 줘서 마시며 이야기 좀 하고 왔어"

"무슨 이야기"

"한국에 가서 고생한 이야기와 동대문시장 식당 주인한테 3개월 월급을 받지 못한 이야기"

"그래, 그리고 내일은 어디까지 갈 거니?"

"포터와 상의한 결과 도반이나 히말라야까지 갈 거래"

"도반은 몇 km고 히말라야는 몇 km야?"

"도반은 5시간 반 걸리고 히말라야는 7시간 반 걸린다는데"

"시간이야 빨리 걷는 사람과 천천히 걷는 사람이 다르니 거리가 정확한데"

"거리는 잘 모른 데?" 나는 피곤해서 그런지 아니면 올라오면서 고생을 해서 그런지 화가 났다. 평소 산을 좋아하는 사람이라 거리만 알면 몸에 무리하지 않고 맞춰 갈 것 같은데 모른다니 답답했다.

"뭐 이런 등산로가 있어"라고 열을 올리자 딸아이도 술김인지 피곤해서 그런지 짜증을 낸다. 나는 속으로 이번 여행이 순조롭지 않겠다는 생각이 들었다.

영어를 하지 못하는 내 신세가 더욱 처량하게 느껴졌다. 영어만 되면 당장 혼자 여행을 했으면 하는데 대화가 통하지 않으니 별수가 없다. 화를 누르며 참아야지 하면서 앞으로는 이런 여행은 하지 말아야지 하면서 입을 다물었다. 지난번 딸네 가족과 베트남 여행을 하면서 느꼈는데 바보같이 또 따라나선 것이다.

침대에 누워 핸드폰에 담은 안내표시 간판 사진을 몇 장 들여다보아도 거리가 표시된 것은 없고 시간만 나와 있었다. 속으로 세계적인 트레킹 코스라는데 거리가 표시되어 있지 않다니 생각하며 속을 삭이고 있는데

"내일 숙소는 우리 걷는 것을 보고 정하기로 했어."

"그래, 알았다. 이제 잠이나 자자" 하며 침낭 지퍼를 채웠다.

처음으로 히말라야의 산 2,170m에서 자고 일어나 방문을 나서보니 아침 공기가 상쾌하기 그지없었다. 어제의 피곤은 언제였냐는 듯 몸이 가뿐하니 날아갈 것 같았다. 눈앞에 전개된 산을 바라보자 맨 뒤쪽에 흰 눈으로 덮은 바위산을 뭉게구름이 휘감고 있는데 절로 감탄사가 흘러나오며 몸에 힘이 불끈 솟았다. 핸드폰에 한 장 담고 얼마를 감상하다 방으로 들어왔다. 뒤에 알고 보니 이 봉우리가 바로 그 유명한 6,993m인 마차푸차레 봉우리였다.

산행 2일 차 본격적인 트레킹이 시작되는 모양이다. 촘롱 입산통제소에다 여권을 맡겨야 입산이 허락되었다. 촘롱은 해발 2,000m가 넘는 고산지대에 있지만, 사람들이 제법 사는 마을이 형성되어 있었다. 그리고 계단식 농토가 아름답게 보였다.

오늘도 어제와 마찬가지로 나 혼자 먼저 출발하여 사람과 사람 사이에서 마을의 지나고 다리를 건너 끝없이 보이는 고개와 계단을 오르고 내리며 열심히 걷고 또 걸었다. 이곳까지 트레킹하는 사람은 상당히 많았다. 사람이 걸려 제대로 걷지 못할 정도로 많았다. 계절적으로 지금이 트레킹하기 가장 좋은 계절(10월

중순경)이란다.

촘롬 롯지에서 바라본 마차푸차례

촘롬에서 시누와를 가는 데는 계곡을 거쳐야 했다. 죽어라 올라왔는데 다시 내려갔다 올라가는 것이다. 지금은 그래도 다리가 놓여 덜 내려가지만 그래도 시누와를 가려면 몇천 개가 된다는 계단을 올라가고 내려가야 했다. 세상 모든 것 다 잊어버리고 계단만 세면서 올라갔다.

나는 평소 산책을 할 때 걸음 숫자를 세는 습관이 있다. 지루함을 면하려 음악을 들으면 좋은데 귀 고막에 무리를 주는 것 같아 걸음 숫자를 세는 것이다. 방법은 네 걸음을 하나로 묶어서 센다. 즉 하나~~, 두울~~, 세엣~~ 식으로 백을 세면 400보가 된다. 이렇게 반복해서 몇백을 세었는지 모를 정도로 계단이 많았다.

시누와에는 방목장이 있는지 커다란 검은 소 떼들이 길을 가로막기도 하고 고삐도 없이 돌아다녀 짐승에 겁이 많은 나는 커다란 소들의 눈치를 살피며 다른 사람이 지나갈 때 살금살금 뒤를 따라가기도 했다. 또 밤부는 대나무밭으로 양 떼들이 길옆으로 돌아다니며 노는 모습이 신기해 핸드폰에 양들이 노는 모습을 담아보기도 했다.

수없이 많은 사람과 스치면서 느끼는 기분이 그들은 머리가 하얀 나를 나이가 많은 늙은이로 보이나 신기한 듯 바라보며 인사를 하고 지나갔다. 나는, 처음에 인사를 영어로 하다 우리말로 하기로 마음먹었다. 상대방이 영어나 네팔어로 인사해도 나는 고집스럽게

"안녕하세요?"라고 답하였다. 내가 해외여행을 다닐 때 현지 가이드가 그 나라 인사말을 알려 주면서 아침이나 저녁때 기사에게 인사를 그 나라 말로 하라고 하면 가이드에게 말하기를

"가이드님, 우리한테 이 나라 인사말을 가르치지 말고 기사에게 우리 인사법을 가르치세요." 하면 가이드는

"예~?" 하며 멍하니 나를 쳐다본다. 그럼 나는

"우리가 돈을 내고 온 손님인데 우리말을 쓰는 것이 당연한 것이 아닌가요." 하고 비꼬는 경향이 있었다. 그리고 꼭 우리말로

"안녕하세요."

"수고하셨습니다."라고 인사를 했다. 그것은 우리말을 보급하자는 의미도 있고, 내 돈 주고 여행 왔는데 왜 내가 알지도 못하는 외국말을 배우면서 스트레스를 받아야 하나? 라는 생각에서였다.

이처럼 "안녕하세요."라는 인사말을 하다 보면 동양계 사람

중 한국인인가, 일본인인가, 중국인인가 잘 구분이 안 될 때 한국인은 반가워서 다시 한번 더 바라보며 인사를 했다. 그리고 원주민들도 제법 우리 인사법을 알고

"안녕하세요?"라고 인사를 하며 웃어주는 친구들도 종종 만났다.

혼자 행복 속에 취하여 꾸준하게 걷는 나를 간혹 젊은 서양인들이 앞지르며 싱싱하게 걷는 사람도 있었지만 대부분 사람은 나의 꾸준한 걸음걸이에 뒤처졌다. 25살 먹었다는 우리 포터는 나만 만나면 최고라고 엄지손가락을 치켜세우며 우리말로

"천천히"

"천천히"라고 하며 천천히 걷기를 권했다. 아마 내가 지쳐 쓰러질까 봐 걱정인가? 아니면 짐을 지고 가는 제가 힘들어서 그런지 알 수는 없었다.

한국에서 온 사람들도 꽤나 많았다. 그중에 기억에 남는 사람은 밤부 가까이 왔을 때 스카우트 단원들인 한국 학생들을 만났다. 나는 반가워하며

"어디서 왔나?"라고 인사를 건네자 인솔 교사인 여자분이

"어머! 한국에서 오셨어요? 우리는 일산에서 왔는데요." 한다. 이국땅에서 땀을 뻘뻘 흘리며 학생을 인솔하다 머리가 하얀 자국인을 만나니 반가웠던 모양이다.

"예. 수고가 많으십니다. 스카우트 단원들인 모양이지요."

"예. 어르신은 어디까지 가세요."

"A.B.C(안나푸르나 베이스캠프)까지 갈 계획인데 갈는지 모르겠네요."

"A.B.C까지나? 무리하지 않겠어요." 몸도 허약해 보이고 머리

가 하얀 내가 걱정스러운가 보다.

"한번 해 보는 거지요."

"학생들은 어디까지 오를 예정입니까?"

"저희는 데우랄라까지 계획하고 왔는데 많은 학생이 힘들어해 계획을 바꿔야 할 것 같네요." 하며 힘들어하는 학생을 보고 "애들아, 봐라, 할아버지도 저렇게 잘 걷는데 우리는 뭐니?" 한다. 나도 학생들에게 기를 불어 넣어 주기 위하여

"할아버지도 걷는 데 힘을 내라"

"그리고 빨리 걷지 말고 걸음 나는 대로 쉬지 말고 꾸준히 걸으라."라고 말을 건넨다. 그러면서 인솔 교사에게

"수고하세요. 먼저 가겠습니다." 하고 앞으로 치고 나갔다.

학생 인솔을 하는 선생님을 만나니 현직에 있을 때 생각이 절로 떠오른다. 교감 이 년 차로 기억된다. 중학교에서 교사 생활을 하다 승진하여 첫 부임지가 도시 변두리에 있는 고등학교로 부임했는데 한 학년 학급수가 9학급이나 되는 역사가 있는 학교였다. 이 학교에 부임하던 첫해 제주도로 수학여행을 인솔했는데 저녁만 되면 학생들이 잠을 자지 않고 떠들어 고전했다.

그래서 그다음 해는 제주도에 도착한 둘째 날 수학여행단을 이끌고 한라산의 영실에서 웃세 붉은 오름을 거쳐 어리목으로 트레킹을 시켰다. 약 450여 명이 넘는 남녀 학생들을 거리가 11㎞가 되며 해발 1,700m가 넘는 산으로 장장 4시간이 넘게 소요되는 산행 코스로 인솔한 것이다.

영실에서 처음 등산을 시작할 때는 좋았던 날씨가 어리목으로 내려오는데 소낙비를 만나 모두 비에 흠뻑 젖는 산행을 한 것이다. 그때 나는 인솔책임자로 사고가 나지 않을까 얼마나 마음을

졸이며 산행을 했나 영원히 잊히지 않았다.

나는 트레킹을 시작할 때 분명히 선생님 한 분만 아픈 학생을 인솔하라고 버스에 남기고 인솔 교사와 학생들을 모두 산으로 출발시킨 다음 제일 뒤에서 출발했었다. 그런데 산을 좋아하는 나는 선생님과 학생을 추월하여 선두로 나간 사이 나이 든 학년 부장과 선생님 몇 분은 올라가는 체하다 내가 추월하자 뒤로 돌아 버스를 타고 왔단다. 나는 어이가 없었지만, 무어라 나무랄 수도 없었다. 그때 버스를 타고 온 나이 든 체육 교사가 하는 말이

"교감 선생님 큰일 날 뻔했어요."

"아니 이 부장 무슨 일이 있었는데." 하니까

"글쎄, 산을 조금 올라오다 보니까 남학생 한 녀석이 길옆에서 고개를 처박고 있어 흔들어 보니 얼굴이 헬쑥하게 다 죽어 가 한라산 국립공원 영실 관리팀에 연락해서 모노레일을 불러 타고 내려가 병원에 데리고 가 치료를 받고 왔잖아요." 한다.

"아니 어디가 아파서"

"어제저녁 술을 많이 마신 모양이에요." 한다. 수학여행을 인솔해 보면 보통 첫날은 조용하게 지내고 둘째와 셋째 날 잠을 자지 않고 선생님 모르게 술판을 벌려 이를 없애려고 등산을 시켰는데 첫날부터 술을 마신 모양이다.

"부장님이 수고 많았네요." 하고 격려는 했지만, 마음 한구석은 씁쓰름했다.

학생 인솔이 얼마나 힘든 일이든가? 모르는 사람은 수학여행 하면 놀러 간다고 생각하는 사람이 더러 있는데 인솔 교사는 책임감에 여행이 끝날 때까지 마음 졸이며 잠 한숨 제대로 못 자는

것이 학생인솔 아니던가? 하는 생각을 하며 해외에 있는 이 험한 산을 인솔하는 여선생님이 대단하다는 생각이 들었다.

점심을 먹으면서 포터는 오전에 내가 걷는 속도를 보고 오늘 숙소는 히말라야까지 가잔다. 노인네 걷는 것이 자기들이 힘들 정도로 빠르단다. 숙소에 전화해 보더니, 히말라야는 잠자리가 두 자리만 남았다고 사전에 예약해야 한다고 했다. 그리고 앞으로 사용하는 숙소는 네 사람이 한방을 사용하게 된단다. 또한 숙소에서 샤워는 물론 발도 씻을 수 없단다. 고산지대에 들어왔다는 것을 실감하게 되는 순간이었다.

밤부에서 점심을 먹는데 별로 먹고 싶은 것이 없어 생강차 한 잔과 수프 한 잔으로 때우고 다시 걷기 시작했다. 조금 걷다 보니 아침에 그렇게 아름답고 맑았던 하늘이 갑자기 어두워지며 빗방울이 하나둘 떨어지기 시작했다. 조금 전까지만 해도 구름 한 점 없이 맑았던 하늘이 구름으로 덮이며 빗방울이 떨어지는 것이다.

비닐 비옷을 배낭 위에 뒤집어씌운 다음 작은 우산을 받고 걷는데 빗방울은 점점 굵어져 지나가는 소낙비 같으면서도 그치지 않고 계속 내렸다. 비가 쏟아지자 내 걸음도 점점 빨라졌다. 해발 2,500m나 되는 깊고 높은 험한 산 오르막길을 서둔다고 되는 것도 아니요 그러다 지쳐 쓰러지면 이러지도 저러지도 못할 것 같다는 생각이 들자 다시 걸음을 늦추며 평소의 걸음으로 걸었다. 딸과 포터는 동동걸음으로 시야에서 사라진 지 꽤나 되는 것 같았다.

혼자 무념 속에 비를 맞으며 걷다 보니 중국 사람 같은데 아시아계통의 50대 두 사람과 아가씨 3명이 비옷을 준비하지 못했는지 비를 흠뻑 맞으며 걷는 모습이 너무 애처롭게 보였으나 도와줄 방법이 없었다. 나는 얇은 비닐 비옷으로 배낭을 씌우고 자그마한 우산을 받고 가니 이슬비보다 조금 더 굵은 비는 그리 걱정되지 않고 오히려 낭만적이며 중·고등학교 시절 소나기를 흠뻑 맞으며 학교에서 돌아왔던 기억을 떠오르게 했다.

비를 맞으며 5시경 숙소(롯지)에 도착하자 먼저 도착한 딸이 안내해 주는 숙소에 들어가서 보니 기가 막혔다. 2~3평 남짓한 곳에 침대가 네 개 들어 있는데 두 개는 붙어 있고 통로를 띄운 다음 또 하나를 놨으며 또 하나는 출입구 쪽에 다른 침대 발끝에 놓여 있었다. 가까스로 문을 여닫았으며 배낭 놀 자리가 없어 통로와 창틀에 올려놓아야 하는 비좁은 방이었다. 우리가 사용하는 방은 영국에서 왔다는 20대 아가씨 두 사람이 먼저 와 있었으며, 딸 그리고 내가 한 방에서 사용하니 여자들만 자는 곳에서 남자 혼자 끼어 자는 신세가 되었다.

저녁때가 되자 갑자기 기온이 뚝 떨어졌나 온몸이 바들바들 떨렸다. 거기다 비를 맞아 축축한 옷이 더욱더 춥게 만든 모양이다. 옷을 갈아입을 장소가 없어 체면이고 무엇이고 없이 아가씨들에게 뒤로 돌아보라고 손짓을 한 다음 털옷으로 갈아입고 침낭으로 들어가자 차가운 몸이 좀 풀려나갔다.

이곳은 해만 지면 기온이 갑자기 뚝 떨어지는 모양이다. 영국에서 왔다는 아가씨들은 산에 대한 경험이 없나 침낭이 준비되지 않아 한동안 발발 떨다 산장에서 주는 이불을 뒤집어쓰고 잠을 잤다. 이곳 날씨는 난대지방이면서도 고산지대라 낮에는 기온이 20~25도 가까이 올랐다가 해가 지고 나면 3~4도로 내려간단다. 거기다 비를 맞았으니 더 추웠다.

저녁을 먹으려 식당에 들어가 딸이 시켜주는 음식을 보자 갑자기 입맛이 떨어졌다. 어제 촘롬에서부터 음식이 비위를 건든 모양이다. 별수 없이 생강차 한 잔과 수프 한 접시 그리고 캔 맥주에 양주를 칵테일 해서 마시고 잠자리에 들었다.

아침에 일찍 일어나 밖으로 나와 보니 비가 언제 왔냐는 듯 싹 개어 있었다. 내가 잔 숙소 주변을 살펴보니 앞뒤가 난생처음 보는 험한 절벽으로 둘러싸인 골짝으로 되어있다. 숙소 뒤편은 끝이 보이지 않는 바위 절벽이고 앞에도 가파른 바위산으로 가려진 계곡에 있었다. 뒤편 절벽에서 금방 돌이라도 떨어져 숙소 지붕을 덮칠 것 같은 기분이 들었다.

아직 날이 새지 않은 새벽이라 그런지 냉기가 온몸을 감쌌다. 변비가 있는 나는 남들이 일어나기 전 화장실을 사용하려고 일찍 나온 것이다. 화장실에서 얼마나 시간을 보내고 방에 들어와 보니 영국 아가씨들은 다섯 시에 아침도 먹지 않고 산행을 시작한다고 나갔다며 보이지 않았다. 아마 포터도 없이 트레킹을 하는 대담한 아가씨들인 모양이다.

여덟 시에 다시 산행이 시작되었는데 오늘은 어제와 같이 사람이 별로 눈에 띄지 않았다. 중도에서 포기한 것인가? 아니면 처음부터 계획이 없었는지 알 수 없다. 우리가 잔 숙소는 해발 2,900m로 대다수 사람이 이곳까지는 도전하지 않는 모양이다.

하긴 KBS 방송에서 다큐멘터리로 히말라야 트레킹이 반영된 적이 있었는데 그들은 3,200m인 데우랄라까지만 촬영하고 더는 눈이 쌓여 출입이 금지돼 촬영할 수 없었다는 방송을 시청한 적이 있었다. 현재 내가 있는 히말라야라는 롯지는 데우랄라라는 곳의 바로 아래에 있는 곳이다.

시누와와 밤부까지만 해도 사람들이 많아 세계 각국 사람들을 만나 인사하는 재미로 힘든지 모르고 있었는데 이곳은 완전히 다른 분위기였다. 롯지(산장)도 별로 없고 사람도 잘 눈에 띄지 않았다. 전문 산악인이 아니면 접근하기 힘든 곳인 모양이다.

3일 차 나의 산행은 지금까지 산행 중 가장 멋지고 아름다운 산행이었으며 또한 가장 힘든 산행이었다. 히말라야에서 데우랄리(3,230m)까지 오는데 공기가 맑아서 그런지 아니면 산행에 익숙해져서 그런지 몸도 가볍고 주변의 경치가 너무나 아름다웠다. 사람도 거의 없었으며 주변의 경치와 하늘의 색깔이 말로 표현할 수 없을 정도로 아름다워 이곳저곳 아름다운 자연을 핸드폰에 추억의 사진으로 담아 보았다. 그런가 하면 어마어마한 바위 절벽에 펼쳐지는 폭포 길이는 몇백 m가 되는지 알 수 없으나 용이 하늘로 솟구치는 듯 장관을 이루고 있고 하늘과 절벽의 산이 붙어있는 것 같이 보였다. 넋 놓고 폭포를 바라보고 있자니 갑자기 폭포를 좋아하는 집사람 생각이 떠올랐다. 같이 왔으면 얼마나 좋았을까 하는 아쉬움이 감돌았다.

빙하 수 폭포

집사람은 등산을 좋아했다. 내가 교감 시절 우연이 직원 몇 사람과 같이 천안에 있는 천산 산악회를 따라 남원에 있는 지리산 바래봉을 등산했는데 같이 따라나선 것이다. 그때만 해도 산을 몰랐던 사람이라 잘 알지도 못하는 사람 속에서 꽤나 고생을 한 모양이다. 그 후 집 앞에 있는 150m 정도 되는 봉서산이라는 도심 속의 작은 산을 새벽마다 다니더니 1년도 채 안 되어 산악인으로 변해버렸다. 이 산은 비록 높지는 않았지만, 능선을 따라 산책로가 왕복 6㎞ 정도가 되는 산을 매일 아침 다닌 것이다.

그러더니 같은 지역에 사는 사람들과 '정다운 산악회'를 만들어 근 10년간 매주 첫 일요일이면 전국 방방곡곡 유명하다는 산은 거의 다 다녔다. 그녀가 산행하는 날은 새벽 3시만 되면 일어나 동동거리며 부산을 떨어 잠을 설쳐야 했고 저녁은 밤 10시가 지나야 들어와 나는 온종일 혼자 독수공방해야 했다. 이렇게 트레킹에 단련된 그녀는 걷는데 달인이 된 것이다. 어쩌다 부부가 같이 산책하러 나가면 나보고 못 걷는다고 핀잔이 이만저만이 아니며 나를 놔두고 저만치 혼자서 걸었다. 나는 기를 쓰고 걸어도 그녀를 따라갈 수가 없었다.

그러다 어느 날 천산산악회를 따라 칠갑산에 갔는데 '칠갑산 산악 마라톤 대회'가 있었다. 회원들의 권유로 50대 중반인 우리 부부도 참가하게 되었다. 거리는 17㎞로 그리 멀지는 않지만 그래도 산악인데 잘할 수 있을까 걱정되었으나 그것은 하나의 기우였다.

나는 고전하며 뛰다 걷다 하며 가는데 집사람은 언제 사라졌는지 눈에 보이지 않았다. 죽어라 고생하며 정상에 오르자 그녀는 나를 기다리며 쉬고 있었다. 그리고 그다음부터는 나를 이끌어 주며 마라톤을 했는데 그녀는 여성부 3위로 입상하여 시상대에 서고 나는 완주의 기쁨으로 만족해야 했다.

이처럼 산을 좋아하는 집사람과 같이 이 산을 트레킹 했다면 몇백m에서 떨어지는 빙하수 폭포를 보고 무어라고 감탄사를 외칠지 상상해 보며 넋을 잃고 폭포수를 바라봤다.

딸도 자연의 아름다움에 취해 좌·우를 살피느라 걸음 속도가 느려졌다. 데우랄리까지 오는 동안 아름다운 경치에 도취되어 피곤을 잃고 있었다. 포터가 처음에는 데우랄리에서 점심을 먹자고 하더니 우리가 힘들어하지 않고 걷는 것을 보고 마차푸차레 베이스캠프(MBC, 3,700m)에다 숙소를 정하고 점심을 먹은 다음 안나푸르나 베이스캠프(ABC, 4,130m)를 오늘 중 갔다 오잔다. 아무것도 모르는 우리는 포터가 하자는 대로 하기로 했다. 딸도 지난번에 왔을 때는 푼힐 코스를 여행하여 이곳은 처음이란다.

데우랄리를 지나 마차푸차르 베이스캠프(MBC)를 가는데 좀처럼 거리가 줄어들지 않았다. 저기가 MBC인가 열심히 가서 보면 또 산이 나오고 저 고개만 넘으면 되겠지 하고 걷는데 MBC는 어디에 있는지 나타나지 않았다. 아침에 출발할 때 그 좋은 날씨가 11시쯤 되자 갑자기 구름이 몰려와 곧 비가 내릴 것 같은 어둠침침한 날씨로 변했다.

정신은 맑은데 몸이 지쳐있는지 허리가 잘 말을 듣지 않는 것 같았다. 먹은 것이 부족했나? 물을 적게 마셔서 그런가? 별별 생각을 다 했다. 3일간 산행을 하면서 나는 밥을 거의 먹지 않았다. 한 번 비위가 상한 나는 음식을 제대로 먹지 못하고 생강차 한 잔과 수프 한 접시 그리고 식빵 한 조각으로 식사를 대행한 것이다. 거기다 평소 물을 잘 마시지 않는 성격이라 나에게는 물병도 없다. 물병이라고는 꿀에다 홍삼 진액을 탄 물을 아껴가며 조금씩 마시고 있었으니 강철이 아닌 이상 내 몸도 지쳐 갈 만했다.

하늘은 어두워지고 걸음은 나지 않았다. 딸에게 전화하고 싶어도 핸드폰이 언젠가부터 먹통이 되어 있었다. 카카오톡뿐 아니라 문자도 전연 안 되었다. 여기서 쓰러지면 누구에게 연락 한번 못하고 죽을 것 같았다. 일행은 나를 앞질러 간지 꽤나 된 것 같다.

역시 늙음은 별수가 없는 모양이라는 생각을 가지며 이것이 고산병 증세가 아닌지 하는 공포감을 느끼며 까드락까드락 MBC에 도착했을 때는 더 걷고 싶은 생각은 조금도 없었다. 완전히 기진맥진한 것이다. 왜 숙소마저 제일 위쪽에다 정했나 원망스러울 정도로 지쳐 있었다. 쓰러질 듯 도착한 나는 점심을 먹는 둥 마는 둥 때우고 ABC를 가자고 하는데 더는 못 가겠다고 하면서 숙소로 들어와 누워 버렸다.

원래 계획은 여기다 숙소를 정하고 ABC를 다녀와 내일은 일찍 하산하기로 했는데 나는 겁을 먹은 것이다. 딸은 죽어가는 저희 아비보다 산이 더 좋은지 포터 한사람과 ABC로 향하고 나는 침낭 속에서 한 시간 정도 푹 잠을 잤나 눈을 떠보니 정신이 말짱하고 몸이 가뿐하게 풀어져 있었다.

우리 숙소는 마지막에 잡은 숙소라 그런지 침침하고 네 사람이 사용하는 숙소인데 창고만도 못했다. 이곳에서는 포터의 숙소가 따로 있는 것이 아니라 우리와 같은 롯지(숙소)에서 잠을 잔단다. 히말라야에서는 여자 세 사람에 내가 끼어 잤는데 이제는 남자 세 사람 사이에 딸이 혼자 끼어 자는 꼴이 된 것이다.

한숨 자고 나자 몸이 가뿐하여 일어나니 옆에서 쉬고 있던 내 포터가 주변 산책을 하자며 나가기를 권했다. 포터와 나는 ABC 쪽을 향해서 천천히 발걸음을 옮겨 주변을 감상하면서 원더풀, 뷰티 풀을 외치며 사진을 찍었다.

마차푸차레 봉우리 주변을 감상하며 시간을 보내는데 공기가 얼마나 맑고 깨끗한지 내 머릿속에 다른 생각은 조금도 들어오지 않았다. 천국이 따로 있는 것이 아니라는 것이 새삼 느껴졌다. 15년 전 몽골에 있는 테롤지 국립공원을 여행할 때 새벽에 목초지에서 느꼈던 기분과는 또 다른 느낌을 준다. 테롤지 공원은 공기도 맑았지만, 목초지에 만발한 야생화가 너무 아름다워 감탄사가 절로 나왔는데 이곳은 보이는 것이라곤 험악한 바위산과 돌뿐이며 그사이에 죽지 못해 버티는 풀로 되어 있는데도 하늘의 빛깔과 맑은 공기가 속세를 완전히 잃게 만드는 것이다.

국내에서 지리산 설악산을 수없이 다녀봤지만, 그곳의 공기는 공기가 아니라는 생각이 들었다. 이 맑은 공기를 가져갈 방법은 없을까 하는 공상이 들었다.

그때 들쥐 한 마리가 바위틈으로 날쌔게 들어갔다. 쥐란 놈은 참 신기도 하다. 이 높고 깊은 산골짝에서 무엇을 먹으며 추위에 얼어 죽지 않고 살고 있다는 것이 신비로운 생각을 하게 했다.

대 자연에 도취해 넋을 놓고 있는데 포터가 지나가는 사람에게

"안녕하세요?"라고 한국말로 인사를 하자 그 사람은 깜짝 놀라며

"안녕하세요." 하고 인사를 받는다. 순간 나도 반가워 그를 쳐

다보며

"안녕하세요. 한국에서 오셨구먼요."라고 인사를 건넸다.

포터가 상대방이 한국 사람이라는 것을 알고 인사를 한 것이다. 분명 내 눈에는 일본사람이나 한국 사람이 잘 구분이 안 되는데 포터의 눈에는 서로 달라 보이는 모양이다. 이렇게 해서 이 머나먼 이국땅에서 그것도 해발 3,700m나 되는 깊고 높은 산골짝에서 한국 사람을 만나게 된 것이다. 그는 50대 중반쯤 보이는 사람이었다. 그는 나를 바라보며 반가운 표정으로

"혼자 오셨습니까?" 한다.

"아니요. 딸아이와 같이 왔는데 그는 혼자 ABC로 갔고 나는 몸이 안 좋아 떨어졌네요." 하자 자기도 둘이 와서 한사람이 고산병으로 MBC 숙소에 누워 있고 자기만 혼자 산책을 나왔단다. 우리는 갑자기 십년지기나 된 것처럼 반가워하며 대화를 나눴다. 그는 나를 보고

"여행사를 따라서 오셨습니까?"

"아니요. 딸과 둘이 왔습니다." 하니 의아해하는 눈치가 보여

"아~, 딸이 베트남에서 고등학교 영어 교사를 하다 집어치우고 지금은 학원을 하고 있는데 그 녀석이 안내해줘서 온 것입니다."라고 하자

"그러세요. 저도 원래 고등학교에서 영어 교사를 하다 지금은 스님이 되었습니다."라고 했다. 그러면서 이번에는 스님 한 분과 같이 이곳에 트레킹 왔는데 동행인이 고산병으로 움직이지 못해 MBC 숙소에서 쉬고 있고 자기만 산책을 나왔단다.

내가 이 사람이 스님이란 것을 알아보지 못한 것은 모자를 쓰고 있었기 때문이었다. 그는 기본 영어가 되어 시간이 나면 종종

가까운 사람과 배낭여행으로 세계 곳곳을 누비고 다닌단다. 참으로 부러운 영혼이었다. 그는 내가 여행을 좋아하는지 알고 가본 곳 중 좋은 곳을 추천해 달라고 해서 몽골의 테를지 공원을 추천했다.

나는 사방을 둘러보며

"참 이상하네요. 정신이 아주 맑은데 머릿속에 떠오르는 생각이 하나도 없으니" 내 머릿속은 텅 비었는지 아무런 생각이 떠오르지 않았다. 파란 하늘과 성벽처럼 둘러싸인 빙하로 덮인 바위산을 바라보면서 이곳이 어데 인지조차 가물가물한 느낌을 받았다. 그러자 그는

"이 산은 악마 산입니다. 선생님 눈에는 안 보이시겠지만 제 눈에는 보입니다."

"아~, 그러세요." 나 같은 속세 사람에게는 보일 리 없겠지만 스님의 눈에는 내가 볼 수 없는 무엇인가를 보고 느끼는 모양이란 생각이 들었다.

"이 산을 처음 들어서는데 한기를 느끼며 악마 기운이 느껴졌습니다."

"역시 스님이라 다른 모양입니다"라고 대답을 하면서도 왠지 틀리지 않는다는 생각이 들었다. 그래서 하늘이 그렇게 변덕을 부린 모양이다. 3일간 산행을 하면서 온종일 좋은 날씨를 보지 못했다. 분명 아침에 숙소에서 나설 때는 하늘에 구름 한 점 없이 맑았는데 걷다 보면 갑자기 하늘이 캄캄해지고 비를 뿌리니 악마 산은 악마 산인 모양이다. 이런 생각을 하면서 나만이 가지고 있는 종교 논리를 펴 본다.

"스님, 신(神)은 자기 마음에 있는 것이 아닙니까? 내 마음에

부처님이 계신다면 부처님이 계신 것이고 하나님이 계신다면 하나님이 있는 것으로 생각하는데요. 스님은 어떻게 생각하십니까?"

"저도 같은 생각입니다. 굳이 부처님이냐 하나님이냐 따질 것이 아니라 무엇을 얼마나 열심히 믿느냐에 따라서 신앙의 세계는 달라지는 것이 아니겠어요."

우리 두 사람은 몇 마디 말에 친해져 자연의 이치에 대한 이야기와 종교 이야기 등 한참을 이야기하다 보니 시간이 얼마나 흘러갔는지 딸아이가 돌아와 서로 헤어졌다.

숙소로 돌아오면서 아무리 생각해도 정신이 이렇게 맑고 깨끗할 수가 없었다. 수시로 다니는 지리산의 하늘이나 공기는 이곳과 비교가 될 수 없다는 것을 느끼며 다시 집사람 생각이 떠올랐다. 그녀와 같이 왔더라면 얼마나 좋았을까 또 상상해 본다. 산에 대한 욕심도 많고, 산을 좋아하는 사람이라 충분히 올라올 것 같다는 생각이 들어 집사람과 한 번 더 올 수 없을까? 하는 욕심이 생겼다.

내가 지금 서 있는 곳은 해발 3,700m가 되는 마차푸차레 봉우리 바로 아래였다. 눈으로 싸인 악마보다도 더 험하게 보이는 산이 신비스러웠다. 이런 신비스러움에 집사람 목소리가 듣고 싶어 나도 모르게 핸드폰을 꺼내 통화를 하려고 하다 이곳은 인간의 힘으로는 통하지 않는 곳이란 것을 곧 느끼게 되었다. 통화는 물론 문자도 허락하지 않는 곳이라는 것을 다시 깨달은 것이다.

몸의 피곤이 언제 있었냐는 듯 풀어지고 기분이 좋아진 나는 저녁 식사 시간에 딸과 포터와 같이 내가 직접 재배한 땅콩으로 안주 삼아 캔-맥주와 양주를 칵테일 하여 몇 잔 마셨다. 포터가 내 직업을 물어보자 딸이 고등학교 교장을 하다 정년퇴직하고 지금은 농장을 경영하고 있다고 소개하자 그들은 내가 엄청난 농장장인 줄 알고 자기들 좀 초대해 달란다. 네팔에서는 한국에 와서 이삼 년만 일하다 가면 부자가 된단다.

나는 속으로 내가 어렸던 50~60년대가 떠올라 가슴이 아팠다. 이제 나이 이십이 갓 넘은 젊은이들이 남의 무거운 배낭을 메고 이 험한 산을 수없이 오르내린다고 생각하자 안쓰러웠다. 이곳에서는 포터를 하려면 그래도 말깨나 하는 똑똑한 친구란다. 포터를 몇 년 하다 보면 가이드로 승격하는 모양인데 재수가 좋으면 돈 많은 외국인 사장을 만나 해외에 나가 취업할 기회도 종종 생긴단다.

4일 차 새벽 다섯 시가 되자 산행이 시작되는지 숙소 밖에서 사람이 지나가는 소리가 들렸다. 침낭 속에 누워 있자니 잠이 오지 않아 다섯 시 반에 잠자리에서 일어났다. 밖으로 나오자 어제와는 달리 상쾌하고 아름다운 아침이었다. 몸도 가볍고 어제 가보지 못한 ABC가 생각났다. 아침에 솟아오르는 태양이 ABC에서 보는 것과 MBC에서 보는 것이 다를 것이라는 생각이 들어 딸에게 이야기하고 고갯마루 하나만 올라가서 보자고 하면서 오르기 시작했다.

내가 아침 산책하러 나간다고 하자 딸도 곧 뒤에 따라서 오겠다며 먼저 가라고 하여 혼자 먼저 나선 것이다. 새벽의 으쓱으쓱한 한기를 이겨가며 조금씩, 조금씩 산을 오르기 시작했다. 내가 머문 곳이 해발 3,700m라니 이왕 온 것 4,000m는 올라야 그래도 자랑거리가 될 것 같아 계속 오르기 시작했다.

어제 데우랄리에서 MBC까지 오는 데는 상당한 급경사가 있었는데 MBC에서 ABC를 오르는 데는 경사가 완만하고 길이 좋았다. 모퉁이를 돌고 나면 또 나오고, 금방 눈앞에 안나푸르나 베이스캠프가 나타날 것 같은데 생각보다 멀리 떨어져 있었다. 뒤를 돌아보자 딸아이가 저만큼 뒤에 나타나 걸어오고 있었다.

안나푸르나 남봉 아침 햇살

아침 햇살이 눈부시게 펼쳐지는 안나푸르나의 설경을 핸드폰에 담고 또 담아 본다. 구름 하나 없이 맑은 하늘에 아침 햇살이 너무나 아름다워 좌우를 바라보며 감탄하고 있는데 갑자기 안나푸르나 남쪽 봉우리 쪽에서 안개구름이 나타나 조금씩 가려지기 시작했다.

혹시나 다 가려지면 어쩌나 걱정하면서 열심히 핸드폰에 영상을 담아 보았다. 딸아이가 빨리 와 사진이라도 하나 찍어 주었으면 하는데 나타나지 않아 혼자 셀카로 담아보니 마음에 들지 않았다. 찍었다가 지우고 또 찍었다 지우며 걷고 있는데 덩치가 커다란 건강한 혼혈 청년 한 사람이 나타났다. 나는 그에게 사진

한 장 부탁드리고 그와 같이 기념사진도 한 장 찍었다.

그렇게 오르고 있는데 딸은 어디로 갔는지 나타나지 않아 혼자 좌우를 감상하며 오르다 보니 저만치에 ABC가 눈에 들어왔다. 또다시 내려오는 분에게 사진 한 장 부탁드리며 걷다 보니 ABC에 거의 다 왔을 때 어제 저녁때 만났던 스님이 언제 올라갔었는지 내려오면서 인사를 하여 서로 반갑게 인사를 나눴다. 그리고 그에게 또 한 장의 사진을 부탁했다.

딸이 나타나지 않아 ABC(안나푸르나 베이스캠프, 해발 4,130m)를 대충 둘러보고 딸과 일행이 걱정할 것 같아 MBC로 발걸음을 부지런히 옮겼다. 어제 다 죽어가던 몸이 이렇게 가볍고 활발할 줄 몰랐다. 정신은 더없이 맑았다. 내 영혼을 구석구석 완전히 깨끗하게 청소해 놓은 모양이다.

안나푸르나 베이스캠프(ABC)

정신없이 숙소로 돌아오자 9시 가까이 되었다. 딸은 어디로 갔는지 숙소에도 보이지 않았다. 아침은 간단히 식빵 한 조각과 생강차 한 잔으로 때우고 내 포터와 먼저 출발하여 하산을 시작했다.

오를 때 그리 힘들더니 내려오는 발걸음은 매우 빠르게 움직였다. 아무런 사고 없이 돌아간다는 기쁨에서 그런지 마음에 여유가 생겨 콧노래를 부르며 경쾌하게 걸었다. 아마 아침에 본 안나푸르나와 마차푸차레 봉우리의 기운이 온몸에 퍼진 모양이다.

빙하수가 흐르는 냇물도 사진에 담아보며 간간이 만나는 사람들에게 인사가 절로 나왔다. 젊음은 역시 좋은 것인가 출발할 때 보이지 않았던 딸은 아침을 먹고 출발했다는데 얼마 안 되어 나타났다.

"너는 어데 갔다 온 거야?"

"아빠 나 죽을 뻔했어."

"왜"

"길을 잘못 들어 안나푸르나 베이스캠프 가는 길이 또 있는 줄 알고 마차푸차레 베이스캠프 뒤쪽 봉우리로 올라갔더니 길이 없고 절벽이잖아"

"너는 하는 짓마다 골통이잖아, 오지도 않는 녀석 기다리다 나만 손해 보고"

"누가 알았어."

"너 중학교 1학년 때 노고단에서 얻어맞은 것 잊어버렸나?"

"그걸 어떻게 잊어버려"

"그런데도 정신 못 차렸구나."

"하하 하, 웃기는 아빠여"

큰딸이 중학교 1학년 때다. 처가가 전주인데 장인어른이 15인승 봉고차를 전세하여 지리산으로 가족 여행을 떠난 적이 있었다. 화엄사를 거쳐 노고단으로 해서 뱀사골로 나오는 코스를 여행했는데 이것이 내가 처음으로 지리산을 경험한 것이다. 고등학교 3학년 때 수학여행 중 화엄사를 가본 적은 있지만 어디로 가는지 전혀 기억이 없었고 말만 듣던 뱀사골 골짜기와 노고단을 구경한 것이다.

그때 노고단을 가는데 중학교 1학년인 딸이 얼마나 까부는지 신고 간 샌들 끈이 끊어질 정도였다. 그때 노고단 대피소에서 안경을 쓰고 있는 딸아이의 안경을 벗기고 따귀를 두 대 때린 적이 있었다. 학교에서 반장이나 하는 녀석이 차분하지 못하다고 혼낸 것이다. 지금 생각하면 호랑이 담배 피우던 시절 이야기 같지만 내 딴에는 딸에게 바르게 교육한다고 한 것이 마음에 걸려 지금까지 잊지 못하고 있었다.

도반에서 점심을 먹는데 나는 수프 하나로 때웠다. 아침에 식빵을 시켰는데 식빵에 버터를 얼마나 발랐는지 버터가 줄줄 흘러 억지로 먹은 것이 속을 버린 모양이다. 밥을 시키지 않자 딸이 눈치를 했다. 우리가 밥을 시키지 않으면 포터들의 음식이 나오지 않는단다. 나는 딸에게 먹으라며 주고 수프 하나로 점심 요기를 때운 것이다.

아침도 시원찮게 먹은 데다 점심까지 거르자 오후에는 힘이 들었다. 그리고 시누와에다 숙소를 잡은 것이 무리였다. 이틀 올라간 코스를 하루에 내려오는 모양새가 되었으니 거리상 지칠 만도 했다.

더구나 밤부를 지날 때는 아침 먹은 음식이 잘못되었나? 설사까지 하고 나자 늙은이가 기진맥진한 것이다. 더구나 올라올 때는 몰랐는데 밤부에서 시누아를 오는데 오르는 계단이 몇 개인지 오르고 또 올라도 끝이 보이지 않았다. 아마 몇천 계단이 되는 것 같았다. 이 많은 계단을 올 때는 왜 몰랐을까? 정신무장에서 힘들이지 않고 지나친 모양이다.

계단 오르는 고통을 잊어버리려고 숫자를 센다. 하나~~ 두울~~ 세엣~~ 네~에잇 식으로 4걸음을 하나로 백까지 세고 또 세어도 끝이 나오지 않는다. 이렇게 힘들게 걷고 있다 갑자기 지난 8월 지리산 등산에서 만났던 용담녀가 떠올랐다. 그녀를 만난 것은 지리산 정상인 천왕봉에서 중봉으로 가는 길 초에서 만났었다.

지난해 여름 집사람이 무엇이 틀어졌나 잔소리가 심해 부부싸움을 하고 다음 날 배낭에다 가래떡 몇 개 싸가지고 지리산으로 등산을 하러 나간 것이다. 평소 가고 싶었던 대원사 계곡에서 써리봉을 지나 중봉을 거쳐 천왕봉을 오르는 코스를 선택했다.

천왕봉을 오르는 코스 중에서 가장 긴 코스로 일반인들은 쉽게 접근하지 않는 코스라 천왕봉을 10여 차례나 넘게 올라갔지만, 이 코스는 가보지 못해 용기를 내어 도전해 본 것이다. 대원사에서 시작하면 천왕봉까지 10.5㎞로 왕복 21㎞가 되어 가능한 거리를 줄이려고 인터넷을 검색하여 세재에서 출발하기로 했다. 세재에서 천왕봉까지는 7.3㎞로 왕복 14.6㎞로 도전해 볼 만 했다.

이때 치발목 대피소를 지나 아침을 뻣뻣하게 굳은 가래떡으로 때우고 산을 오르는데 써리봉을 조금 지나니 몸이 피곤하다는 생각이 조금씩 느껴왔다. 중봉에 이르러서는 완전히 지쳐 포기할까? 하는 생각을 수없이 했다. 그러나 여기까지 와서 눈앞에 보이는 천왕봉을 포기할 내가 아니었다. 얼마나 힘이 들었으면 천왕봉에 올라와 지리산 천왕봉 표식 돌에 인증-샷을 하면서 머리가 하얀 노인네가 만세 부르는 자세를 취하자 먼저 와있던 사람들이 모두 쳐다본 적이 있었다.

그때, 잠깐 숨을 돌리고 천왕봉에서 중봉 쪽으로 조금 내려와 점심 겸 가래떡 하나를 씹으면서 준비해 온 양주 한잔을 마시고 하산을 서두르는데 젊은 아주머니 한 분이 하산했다. 사람이 별로 다니지 않는 코스로 길고 험한 등산로라 누군가 있을 때 따라가자는 속셈으로 하산을 서두르는데 이 아주머니가 조금 가다 길옆으로 올라가더니 뒤에 오는 나에게 들으라는 것인지 혼자

"어! 용담화가 있네." 한다. 그러면서 내가 쳐다보자

"이 꽃 참 예쁘지요. 제 닉네임이 용담화인데. 이런 높은 곳에 용담화 꽃이 예쁘게 피어 있네요." 하며 말을 붙인다. 나는 꽃을 바라보며

"참, 예쁘네요."라고 맞장구를 쳐 주었다. 꽃은 보랏빛으로 내 눈에는 엉성하니 참깨꽃 같으며 그리 예뻐 보이지 않는데 이 아주머니는 수다쟁이인지 꽃에 대하여 열심히 설명했다.

"이 꽃 이름은 용담화로 꽃말은 '애수'인데 '슬퍼하는 당신을 사랑한다.'라는 의미를 지니고 있지요" 한다.

내 머리에 용담이란 말이 깊게 새겨졌다. 용담은 전라북도 진안에 있는 금강 상류 줄기로 지금은 용담댐을 건설하여 충청도로 흘러가는 물줄기를 운장산 자락을 뚫어 완주군으로 해서 군산까지 상수도로 사용하는 댐이 있다. 내 고향이 바로 용담댐 옆에 있는 주천면이라 잊을 수가 없었다. 이렇게 알게 된 아주머니

와 나는 일행이 되어 근 4시간 가까이 동행한 것이다.

그녀는 진주에 사는 50대 후반으로 지리산을 좋아하여 일주일에 한 번씩 지리산의 이 골짝 저 골짝 안 다녀 본 곳이 없단다. 이렇게 지리산을 열심히 다니다 보니 지리산 국립공원에서 객원기자로 위촉되어 지리산에 서식하는 동식물을 취재하고 있단다. 그리고 산 타는데 일가견이 있어 지리산 종주 산악대회에서 자기가 신기록을 보유하고 있다고 자랑도 했다. 참으로 희귀한 사람을 만난 것이다. 우리 두 사람은 오랜 친구같이 인생살이에 대한 사생활을 산에 비유하며 대화를 나누다 보니 언제 내려왔는지 모르게 하산한 적이 있었다.

나는 지리산 속에서 두 번씩이나 곰과 맞닥트렸다는 이 사람을 그 즉석에서 '산녀'라는 호칭을 부쳐 주었으며 마음속으로 '용담녀'라고 부르기로 하고 지금까지 기억하고 있었다. 이렇게 알게 된 용담녀를 생각하며 그녀와 나누었던 대화를 떠올리면서 계단을 오르다 보니 언제 올라왔는지 나도 모르게 끝이 났다.

시누와에 왔을 때는 날도 어두워지고 몸도 상당이 지쳐 있었다. 그러나 이곳은 침실에 침대가 두 개가 놓여있어 딸하고 편안한 마음으로 잠자리를 맞이할 수가 있었으며 며칠 만에 따뜻한 물로 발도 씻을 수 있었다. 그런가 하면 언제부터인가 먹통이던 핸드폰이 터져 이제는 전화도 되고 문자가 되었다. 반가움에 집사람에게 안부 전화를 하고 문자메시지를 날렸다.

저녁을 먹는데 역시 밥은 비위가 상해 못 먹고 수프와 술로 속을 데웠다. 포터 녀석들이 전에는 캔-맥주 하나에 양주를 칵테일 해서 줬는데 이제는 양주 맛에 재미를 느꼈나 캔-맥주 하나를 더 사 달란다. 나도 캔-맥주 두 통에 양주를 독하게 타서 속을 다스렸다. 우리가 밥을 먹는 식탁 옆에 아주머니와 아들인지 중학생같이 보이는 한국 사람이 있어 말을 나눠보니 두 사람은 모자간으로 서울에서 왔단다.

"학생은 중학생 같은데"

"중학교 3학년이에요" 엄마가 대답했다.

"체험학습을 신청하고 왔구나."

"예."

"어떻게 체험 학습을 알아요?"

"허허허, 전에 고등학교에서 교장으로 근무하다 정년퇴직한 사람입니다."

"그러세요." 하면서 말끝을 흐리는 것이 별로 대화를 하고 싶지 않다는 표정이다. 나는 딸만 놔두고 방으로 들어와 쉬고 있는데 조금 있다 딸이 들어와 설명해 줬다.

이 학생은 서울 강남에 사는데 학교에서 사고를 일으키자 학교장이 권위적이라 학생을 용서하지 못하겠다며 전학을 권해 일단 아이에게 인내심을 길러 주려고 어머니와 둘이 히말라야를 왔단다. 어머니는 내가 고등학교 교장이었다고 하자 교장에 대한 거부감에 나를 회피했단다. 나는 어이가 없었다. 나에게 조언을 받았더라면 좋은 조언을 해 주었을 것인데 하는 아쉬움이 남았다. 내 눈에 비친 중학생은 착해 보였으며 인사성도 바른 학생으로 봤는데 무슨 일을 저질렀는지 궁금했다.

5일 차 아침 힘차게 하산하기 시작했다. 말이 하산이지 시누와에서 촘롬까지는 골짜기를 내려갔다 다시 오르는 험난한 고갯길이 있으며 촘롬에서 지누단다까지 급경사 내리막과 다시 오르는 길은 절대로 만만치가 않았다. 지난번 지누단다에서 촘롬까지 오르면서 얼마나 고생했든가 몸서리가 났다.

그러면서 잊지 못할 추억도 남아 있는 곳이다. 고산병 직전까지 경험한 곳에다 딸과 말다툼을 한 곳이 아닌가? 그러나 내려올 때는 언제 고생했나 할 정도로 몸과 마음이 가벼웠다.

그리고 사람도 보이지 않아 한적한 길에 혼자 걸으니 기분이 좋아 초등학교 때 배운 도라지 타령을 흥얼거리며 걸었다. 이 깊은 산골짝에 내 노래를 들어 줄 사람은 없지만 혼자 흥겨움에 다리가 가뿐가뿐했다.

> 도라지 도~라지 백~도~라~지
> 심~심~ 산~천~에~ 백도~라지~
> 에헤~요 에헤~요 에헤~~요
> 에야라 난~다 지화자~ 좋~다~
> 얼~씨구 좋~구~나 내 사랑아~
>
> 한두~뿌~리만 캐~어~도~~
> 대바구니 철~철~철~ 다 넘~는다
> 에헤~요 에헤~요 에헤~~요
> 에야라 난~다 지화자~ 좋~다~
> 얼~씨구 좋~구~나 내 사랑아~

반복해서 얼마를 흥얼거리다 보니 조금 고풍스럽게 불러 보자고 도라지 타령을 경기도 민요로 불러 보았다. 도라지 타령은 늙은이가 한들한들 걷는 걸음 장단에 기가 막히게 맞았다. 이렇게 흥얼거리며 걷다 보니 피곤할 줄도 모르고 시간 가는 줄도 몰라 세상사 모두 다 잊고 걸을 수 있었다. 오늘따라 웬일인지 트레킹을 하는 사람도 눈에 띄지 않고 원주민도 보이지 않아 혼자 흥얼거리며 걷는데 아무런 방해도 받지 않았다. 그러다 보니 노래에 재미가 난 나는 아리랑을 부르다 내가 좋아하는 진도 아리랑을 부르며 어깨를 으쓱거리며 빙빙 돌기도 했다.

아리 아리랑 ~ 쓰리 쓰리랑 ~ 아라리가 났네에 에에 ~
아 ~~ 리랑 응 응 응 ~ 아라리가 났네 ~
문경 세제는 웬 고겐 가 구부야 ~ 구부 구부야 ~ 눈물이로다 ~
아리 아리랑 ~ 쓰리 쓰리랑 ~ 아라리가 났네에에에 ~
아 ~~ 리랑 응응응 ~ 아라리가 났네 ~
놀다 가세~ 놀다 가세~ 저 달이 ~ 떴다 지도록 ~ 놀다 나 가세~
아리 아리랑 ~ 쓰리 쓰리랑 ~ 아라리가 났네에 에에 ~
아 ~~ 리랑 응 응 응 ~ 아라리가 났네 ~

3년 전에 친구들과 같이 전라남도 완도군에 있는 청산도에 여행 가서 '서편제'를 촬영했다는 언덕에 올라 막걸리 한잔에 흥이 나 '소리꾼' 흉내를 내던 모습이 떠올라 덩실덩실 춤을 춰 본 것이다. 흥이 오른 나는 경쾌한 밀양 아리랑도 불러 보고 젊은 시절 서울에서 계절학기 교육대학원을 다닐 때 강원도 정선에서 온 30대 초반 남자 선생님 한 분이 거나하게 술이 오른 채 한 번도 들어보지 못한 아리랑을 부르는데 구슬프며 청승스럽기가 그지없는 정선 아리랑이 생각나 한 구절 흥얼거려 보았다.

아우라지 뱃사공아 배 좀 건네주게 싸리골 올 동박이 다 떨어진다.
떨어진 동박은 낙엽에나 쌓이지 사시장철 임 그리워서 나는 못 살겠네
물결은 출렁덩 뱃머리는 울렁덩 그대 당신은 어디로 갈라고 이 배에 올랐나
앞 남산의 청송아리가 변하이면 변했지 우리 둘이 들었던 정이야 변할 리 있나 아리랑 아리랑 아라리요 아리랑 고개고개로 나를 넘겨주게

이처럼 혼자 흥얼거리며 내려오다 보니 지루한 줄도 모르고 어느덧 트레킹이 끝나가고 있었다.

포터는 오늘 잠자리를 지누단다에다 정한 다음 온천탕에 들어 가 쉬었다 가자고 했다. 원래 딸과 나도 온천탕에 들어가 몸 좀 풀고 가려고 생각했는데 며칠 동안 먹지 못한 나는 일찍 하산하 여 포카라 호텔에 가서 편안하게 쉬면서 한식이 먹고 싶은 생각 이 들었다.

그래서 오늘 포카라로 가자고 하자 포터들이 난색을 보였다. 알고 보니 자기 내는 계약할 때 5박 6일로 했는데 4박 5일 만에 끝나면 1일간 품삯을 받지 못한단다. 이들의 계약은 호텔에서 연결해 줘 일당의 몇 %는 호텔에서 제하고 주는 모양이었다. 나 는 딸에게 5박 6일로 계산해 줄 테니 걱정하지 말고 안내하라고 이야기하고 포카라로 가자고 했다.

우리는 아침을 늦게 먹어 점심도 먹지 않고 걸음을 재촉하여 하산하자 오후 3시쯤 사우리바자르까지 내려와 택시를 타고 포 카라 호텔로 돌아왔다.

오는 도중 택시 기사가 얼마나 난폭하게 운전하는지 내 간이 콩알만 해진 것 같다. 차도 낡은 소형차에 도로는 아스팔트에 웅 덩이가 많은데 틈만 있으면 추월을 했다. 이곳 젊은 기사들은 이 렇게 난폭 운전하는 것을 자랑으로 여기는 것 같았다. 사고가 나 지 않는 것이 기적이다. 다시는 이런 차는 타지 말아야지. 운임 을 깎아서 그런 건지는 모르지만 도저히 용납할 수 없는 운전이 었다. 갈 때는 운전 좀 살살 하라고 잔소리했는데 올 때는 그런 잔소리할 기력조차 없었다. 죽고 사는 것은 운에 맡기자며 앞만 보고 있었다.

호텔에 도착하여 포터에게 안내해 준 5일분 계산을 호텔에 지불하고 따로 불러 1일분에다 조금 더 팁으로 주니 코가 땅에 닿게 인사를 했다. 그러면서 다음에 또 올 기회가 있으면 호텔을 거치지 말고 자기들을 직접 불러 달라며 딸에게 전화번호를 적어 줬다. 젊은 친구들이 고생도 많이 했지만 친절하고 인간미가 있어 보였다. 그리고 내 막내아들보다도 한참 어린 녀석들이 먹고살겠다고 열심히 일하는 모습이 대견하여 딸에게 후하게 선심을 쓰라고 한 것이다.

호텔에 들어와 따뜻한 물로 샤워를 한 다음 침대에 누워 생각해 보니 꼭 꿈속에서 헤매다 온 것 같았다. 4박 5일 어디서 무엇을 어떻게 했는지 까마득하며 내가 지금 살아 있는지 죽은 것인지조차 분간이 어렵게 느껴졌다.

언제 잠이 들었는지 눈을 떠 보니 저녁 9시가 다 되었다. 옆 침대에 앉아있는 딸이 안쓰러운 눈으로 쳐다보고 있다. 이 녀석이 마음속으로 늙은 아비를 그 험하고 깊고 높은 산에 안내한 것을 후회하고 있는 것이 아닌가 하는 생각이 들어

"참 잘 잤다. 너도 좀 자지 그랬어." 하자

"아빠 자는 모습이 너무 피곤해 보여 바라보고 있었어." 한다.

"배 안 고파 점심도 먹지 않고?"

"그래 먹으러 가자. 지난번 낮술이란 한식집 음식이 너무 맛있더라." 우리는 옷차림을 가볍게 하고 식당을 찾아가 영향 보충을 하기 위하여 불고기와 소주를 시켰다. 이 집 불고기 맛은 국내에 있는 어떤 식당보다 맛이 있다고 느꼈으며 고기도 좋았다.

딸과 정답게 술 한잔하면서 산행 이야기를 하는데 40대 중반쯤 보이는 한국인 여자가 접근해 왔다. 알고 보니 이 집 사장이

란다. 우리가 말하는 것을 듣고 한국에서 온 분들이라 반가워서 인사드린다며 특별히 술 한 병을 서비스로 주었다. 나는 고맙다며

"나이가 그리 많아 보이지 않는데 어떻게 이곳에 음식점을 차릴 생각을 했나요."라고 묻자 그는 몇 년 전에 이곳에 여행 왔다가 한국인이 많이 찾아오는데 적당한 한국 음식점이 없어 음식점을 차린 것이란다. 참 대단한 여자란 생각이 들었다.

원래 딸의 계획은 5박 6일의 산행을 마치고 이곳에서 하루 쉰 다음 카트만두에서 하루 쉬었다 귀국하려고 했는데 4박 5일 만에 산행을 끝내자 1일이라는 시간이 남게 되었다. 그러자 딸은 네팔 관광을 더 하자는 제안을 하는데 나는 여행은 이것으로 끝내고 푹 쉬면서 몸이나 회복하자고 했다. 딸은 늙은 아비가 안쓰러웠던지 카트만두 호텔 예약을 취소하고 포카라에서 3일간 휴식을 취하기로 했다.

사람의 인연은 무엇인지 MBC에서 만났던 스님을 이 호텔에서 또다시 만난 것이다. 이번 여행 중 이 사람을 4번이나 만났으니 인연은 인연인 모양이다. MBC에서 처음 만나 허심탄회하게 대화를 나누고 다음 날 새벽 ABC를 오르는데 다시 만나 사진 좀 찍어 달라고 부탁했으며 내려오는 데도 만나 우리가 앞질러 내려왔는데 호텔에서 3일간이나 쉬다 보니 뒤에 내려온 스님을 또다시 만나게 된 모양이다. 이 스님은 현재 충북 괴산에 있는 어느 사찰에 있다며 인연이 다면 서로 연락하자고 전화번호를 교환했다.

포카라에는 호수가 잘 발달하여 있었다. 히말라야산맥에서 흘러온 빙하수가 모여 커다란 호수를 이룬 것이란다. 첫날 하루는

진종일 잠만 자고 둘째 날은 호수 주변을 산책하면서 휴식을 취하며 몸을 회복시켰다. 그리고 '낮술'이란 한국인 식당에 가 불고기도 먹고 비빔밥도 먹으며 트레킹을 하면서 축난 몸을 회복했다. 이 식당은 아무리 생각해도 신기했다. 대부분 외국에 있는 한국식당은 한식 흉내만 내는데 이 집은 국내 음식점에서 잘한다고 소문난 음식점 못지않았다. 그러다 보니 우리는 3일간 이 집에서만 음식을 골고루 돌아가며 먹어 본 것이다.

그리고 카트만두는 비행기로 가기로 했다. 올 때 8시간씩 걸리는 도로로 다시 버스를 타고 간다는 것은 상상만 해도 진저리가 났다. 포카라에서 카트만두에 가는 비행기는 30인 승으로 아주 작은 비행기였다.

몇 년 전에 몽골에서 시베리아로 가는데 60인승 소형 비행기를 타고 단단히 놀란 적이 있었다. 비행기가 얼마나 낡았나 엔진소리가 너무 커 금방 폭발할 것 같은 기분을 느끼며 공포 속에 여행한 적이 있었는데 혹시 그러지 않을까 겁이 났으나 막상 타고 보니 기우였다는 것을 알았다. 우리가 탄 비행기는 나온 지 얼마 되지 않았나 깨끗했고 좌석이 한쪽은 의자가 두 줄이고 다른 쪽은 한 줄이라 누구나 창밖을 마음껏 구경할 수가 있어 좋았다. 비행시간은 30여 분이 걸린단다.

비행기가 이륙하고 창밖을 내려다보니 눈으로 뒤덮인 히말라야산맥이 너무 아름답게 보였다. 딸과 나는 길게 들어선 산맥을 바라보며 우리가 갔다 온 안나푸르나와 마차푸차레 봉우리를 바라보면서 저 봉우리 아래로 4박 5일간 헤매고 다닌 우리 부녀의 모습을 머릿속에 그려 보았다.

꼭 악마의 소굴에서 벗어난 것 같았다. 악몽도 너무 긴 악몽을 꾸었나 보다. 꿈속의 여행 안나푸르나 베이스캠프 상상만 해도 몸이 으슥해진다. 조금만 더 젊었더라면 다시 한 번 더 도전해보고 싶은데 이제는 기회가 없을 것 같다. 창밖에 펼쳐져 있는 하얗게 빙하로 덮인 히말라야산맥을 바라보며 딸아이에게 고마운 마음이 가슴에 뭉게뭉게 피어올랐다.

되돌아보니

어머니 마음 같은 목련꽃

때 묻지 않은 순백색의 활짝 핀 목련꽃이 자식을 사랑하는 어머니 마음이 아닐는지?

70대 노인네가 요양원에서 생활하는 90대 어머니를 바라보며 사라져 가는 어머니의 모습이 안쓰러워 어머니가 들려 주었던 지난날의 이야기를 회상하며 본인이 어머니가 되어 쓴 글이다.

커튼이 처진 남쪽 창문이 부옇게 밝아 왔다. 밤새워 뒤척이다 새벽이 되면서 깜박 잠이 들었나? 눈을 떠 보니 남쪽 창문이 훤하게 밝아 온다. 머리맡에 있는 수다쟁이 여자는 아직 일어나지 않았는지 조용하고 옆자리 노인네는 조용히 눈을 뜨고 천장만 바라보고 있다. 그리고 창틀 앞에 놓인 침대는 석 달째 비어 있다.

내가 저쪽 방에서 이쪽 방으로 옮겨 온 지가 벌써 다섯 달이 지나가고 있었다. 이 방 사람들은 저쪽 방보다 나이가 많고 혼자 활동할 수 없는 사람만 사용하는 방인 모양이다. 아마 죽어야만 이 방에서 해방될 수 있는 사람들인 모양이다. 창틀 앞에 놓인 침대를 사용하던 사람은 내가 이방으로 옮겨 온 지 두 달도 안 되어 병원으로 실려 가더니 소식이 없는 것이 죽었나 보다.

내가 이 요양원에 들어온 지도 벌써 10년이란 세월이 흘러갔다. 남편이 죽고 그동안 살던 집에서 1층은 내가 살고 2층은 둘째 아들이 살고 있었는데 어느 날인가 내가 둘째 딸네 집에 가 있는 동안 딸들이 그 집에서 나와야 한다면서 내 짐을 다 빼내 왔다.

이 집은 둘째 아들 집으로 집터는 원래 내 영감 앞으로 된 논이었는데, 없는 집에 애들이 많다 보니까 밑에 딸들을 가르치고 출가시키는데 둘째 아들이 벌어 놓은 돈을 종종 사용하다 보니 꽤 액수가 많아졌다.

그러자 나이는 먹어 몸은 늙어 가는데 둘째 아들에게 그동안 사용한 돈 대신 땅을 넘겨주고 아들이 여기에 2층으로 공장 겸 살림집을 지어 아래층은 우리 내외가 살고 2층은 둘째 아들 가족이 살고 있었다. 그동안 내가 살던 집은 팔아서 아들이 집을 짓는데 보태주고 대신 우리 내외가 1층에서 살기로 했었다.

그러다 영감이 죽자 아들과 딸들이 어떻게 했나 그 집에서 나와야 한다며 나를 둘째 딸네 집으로 옮겨 놓더니 얼마 있다 막내아들이 방을 하나 얻어 줘서 혼자 살게 했다가, 제가 사용하던 컨테이너로 살림집을 만들어 줘 옮겼다 여기까지 온 것이다.

영감이 살아 있을 때 종종 둘째 아들과 막내아들 사이에 갈등이 나타났는데 영감은 막내아들 편을 들곤 해서 그런지 둘째 아들과 영감 사이가 점점 멀어지고 있었다. 영감 생각은 밥술이나 하는 둘째 아들보다 아직 자리가 잡히지 않은 막내아들이 불쌍해 보였나, 아니면 자기가 막내아들이라서 막내아들을 감싸 주었나 알 수는 없지만, 막내아들 때문에 둘째 아들과 큰소리가 나더니 둘째 아들은 저희 아버지를 보는 것조차 싫어했다. 그러다 영감이 죽자 이런 사단이 나타나게 된 모양이다.

이제는 몸도 쇠약해져 혼자 일어날 기력도 없으니 침대에 누운 채 밝아 오는 창틀만 멍하니 넋 놓고 바라보자 창문에 처진 커튼 사이로 진악산 봉우리가 희미하게 눈에 들어온다. 그러다 진악산이 내가 태어난 운장산 자락에 있는 멍덕봉으로 변하더니 내 어린 시절이 눈앞에 어른거리며 나도 모르게 눈물이 한 방울 볼기를 적신다. 지지리도 기구한 팔자인 모양이다. 시골의 가난한 목수 집 9남매의 큰딸로 태어나 안 해 본 것이 없이 살아왔는데 이제는 힘도 없고 움직일 수도 없어 이 작은 방에 갇히어 죽을 날만 기다리는 신세가 되었다.

내 부모님은 자식 욕심이 많았던 모양이다. 그러다 보니 3남 6녀를 두었는데 아들 복이 없었든지 딸들은 6남매가 다 살았는데 아들은 둘이나 일찍 잃었다. 그러다 보니 나는 어려서부터 학교 문턱에는 가보지도 못하고 동생들을 돌봐야 했으며 부모님 일손을 거들어 줘야 했다.

팔자가 일하라는 팔자인지 7살도 안 돼서부터 어머니가 밭에 일하러 가면 어린 동생을 보면서 부엌에 들어가 보리쌀을 삶아 놓곤 했으며 앞마당에 있는 우물가에서 물을 길어 동생들 기저귀를 빨기도 했다.

여느 날인가는 아버지와 같이 큰아버지가 마루에 앉아서 이야기하시다 내가 빨래하고 있는 모습을 보고

"허 허 그 녀석 빨래하는 손이 야무지네." 하면서 칭찬을 했다. 7살 먹은 꼬마 계집애가 고사리 같은 손으로 빨래를 하는 것이 신기했던 모양이다. 이런 칭찬 소리에 더 재미가 있어 일했으니 일하라는 팔자로 태어난 것이 확실한 모양이다.

우리 아버지와 어머니는 아들 욕심이 많아서 그런지 3살 터울로 동생들이 태어났다. 바로 밑에는 남동생으로 똑똑했으며 그 다음에도 아들을 낳았으나 채 돌도 지나기 전에 죽은 다음 계속해서 딸만 셋을 낳고 아들을 낳고 또 딸을 둘이나 낳았다. 밑에 두 동생은 내가 출가한 후에 태어나서 내 아들보다도 나이가 어

렸다. 그러나 우리 부모는 아들 복이 없고 딸 복만 있었는지 작은아들이 고등학교 3학년을 다니다 갑자기 병으로 죽고 말았다. 그러다 보니 3남 6녀가 1남 6녀로 변했다.

시댁도 마찬가지로 5남 3녀를 둔 집안으로 내 영감은 그중 막내아들이었다. 그래서 그런지 우리가 8남매를 둔 것도 시집과 친정의 영향을 받았는지 모른다는 생각이 들었다.

아들 생각이 떠오르자 큰아들 모습이 스쳐 갔다. 큰아들을 생각하니 마음이 울적해지며 하얀 백발 머리에 인자하게 생긴 아들 모습이 눈에 아른거렸다. 얼마나 내 가슴을 아프게 했던 아들이며 또 자랑스러워했던 아들인가? 고마웠다는 생각이 들었다.

나는 16살 때 같은 마을에 사는 김 진사 댁 막내아들한테 시집을 왔는데 신랑이란 사람은 20살이나 먹었는데도 숫기가 없었나, 아니면 같은 마을에서 자란 나를 어린 여자애라고 생각했나 결혼하고 근 1년이 가깝도록 내 방에 들어오지 않았다.

사실 나는 이 사람과 혼인할 줄은 전연 몰랐다. 왜냐하면 김 진사 둘째 아들과 아버지는 아주 친한 친구 사이였다. 김 진사 댁 둘째 아들은 일본강점기 때 전주에 있는 공업전문학교 토목과를 졸업한 사람인데도 학교에 다니지 않은 시골 목수인 아버지와 같이 목공 일을 하러 다니며 가까이 지내던 분이었다.

그분은 우리 집에 종종 들러 자주 뵈었는데 나를 예뻐해 주었으며 서울에서 대학을 다니고 있는 자기 둘째 아들 며느리로 삼겠다고 늘 아버지에게 말씀하시는 것을 엿들었기 때문이다.

그런데 김 진사 손자가 아니라 막내아들에게 시집을 온 것이다. 뒤에 알게 된 일이지만 시아버지인 김 진사가 언제 나를 보았는지 자기 막내아들 며느리로 점찍은 다음 둘째 아들이 아버지와 친구라는 것을 알고 아들에게 중매를 부탁하자 둘째 아들은 꼼짝 못하고 자기 둘째 며느릿감을 제수씨로 빼앗긴 것이란다. 여자 인생은 두레박 팔자라더니 내 인생이 하루아침에 바뀌어 버린 것이다.

내가 첫 아이를 낳은 것은 18살로 시부모를 모시고 세 동서가 한집에 살 때였다. 시아버지는 본부인 밑에서 아들 둘을 두었는데 부인이 죽자 작은 부인을 두어 아들 셋을 두었다. 그래서 본부인 밑에서 낳은 아들들은 출가 시켜 내보내고 둘째 부인과 그 밑에서 태어난 아들 셋을 데리고 살고 있었다. 넷째 아들은 옆집에 두고 한쪽 울타리에 문을 만들어 한 집 부엌을 사용하게 하였으며, 막내아들은 사랑방에서 임시로 살도록 했다. 그러다 보니 한 부엌에서 세 동서가 사는 꼴이 되었다.

나는 비록 나이는 어렸지만 야무지고 얼굴도 예쁘장해서 그런지 시아버지의 사랑을 손윗동서들보다 많이 받은 것 같았다. 거기다 같은 해 같은 달에 아이를 낳았는데 한집에 사는 셋째 동서는 딸을 낳고 나는 아들을 낳자 더 사랑을 받았을 거라는 생각도 들었다.

어느 날인가는 시아버지가 내 아들을 업어 주려고 시어머니에게

"아기 포대기를 주소" 하자 시어머니가

"포대기를 다른 아기 업고 나갔는데"라고 대답하자

"저기 가서 새끼줄 한 발 끊어 오거라"하며 아기 포대기를 하나만 만들어 같은 집에 사는 동서 딸과 같이 사용하게 만든 시어머니를 혼내던 모습이 아직도 눈에 선하게 떠올랐다.

이 아들은 태몽 꿈도 선명했다. 어느 날 잠을 자는데 운장산

끝자락에 있는 명덕봉 쪽에서 풍물꾼들 한패가 나타나 힘 바람 나게 놀다가 그 중 상쇄가 내 치마 속으로 쏙 들오더니 잉태하여 낳은 것이 큰아들이다.

그런데 이 녀석이 돌도 지나기 전에 몸에 종기가 생겨 죽을 고비를 몇 번씩이나 넘기며 내 애간장을 태우면서 성장했는데 그 종기가 무슨 병인지 봄과 가을로 아이 몸에 생겨 고등학교에 다닐 때까지 괴롭혔다.

종기에 시달리는 큰아들이 어렸을 때 있었던 일이다. 아이 몸에 난 종기를 치료하려고 검은 고약을 붙여 주다 보니 고약을 덕지덕지 바른 아들을 안고 사는 내 옷에 약이 묻어 검게 되었다. 나는 옷이 더러워 새 옷으로 갈아입으니까 이 녀석이 제 어미가 아니라고 생떼를 부려 새 옷을 벗고 도로 고약이 묻은 더러운 옷을 입고 젖을 먹이는 일까지 있었다. 그런 큰아들의 어린 시절을 떠올리며 창문을 바라보고 있는데

"어르신 일어나셨어요." 하면서 요양원 선생이 웃으면서 들어온다.

"이 선생 저 커튼 좀 활짝 열어 줘" 하자 그녀는 커튼을 걷고 머리맡에 누워있는 수다쟁이 여편네를 깨운다.

"숙이 엄마 일어나요, 어서" 하며 깨우니까?

"벌써 날이 새었네" 하며 잠에서 깨어나는 모양이다. 이 수다쟁이 여자는 나이도 내 아들 정도밖에 안 된 것 같은데 정신이 좀 이상해졌는지 이곳에 들어와 있다. 그녀는 아직 힘이 남아서 그런지 내 아들이나 딸이 면회 오면 무어라고 중얼거려 싸며 먹을 것을 내놓으란다.

도우미 선생이 침대를 일으켜 물수건으로 얼굴과 손을 닦아준

다음 식사를 곧 가져오겠다며 나갔다. 침실이 조용해지자 다시 햇살이 눈부시게 비치는 창밖을 응시하며 지난날의 추억으로 빠져들었다. 내가 결혼한 후 큰 아이를 낳고 1년이 지나자 둘째 시숙 내 가족이 군청에 다니는 아들을 따라 이사를 하여 집이 비자 시부모는 우리를 그 집으로 분가시켜 시집살이를 면하게 되었다.

그리고 짧은 기간이지만 재미있게 살았다. 그러다 둘째 아이를 낳고 두 달도 채 되기 전에 한국 동란이 일어났다. 한국 동란이 일어나자 젊은 남편은 군대에 가게 되었다.

한국 동란은 내 주변에 많은 변화를 주었다. 남편의 바로 위에 형은 어느 날 장에 갔다 오다 좌익 청년들에게 끌려가 변을 당하고 1년 후에 그의 부인마저 여름날에 모내기하다 논에서 쓰러져 죽었다. 그 형님은 딸만 둘을 남기고 세상을 떠나자 두 딸은 하루아침에 고아가 되어 할아버지가 있는 큰집에서 눈치를 보며 사는 신세가 되었다.

그러자 시부모는 그들이 살던 집이 비자 어린 애들만 둘을 데리고 사는 나를 자기 집 옆에 있는 넷째가 살던 집으로 이사를 시켜서 다시 나는 시부모를 모시고 살게 되었다.

군대에 간 남편은 처음에 한번 잘 있다고 안부 편지가 오더니 그 후 소식이 끊어졌다. 남편의 소식이 끊어지고 1년 가까이 지나자 시어머니의 시집살이가 시작되었다. 시어머니는 소식이 없는 아들이 잘못되었나 싶어서 그런지 내가 하는 일에 사사건건 화를 내며 욕을 퍼부었다.

한 번은 큰아들이 칭얼대어 혼을 내는데 언제 왔는지 내 뒤에 와서

"저년이 저리 독하니 서방이 안 오지" 하면서 남편 소식이 없

는 것을 내 탓이라고 욕을 퍼부었다. 이렇게 시어머니와 동서 밑에서 혹독한 시집살이를 3년씩이나 했다.

그동안 윗마을에 살고 있던 친정집이 금산읍으로 이사를 했다. 나는 이사 가는 날 큰아들은 동서에게 맡기고 젖을 먹는 작은 아들만 데리고 따라갔는데 몸살이 났나 일주일이나 병석에 누워있다 집에 돌아오니 시어머니는 서방도 없는데 친정에서 살지 왜 또 왔냐며 성화였다.

동서는 모두 다 남편의 소식이 없으니 막내아들을 사랑하는 어머니 마음에서 나오는 소리라고 너무 신경 쓰지 말라고 위로를 하였지만, 마음이 편할 수가 없었다. 젊은 년이 독수공방하는 괴로움을 시어머니는 왜 모를까? 원망도 많이 하며 밤이면 아들을 재워놓고 울기도 많이 했다. 참 신기한 것은 같이 살 때 그리 무뚝뚝했던 남편이 그렇게 그리워질 줄 미처 몰랐었다.

요양사가 아침밥을 챙겨왔다. 아침밥이라야 죽 반 공기 남짓한데 안 먹을 수도 없고 요양사가 수저로 떠먹여 주는 체하다 보면 끝나는 식사가 내 식사다. 이제 죽었으면 한 것이 어제오늘이 아니고 벌써 몇 년째인가. 그러나 내 목숨이 질긴 모양이다. 식사가 끝나고 요양사가 무슨 약인지 약을 먹여주고 손가락으로 내 입술을 잡고 양치질을 해 준 다음 물로 헹구란다. 그러고 기저귀를 갈아준 다음 쉬라고 하며 나가 버렸다.

다시 조용해지자 침대에 누운 채 잘 보이지 않는 시선으로 창밖을 응시하자 다시 영감의 그림자가 눈에 어른거린다. 그의 소식이 내 귀에 들어 온 것은 전쟁이 끝나고 1년쯤 뒤에 들려왔다.

그사이에 한 번은 순경이 와서 나를 아랫마을 외딴집에 가두어 놓고

"아줌마, 남편이 언제 집에 왔다가 갔소" 하며 다그쳤다. 나는 겁이 났지만

"그게 무슨 말이래요"라고 반문하니

"이 아줌마 겁이 없네, 지금 서방 어디 있냐고?" 하고 소리치며 겁을 줬다. 나는 사실 남편이 어디 있는지 알지도 못하고 있었다. 그래서 하는 말이

"우리 애 아빠 살아 있어요." 하고 반문하자

"어~, 이 아줌마가 한 수 더 뜨네. 집에 왔다 갔잖아~" 나는 속으로 내 남편이 살아 있는데 도망친 모양이란 것을 눈치챘지만, 모른 체했다. 겉으로는 무서웠으나 마음 한구석에는 남편이 살아있다는 생각에 안도하는 마음이 생겨난 것이다. 그날 나는 순경들한테 창문이 밝아 올 때까지 시달리다 날이 밝아지면서 풀려났었다.

그들은 밤새 나를 윽박질렀지만 내 입에서 나오는 소리는 같은 소리로

"그가 군대에 간 다음 편지 한 장 오고 소식이 없었다."고 하자 저희끼리 담배를 피우며 하는 소리가 얼굴은 예쁘장하니 체격도 조그만 여자가 매몰차다고 쑥덕거리는 소리가 내 귀에 들려왔다. 그런 일이 있은 다음부터 시어머니의 태도에도 변화가 나타났다. 그전까지만 해도 막내아들이 잘못되었나 했는데 살아 있다는 것을 확신한 모양이다.

그 후에도 군인들이 한 번 왔다 가고 순경이 또 한 번 왔다 갔지만 모두 빈손으로 돌아갔다. 사실 나도 남편이 어디에 있는지 알지 못했다. 그렇게 반년쯤 지나자 또 걱정이 생기기 시작했다. 이 사람이 정말로 잘못된 것이 아닌가? 애를 태우고 있는데 6개

월이 더 지난 후에야 잘 있으니 걱정하지 말라는 연락이 들어왔다. 그 사람은 우리 집에서 40리가 떨어진 친정이 있는 읍 소재지 음전이란 마을에 숨어서 살고 있단다.

내가 남편을 다시 만난 것은 헤어진 지 5년 만이었다. 그 사이 큰아들은 초등학교에 들어가 2학년에 다니고 있었고 아비 얼굴 한 번 보지 못한 작은 아들은 5살이 되었다. 이사 가는 날 8살 먹은 큰아들은 같은 집에 사는 시숙이 가까운 산길로 고개를 넘어 데리고 가고 나는 작은 아들을 등에 업고 친정 사촌 오빠와 사촌 제랑에게 이불 및 옷 봇짐과 끓여 먹을 것을 간단히 챙겨 새벽에 날이 새기 전 아무도 모르게 도망가듯 신작로를 따라 고향을 떠난 것이다.

이렇게 해서 그리운 남편을 다시 만났지만, 고생길은 쉽게 풀리지 않았다. 남편은 그동안 이 마을의 이장네 집에서 이름도 바꾸고 숨어 살면서 일을 해 주고 있었다. 이장은 남편보다 세 살 정도 더 먹은 사람으로 둘째 시숙의 큰아들과 중학교 동창생이란 사람이었다.

남편은 5형제로 둘째 형은 전주에서 고등학교까지 나온 사람으로 아들들을 가르쳐 큰아들은 군청에 다니고 있었고 둘째 아들은 서울에서 고등학교 선생을 하고 있었다. 그 시숙이 친정아버지와 친구로 군청에 다니는 조카는 나이가 나보다 일곱 살이나 위였지만 촌수에서는 조카뻘이었다.

우리가 이사 간 집은 형편없었다. 집은 마을 한가운데 있는데 그 마을의 터줏대감이 살던 집의 이웃에 있었으며, 아마 전에는 터줏대감 집에서 일해 주던 사람이 살던 집인 모양이다. 집터는 제법 넓어 행랑채에는 외양간과 헛간도 있고 사랑방도 있었지만, 본채가 낮은 초가삼간 집으로 방에 들어갈 때나 나올 때 문틀이 낮아 이마를 부딪치기 일쑤고 방안에서는 똑바로 일어설 수 없는 천장이 낮은 집이었다. 전에 살던 집은 이곳보다 시골이지만 툇마루가 놓여있는 반듯한 초가 4칸 집이었는데 갑자기 집이 바뀌니 거지가 된 기분이 들었으나 남편과 같이 산다는 기쁨은 이루 말할 수 없이 기뻤다.

그러나 그 기쁨도 잠시 타관살이의 서러움을 느껴야 했다. 남편은 비록 숨어서 살았지만, 풍채가 바르고 힘이 좋아 이장네 집에서 일을 잘한다고 인정을 받았고 이장네 집에서도 조카 덕으로 함부로 대하지 못했다. 그러나 어린 아들은 다른 모양이었다. 초등학교에 다니는 큰아들은 주인집 아이들의 눈치를 살피며 살고 있다는 것을 느낄 수 있었다. 그래서 그런지 큰아들은 늘 웃고 다녀 주인집 아들이나 딸들이 잘 웃는다고 해보(일본 말로 좀 모자라고 서툰 사람이란 뜻)라는 별명을 붙여 줘 큰아들의 별명이 해보가 되었다. 아마 그 녀석은 이장네 어른들이나 아이들한테 잘 보여야 했기 때문에 자존심을 버리고 웃어 주지 않았나 생각하니 부모 잘못 만난 아들이 안쓰럽고 불쌍했다.

이것만이 아니었다. 비록 두 아이의 어머니가 되었지만 내 나이는 고작 25살이며 얼굴도 예쁘장하게 생겼으니 마을 총각들이 나를 놀리기 시작한 것이다. 지금도 잊을 수가 없는 사람이 있다. 그 녀석은 나이가 나보다 두어 살 아래로 알고 있는데 밥술이나 먹고사는 집의 아들로 나만 보면 놀려댔다. 타관에 가면 본래 살고 있던 토박이란 사람들이 텃세라는 것을 한다는데 그런 모양이라는 생각에 나는 못 들은 체하며 상대를 해 주지 않았다. 그리고 혹시 말썽이라도 생기면 숨어 사는 남편에게 해가 될까 봐 조심한 것이다.

얼굴도 예쁘장하고 일도 야무진 나는 바로 이장네 집사람들에게 인정을 받아 주인집에 행사만 있으면 도맡아서 일해 줬다. 원래 시댁에서 시부모를 모시고 동서들과 같이 살았기 때문에 비록 나이는 어리지만, 집안에 큰일을 척척 해내어 친정어머니보다 나이가 더 많은 큰 동서들한테도 칭찬을 받고 살았는데 이장네 집일 정도는 그리 힘들지 않았다. 이런 우리 부부를 이장네 집에서는 무시하지 않고 조심하면서 잘 대해 줬는데 우리 집안 내력을 잘 모르는 마을 청년들은 객지에서 먹을 것이 없어서 이사 온 사람으로 착각하고 있는지 우리 식구를 깔보며 무시했다. 그러다 보니 마을 청년들이 남편이 있는 줄 알면서도 나에게 치근거린 모양이다.

어느 날은 남편이 화를 단단히 냈다. 남편은 평소 말이 없는 사람이었으나 성격이 한 번 화가 나면 무서웠다. 어쩌다 큰아들이 잘못하면 어디서 배웠는지 옷을 홀랑 벗겨 밖으로 도망가지 못하게 하고 회초리로 때려 아들을 반 잡는 성격이었다. 그러다 보니 아들이 늘 기를 펴지 못하고 저희 아버지 눈치만 살피며 살았었다.

그런 남편이 나에게 화를 내는 것이다. 내가 꼬리를 치니까 동네 청년들이 놀린다며 얼마나 때렸는지 그의 주먹과 발길질로 온몸에 멍이 시퍼렇게 들도록 얻어맞은 것이 한두 번이 아니었다. 나는 억울하지만 이를 악물고 참고 살았다. 시골 부잣집 막내아들로 태어나 까불 줄만 알고 살아온 사람이 남의 마을에 들어와 숨어서 일해 주고 살려니 얼마나 힘들까 하는 생각에 참고 또 참으며 살았다. 남편이 언젠가 나의 마음을 알아줄 날이 올 것이란 생각으로 참으며 살아온 것이다.

남편은 마음이 안정되자 고향에서 부모님이 물려준 자갈밭 논 일부를 정리하여 이곳에 자그마한 농토도 장만하고 조금씩 정을 붙여갔다. 그러다 아들이 중학교를 들어갈 때 우리 부부는 다시 갈등이 싸였다. 아들을 중학교에 보내야 좋은가? 아니면 집에서 일을 시켜야 좋은가? 하는 고민이 생긴 것이다. 우리보다도 생활이 넉넉한 사람도 아들을 중학교에 보내지 않는 사람이 많았다.

우리가 아들을 중학교에 보내면 주변 사람들이 비웃을 것 같기도 했으나 남편이나 나는 학교 구경을 해 본 적이 없는 사람으로 고등학교와 대학을 나온 조카들이 부러웠으며 친정에 있는 바로 손아래 동생이 사범학교를 졸업하고 초등학교 선생을 하는 것이 부럽기도 했다.

우리 부부는 아들에게 일단 원서를 내보라고 했다. 원서를 냈다고 해서 다 중학교에 가는 것도 아니었다. 원서를 낸 학생 중에서 반은 입학시험에 떨어져 중학교에 가지 못하니 내 아들이 합격한다는 보장도 없었다. 우리 두 부부는 아들이 공부를 얼마나 하는지도 모르고 공부라고 하는 것은 학교만 가면 다 되는 줄 알고 있었다.

그런데 그 녀석이 딱 합격을 했다. 우리 동네에서 8명이 입학시험을 보아 4명이 합격했는데 그중 한 명이 내 아들이었다. 우리는 기쁨보다 고민이 더 많았으나 우선 친정에 가서 입학금을 빌려다 중학교에 입학시켰다.

그리고 아이가 중학교에 가면서 우리 집에 운이 온 것인지 지금까지 살던 움막 같은 집에서 벗어나 마을 앞 냇가 주변에 있는 집으로 이사하고, 이장네 집에서 배냇소도 한 마리 줘서 키우게 되었다. 그러자 큰아들은 중학교에 들어가면서부터 지게를 지고 소먹이 꼴을 베어 나르는 꼴머슴으로 집안 살림을 도와주었으며, 우리 집 살림살이도 점점 늘어나기 시작했다. 새로 이사 온 집에서 2년을 살고 그동안 모아온 돈으로 마루도 없고 방 2개와 부엌만 있는 새로 지은 초가삼간 집을 장만한 것이다.

이 집에 이사 올 때쯤은 배냇소도 어미가 되어 새끼를 낳아 정식 우리 소도 생겼으며 고향에 부모가 물려준 전답을 모두 팔아 그 돈으로 조그만 산도 하나 사고 논과 밭도 장만했다. 이제는 남의 집 일을 하러 가는 것보다 일군을 데려다 우리 집 일을 시키는 경우가 더 많아졌다.

내 집이 생기자 우리 집 살림도 달라졌다. 내가 이 마을에 이사 와서 3년도 채 되기 전에 보따리를 머리에 이고 시골 이집 저집을 찾아다니며 박물 장수도 해 봤고, 아들이 중학교에 들어가면서부터는 두부 장수를 하여 콩 끓인 물과 두부를 만들면서 나온 비지를 소에게 먹이는 억척을 부리며 살자 돈이 조금씩 모여 새집과 전답을 장만하게 된 것이다.

새집으로 이사 온 우리는 인삼 재배도 하고 수입이 많은 참외 농사도 지어서 팔기도 하며 열심히 살았는데 자연재해를 피해 가지 못하고 끔찍한 흉년을 당한 적도 있었다. 지금 기억에 군사 혁명이 난 다음 해로 기억된다. 새로 장만한 천수답 600평에 첫 농사를 지었는데 가뭄과 도열병으로 싸라기 쌀 몇 말 수확하는 흉년을 만난 것이다.

그러다 보니 큰아들이 고등학교 1학년에 다니다 수업료를 내지 못해 학교를 그만두어야 했다. 그리고 식량이 없는 우리 가족은 내가 산에서 주어온 도토리로 밥을 해 먹으며 그해 겨울을 넘기기도 했다. 도토리 밥은 도토리를 일주일씩 물에 우렸다 절구에 찌어 싸라기 쌀 조금과 고구마를 넣어 밥 대신 먹으며 한 해겨울을 넘긴 것이다. 그리고 봄에는 논에 난 독새풀 씨를 바가지로 훑어 다 먹으며 보릿고개를 넘기고 살았다. 그러다 보니 한참 자라던 큰아들은 변비가 심하여 탈장까지 생기게 되어 수술대에 세 번이나 올라가는 불행을 초래하기도 했다.

우리 부부는 그다음 해 남편이 우마차를 끌면서 살림이 점점 늘어났다. 우마차도 2년 끌다 너무 힘이 들어 특용 작물인 담배를 재배했는데 힘은 들었지만, 수입이 짭짤하여 고등학교에 다시 가고자 하는 큰아들을 고등학교에 보내 줬다. 그러는 사이 나는 아이들을 계속 낳아 큰아들이 군대에 있을 때까지 낳다 보니 4남 4녀로 8남매를 두었다.

지금 생각해 보니 자식에 대한 욕심이 많았던 우리 부부가 얼마나 멍청했었나 하는 생각이 들었다. 그 가난 속에서 먹이고 입히고 가르치기 위해서 얼마나 몸부림치며 살았는가? 그리고 그속에서 자란 아이들은 얼마나 힘들었을까 하는 생각을 하니 내가 힘들었던 것보다 자식들이 불쌍했었다는 생각이 들었다.

이런 생각을 하다 보니 또 한나절이 지나간 모양이다. 요양사가 죽을 가져와 먹여 주고 양치질을 해 준 다음 나간다. 머리맡에 있는 애 늙은이 여자는 혼자 무어라 중얼대는지 알 수가 없으며 발 쪽 출입구 쪽에 있는 노인네는 내나 같은 처지인지 하루진종일 아무런 소리가 없다. 점심을 먹고 약에 취해서 그런지 살짝 잠이 들라고 하는데 귀에 익은 목소리가 들려왔다.

"어머니, 어머니 주무세요."

"정순이 어르신 큰아들 왔어요." 하는 소리에 내가 눈을 뜨고 멍하니 쳐다보고 있자 요양 보호사는

"누군지 알아보겠어요, 큰아들과 큰 며느님이 오셨는데" 하며 웃고 있다. 그녀는 의자를 끌어다 놓고 며느리한테 앉으라고 권하며 나갔다.

"바쁜데 어떻게 왔어." 반가우면서도 빈말의 인사를 했다.

아들의 머리가 새까만 색으로 변하여 처음에는 몰라봤다. 분명 내 큰아들은 머리가 하얀 백발인데 검게 변한 것이다. 지난번에 왔을 때는 완전 백발이라 그가 왔다 간 후 머리맡에 있는 수다쟁이 여편네가 아들이 돌아간 다음 영감이냐고 물어 와 대답을 안 해 줬는데 염색을 한 모양이다.

아들 나이도 70 중반쯤 되었으니 머리가 흴 때도 되었지만 저희 아버지를 닮아서 그런가 아니면 객지에 나가서 고생을 많이 해서 그런지 모르지만, 머리가 일찍부터 하얗 해지기 시작했다.

며느리가 손을 꼭 잡아주는데 그의 손에서 따뜻한 체온이 느껴졌다.

"권아 할머니야 할머니, 인사하여야지" 하자

"안녕하세요." 발음도 부정확하게 인사를 해서 쳐다보니 손자도 와 있다. 이 손자가 큰아들 가슴을 멍들게 하는 아들이다. 무슨 병인지 태어나면서부터 잘못되어 정신 발달장애로 태어난 모양이다.

"할머니 손 한 번 잡아 봐" 하자 녀석은 저희 어미가 앉았던 의자에 앉아 내 손을 잡아 주는데 젊어서 그런지 제 어미 손보다 더 따뜻하게 느껴졌다. 아들은 선 채로 물끄러미 바라보고 있는데 요양보호사가 어디서 의자를 하나 더 가져다 놓으면서 아들

에게 앉으라고 권하자 아들은

"괜찮은데?" 하면서 의자에 앉았다. 그리고 그도 제 아들과 같이 내 손을 잡아주며 물끄러미 쳐다보고 있다. 그는 내가 요양원에 왔을 때 처음에는 한 달에 한 번씩 찾아오더니 이제는 두 달에 한 번씩 꼭 찾아오고 있다. 내가 요양원에 온 지가 몇 년이 되었는지 기억은 없지만, 이제는 누가 오고 가는 것도 별로 관심이 없다.

큰딸과 같이 처음 이곳에 들어왔을 때 생각은 며칠만 있으면 가는 줄 알았었다. 영감이 죽고 이집 저집으로 옮겨 다니다 막내아들이 살던 컨테이너에서 큰딸의 보살핌으로 살면서 아래층에 있는 주간 보호센터에 다녔는데 어느 날 갑자기

"엄마, 엄마도 이제 힘들게 왔다 갔다 하지 말고 이제 이곳에서 주간 보호센터에 다녀" 해서 무슨 말인지 모르고 이곳에 들어왔는데 이곳이 내 집이 되는 줄은 몰랐었다.

영감이 죽고 혼자 내가 살던 둘째 아들 집에서 끼니를 끓여 먹고 있는데 큰아들이 자기 집으로 가자며 승용차를 가지고 데리러 왔다. 큰아들은 무슨 생각이었는지 영감이 살아 있을 때도 천안 변두리에 조그마한 밭이 있는 집을 하나 장만해 놓고 우리를 구경시켜 주면서 이곳으로 옮겨와서 텃밭을 가꾸며 살라고 권하는데 나도 싫었지만, 영감이 사는 집에서 절대 떠나지 않는다고 하여 가지 않았었다.

"큰아들은 그곳에서 커다란 고등학교 교장으로 근무하고 있었다. 우리 부부는 장애아들과 공직에 있는 남편을 뒷바라지하는 큰 며느리한테 누가 될 것 같고 지금 사는 곳에서 60년이 넘게 살았는데 친구 하나도 없는 타향에서 산다는 것은 생각해 보지

도 않았다. 더구나 젊어서 고향을 떠나와 타향에 살면서 많은 설움을 받으며 살았기 때문에 다시 타향으로 간다는 것은 생각할수 없어 아들이 사 놓은 집으로 옮기지 않은 것이다.

언젠가는 큰아들 집에서 며칠간 머물고 있는데 나를 차에 태우고 천안에 있는 한적한 산길로 다니면서 저와 같이 살자고 '왜내가 저와 같이 살아야 하는가?'를 수없이 이야기하며 설득하는데 나는 절대로 너와 같이 안 산다고 고집을 부렸었다. 그랬더니나를 설득하기 위해서 그랬는지 모르지만

"엄마, 옛날 어른들이 말하기를 여자는 어려서는 아버지를 따르고 결혼해서는 남편을 따르고 남편이 죽으면 아들을 따르라는말이 있잖아요." 한다. 나는 속으로 이 녀석이 나를 무시하나 아니면 얼마 안 되는 재산에 욕심을 부리는 것인가 생각하며

"그래도 나는 너희 집에 안 갈 테니 그리 알아" 하자

"엄마는 큰아들 고집을 잘 모르는가 봐" 한다. 내가 알기로는제가 고집은 무슨 고집이 있어. 제 동생만 하려면 어림도 없는데, 하고 생각하고 있는데 이 녀석 하는 말이

"엄마는 철이 만 고집이 센지 알지, 내가 고집이 더 센데" 한다.

"야~, 네가 어떻게 철이 고집을 이겨"라고 대답하며 자동차창밖으로 지나가는 나무를 쳐다봤다.

철은 둘째 아들이다. 이 녀석은 얼마나 고집이 센지 초등학교도 겨우 졸업하고 그렇게 중학교에 가라고 하는데도 끝까지 가지 않고 일만 했다. 그리고 장가갈 나이가 지났는데도 장가를 가지 않는다고 하여 혹시 고자가 아닌가? 큰아들한테 목욕탕에 데리고 가서 확인 한번 해 보라고까지 했는데 알고 보니 초등학교만 나온 녀석이 여자는 고등학교 정도는 나온 여자라야 결혼한

다며 고집을 부리고 있었단다. 우리 집 주변에는 시골이라 고등학교를 나온 여자는 그만두고 중학교 나온 여자도 보기 드물었다.

이것은 안 큰아들 부부는 저희가 중신을 한다더니 정말로 대전에서 고등학교를 나온 참한 색시를 중매했다. 그게 바로 내 둘째 며느리다. 둘째 며느리는 강릉에 사는 언니 집에 살면서 털실로 스웨터를 만드는 공장에서 털실을 가져다 여자들에게 스웨터를 뜨게 하는 하도급 사업을 하고 있었단다. 그런데 그때 마침 큰아들이 강릉에 있는 고등학교에서 교편을 잡고 있었다. 그리고 큰 며느리도 결혼 전에 대전에서 같은 사업을 했었단다.

그러다 보니 동향에다 같은 사업을 했던 사람이라 자연스럽게 친해지게 되어 언니 동생하고 지내고 있었던 모양이다. 어느 날 큰 며느리가 자기 시동생 이야기를 하며 참하니 결혼 한 번 할 의향이 없냐고 묻자 둘째 며느리는 형이 고등학교 교사로 있으니 동생도 당연히 고등학교 이상은 나왔을 것으로 생각하고 결혼을 승낙했단다. 그러나 뒤에 알고 보니 이렇게 시작된 혼사는 단순히 큰 며느리 말만 믿고 결혼한 것은 아니었다. 혼삿말이 오고 갈 때 신부 측 큰 오빠가 대전에 살고 있는데 우리 마을에 와서 여러 사람을 붙잡고 둘째 아들에 대해서 알아보자 만나는 사람마다

"아~, 그 사람 옷을 홀랑 벗겨 내쫓아도 살 사람이에요."라고 대답하더란다. 그래서 결혼했더니 초등학교뿐이 안 나왔다고 불만을 했지만 야무진 둘째 아들의 고집은 꺾을 수가 없었던 모양이다. 그런 아들을 큰아들이 제가 고집이 더 세다고 하니 나는 이해가 잘 가지 않았다. 그러나 큰아들도 고집인지 집념인지는

모르지만 대단한 것은 사실이다. 가난한 집에서 몇 년씩 묵어가며 끝까지 대학을 나와 고등학교에서 교장까지 하고 있으니 내가 모르는 고집이 있기는 있는 모양이라는 생각이 들었다.

그리고 내가 큰아들한테 가지 못할 이유는 다른 데 있는데 아들은 오해하는 것 같았다. '혹시 자기가 몇 푼 안 되는 재산을 노리고 어머니를 모신다고 생각하는 모양인데 자기는 절대 아버지 재산에 손대지 않을 것'이라고 이야기를 했다. 그러면서 자기는 먹을 만큼 재산도 벌어놨고 사회적 지위와 체면도 있는데 부모님 재산을 독차지하겠냐는 식으로 이야기를 하는데 혹시 그 속은 누가 알겠는가?

내 마음은 우리 부부가 벌어놓은 재산이 얼마 되지는 않지만, 막내아들에게 주고 싶은 것도 사실이다. 잘해 주지는 못했지만, 큰아들과 둘째는 먹을 만큼 살고 셋째도 대학을 나와 공무원으로 지위가 제법 높은 자리까지 올라갔으니 살만하다 생각되는데, 막내아들은 고등학교만 졸업하고 평생 돈을 번다고 열심히 일하는데 하는 일마다 신통치 못했다.

그리고 결혼도 두 번씩이나 했으면서 지금도 짜그락거리며 살고 있다. 그러다 보니 '부모 마음은 열 손가락 깨물어 안 아픈 손가락 어디 있나'라고 하듯 막내아들 생각을 안 할 수 없었다. 그래서 영감이 살아 있을 때도 막내아들 때문에 같은 집에 사는 둘째와 사이가 벌어지게 된 것이다. 내 속마음은 모두 막내한테 주고 나도 막내와 같이 살다 죽었으면 마음이 편할 것 같은 생각을 종종 하고 있었다.

사실 내가 큰아들 집으로 들어가지 않는 이유는 다른 데 있었다. 말은 안 했지만, 큰아들과 며느리가 장애인 아들을 키우면서 우리 집에 발걸음이 뜸해지고 있다는 것을 알았으며 그 아이를 키우는 아들 부부 마음이 얼마나 아플까 하는 생각에 나까지 그들 짐이 되고 싶지 않다는 생각을 하고 있었다.

이런 내 마음을 읽은 것인지 큰아들은 몇 번 나를 다그치며 자기 집으로 오라고 설득하더니 어느 날부터 일체 말이 없었다. 그러다 저희 아버지 사십구재 때 제를 올리는 자리에서 가족들을 다 모아 놓고 제안을 했다. 모든 부모님 재산은 어머니 앞으로 돌려놓고 어머니가 돌아가실 때 주고 싶은 자식에게 주라고 하면 그대로 따르자고 제안하는데 주방에 나간 큰 며느리와 막내 며느리만 조용하고 다들 한마디씩 거든다. 나는 큰아들의 속셈이 무엇인지도 모르고 오직 영감 생각 속에 사십구재 날 그런 말을 하는가 싶어 화를 내며 손사래를 치며

"내가 무엇을 알아, 나는 몰라"라고 외치자 절의 주지 스님이 형제들 간에 싸우는 줄 알고 방에서 나오면서

"왜들 그래" 하자 큰아들은 창피했는지 하던 말을 멈추었다. 그리고 그 일에 대해서는 두 번 다시 말이 없다가 얼마나 지난 다음 딸들 이야기가

"큰오빠가 아버지 재산을 어머니가 하자는 대로 하겠다고 8남매 모두에게 인감도장을 받아 오래서 받아 다 줬어." 한다.

"그려" 하자

"엄마는 어떻게 할 거야"

"야 못사는 정이네! 주면 안 되겠니?"

"그럼 큰오빠한테 그렇게 말할게" 해서 막내아들한테 재산을 넘겨줬는데 큰아들은 무슨 생각에서 인지 자기 앞으로 등기가 난지 50년도 넘은 논 1,000평도 막내아들 앞으로 넘겨주었단다.

이 땅은 큰아들이 중학교 2학년 때 사들인 땅으로 큰아들 이름으로 등기를 했었다. 그리고 아들이 고등학교 다닐 때 또 땅을 사면서 아들 이름으로 등기를 하려 하자 큰아들은 펄펄 뛰면서 "혹시 그 땅 제가 팔아먹으면 어쩌려고 그래요"하면서 자기 앞으로 등기 올리는 것을 반대하여 그 후로는 모두 영감 이름으로 땅을 샀다. 큰아들은 무슨 생각으로 그렇게 오래된 땅까지 제 동생에게 돌려주었는지 확실히는 모르지만, 부모 재산은 하나도 갖지 않겠다는 생각이 확고했던 모양이다.

원래 그 녀석은 철이 들면서 죽으면 죽었지 절대로 남에게는 물론 부모한테도 사정 한 번 안 하는 성격으로 이사를 수십 번 다녀도 도와달라고 말한 적이 한 번도 없었다.

이런 생각을 하며 그의 얼굴을 물끄러미 쳐다보고 있는데 머리맡에 있는 여편네가 또 뭐라 뭐라 떠들어 댄다.

"아들, 사 온 것 좀 줘 봐. 엄마도 하나 주고 나도 하나 줘 봐" 하는데 아들은 처음에는 못 들은 체하다 자꾸 떠드니까 제 마누라한테

"여보, 음료수 하나 따서 저기 좀 가져다드려" 한다. 며느리는 그녀를 힐끔 쳐다보며

"나이도 우리 나이뿐이 안 돼 보이는구만" 하면서 불만스러운 표정으로 음료수를 하나 가져다준다. 팀장이 밖에서 들어오다 그걸 보고 머리맡 침대 쪽을 향하여

"경자 씨 여기 선생님한테 그러면 안 돼" 하며 나무란다. 아들은 아무런 관심이 없는 듯 빙그레 웃으며 그쪽을 힐끗 바라보더니 다시 나를 서글픈 눈빛으로 내려다보고 있다. 그의 눈빛 속에는 내가 이러고 있는 것이 자기 때문이라는 죄책감이 가득해 보

였으며 아들로서 어찌할 수 없다는 절망감에 젖어 있는 것 같이 보였다. 나도 절로 서글퍼져 인제 그만 돌아갔으면 하는데 그는 나를 다독거리며

"어머니 이제 한숨 푹 주무세요. 다음에 또 올게요." 하면서

"권아 할머니에게 인사해" 하자 손자 녀석은

"안녕하세요." 한다.

그는 '안녕하세요.'와 '안녕히 계세요'가 구분이 안 되는 모양이다. 돌아가는 아들의 뒷모습을 바라보며 저 아들이 얼마나 자랑스러워했던가. 생각하면서 장애아들을 데리고 방을 나가는 아들의 뒷모습이 물끄러미 쳐다보았다.

아들 가족이 나가자 다시 조용해졌다. 간혹 밖에서 TV 소리가 나긴 했지만 무슨 소리인지 알아듣지도 못하고 관심도 없다 보니 소리가 나는지 안 나는지조차 구분이 되지 않았다.

아들 가족이 왔다 가서 그런지 큰아들이 학교 다닐 때 모습이 눈앞에 아른거린다. 내 아들이라 그런지 그가 태어날 때 시아버지가 보고

"그 녀석 참 대장군 감이 내." 하며 껄껄 웃던 모습이 떠오른다. 그런가 하면 초등학교 다닐 때 책을 찢어 딱지를 만들었다고 저희 아버지한테 옷을 홀랑 벗겨진 채 회초리를 얻어 맞던 모습, 어느 날인가는 무엇을 잘못했는지 쫓겨나 밤이 깊도록 들어오지 않아 남편이 잠들은 자정 무렵 밖에 나가 구석구석 찾아보니 헛간 한쪽 구석에서 가마니를 뒤집어쓰고 자고 있어 데리고 들어온 기억, 중학교 1학년 때 제 동생과 소여물을 썰다가 작두에다 오른손 엄지손가락을 잘릴 뻔한 일, 고등학교 다니다 수업료를 내지 못해 학교서 쫓겨나 겨우내 나무를 해 오는데 고집스럽게

도 어머니 때기 좋은 나무라며 싸리나무만 해오던 모습, 다시 고등학교에 들어가 정치가가 되겠다고 뒷동산에 올라가 웅변을 한답시고 저녁마다 고래고래 소리 지르던 모습, 남에게 지지 않는 배짱을 키우겠다고 학교 럭비부에 들어가 6개월도 못 버티고 적성에 맞지 않는다고 그만둔 일, 대학을 가겠다고 고집부리며 저혼자 산속 인삼밭에 가서 보리밥을 해 먹으며 버티던 모습들이 영화 속의 한 장면처럼 지나갔다.

그중에서도 집안일 도와주지 않는다고 저희 아버지한테 지게 작대기로 얻어맞으면서도 버티며 공부한다고 했던 고집과 어느 날인가는 우체부 아저씨가 편지 한 통을 주면서

"동이가 누구예요. 대통령한테 편지가 다 오게?" 하면서 전해준 편지는 청와대에서 대통령이 직접 보낸 편지란다.

이렇게 자랑스럽고 착하기만 한 줄 알았던 아들한테 우리 부부가 감쪽같이 속은 적이 있었다. 아들이 21살 먹었을 때로 기억되는데 10월 하순경 우리 부부는 가을걷이가 한참이었다. 집에서 근 1.5㎞ 정도 떨어진 밭에서 일하고 있는데 아들이 헉헉대며 밭으로 뛰어왔다.

"아버지, 어머니 서울에서 이모부가 오늘 당장 올라오래요" 하며 숨넘어가는 소리를 한다. 나는

"무슨 일인데" 하며 바라보자

"이모부가 일자리가 있다고 오늘 당장 올라오라고 등기 편지가 왔어요." 하며 다그친다. 일자리가 있다는 말에 남편도 일하던 손을 멈추고 아들이 주는 편지를 받으며 자리를 잡았다. 나도 은근히 좋아서 그 옆으로 가서 같이 자리에 앉았다. 남편은 편지봉투를 꼼꼼히 살펴보더니 편지 내용을 읽어 보라고 아들에게

준다. 아들이 편지를 읽는데 그 내용은

"동이야 네가 공부하면서 일할 수 있는 좋은 일자리가 하나 생겼으니 부모님에게 잘 말씀드려 편지 받는 즉시 취직할 보증금 2만 원을 가지고 올라오거라. 자세한 것은 만나서 이야기하기로 하고 늦으면 다른 사람에게 빼앗길 수 있으니 아버지에게 잘 말씀드려라"는 식으로 되어 있었다.

우리 부부는 이 편지에 깜박 속고 말았다. 아들이 대학 시험에 떨어지고 얼마 있다 무슨 공무원인가 시험에 합격했다고 좋아하더니 나이가 잘못되어 면접에서 떨어졌다며 공부한다고 혼자 인삼밭에서 보리밥을 해 먹으면서 살고 있었다.

우리 부부는 고등학교 3학년부터 농사일은 절대 하지 않겠다고 버티는 아들에게 취업을 시켜 주려고 해도 아는 데가 없었다. 심지어 조그만 시골 이발소에 품삯을 받지 않고 머리도 감겨주고 청소도 해주며 기술을 배울 수 있게 해 달라고 부탁을 해도 받아 주는 자리가 없었다. 그리고 조그마한 가내 공장이라도 들어가려면 보증금을 줘야 하는데 그런 자리도 부탁할 사람이 없었다.

아이가 말하는 이모부는 내 둘째 제랑으로 서울에 있는 내무부 인사과에 근무하고 있었다. 그는 군청에 근무하다 대통령과 친하다는 국회의원의 힘으로 내무부 인사과로 옮겨 갔는데 공무원 사회에서는 지위가 높고 좋은 자리라고 소문이 나 있었다.

그러다 보니 우리는 하늘같이 믿었다. 조카가 불쌍하여 어디 급사 자리라도 하나 소개해 주나보다고 생각한 것이다. 그 시절에는 관공서에 임시직으로 들어갔다 세월이 가면 정식 직원이 되는 경우가 많아 그런 자리라도 하나 구해서 주는가 보다 생각한 것이다.

그런데 2만 원이란 돈은 굉장히 큰돈이었다. 쌀 한 가마가 천 오백 원 정도 하니 쌀 13 가마값이 아닌가? 둘이 한숨만 짓고 있는데 아들은 빨리해 가지고 가야 한다고 재촉했다. 나는 하던 일을 멈추고 마을로 내려가 돈 좀 있다고 하는 집을 모조리 들려 구한 것이 만 원 남짓 구했다.

그래서 내일 외갓집에 가서 구해 준다고 하자 아들은 무슨 생각인지 당장 구한 것만 달라며 자기가 올라가서 어떤 일인가 알아보고 바로 연락을 한다며 책과 옷 봇짐을 챙겼다.

나는 미심쩍은 생각이 들어 책은 다음에 가져가라고 하자 서울을 오고 가는데 차비가 얼마나 많이 드는데 또 오냐며 갈 때 공부할 책과 옷을 싸간다면서 먼저 구한 돈이라도 달래서 만 이천 원을 줬더니 그 돈만 가지고 집을 나갔다.

그가 집을 떠난 지 5일이 지난 다음 나머지 돈을 구하여 부쳐 주려고 전화가 있는 친정집을 찾아가 동생에게 전화를 걸었다. 그런데 전화를 받는 동생은 그런 일이 없었다며 깔깔대고 웃으며 언니가 아들에게 속았다고 한다. 이 말을 들은 남편은 어찌해야 좋을지 몰라 하며 "앞으로 그놈은 내 자식이 아니다"라고 펄펄 뛴 적이 있었다. 그러고 한 달이 지나자 아들 친구를 통하여 소식이 들어 왔다. 아들은 서울로 간 것이 아니라 대학을 가기 위해서 공부를 한다며 절에 들어가 있단다. 대학을 가려면 예비고사에 합격해야 하는데 예비고사가 이번에 처음으로 생겨 아들은 예비고사를 보고 지금 절에 있는데 합격하면 들어온단다.

평생 일만하고 사는 남편과 나는 어이가 없었다. 아무리 철부지라도 그렇지 우리 집에 무슨 돈이 있다고 그런 거짓말을 하고 돈을 타 갔을까? 하다가도 얼마나 대학을 가고 싶으면 그랬을까? 하는 불쌍한 마음도 들었다. 나는 아들 이야기를 남편에게 하지 않고 눈치만 살폈다. 그러다 다시 한 달이 지나가자 소문이 들려오기 시작했다.

대학 예비고사에 아들이 다닌 농업고등학교에서는 내 아들과 현재 3학년에 다니는 학생 1명과 2명이 합격하고 옆에 있는 여자고등학교에서는 한 명도 합격생이 없었으며 공부를 잘한다는 인문계고등학교에서 3명이 합격하여 우리 군에 있는 고등학교는 총 5명이 합격했다고 난리다. 당연히 우리 마을과 이웃 마을에서는 합격생이 하나도 없단다.

그 소식을 접하자 남편은 아들이 자랑스러웠던지 죽어도 내 자식이 아니라던 아들을 용서해 주며 대학을 보내 준 것이다. 내가 생각해도 이런 아들을 둔 내가 자랑스럽다는 생각이 들었다. 학교 한 번 구경하지 못한 일자무식 부모들이 남의 집 일을 해주면서 아들을 중학교도 보내고 대학까지 보낸 것은 둘째 시숙의 조카와 바로 내 밑의 동생이 학교에 다녀 공무원 생활을 하면서 큰소리치고 사는 것을 보고 내 자식도 가능하면 학교를 보내야겠다는 욕심이 생겼기 때문이다.

아들이 대학에 들어갈 때 100여 가구나 되는 우리 마을에 대학생은 우리 아들 하나밖에 없었다. 그러다 보니 마을에 어떤 사람은 부러워서 하는 소린지 아니면 비웃는 소린지 모르지만

"제대로 먹고살지도 못하면서 아들 대학은 무슨 대학 여" 하며 비웃는 사람도 있었다.

큰아들이 대학을 가자 바로 밑에 있는 둘째만 초등학교를 졸업하고 그 밑의 동생들은 오빠와 형의 영향을 받은 것인지 모르

지만 마을의 다른 집 자녀들과 달리 학교 가기를 원했다. 잘사는 집 아들은 입학시험에 떨어져 못 가는데 우리 집 애들은 신기하게도 모두 입학시험에 합격하여 4명은 대학까지 나오고, 또 3명은 고등학교까지 나왔다.

그러다 보니 시댁의 남편 형제나 친정의 내 형제들보다 가난하게 살았지만, 아이들은 더 잘 가르친 것이다. 이런 억척스러운 고집이 우리 부부는 밤과 낮이 없이 인삼 재배는 물로 수박, 참외, 담배, 포도밭, 복숭아 등 수입이 많다면 안 해 본 것이 없이 일했다. 그런 억척같은 일을 하는데 같이 일을 도와준 자식이 둘째 아들이다.

내가 아무리 큰아들이 자랑스럽다 해도 둘째 아들만큼 정이 들지는 않았다. 둘째가 태어나던 해는 우리 부부도 큰집에서 따로 나와 시부모와 떨어져 살고 있을 때다. 그런데 아이를 낳고 50일도 안 되어 전쟁이 터지자 남편이 군대에 끌려가자 나는 친정의 여동생을 데려다가 아이를 돌보게 하면서 같이 살았다. 그러다 보니 둘째는 아버지는 그만두고 할아버지나 할머니의 사랑도 받지 못하는 어린 시절을 보낸 것이다. 그래서 그런지 어려서부터 고집이 세고 다른 아이들과 싸워서 지는 법이 없었다.

그런데 이 녀석이 초등학교 고학년이 되면서 마을의 못된 애들과 어울려 학교에 가지 않고 땡땡이를 쳐 초등학교도 1년씩 묵어가며 가까스로 졸업장을 받아 왔는데 그마저도 제 형이 학교에 가서 찾아왔다. 그렇게 학교 가기를 싫어하고 집에서 일하는 것을 좋아하여 상급 학교를 진학하지 않고 일찌감치 일꾼이 된 것이다. 그리고 일을 하는데 제 형보다 야무지게 잘했다.

그런 아들이 제 형이 대학을 다니다 군대에 들어가니까 저도 공부한답시고 서울로 올라가 강의록으로 중학교 과정을 공부한다고 돈을 보내 달라고 하는데 남편은 큰아들에게 놀란 것인지 끝까지 보내 주지 않았다. 그러자 보따리장수를 하면서 제법 돈을 벌어놓고 군대에 갔다 와서 다시 남편과 같이 인삼 농사와 과수원 일을 하면서 살림을 꾸려나갔다. 이 아들은 저희 아버지와 인삼재배를 하면서 번 돈을 제 돈이라고 꼬박꼬박 챙겨 제법 돈도 모았으나 30살이 넘어도 장가갈 생각을 안 했다. 중매쟁이가 중신이 들어와서 아가씨를 소개하면 무조건 퇴짜였다. 아들이 원래 착하고 일에 열중이라 이웃 마을이나 같은 마을에서도 종종 매파가 들어 왔으나 모두 거절했다.

나이가 35살이 다 되어가도 장가갈 생각을 아니해 오죽이나 답답했으면 큰아들에게 혹시 성 기능이 잘못되었나 알아보라고까지 했을까?

나는 큰아들한테

"어미 소원이니 네가 네 동생 결혼 좀 시켜 주어라"고 하자 큰 며느리가 옆에서 듣고 있다

"어머니 제가 중매 한번 해 볼까요"해서

"그러면 소원이 없겠다." 했더니 정말로 고등학교를 나온 여자를 중매하여 동서로 삼은 것이다. 이 큰 며느리는 수완이 좋아 살림도 야무지게 했으며 둘째 딸도 중매하고 자기 친동생도 중매했단다.

이렇게 장가를 간 둘째 아들은 결혼 후 1년간 한집에서 같이 살았다. 큰아들 부부는 결혼하여 하루도 같은 집에서 산 적이 없지만 둘째 아들부터는 결혼 후에 꼭 1년씩 같은 부엌을 사용한 다음 따로 살림을 내보냈다. 그러다 애들도 성장하여 하나, 둘

출가하고 밑에 있는 딸 둘만 대학을 다닌다며 대전에 사는 저희 언니 집에 있었다. 그러다 보니 집에는 두 늙은이만 살고 주말에만 애들이 왔다.

그러던 중 어느 날 따로 나간 둘째 아들이 찾아와

"어머니, 형은 집으로 들어오지 않을 것 같으니 우리랑 같이 살면 안 돼?" 한다. 나는 무슨 말인지 몰라

"그게 무슨 말이냐." 하자

"우리랑 한집에서 살자고"

"우리 집으로 들어온다는 이야기야"

"아니 저 앞 논에 인삼 공장을 지으려고 신청했는데 그때 살림집도 같이 지으려고"

"이따 아버지 오면 한 번 상의 해 봐"

"아버지한테는 어머니가 이야기해"라고 했다.

저녁에 남편이 들어오자 낮에 아들이 한 이야기를 전하자

"그려, 당신 생각은 어때?"

"글쎄, 공장을 짓는다는데 한집에 살면서 일도 도와주고 공장도 지켜주면서 살면 좋을 것 같기도 한데"

"큰아들이 뭐라고 안 할까?"

"큰아들이 집으로 들어오겠어?

"하긴 그려" 하며 아들이 하자는 대로 하자는 식으로 이야기를 끝냈다.

그리고 얼마 있다 둘째 아들 부부가 찾아와 형은 공무원으로 부모님과 같이 살 형편이 못되니 자기네가 공장 겸 살림집을 지어 아래층은 우리가 살고 위층은 자기들이 살자고 하면서 지금 사는 집을 팔아서 돈을 대 달란다. 우리는 같은 집에서 살더라도

살림은 따로 하자며 그렇게 하기로 하고 집을 팔아 집 짓는 데 보태주고 한집에서 살게 된 것이다.

둘째 며느리는 처녀 때 사업을 했다더니 사람 다스리는 데 수완이 좋았으며 아들 공부에도 열중이라 살림이 불어나는 것은 물론 큰아들은 공부를 잘해 과학 고등학교라는 곳을 나와 대학도 과학 뭐라고 하는 곳을 졸업했단다. 그리고 서른 살도 되기 전에 박사가 되어 서울에 있는 유명한 대학에 교수가 되었다고 마을 사람들이 마을에 경사 났다며 큰길가에 플래카드도 걸어주었다. 그러자 아들 내외도 마을 어른들을 마을회관에다 모시고 음식을 장만하여 잔치를 벌이기도 했었다.

그런가 하면 둘째 아들은 활 쏘는 데에서 회장을 맡았다고 하고 며느리는 손자가 다니는 학교와 무슨 큰 단체에서 회장이 되었다고 다들 두 내외를 회장님, 회장님하고 불렀다. 그러다 보니 우리 부부도 자연히 마을 사람들이 우러러보는 회장님 부모가 된 것이다.

마을 사람들은 큰아들은 도시에서 고등학교 교장을 하는데 간혹 텔레비전에 나오는 것을 봤다는 사람도 있고, 둘째 내외는 회장이고, 셋째아들은 중앙청에서 근무하고, 손자는 박사면서 대학교수라고 늙어서 복 받았다며 칭찬을 했다. 내가 생각해도 신기했다. '낫 놓고 기역 자도 모른다.'는 일자무식인 우리 부부 자손들이 교장을 하고 회장님이 되고 중앙청에도 근무하고 대학교수가 되었다니 젊은 날 힘들고 어려웠던 세월을 이겨내고 살아온 보람이 있었다고 하는 생각이 들었다.

이렇게 재미있게 살고 있는데 영원한 행복은 없나 보다. 8남매가 다 출가하여 살다 보니 손자들까지 합치면 자손들이 30명이

나 되었다. 명절만 되면 객지에 나가 있는 아들과 딸들이 인사차 찾아오는데 몇 날은 집이 북새통이 되었다. 그 손님을 며느리와 딸들이 도와준다고는 하지만 나도 정신이 없었으며 둘째 며느리는 혼쭐이 났다. 살림을 각자 한다지만 명절이다 보니 같이 어울리지 않을 수 없게 된 것이다.

거기다 일손은 늘 바쁜 사람인데 주말만 되면 대전에 사는 작은 딸들이 아이들을 데리고 와서 정원과 마당이 넓은 내 집에 와서 놀다 갔다. 아마 이런 것들이 쌓이다 보니 문제가 된 모양이다. 거기에다 막내아들이 하는 일마다 잘 풀리지 않았다. 그러자 남편은 둘째 아들한테 막내아들을 도와주라고 잔소리를 하자 둘째 아들은 아버지를 피하더니 결국 가정불화까지 나타나게 된 모양이다.

막내아들 생각에 한숨이 서리는데 저녁때가 된 모양이다. 또 죽 반 공기를 먹고 약을 먹은 다음 침대를 일으켜 세운 채 멍하니 창밖을 내다본다. 해가 지려는지 창 넘어 가물가물 보이는 산 능선 봉우리가 붉게 물이 들었다.

오늘 하루도 저무는 모양이다. 이런 날이 얼마나 지나가야 이 자리에서 벗어날 수 있을까? 목숨이 질기기도 하다. 내 나이 50도 못 돼서 죽는 줄 알았는데 90이 넘었으니 이 정도 살았으면 원도 한도 없는데 무슨 미련이 남아서 죽지 못하는지 알 수가 없다.

본래 나는 체구도 작고 허약했지만 어려서부터 부모 일손을 도왔고 일찍 결혼해서 애를 낳다 보니 제대로 크지 못한 모양이다. 거기다 어린 나이에 시집살이와 타관살이를 하면서 가난에 찌들게 살다 보니 몸이 허약했다.

40대 초반에는 감기와 몸살이 심해 병원에 입원하고 있는데 마침 대학을 다니고 있던 큰아들이 소식을 듣고 찾아와 혼수상태인 나를 보고 큰 병원으로 가야 한다며 등에 업고 뛰어다닌 적이 있었다.

큰아들은 그때 저희 엄마를 보고 곧 죽을 것 같이 보였단다. 그래서 어머니가 죽으면 농촌의 가난한 농부 아들에다 어린 동생이 자그마치 일곱이나 되는데 이런 집 큰아들에게 어느 여자가 시집오겠냐는 생각에 결혼을 서둘렀다는 이야기를 종종 했다. 아마 일찍 결혼한 걸 후회하는 눈치였다.

나는 그 후에도 허리가 안 좋아 50살이 되기 전에 허리 수술을 두 번이나 받았다. 그런 상태에서도 매일 일에 쩌 들어 살다 보니 허리는 일찍 굽었고 입에서는 "아이코~" 소리를 달고 살면서도 무슨 욕심이 그리 많았는지 손에 호밋자루를 놓지 못하고 살았다. 내 손에서 호밋자루가 떨어진 것은 영감이 죽고 얼마 있다 큰아들이 자기 집으로 데려가 몇 날을 보낸 다음 옆에 사는 둘째 딸네 집으로 가 있었는데 딸이 보내 주지 않아 꼼짝없이 오도 가지도 못해 손을 뗀 것이다.

저녁 먹으면서 먹은 약에 취했나 깜박 잠이 들었다. 얼마나 잠을 잤나 모른다. 침실에 불은 작은 불 하나면 켜져 있고 요양원 전체가 조용하다. 모두 다 잠이 들었나 보다. 요양사가 깜박했나 창문의 커튼이 젖힌 채 그대로 있다. 창밖에 보름달이 둥그렇게 비치고 있다. 꼭 나를 보고 웃는 것 같았다. 보름달을 쳐다보다 문득 큰 손녀딸이 떠오른다. 참 예쁘기도 했는데.

이 녀석은 큰아들이 낳았는데 생일이 정월 대보름날이다. 그래서 이름도 밝은 달이라는 뜻으로 명진(明辰)이라 지어 줬단다.

계집애가 얼마나 예쁘고 싹싹 했던지 할아버지 할머니는 물론 저희 삼촌이나 고모들로부터 사랑을 독차지했다. 지금 그 녀석은 외국에 나가서 선생을 하고 있다는데 이곳에 한 번 찾아오고 소식이 없다.

잘살고 있겠지 하며 잠을 청하는데 내 생일이 떠오른다. 나는 정월 열나흘이다. 그러다 보니 설날이 지난 지도 얼마 안 되고 다음 날이 정월 대보름날이라 생일 밥 한 번 제대로 못 얻어먹었는데 늙어가면서 며느리가 생기자 자손들이 우리 집으로 꼬박꼬박 찾아와 생일상을 차려주는데 자손이 많다 보니 그들이 간 후 내 일은 더 많아졌다. 그것을 알아차린 큰아들은 생일 파티를 집에서 하지 않고 음식점에서 하다 영감이 죽은 후는 그마저도 슬그머니 없어져 버렸다. 아마 움직이지도 못하는 어미 생일 파티가 무슨 의미가 있겠는가. 다 부질없는 일이 된 모양이다.

영감 생각이 떠오른다. 이놈의 영감이 감기 기운이 있다고 해서 작은 병원에 한 3일 입원 했는데 병원에서 큰 병원으로 옮기라고 하여 큰아들과 상의 하려는데 집으로 가자고 고집을 부려 집으로 옮겨오는 과정에서 무엇이 잘못되었나 말을 못 하고 몸을 움직이지 못하고 마비가 되어 갔다.

객지에 있는 자식들이 모이더니 그대로 둘 수 없다며 119를 불러 대전에 딸이 둘이나 간호사로 있는 병원으로 입원시켰으나 채 이틀을 버티지 못하고 세상을 떠난 것이다.

영감이 죽고 나자 나도 곧 죽을 줄 알았는데 벌써 십 년이란 세월이 지나갔다. 친정어머니나 시어머니는 물론 내 바로 손위 동서도 남편이 죽고 일 년 사이에 죽는 것을 본 나는, 남편이 죽으면 일 년을 넘기지 않고 자기 여자를 데려가는 줄 알았다.

그런데 내 영감은 나를 싫어한 것인가 십 년이란 세월이 지나도록 데리고 가지 않았다. 내가 자기한테 얼마나 잘해 주었는데 하는 생각을 해 본다.

이런 생각 저런 생각 하다 보니 달도 기우는지 창문 한쪽 구석에 반쯤 가려진 채 비치고 있다. 나도 저 달과 같이 이제는 가야 하는데 이곳에 온 지 5년도 넘은 것 같은데, 내가 정을 많이 준 둘째 아들 가족을 한 번도 본 기억이 없다. 죽기 전에 그들 가족이나 한 번 보고 갔으면 하는 아쉬움을 느끼며 나도 모르게 잠에 빠져들었다.

도하에서 만난 사람

터키의 우치사르 바위굴속 집

50대 이혼녀가 터키 여행에서 우연히 만난 60대 남성과 여행에서 있었던 일과 국내에 들어와서 같이 속리산과 지리산을 등산하면서 자신도 모르게 정이 들었던 이야기를 엮은 글.

1

한적한 곳을 혼자 산책하다 보면 나도 모르게 지난날의 추억 속으로 빠져들곤 한다. 그럴 때마다 머릿속에 스쳐 가는 사람이 있다. 그 사람은 전생에서 한 번쯤 만난 인연이 있었던 사람같이 별로 말이 없는 사람인데 나에게는 왜 그리 자상하고 다정하게 대해 주었는지 알 수가 없다. 그 사람을 처음 만난 것은 터키 여행 도중 도하 공항이었다.

내가 서방인지 남방인지와 이별 한지도 벌써 15년이란 세월이 흘러가고 있었다. 아무 철도 모르고 고등학교 시절 연애한 사람과 일찍 결혼하여 딸 아이 하나 두고 살았는데 어느 날부터인가 이놈의 남자가 도박에 미쳐 집안일에 대해서는 날 몰라라 하는 사람으로 변해 버렸다. 그래도 나는 시간이 지나면 돌아오겠지 하면서 딸아이를 열심히 돌보며 그놈 노름 돈을 대주며 살았다.

생활비는 고등학교 때 배운 암산으로 초등학교 학생을 대상으로 조그마한 암산 학원을 차려 그럭저럭 살림을 꾸려나가고 있었다. 그런데 어느 날 서방이란 놈이 도박에 미쳐서 나도 모르게 학원 보증금마저 빼가는 일까지 벌어졌다. 결국, 아버지와 오빠가 나서 이혼을 시켜 줘 딸아이와 같이 고향을 떠나 청주로 와서 종합병원 병리실에서 근무하며 살고 있었다. 이제는 딸아이도 성장하여 고등학교를 졸업하고 자기 일자리를 찾아 집을 떠나게 되자 혼자 사는 처지가 된 것이다.

이렇게 혼자 살다 보니 이 남자 저 남자들의 유혹도 많이 들어왔다. 그러나 남편에게 한 번 혼이 난 나는 재혼이란 생각은 손톱만큼도 없었다. 모든 남자가 다 도둑놈같이 보였고 여자를 홀리는 늑대 같은 생각이 들었으며 술이나 마시고 도박이나 하는 사람같이 생각되었다. 그러다 보니 자연히 어울리는 사람도 혼자 사는 여자들이며 그들과 그룹이 되어 종종 산에도 가고 여행도 다니며 살고 있었다.

그런데 3월 초로 기억된다. 이른 봄 어느 날 내 핸드폰에 대전에 있는 노랑풍선이란 관광회사에서 급하게 저렴한 가격으로 터키 여행객 네 사람을 모집한다는 문자가 들어 왔다. 무심코 들여다보니 정말 가격이 저렴한 상품이었다. 가까이 지내는 언니가 작년에 터키 여행을 다녀와서 한 번 가볼 만한 곳이라고 입이 마르게 자랑하여 기회가 되면 꼭 한번 가 봐야겠다고 생각하고 있을 때였다. 그리고 직장에서도 병원이 잘 돌아가지 않는지 사무장이 자주 짜증을 부리며 휴가를 줄 테니 쓰고 싶으면 말을 하라고 했다.

나는 지난해까지 같은 병원에서 근무하며 모임도 같이하고 있는 서울로 이사 간 민숙희가 떠올랐다. 그녀는 성격이 소탈하고 꾸밈이 없으며 남편은 경기도 광명에서 자동차 정비업을 하는데 집에서 나가 있어 서로 떨어져 살고 있었다. 그리고 일찍 연애결혼으로 나이도 별로 많지 않은데 아이를 일찍 두어 큰아들은 결혼하여 50대 초반 나이에 할머니 소리를 듣는 사람이었다. 그녀에게 전화를 걸어 지금 한참 인기를 끌고 있는 터키 여행 상품 싼 것이 나왔으니 같이 가자고 하자 처음에는 거절하다 내가 자꾸 권해서 그런지 좋다고 하여 둘이 나선 것이다.

여행 당일 날 인천공항에서 오후 6시에 미팅이 있었다. 청주에서 혼자 떠나는 여행이라 조금 서둘러 공항에 나갔다. 숙희에게 환전도 하고 전화 로밍도 하자며 공항에서 오후 5시에 만나자고 약속한 것이다. 오후 5시 가까이 되어 미팅 장소에 도착해 보니 뚱뚱하며 돈깨나 있어 보이는 노인네 한 사람만 나와 있었다. 조금 있다 숙희가 오면서

"일찍 왔네." 한다.

"청주에서 몇 시에 나섰어?"

"한 시 반" 하니 먼저 와 있던 노인네가

"청주서 왔소. 나는 대전에서 왔는데." 한다.

"혼자 오셨어요."

"그렇게 됐네요."

"그러면 잘 되었네요. 청주나 대전은 이웃이니까 우리랑 같이 다니지요." 숙희가 먼저 동행인이 되자고 청했다.

"그래요. 잘 되었네요." 노인네도 좋은가 보다. 이렇게 해서 우리 일행은 세 사람이 되었다.

우리가 탄 비행기는 인천공항에서 직접 이스탄불로 가는 것이 아니라 저가 여행이라 그런지 도하에서 갈아타는 비행기였다. 우리는 이스탄불을 가기 위해 도하 공항에서 세 시간을 기다려

야 했다.

공항 내에서 인솔 가이드의 설명을 듣고 있는데 설명이 끝나자 나이가 지긋한 남자 한 사람이 가이드에게

"내 룸메이트가 어느 분인가 소개해 주쇼." 한다. 그러자 가이드가

"참 잠깐 기다리세요." 하면서 우리 쪽을 바라보며

"이분인데요. 인사하세요." 하면서 우리 옆에 서 있는 대전에서 혼자 온 사람을 소개했다.

두 사람이 인사하는데 그 사람은 키도 크고 균형 잡힌 몸매로 머리는 염색이 벗겨지고 있는지 희끗희끗하게 보이는데 인상이 온화하고 점잖게 보였다. 그리고 천안에서 왔단다. 대전에서 온 노인네가 반가워하면서 우리를 그 사람에게 소개했다.

"이분들은 청주에서 왔는데 대전, 청주, 천안은 바로 이웃이니 서로 잘 되었네요." 한다. 아마 이 남자들도 우리와 같이 대전 노랑풍선 관광회사에서 모집한 저렴한 상품으로 온 모양이라는 생각이 들었다.

이렇게 해서 그 사람을 처음 만나게 된 것이다. 두 남자가 서로 인사를 하는데 이야기를 들어보니 대전에서 온 사람은 옛날에 충청남도 도청에서 국장으로 근무하다 퇴직했고 천안에서 온 사람도 고등학교에서 교장을 하다 퇴직한 사람이란다. 역시 풍채에서 풍기는 대로 배움과 학식이 갖추어져 있는 먹고살 만한 사람같이 보였다.

우리 네 사람은 부담 없이 어울렸다. 한 분은 아빠와 같고 한 분은 큰오빠 같은 느낌이 들었다. 숙희는 성격대로 거리낌이 없었다. 우리 네 사람은 여행을 같이 온 일행인 양 같은 식탁에서

식사한다든지 관광할 때 자연스럽게 일행이 되어 서로 사진도 찍어주고 같이 포즈도 취하게 되었다.

식사 도중에는 맥주 한 잔씩 나누어 먹기도 하고 보스포리스 해협에서는 해변 양쪽으로 펼쳐있는 유적지에 흠뻑 도취해 있는데 천안에서 온 사람이 찻집에 들어가 차 한 잔 마시자며 찻집으로 안내도 했다.

처음은 사진 찍을 때 네 사람이 같이 서면 숙희가 먼저 천안에 있는 교장이란 사람 옆자리를 차지해 나는 자연스럽게 대전에서 온 국장이란 사람 옆자리에 섰다. 그리고 대화를 할 때도 자연스럽게 둘로 나뉘어 걸으면서 관광을 했다.

그러다 관광 3일 차 오전에는 데린쿠유 지하도시를 관광하고 오후에 괴레메 마을을 관광하는데 문제가 생겼다. 우리 관광 일행은 오후에 괴레메를 관광하고 두 패로 갈라졌다. 한패는 자비 부담으로 열기구를 타러 가고, 남은 사람들은 괴레메 마을에서 자유 여행을 하는 시간이었다. 나는 여행을 떠나올 때 철저하게 옵션에는 참여하지 않기로 마음먹어 참여하지 않았는데 숙희도 고소공포증이 있다며 열기구 타는 것을 신청하지 않았다. 나와 어울리는 일행은 대전에서 온 사람만 열기구 신청을 한 것이다.

나는 숙희와 괴레메 마을에 펼쳐진 관광지를 구경하면서 이 상가 저 상가 쇼핑을 하고 돌아다녔다. 천안에서 온 사람은 혼자 어디로 갔는지 한동안 보이지 않았다. 얼마 동안 시간이 지나 관광을 마치고 관광버스가 있는 곳으로 가는데 저쪽 언덕에서 그 사람이 혼자 나타났다. 우리는 그를 반갑게 불러 같이 대화를 나누며 모임 장소인 관광버스로 돌아왔다.

차에 올라와 쉬려고 하는 데 갑자기 숙희가

"어~, 내 핸드폰이 안 보이네." 하며 놀란 표정을 지었다. 그러자 차를 타고 있던 일행들이 모두 한마디씩 한다.

"누가 손댄 것 아냐"

"관광객들 핸드폰을 훔쳐 다 판다는데?"

"잘 생각해 봐?"

나는 무척 당황스러웠다. 다음 주에 태국에 간다고 오지 않겠다는 걸 내가 억지를 부려 데려왔는데 나 때문에 백여만 원이나 하는 핸드폰이 없어졌다니 걱정이 앞섰다.

"얼른 나가 찾아보자. 우리가 다닌 곳을 한번 둘러보자."고 재촉하자 원래 늑대인 숙희는

"찾을 수 있겠어?" 하면서 태평한 태도다. 나는 옆 좌석에 있는 김 교장이란 사람을 바라보니 그는 여자들 일에 끼어들고 싶지 않은지 표정이 없다. 나는 마음속에서 조금 원망스러움이 묻어 나왔다. 그래도 며칠간 남들이 이상한 눈길을 보내면서 쑥덕거리는데도 동행해 줬는데 막상 일이 생기자 몰라라 하는 기분이 들었다. 대전에서 온 김 국장이란 사람이 있었으면 앞장서서 나섰을 것 같은 생각이 들었다.

숙희와 나는 차에서 내려 우리가 쇼핑하고 다닌 상가를 돌아보았다. 꽤 여러 곳도 다녔다. 그러다 두 갈래 길이 나타나 나는 숙희에게 "너는 나머지 상가를 돌아봐. 나는 관광하던 언덕을 돌아볼 테니?" 하면서 헤어져 혼자 넓은 괴레메 마을 언덕을 돌아보려고 하는데 갑자기

"김 여사님, 잠깐 기다리세요."라는 소리가 들려 돌아보니 그 사람이 바로 내 뒤에 서 있다. 우리는 그가 차에서 내려 뒤에 따라다닌 것을 알지 못하고 허둥대고 다닌 모양이다. 내가 그를 바

라보자 그는 무표정하게

"민 여사 전화번호를 불러 보세요." 한다. 나는 의아해하며 전화번호를 불러주자 그는 자기 핸드폰에 번호를 찍고 하는 말이 "내가 계속 핸드폰을 켜고 있을 테니까 다닌 곳을 돌아보면서 핸드폰이 계속 울리는 사람이 있나 살펴보세요."라고 한다. 언뜻 그럴듯하다고 생각하며 이곳저곳을 헤매는데 그는 여유롭게 뒤에서 천천히 따라왔다. 바위 속에 만들어 놓은 동굴 찻집과 사람들이 돌아다니는 괴레메 마을 언덕을 얼마 동안 헤매는데 앞에 있는 가무잡잡한 젊은 터키인 바지 뒷주머니에서 핸드폰 소리가 계속 울렸다. 그러자 그 청년은 핸드폰을 꺼내며 사방을 두리번거리다 나와 시선이 마주치게 되었다. 그는 나를 보자 의심의 눈초리를 의식했는지 손에 든 핸드폰을 보여주면서 무어라고 하는데 알아들을 수가 없었다. 얼른 핸드폰을 바라보니 그것은 바로 숙희가 잃어버린 핸드폰이었다. 나는 반가워하며

"어 이거 내 친구 것인데?" 하자 그는 알아들었는지 아니면 주인을 찾아주고 싶었는지 당황한 표정으로 핸드폰을 나에게 건네주었다. 그러고 있는 사이 그 사람이 우리 옆으로 다가오자 터키 청년은 얼른 자리를 피해 도망가듯 떠났다. 혹시 도둑으로 오인했을까 봐 당황한 모양이다.

이렇게 해서 잃어버린 핸드폰을 찾았다. 김 교장은 나에게 터키 청년에게 사례금이라도 조금 주지 그랬냐고 하는데 나는 아차 하는 생각을 하면서 '역시 신사는 신사인 모양이다.'라는 생각이 들었다. 핸드폰을 찾은 우리 두 사람은 의기양양하게 숙희를 찾아가면서

"어떻게 전화 걸 생각을 했어요." 하자

"평생 학교에서 직원들과 학생들 사건·사고만 처리하고 살았는데 이런 거야 사건입니까?" 하는데 믿음이 든든하게 느껴졌다. 상가에 있는 숙희를 만나자 그는 핸드폰 잃어버린 것은 벌써 잊었는지 쇼핑에만 열중하고 있었다. 핸드폰을 돌려주면서
"교장 선생님 덕분에 찾았어."라고 하며 돌려주었는데도 별로 반응이 없으며 고맙다는 말 한마디 없이
"그래." 하면서 받아 챙긴다. 오히려 내가 무안했다. 이런 과정에서 나는 사람은 역시 배워야 한다는 생각이 들었다.

그날 저녁은 오후 관광 일정이 빡빡하여 숙소에 저녁 8시가 넘어 들어 왔다. 우리가 묵은 숙소는 안탈리아 항구 근처에 있는 해변이란다. 저녁을 먹으면서 핸드폰 분실 사건 이야기가 나오자 대전에서 온 김 국장이란 사람이 잃어버린 핸드폰을 찾은 기념으로 자기네 방에 가서 소주 한잔하고 가자고 권하여 숙희와 나는 남자들 방으로 갔다.

남자들이 집에서 가지고 온 술과 안주로 한 잔씩 하는데 김 국장이란 분은 나이가 많다며 사양하고 나도 술을 잘 못 한다고 사양하는데 숙희와 김 교장이란 사람은 꽤나 술을 좋아하는지 서로 잔을 주거니 받거니 한다.

이런 화기애애한 분위기 속에서 여행에 대한 소감을 이야기하던 중 김 교장이란 사람은 아침에 산책하러 나가고 싶은데 숙소에 늦게 들어와 어떤 방향으로 가야 할지 모르겠다고 불평을 했다. 그러자 나도 모르게
"나도 같이 가면 안 될까요. 매일 아침 산책을 하는데 여행 와서는 무서워서 못했네요."라고 하자 김 교장이란 사람은 얼굴에 화색이 돌며 반기는 표정인데

"김 교장 잘됐네. 내일부터 여행 끝날 때까지 혼자 걷지 말고 매일 두 사람이 같이 걸으면 되겠네."라고 김 국장이 말했다.

김 교장이란 사람은 그동안에도 매일 아침 일찍 일어나 혼자 산책을 했단다. 우리는 서로 핸드폰 번호를 입력하고 내일 아침 4시 반에 그 사람이 내방 앞 복도에서 기다리겠다고 약속했다.

다음 날 아침 4시 반경 핸드폰 소리에 놀라 깨어나 받아보니 굵은 남자 목소리가 흘러나왔다.

"혹시 잊으셨습니까?" 나는 벌떡 일어나 시치미 떼고

"아니요. 곧 나갑니다."하며 전화를 끊고 정신없이 옷을 챙겨 입었다.

어제 여행이 피곤했었나 깜박 늦잠을 잔 모양이다. 하긴 약속을 했어도 술 마시고 한 이야기라 설마 하는 생각도 있어 그리 깊게 생각하지 않아 늦잠을 잤나 모르겠다. 방문을 열고 나가자 그는 내 방문 앞에 서 있었다. 시계를 보니 4시 40분이 지나고 있었다. 아마 내 방문 앞에서 시간이 지나도 소식이 없자 전화를 한 모양이다.

"미안해요. 오래 기다렸어요? 혹시 술 마시고 하신 말씀이라 아니 오시나 해서."하고 말끝을 흐렸다. 그러자 그는 웃으며

"아니요. 괜찮습니다." 한다.

우리는 알지도 못하는 호텔 뒤쪽 숲속 길로 나섰다. 혼자 같으면 혹시 방향을 잊을까 두려워 못 가겠지만 옆에 남자가 있으니 두려움이 없어졌다. 3월의 새벽 네 시 반은 한밤중이었다. 그믐인지 달빛도 없고 하늘에는 별들이 초롱초롱 떠 있다. 새벽 공기의 찬 기운이 몸을 움츠리게 했다.

호텔 주변은 가로등이 있어 주변을 비추어 줬다. 조금 걸어 나가자 오른쪽은 해변인지 나무숲 넘어서 파도 소리가 들려왔다. 자동차가 다니는 길이 계속 이어졌으나 얼마 못 가 가로등이 없어 겨우 도로만 보일 정도였다. 우리가 묵은 곳은 호텔 겸 리조트라 꽤나 넓고 큰 건물들이 여러 동 있었다. 그리고 어제 숙소에 들어올 때 주변에 유명한 골프장이 있다고 가이드가 설명해 주었는데 깜깜한 밤이라 어데 가 어딘지 분간할 수가 없었다.

우리는 느긋한 마음으로 사색을 하며 먼 불빛을 따라 말없이 도로를 걷기만 했다. 이 사람은 별로 말이 없는 사람인지 아니면 무슨 생각에 빠진 것인지 묵묵히 걷기만 했다. 외모에 풍기는 대로 인상은 인자해 보이나 눈빛이 그리 누구에게 호락호락 질 사람은 아닌 것 같았다. 고등학교에서 교장 정도 했다면 그리 만만한 사람은 아닐 것 같다는 생각이 들었다. 그리고 마음 한쪽으로 혹시 실수라도 하지 않을까 하는 조바심도 생겼다. 숲길인지 풀밭인지 알 수는 없으나 인가도 없는 도로가 끝없이 이어지고 있다. 2㎞쯤 걸었을까? 말없이 걷던 그는 허리춤에서 무엇인가 꺼내더니 핸드폰 빛으로 확인하는데 만보기를 보고 있다. 나는

"얼마나 걸었어요." 하자

"3,000보 정도 걸었네요. 이제 반대쪽으로 가 볼까요."라고 한다.

"그럴까요."라고 대답하자 걸어왔던 쪽으로 다시 발길을 돌려서 걸었다. 이번에는 숙소를 지나 조금 지나자 갈대숲 길이 나타나고 해변의 파도 소리가 가까이에서 들려 왔다. 그리고 길도 좁아져 어둠이 더 짙어졌다.

나는 은근히 두려움이 왔다. 이 사람은 지금 무슨 생각을 하고

있을까? 궁금하면서 설마 나에게 몹쓸 장난은 하지 않겠지? 하면서도 알 수 없다는 생각에 핸드폰을 꺼내 전등불을 키자 그는 신기한 듯

"핸드폰에 그런 것도 있어요." 하면서 반긴다. 아마 핸드폰에 전등 기능이 있다는 것을 몰랐던 모양이다. 하긴 나이 든 사람들이 전화나 사용할 줄 알았지 핸드폰 기능에 대하여 무엇을 알겠냐는 생각이 들었다.

이렇게 걷고 있는데 날이 새는지 주변이 조금씩 부연하게 보이는데 우리가 걷고 있는 곳은 해수욕장 부근으로 방갈로가 군데군데 눈에 들어오고 모래밭에 나무와 풀들이 내 키보다 조금 더 크게 보이기 시작했다. 우리는 아침 식사 시간에 맞춰 숙소로 돌아온 것이 그 사람과 첫 데이트였다.

산책 후 우리는 상당히 친해졌다. 관광하는데 자연히 그와 내가 파트너가 되었고 숙희는 대전에서 온 사람과 짝을 이루는 형상이 되었다. 이렇게 생각하는 것은 나 혼자만의 생각인지 모른다.

여행 대부분 네 사람이 거의 같이 행동했으니까? 다만 네 사람이 사진을 찍을 때 자연스럽게 사람의 위치가 바뀐 것은 사실이었다. 숙희가 국장 옆에 서고 나는 교장 옆에서 사진을 찍은 것이다. 숙희 속마음은 알 수가 없지만, 혹시 혼자 사는 나를 두 노인네 중에서 젊은 사람에게 붙여 주기 위해서 그러는지도 모른다는 생각이 들기도 했다.

나는 지난해까지 숙희가 소개해준 그의 사촌 오빠와 자주 만나는 사이였다. 그의 오빠는 은행장인데 나이가 나보다 5살 위로 상처하여 혼자 사는 사람이었다. 그녀는 은근히 사촌 오빠와

재혼 하라고 부추기고 있었으나 결혼에 한 번 혼난 나는 두 번 다시 결혼하지 않겠다고 생각을 하면서도 혼자 사는 외로움은 벗어날 수 없었다. 이런 갈등을 느끼고 있을 때 그 사람이 청혼했다. 그러나 나는 아직 재혼할 생각이 없다고 거절하자 그는 지난겨울 서울로 전출하면서 재혼하여 헤어지게 된 것이다. 이런 내 마음을 달래주기 위하여 그녀가 나와 같이 여행을 동행해 주었는지 알 수는 없다.

어제 아침 일이다. 그녀는 나에게

"야~, 천안에서 온 교장이란 사람 꼭 민수 오빠같이 생기지 않았니?" 한다. 그리고 보니 키도 크고 얼굴도 핸섬하며 목소리나 몸매가 비슷하다는 생각이 들었다. 다만 나이가 조금 더 많다는 것만 다르다는 생각이 들었다.

"글쎄. 그러고 보니 그런 것도 같네."라고 대화를 한 적이 있었다. 자기 사촌오빠와 헤어진 나를 위해 사귀어 보란 뜻인지 모른다고 생각하면서 싫지는 않았다. 그녀 오빠가 청혼했을 때 거절은 했지만 내 마음속에 그를 꽤나 좋아했었던 것도 부인하지 못한다. 그는 나에게 너무 친절했고 자상하게 대해준 것이 전남편과 전혀 다른 남자의 모습을 보게 된 것이다.

그날 아침 특별히 한 이야기는 없었지만, 그 사람과 묵묵히 걸은 두 시간이 불안하면서도 행복했었다는 여운이 남았다. 그러나 마음 한구석에 나이가 지긋한 사람이 혼자 해외여행 나온 것이 이상했다. 대전에서 온 사람은 부인이 나이도 많고 건강이 좋지 않아 혼자 왔다고 하는데 60대 중반인 이 사람은 왜 혼자 왔는지 알 수가 없었다. 혹시 점잖은 체하면서 뒤로 호박씨나 까는 제비족이 아닌가? 하는 의심도 들었다. 여하튼 조심해야지 혼자 산다고 깔보이면 안 되니까? 혼자 산다는 것을 일절 내색하지 않기로 마음먹었다.

아침 산책을 즐긴 나는 오늘 여행이 더 즐거울 것 같았다. 일정을 보니 오전은 안탈랴 항구인 지중해에서 유람선이 옵션으로 되어 있고 하드리아누스문 관광으로 되어 있다. 일행들 대부분이 유람선은 타는데 나는 옵션을 신청하지 않은 세 사람과 해안 주변을 걷는 관광을 했다. 내가 배를 타지 않자 그 사람은 못내 아쉬운 표정을 지어 보였다. 설마 나를 좋아하고 있는 것은 아닌가 하는 생각을 하며 묘한 기분이 들었다.

오후는 파묵칼레에서 석회봉 온천수로 족욕 관광을 하는데 걷기를 좋아하는 그 사람과 나는 자연스럽게 짝이 되어 남들보다 관광 범위가 넓었다. 다른 사람들이 별로 가지 않는 파묵칼레 석회봉 온천수를 따라 산 아래까지 온천수를 즐기며 걷고 또 걸었다. 그리고 자세를 취하면서 서로 사진을 찍어주며 걸었다.

이런 우리를 보고 같은 차를 타고 온 여자들이 무어라고 속닥거렸다. 언뜻 보기에 부부같이 보이나 나이 차이가 크게 나 부부는 아닌 것 같고 그렇다고 남매도 아닌 것 같으니 의심의 눈길을 보내는 모양이다. 그와 같이 온천수를 걸으면서 우리 여행객 일행의 옆을 지나가는데 여자 둘이 속닥거리는 소리가 귓속에 들어왔다.

"저 사람들은 부부가 아닌 것 같은데"라고 한 사람이 말하자 상대방은

"돈 많은 남자가 젊은 여자를 데리고 온 모양이지." 한다. 나는 얼굴이 화끈해지며 옆에 있는 남자를 힐끔 쳐다보니 그는 못 들은 것인가? 아니면 못 들은 척하는 것인지 모르지만 아무런 반

응이 없이 석회봉에 흘러내리는 온천수를 즐기고 있다.

그날 저녁 우리가 있는 호텔에 온천수 수영장이 있다고 관광 상품에 나와 있고 수영복을 준비하라는 내용도 있었다. 우리 네 사람은 저녁을 먹으면서 온천탕에 가서 수영하고 맥주 한잔하자 고 약속했다. 맥주는 이 사람이 한턱내겠단다. 오늘 그는 기분이 좋은 모양이다. 술을 먹자고 하자 숙희가 제일 좋아했다. 원래 숙희는 술을 곧잘 마시는 사람으로 술자리를 피하지 않는 성격 이었다.

수영복을 입고 물어물어 지하에 있는 탕에 가보니 수영장이란 곳은 고작 10m도 안 되는 것 같고 찜질방이란 곳도 허술하기 짝 이 없었다. 우리는 실망하여 수영장을 훑어보는데 그 사람은 혼 자 물속으로 뛰어들어 좁은 수영장이지만 수영을 하는데 나이에 비하여 나잇살도 하나 없이 몸매가 날씬하고 수영도 곧잘 했다.

다른 사람들은 수영장에 들어가지도 않고 바로 찜질방으로 들 어가자 그도 곧 찜질방으로 들어왔다. 조그마한 찜질방에 몇 사 람이 들어오자 가득 찬 기분이다. 그 사람이 들어오자 숙희는 무 엇이 불만인지 방으로 간다며 나간다. 뱃살이 나온 몸매를 보여 주기 싫은 것인지 모르겠다고 생각하며 별수 없이 나도 그녀를 따라 일찍 방으로 돌아왔다.

얼마 있다 남자들로부터 전화가 왔다. 주변에 나가 맥주나 한 잔하잔다. 나는 약속을 했으니 나가자고 했으나 숙희는 무엇이 틀어졌나 나가고 싶으면 혼자 가라고 했다. 술도 별로 좋아하지 않는 나는 점잖게 사양하고 내일 아침 네 시 반에 호텔 현관에서 만나자고 약속을 하고 전화를 끊었다.

다음 날 아침 4시 반에 현관으로 나가자 그는 먼저 나와 있었다. 나도 모르는 사이에 반가움이 몸에 서린다. 우리는 어제 석회봉 언덕에서 온천 족욕을 할 때 마을과 도로를 자세히 살펴봤기에 쉽게 산책 코스를 정했다.

가로등이 있는 도로를 따라 새벽 산책을 하면서 처음에는 별로 말도 없이 서로 걷는 데에만 열중하고 있었다. 얼마를 걷다 어제와 같이 숙소에서 너무 멀리 떨어지는 것이 두려운지 아침 식사 시간을 확인하면서 다시 반대 방향으로 걷자고 하여 다시 되돌아서 걸었다.

어제 아침과 낮에 두 사람만의 시간 속에서 상당히 가까워졌나 대화가 자연스러웠으며 서로 자기 생활도 조금씩 이야기하기 시작했다. 내가 그에게 여행을 왜 사모님하고 같이 오지 않고 혼자 왔냐고 물으니 그는 자연스럽게 자기네 가정환경을 이야기했다.

그는 자녀를 딸 둘에 아들 하나를 두고 있단다. 그 사람은 7남매 장남인데 딸만 둘을 두자 장모가 자기 딸에게 아들을 하나 낳으라고 조르고, 부인도 시부모 눈치가 보이는지 그만두자고 하는 자기 말을 듣지 않고 늦둥이를 하나 두었단다.

자기는 한동안 아이가 생기지 않아 다 끝난 줄 알고 부부 생활에서 별로 신경을 쓰지 않았는데 40대 중반이 되어 아이가 생겨났단다. 임신한 부인이 태아 성별 검사를 한 결과 아들이라고 하여 난 것이 늦둥이인데 이 늦둥이가 선천적 발달장애를 가지고 태어났단다. 바로 이 아이가 자기네 부부의 생활을 옭아맨 것이란다.

이야기를 듣는 순간 가슴이 뭉클했다. 이 사람의 가슴 속에는 인간의 힘으로 풀 수 없는 한이 서려 있는 사람이구나 하는 생각이 들었다. 이 사람은 그런 환경 속에서도 가정을 부인에게 맡기고 자기 직장인 학교에만 충실하다 퇴직하고 보니 부인에게 미안하여 이제는 가정에 충실해 보려고 노력하는 중이란다.

해외여행은 부인과 같이 다니지 못하고 교대로 한 사람은 아이를 돌보고 한 사람은 여행한단다. 그리고 지난해에 부인이 터키 여행을 다녀와서 한번 나가보라고 권하여 이번에는 자기가 나왔단다. 나만큼이나 가슴 아픈 사람이 또 있다고 하는 생각이 들었다. 그리고 지금까지 왜 교장이나 했다는 사람이 혼자 여행을 왔을까? 의심했는데 의문점이 풀어지면서 자신도 모르게

"선생님 말씀을 들어 보니 믿음이 가네요. 혹시 하고 의심했는데?"라고 말하며 나도 자연스럽게 내 가슴에 응어리진 말을 하나, 둘 풀어가며 걷고 있었다.

그런데 갑자기 위험한 상황이 닥쳐왔다. 터키라는 나라는 개를 방목한단다. 거리에 개들이 자연스럽게 활보하고 있고 사람을 두려워하지 않는 것이다. 여행 중 안내 가이드 말이 이곳은 개들이 집을 나와 마음대로 돌아다니며 길거리에서 사람들이 던져 주는 음식물을 먹고 사는 들개가 많다는 것이다. 그러다 보니 여행객들이 아침 산책 중 굶주린 개를 만나 종종 봉변을 당하는 경우가 발생하니 새벽 산책을 하시는 분이 있으면 개를 조심하라고 말해 준 것이다. 그러면서 어느 여행객이 새벽 산책하러 나갔다가 개에게 큰 낭패를 본 적이 있다고 말해 주었는데 오늘 우리가 개에게 제대로 포로가 된 모양이다.

산책 처음에는 고양이 한 마리가 상당한 시간 우리를 따라다니더니 없어지고 바싹 마른 중간 크기 개 한 마리가 계속 졸졸 따라왔다. 아마 한 20여 분은 따라온 것 같은데 마을 어귀를 벗

어날 때쯤 갑자기 우리 앞쪽으로 나서 길을 막으면서 눈에 파란 불을 켜고 앞발로 버티며 으르렁거렸다. 나는 깜짝 놀라 몸이 오싹해지며 발이 땅에 붙는 것 같은 느낌이 들었다. 그런데 그는 남자라 그런지 아니면 무섭지 않은지 별로 표정도 없으며 한참이나 개와 눈싸움을 하고 있다.

우리 주변은 아스팔트 도로라 돌멩이나 나뭇가지 하나 보이지 않았다. 개는 조금도 지지 않고 계속 으르렁거리며 버티고 있는데 그는 호주머니에서 무엇인가 꺼내더니 개에게 던져 주었다. 개는 얼른 던져 준 물건을 입으로 확인하고 다시 으르렁거렸으나 이쪽에서 아무런 반응이 없자 소득이 없다는 것을 알아차렸나 던져 준 물건을 물고 사라졌다.

나는 신기하여 무엇을 주었냐고 묻자 그는 웃으면서 어제 김 국장이 준 사탕을 먹지 않고 호주머니에 넣어뒀는데 생각이나 던져 줬단다. 사탕 하나로 위기를 모면한 것이다. 내 마음속에 이 남자 행동이 참 믿음직스럽다는 생각이 커졌다.

5일 차 관광에서 터키 가죽 제품 쇼핑이 있었다. 그는 그동안 쇼핑센터를 들렀을 때 매점에 들어와 보지도 않던 사람이었는데 여기서는 관광객 대표로 가죽 잠바 모델이 된 것이다. 키가 크고 날씬하며 나이는 먹었으나 배가 전혀 나오지 않고 몸에 균형이 잡혔으니 가이드가 추천한 모양이다.

매점 점원이 이름을 부르며 나오라고 하자 처음에는 멈칫멈칫하더니 점원을 따라 매점 안으로 들어갔다. 그리고 얼마 있다 가죽 잠바를 입고 무대로 걸어 나오는데 어디서 봤는지 남자 모델 흉내를 제법 그럴듯하게 냈다. 우리 일행은 그에게 멋지다고 소리를 지르며 박수를 보냈다. 그는 기분이 좋았던지 속은 세무요

겉은 빨간 춘추 가죽 잠바를 꽤 비싼 돈을 주고 샀다. 나는 이 사람 집에 가서 사모님한테 한마디 듣겠다고 하는 생각을 하며 모델 한 번 해보더니 제정신이 아닌 모양이로구나 하는 생각이 들었다.

마지막 날은 아이발릭 해안을 관광하고 보스포러스 해협에 숙소를 잡았다. 그동안 즐거웠던 여행이 마무리되어 가는 것이 아쉬운지 김 국장이란 사람이 우리 일행 중 충청도에서 온 사람들을 모두 다 자기네 방으로 초대했다. 이번 우리 여행단 일행은 전체가 23명인데 그중 남자는 가족과 같이 온 두 사람과 나와 같이 어울리는 두 사람으로 총 네 사람이고 나머지는 모두 여자들이었다. 남자들이 무척 귀한데 숙희와 내가 두 사람을 차지한 것이다. 그래서 그런지 여자들끼리 온 팀들에서는 여행 내내 우리에게 이상한 눈길을 보냈다.

충청도 팀들은 우리 말고도 대전에서 온 50대 여자 둘과 아산이 고향이라는 노처녀가 혼자 가이드와 같이 방을 사용하며 와 있었다. 좁은 방에서 남자 둘과 여자 5명이 맥주와 소주를 한 잔씩 마시며 그동안 여행에서 즐거웠던 일들을 마음껏 떠들었다.

마지막 밤을 잔 아이발릭 해안을 어제와 같이 새벽 네 시 반에 나와 산책을 하는데 이제는 그와 몇 년 만난 사람같이 자연스러웠다. 그러다 보니 내 신상에 관한 이야기도 자연스럽게 흘러나와 사실 그대로 전해준 것이다. 그러자 그는 안타까운지 나에게 간곡하게 이혼한 전 남편과 합치라고 권유했다. 나이 먹으면 부모 자식 친구 다 소용없고 부부뿐이라며 전 남편과 서로 화해하란다.

나는 그런 인간은 두 번 다시 보지 않겠다고 딱 잘라 말했다.

그러자 그는 무척이나 안쓰러운지 자기 주변에 좋은 남자가 있는지 찾아보겠단다. 나는 혹시 당신 같은 남자가 있다면 하는 생각을 하면서 속으로 웃었다.

걷기를 좋아하는 두 사람은 자연스럽게 걷는 것에 대하여 이야기를 나누게 되었다. 그는 퇴직한 지 5년이 되었는데 그동안 친구들과 골프를 하면서 심심풀이로 농사일을 하고 있단다. 밭이 조금 있는데 오전에는 매일 밭에 나가서 각종 채소 등 30여 가지 작물을 재배하고 오후는 스포츠클럽에 나가 골프 연습과 헬스장에서 헬스를 하는 것이 하루 생활이란다.

그러다 어느 날 밭에서 일하다 허리가 뜨끔하여 진찰을 받아 본 결과 척추협착증과 디스크가 파열되었다 하여 지난해 1월 척추 수술을 받은 후 매일 만 보 이상 걷기 운동을 일 년간 실천하고 있단다.

그리고 전에는 산을 좋아해 마음이 울적하던지 일이 잘 풀리지 않으면 혼자 큰 산을 찾아가 일고여덟 시간씩 헤매다 보면 기분이 좋아져 종종 큰 산에 올라간단다. 그가 좋아하는 산은 지리산이란다. 젊어서는 매년 6월 6일 현충일 날 설악산 대청봉을 등산했고 나이를 먹으면서는 지리산 천왕봉을 오르는 것이 또 하나의 취미란다.

나도 청주에 있는 무심천을 아침마다 한 시간씩 걸으며 친구들과 한 달에 한두 번씩 산행한다고 말을 하자, 언제 산에 갈 때 자기한테 연락을 주면 같이 가 주겠단다.

나는 겁도 없이

"그러면 지리산 한 번 안내해 줄 수 있을까요. 고향이 함안군인데 지리산을 한 번도 못 가봐서?" 하자 그는 망설이지 않고

"그럽시다." 하며 돌아오는 현충일 날 날을 비워 두란다. 이렇게 해서 우리는 6월 6일 현충일 날 지리산 등산을 하자고 약속한 것이다.

2

여행을 마치고 집에 돌아오자 나에게 날벼락이 떨어져 있었다. 내가 다니고 있던 병원에서 운영상의 문제로 나를 해고한 것이다. 사무장이 입버릇처럼 병원 운영이 어렵다고 말해 왔지만 이렇게 갑자기 잘릴 줄은 미처 생각하지 못했다. 휴가를 준다고 할 때 조금 이상한 느낌은 있었지만 설마 했는데 내 생각이 짧았던 모양이다. 여행에서 누적된 피로도 풀고, 마음도 정리하자며 쉬고 있는데 돌아온 지 3일 차 되는 날 그 사람으로부터 카-톡이 날아왔다. 내용은 '보고 푼 여인을 그리며"라는 제목으로

천아(천안과 아산)의 삶 소리 귓가에 맴도는 지산공원에서
벚꽃 나뭇가지에 움트는 꽃봉오리를 바라보니
끝자락에 매달린 아기 꽃봉오리가 내 마음 같으랴

봄을 재촉하는 남풍이 내 옷깃을 흔들고 있는데
정자 주변을 맴도는 이름 모를 나그네 한탄 소리가
답답한 내 가슴을 더욱더 아프게 하네.

라는 시 귀가 적혀 있다. 그리고 자기 블로그에 터키 여행 기행문과 사진을 올려놨으니 시간이 나면 한번 보라며 블로그 주소가 적혀 있다.

여행에서 지친 몸을 채 다스리기 전에 직장에서 해고된 나는 멍한 상태로 세상을 잊고 싶어 집에서 꼼작도 하지 않고 있었다. 그러다 카-톡을 보자 반가움과 그리움이 솟구치면서 잠시나마 여행에서 행복했던 일들이 머릿속으로 스쳐 갔다.

참 멋진 분이구나. 이런 사람과 사는 사람은 얼마나 행복할까 생각하며 그의 블로그에 들어가 보니 그가 살아온 인생길과 현재 생활하고 있는 모습들이 잘 정리되어 있었다. 이 사람은 이런 사람이라는 것을 느낄 수 있도록 사진과 글이 정리되어 있었다.

지금까지 내가 생각하지 못한 세계에서 생활하는 사람이란 생각을 하며 혼자 빙그레 웃었다. 그리고 이 남자가 나를 잊지 못하고 있구나 하는 생각과 혹시 다른 꿍꿍이속이 있나 하는 의심도 들어왔다.

나는 그 사람에게 전화할까 망설이다 이내 포기하고 말았다. 여자가 자존심 상하게 먼저 전화를 하면 깔볼 것 같은 생각이 들어 먼저는 절대 연락을 취하지 않겠다고 마음속으로 다짐했다. 그가 신사라면 분명 지리산 등산을 안내해 준다고 약속했으니 연락이 오겠지라는 생각을 해 봤다.

그러고 하루가 지나자 정말 전화가 왔다. 카-톡을 보냈는데 소식이 없자 궁금해서 전화한 모양이라 생각하며 나도 모르게 반가운 목소리로 전화를 받았다.

"안녕하세요. 교장 선생님."

"안녕하세요. 김 여사님, 피곤은 좀 풀렸습니까?"

"예. 저는 괜찮은데 선생님은 어떠세요."

"예, 나도 별문제 없습니다." 하고 우리는 여행에서 온 피로가 가셨냐고 서로 안부 인사를 주고받은 다음 나도 모르게 병원에

서 해고당해 집에서 쉬고 있다고 말해 버렸다. 그러자 그쪽에서 당황하는 목소리로

"그게 무슨 말입니까?" 한다.

"사실 여행 가기 전에 조금 이상은 했는데 이렇게 쉽게 해고될 줄은 미처 생각을 못 했네요."라고 하자 그는

"지금이 어느 세상인데 본인도 없는 상태에서 마음대로 해고를 한답니까. 참지 마시고 법적 대응을 하시기 바랍니다."라고 격한 목소리가 들려왔다. 그러면서 자기가 도와주겠다고 흥분한 목소리가 흘러나왔다.

나는 걱정하지 말라고 사양을 하면서도 '이 세상에 내 편을 들어 준다는 사람이 다 있구나,' 하는 고마운 생각이 들었다. 이렇게 통화가 시작된 우리는 하루가 멀다고 전화를 주고받는데 채 일주일이 가기 전 알지 못하는 전화가 걸려와 받아보니 칼칼한 여자 목소리가

"즐겁게 여행을 다녀왔으면 그것으로 끝낼 일이지 무슨 미련이 많아 남의 집 남자와 전화를 주고받느냐?"며 나무라는 전화가 왔다. 내 직감이 이 남자가 자기 부인한테 전화하다 들켰다고 생각하면서

"죄송해요. 잘 알았습니다."고 대답하면서 전화를 끊었다. 그러나 마음 한구석에 연애한 것도 아니고 뭐 내가 잘못한 것이 없는데 하는 생각을 하면서도 아쉬움이 남는다.

그런 일이 있은 다음 한동안 그로부터 연락이 없었다. 나도 새로운 일자리를 구하기 위하여 친구들과 만나며 이곳저곳 다니다 보니 여행에서 있었던 일은 서서히 기억 속에서 사라져 가고 있었다.

그러던 중 서울에 있는 숙희가 태국을 다녀왔다며 전화가 왔다. 병원을 그만두었다고 했는데 무엇을 하냐며 한 번 만나잔다. 그러면서 청주에 내려온다고 해 반가워하며 내려오라고 했다.

숙희가 청주에 내려와 나와 같이 지내면서 지난번 터키 여행에서 만났던 천안사람이 멋져 보인다며 그 사람과 한번 잘해보지 그러냐고 충동질했다. 그리고 혹시 전화가 없었냐고 내 속을 떠본다. 한동안 잊고 있었는데 갑자기 그 사람이 그리워지며 잔잔한 내 가슴에 다시 불이 붙었다. 나는 시치미를 떼고

"쓸데없는 소리 하지 마."라고 했지만, 그의 모습이 눈앞을 스쳐 갔다. 숙희는 대전에 김 국장과 천안 사람을 한번 만나 보고 하여 김 국장에게 전화를 걸자 그는 반갑게 전화를 받으며 대전으로 오라고 했다. 그리고 자기가 천안에 전화할 테니 한 번 만나잔다.

나는 속으로 그 사람이 쉽게 나올까 생각하면서 숙희와 같이 대전 약속 장소에 나가자 김 국장 혼자만 와 있었다. 천안 사람은 바쁜 일이 있어 올 수 없단다. 역시 내 생각이 맞았다고 생각하며 우리 세 사람은 식사하면서 지난번 여행도 이야기했지만 말하기 좋아하는 숙희가 자기 친구들과 태국 다녀온 이야기로 많은 시간을 보냈다.

3월 중순에 여행을 다녀왔는데 그럭저럭 4월이 지나고 5월이 오자 다시 그로부터 카-톡이 왔다. '어떻게 지내냐'는 것이다. 나는 잘 지내고 있다고 문자를 보내자 바로 전화가 왔다. 걱정스러운 목소리로 무엇을 하면서 지내냐고 물었다. 사실 나는 적당한 일자리가 없어 노는 것도 따분하여 주중에는 식당에 나가 아르바이트를 하면서 시간을 보내고 있었다. 그래서 거짓말도 하

기 싫어 식당에 나가 아르바이트를 한다고 하자 힘들지 않으냐며 걱정스러운지 위로를 한다.

그러고 지난번 약속한 지리산 등산은 약속대로 6월 6일 날 갈 수 있냐고 물어와 좋다고 대답했다. 한 3일쯤 지나자 다시 전화가 왔다. 혹시 시간이 되면 속리산 등산을 하잔다. 내가 좋다고 하자 약속 날짜와 장소를 말하라고 해, 우리 집에서 조금 떨어진 무심천 주변에다 만날 장소를 정하고 날짜와 시간을 가르쳐 주었다. 그러면서 속으로 철저한 사람이구나 하는 생각이 들었다. 겁 없이 지리산을 간다고 하자 50대 주부가 잘 갈 수 있을까 확인하기 위하여 속리산에 가자고 하는구나? 라는 생각이 들었다.

약속 장소에 나가자 멋진 은색 그랜저 옆에 그 사람이 서 있었다. 우리는 아주 오랫동안 사귀어 온 사람처럼 자연스럽게 인사하며 반가워했다. 며칠 여행에서 만난 사람인데 웬일인지 남자에 대한 어색함이 하나도 없었으며 아주 오래 사귄 친구와 같은 기분이 들었다. 그는 속리산을 몇 차례 다녀 봤다며 법주사 쪽을 향하여 차를 몰고 갔다.

나는 보은 가까이 왔을 때쯤 갑자기 친구가 말한 생각이 떠올랐다. 내가 속리산을 간다고 하니까 법주사로 오르면 코스가 길고 힘드니까 경상북도 상주 쪽으로 오르면 쉽다고 가르쳐 준 것이다. 그래서 상주 쪽으로 오르는 길을 아는지 물어보자 그는 모른다며 시작하는 곳이 어디냐고 묻는다. 나도 친구가 가르쳐 줬는데 기억이 나지 않아 길옆에 차를 세우고 친구에게 전화를 걸어 물어보자 속리산 화북오송탐방지원센터에서 시작한다며 한 번 잘해보라고 농담을 건넨다. 나는 잘해보란 소리에 얼굴이 화끈거려 그 사람이 혹시 듣지 않았나 눈치를 보니 반응이 없었다.

속리산 화북오송탐방지원센터에서 오르는 길은 주차장에서 바로 숲길 등산로가 시작되어 법주사같이 평지 길은 없고 바로 산을 오르는 코스였다. 산을 오르면서

　"혹시 오늘 속리산에 온 것은 내가 지리산에 올라갈 수 있나 없나 확인하기 위해 오자고 한 것이지요."라고 묻자 그는 웃으며

　"꼭 그런 것만은 아닌데" 하며 말을 흐린다.

　"그러면 왜 갑자기 속리산을 가자고 했나요?" 하자

　"나도 허리 수술을 받고 큰 산을 한 번도 오른 적이 없어 지리산에 오를 수 있을까? 의문도 있고?"

　"또, 김 여사 산행 솜씨도 보고 싶고 해서."

　"그럴 줄 알았어요. 그런데 저는 산은 빨리 타지는 못하는데요." 하자

　"산은 서둘면 쉽게 지쳐 오르지 못합니다. 걸음 나는 대로 꾸준히 오르는 사람이 잘 타는 사람이지요." 하며 자기도 빨리는 타지 못한단다.

　속리산 화북오송탐방지원센터에서 문장대까지 등산코스는 3.3㎞고 등산 시간은 1시간 50분 정도 걸린다고 안내판에 나와 있다. 별로 말이 없이 등산에 열중한 우리는 등산 대회를 하는 것도 아닌데 각자 자기가 등산하는 데 문제가 없다는 것을 보여주기 위해서인지 빠르지는 않았지만 쉬지 않고 걸었다.

　간간이 보이는 등산객들을 추월하며 산을 오른 것이다. 내가 앞에서 걷고 있는데 중간 가까이 계곡이 끝나는 지점쯤 왔을 때 잠깐 쉬어서 음료수라도 마시고 가잔다. 이렇게 오른 산은 1시간 반 남짓 걸려 문장대에 올랐다. 나이 든 사람들치고는 상당히

빨리 올라온 것이다. 서로 건강을 확인하고 등산 실력을 보여 준 셈이 됐다.

문장대에 오르자 사람들이 북적거렸다. 평일인데도 등산객이 꽤 많았다. 문장대에서 서로 사진을 찍어주다가 용기를 내어 내가 먼저 같이 한 장 찍자며 내 핸드폰을 셀카로 하여 그 사람 가슴에 얼굴을 대고 그와 나의 모습을 담아 본다. 그는 별 반응 없이 내가 하는 대로 응해 주었다.

문장대에서 한동안 사방을 둘러본 후 점심 먹을 곳을 찾았다. 문장대 바위에서 철판으로 된 계단을 내려오다 보니 두 번째 철판 계단 아래에 그늘 공간이 보였다. 바위와 바위로 둘러싸여 있으며 사람들 눈에도 잘 띄지 않았다.

우리는 그곳에 들어가 간단하게 준비해온 음식을 먹었다. 그는 떡과 음료수를 준비해 왔고 나는 빵을 준비해 왔다. 밥을 준비했으면 좋았을 것인데 혼자 살다 보니 밥을 잘 해 먹지 않는 습관이 생겨 빵을 준비한 것이다. 이 사람이 여자가 빵을 준비한 나를 이상하게 생각하지 않을까 하는 조바심도 생겼다.

음식을 먹으며 앞을 보니 철판 계단이 있는 바위 밑에 모래가 수북이 쌓여 있다. 나는 이곳에 두 사람이 문장대에 오른 기념 표시를 남기고 싶다는 생각이 들었다. 언젠가 다시 오면 이 사람과 등산한 추억을 기억하리라는 생각으로 가방 속에서 메모지를 꺼내 오늘 날짜와 시간을 적어 둘둘 말아 빈 음료수병에다 넣고 마개를 닫아 모래 속에 묻었다. 그 사람은 내가 하는 모습을 물끄러미 쳐다보며 아무 말이 없다. 나는 속마음을 들키지 않았나 하는 생각이 들어

"다음에 올라오면 오늘을 기억하려고요." 하면서 웃으니 그도

따라 웃는다. 그는 별로 힘들어하지 않고 산에 오른 나에게 등산을 잘한다고 칭찬해 주는데 내 마음도 흐뭇했다. 웬일인지 오늘은 다른 날보다 이상할 정도로 힘들이지 않고 산을 오른 것이다.

이처럼 속리산을 다녀온 후 그 사람은 어떻게 생각하고 있나 모르지만 내 마음 한구석에 그 사람이 자리를 차지하고 있다는 것을 느끼게 되었다. 나도 모르는 사이에 전화나 카-톡을 기다리는 사람이 된 것이다. 서울에 사는 숙희는 낌새를 느꼈는지 수시로 천안에서 무슨 연락이 없냐고 물어 오는데 일체 연락이 없다며 비밀로 했다.

3

나는 시간이 날 때나 좋은 글귀가 있으면 카톡으로 그에게 소식을 보냈다. 그러면 답장이 꼭 날아왔다. 그러다 6월 6일 현충일에 지리산을 오른다고 생각하니 더울 것 같다는 생각이 들어 그에게 카톡을 보냈다. 지리산 오르는 것을 6월은 너무 더울 것 같으니 5월에 오르면 어떠냐고 제안하자 5월 말경 오르자는 답이 왔다. 그러다 5월 22일 갑자기 내일 시간이 어떠냐고 문자가 들어왔다. 시간이 나면 지리산 둘레 길을 걷자는 것이다. 나는 반가운 마음에 앞뒤를 생각하지 않고 좋다고 대답하자 약속 시각이 날아왔다. 지난번 만난 장소에서 새벽 다섯 시 반에 만나자는 것이다.

5월 23일 새벽 즐거운 마음으로 일어나 전과 같이 어제저녁에 준비해 놓은 빵과 음료수를 챙기고 가볍게 화장을 하고 나가자 시간이 조금 늦었는데 그는 약속 장소에서 먼저와 기다리고 있었다.

그 사람은 웃으며 반갑게 맞아 준다. 그런데 반가우면 손이라도 한번 잡아 주면 좋으련만 사람이 숙맥이라 그런지 악수 한번 청하지 않았다. 그래도 나는 원래 순수한 사람이라 그런 모양이라며 마음을 달래보았다.

그는 아침 잘하는 식당을 알면 안내하라고 해서 내가 입맛이 없거나 아침을 하기 싫으면 종종 들리는 무심천 산책로에 있는 해장국 집으로 안내했다. 주인아줌마는 새벽에 나이가 지긋한 남자와 같이 들어오는 것이 의심스러운지 그 사람을 유심히 훑어보았다.

속리산을 갈 때는 미처 생각지 못했는데 그가 타고 다니는 차는 어디 하나 흠집이 없는 새 차였다. 나는 차가

"새 차내요."라고 하자

"아니요. 혼자 타고 다니는 차라 새 차 같이 보인답니다." 그러면서 이 차는 자기만 타고 다니는 승용차라 별로 운행을 하지 않는단다. 차를 타고 가는 도중 그는 나에게 오늘 산행할 곳을 선택하라고 했다.

원래 지리산 둘레 길을 혼자 몇 코스 걷고 가려고 나왔는데 생각해 보니 지난번 약속한 천왕봉을 오르는 것도 좋을 것 같은 생각이 드는데 어떠냐는 것이다. 나는 둘레길보다 천왕봉으로 가자고 제안하자 산행 장소가 천왕봉으로 바뀌었다.

차를 타고 가면서 이 사람은 지금 마음속에 무엇을 생각하고 있는지 알 수가 없다는 생각이 들었다. 혼자 사는 여자를 데리고 지리산 둘레 길을 걷자고 하니 지리산 둘레 길 어디를 얼마나 걷

자는 것이며, 며칠을 걷자는 것인지 알 수가 없었다. 1박 2일 정도 하려나 하는 생각과 만약 자고 오자면 어떻게 할까? 고민도 해 보았지만 자고 오는 것도 싫지 않다는 생각이 몸 한구석에 움츠리고 있었다. '마음대로 하라지.' 하면서도 궁금하여

"언제 올라옵니까?" 하자 그는 오늘 올라온단다. 나는 아쉬움이 서리며

"그렇게 빨리 갔다 올 수 있어요."라고 되물어 놓고 아차 하는 생각이 들었다. 내가 먼저 자고 와도된다고 말 한 격이 된 것이다. 두 시간이 조금 넘게 걸려 지리산 중산리에 도착했다. 시계를 보니 8시 30분이 지나고 있었다. 잘 올라갈 수 있을까 긴장하면서 등산화 끈을 졸라매고 등산을 시작했다.

처음 시작하는 곳 안내판 앞에 도착하자 그는 발걸음을 멈추고 스틱으로 지도를 가리키며 오늘 산행할 코스를 설명한다. 등산로는 중산리 - 로터리 대피소 - 천왕봉(1915m) - 제석봉 - 장터목 - 칼바위 - 중산리로 하잔다. 산행코스의 총거리는 12.4㎞며 소요 시간은 9시간으로 나와 있었다. 몸에서 전률이 흐른다.

드디어 산행이 시작되었다. 그는 힘을 아끼려 그러는지 말이 없이 앞에 서 천천히 걷는다. 칼바위까지는 돌길이었으나 경사가 별로 없었다. 그러나 칼바위를 지나고 로터리 산장으로 오르는 길부터는 가파르며 인내가 필요했다. 천천히 지그재그로 오르는 그의 발걸음만 따라 오르니 별로 힘들이지 않고 올라갔다.

그는 분명 산타는 요령을 터득한 모양이다. 서둘지도 않고 걸음 나는 대로 흔들거리며 호흡을 맞추며 천천히 올라갔다. 그가 오르는 대로 따라가자 나도 별로 힘이 들지 않고 숨도 차지 않았

다. 1시간쯤 오르자 나를 바라보며 힘들지 않으냐고 물어본다. 나는 전혀 힘들지 않다고 대답하자 대단하다며 쉬어 가겠냐고 물어 괜찮다고 하면서 계속 올라갔다. 나는 가방에서 이어폰을 꺼내 핸드폰과 연결하여 음악을 들으면서 걸었다. 열심히 그 사람 뒤에서 걷고 있는데 누가 나를 앞지르면서

"노랫소리가 그리 좋습니까? 새소리 바람 소리가 더 아름답지 않습니까?" 하며 핀잔인지 비웃는 것인지 알 수 없지만, 농을 던지고 날랜 다람쥐같이 산을 오르는 사람이 있어 바라보니 승려인지 등산객인지 알 수 없는 사람이 가벼운 생활 한복 차림으로 아무것도 갖지 않고 맨발로 산을 오르는데 꼭 다람쥐 같았다. 나는 얼굴이 붉어졌다. 그 사람도 나를 바라보며 웃는다.

나는 웃으며 귀에서 이어폰을 빼 가방에 넣고 바람 소리를 들으며 갖가지 생각을 하면서 걸었다. 얼마나 올랐을까. 중산리 마을이 제법 멀게 눈 아래로 보일 때쯤 바람이 통하는 그늘을 찾아 앉았다. 그는 로터리 대피소에 거의 올라왔다며 내가 산을 잘 탄다고 또 칭찬했다.

첫 번째 산등성을 오르자 마음에 여유가 생겨 서로 사진을 찍어주며 가벼운 대화도 주고받으며 걷다 보니 로터리 대피소가 있는 법계사에 도착했다. 이 깊고 험한 산골짝에 있는 법계사에 거주하는 스님들은 어떤 사람들일까 생각하며 절을 돌아봤다. 절 주변 경치가 아름답다고 느껴졌다. 인생의 고달픈 속세에서 벗어나 이런 곳에서 살면 어떨까 하는 생각을 해 보았다.

법계사를 지나자 이제 거의 다 왔다는데 산등성을 돌면 또 산등성이 나타나고 올랐다고 생각하면 또 오르는 길이 나타났다. 간간이 만나는 등산객들은 모두 얼굴이 붉게 상기되어 있고 말

이 없었다. 그저 열심히 오르고 내려갈 뿐 동행인 사이에도 대화가 거의 없었다. 힘들어 그럴 것이란 생각이 들었다. 우리도 별로 대화가 없이 그저 오르기만 했다. 그 사람은 앞에서 오르고 나는 나의 발걸음에 맞춰 오른다. 오르다 숨이 차면 바위에 잠깐 기대어 쉬었다가 오르다 보니 어지간히 오른 모양이다.

그 사람은 저 등성이만 돌아 한 번만 더 숨이 차면 천왕봉이라며 쉬어 가기를 권했다. 우리는 음료수로 목을 축이고 다시 오르는데, 정말로 힘이 들었다. 어쩌면 이리도 험할까? 하긴 어떤 산이든 정상 가까이 가면 험하나 이렇게 험하지는 않다는 생각이 들었다. 역시 지리산은 지리산인 모양이다.

남한에서 한라산 다음 높은 산이라고 하지 않는가. 내가 다녀본 속리산이나 덕유산은 비교가 되지 않는 것 같았다. 그 사람은 먼저 올라갔다. 까드락까드락 발걸음 숫자를 세며 열 발짝 오르면 쉬고 또 열 발짝 가면 쉬면서 숨이 차면 뒤로 돌아 발아래 풍경을 바라보며 오르고 또 오르다 보니 정상에 이르렀다.

정상에는 많은 사람이 올라와 정상 꼭짓점에 설치된 「지리산 천왕봉」 표시 돌에서 기념사진을 남기겠다고 서로 눈치를 보며 사진을 찍고 있었다. 천왕봉 표시 비석 앞면은 우측에 智異山(지리산)이라고 새겨 있고 가운데에 큰 글씨로 힘차게 天王峰(천왕봉)이라고 새겨져 있으며 밑에 가로로 1,915M라고 새겨져 있다. 뒷면은 세로로 큼지막하게 韓國人(한국인)의 氣像(기상) 여기서 發源(발원) 되다. 라고 새겨져 있었다.

나는 우두커니 서서 여기가 한라산 다음가는 높은 봉우리로구나 하면서 지리산을 정복한 쾌감을 느꼈다. 우리도 틈새를 기다려 기념사진 몇 장을 찍고 한쪽 귀퉁이에 서서 사방을 둘러보니 보이는 것은 산, 산뿐이었다. 깊고도 깊고 높은 큰 산이었다. 눈 아래 가물가물 우리가 출발한 마을이 눈에 들어왔다.

그 사람은 스틱으로 이곳저곳을 가르치며 지리산을 설명해 주었다. 서쪽 능선을 가르치며 저 능선은 화엄사에서 노고단과 반야봉을 거쳐 천왕봉으로 오르는 능선 길로 지리산을 종주하는 길인데 그 능선 아래 화엄사에서 노고단으로 오르는 코쟁이가 있으며, 피아골에서 오르면 임걸령이고, 뱀사골에서 오르면 삼도봉, 칠불사에서 오르면 토끼봉, 음정이나 의신에서 오르면 벽소령이라고 설명을 하는데 무슨 말인지 알아들을 수가 없었다.

그리고 동쪽 능선은 대원사에서 써리봉을 거쳐 중봉으로 오르는 길이란다. 또 바로 아래 골짝은 칠성 폭포에서 올라오는 칠성계곡이라며 선생 출신 아니랄까 봐 지리산 능선과 골짝을 하나하나 자세히도 설명해 주었다.

나는 먼 산에 시선을 두고 사색에 젖어 들었다. '참으로 명산이다. 어쩌면 산들이 이리도 웅기 종기 펼쳐져 있을까?' 산에 오르면서 험한 산길을 보고 내 인생만큼이나 험하다고 생각했는데 이곳에 오르니 언제 힘들었냐는 듯 피곤이 싹 가셨다.

그리고 산골짜기와 능선을 타고 정신없이 흐르가는 운무들 위에 서 있는 내 모습이 천국에 와 있다는 느낌이 들었다. 내 고향이 바로 저 밑 지리산 동쪽 함안군이건만 구차한 삶에 지쳐 50년이 넘도록 못 와 봤는데 살다 보니 이런 좋은 사람을 만나 이곳까지 왔다고 생각하며 넋 놓고 바라보고 있는데 그는 그만 하산을 하잔다.

그 사람은 하산 코스로 제석봉을 거쳐 장터목으로 해서 하산하잔다. 천왕봉에 아쉬움을 남기며 발걸음을 옮겼다. 우리는 제석봉 바위 그늘에서 점심을 먹었다. 그는 배낭을 풀며 김밥이라도 준비하려 했는데 너무 일러 흰 가래떡을 쪄서 가져왔다며 내놓았다. 그리고 한 홉되는 플라스틱 소주병에 발렌타인 양주라며 내놓는다.

나는 빵과 음료수를 꺼내면서 이 사람이 밥을 먹고 싶어 하는데 마누라 눈치가 보여 떡을 싸 온 모양이라 생각하며, 여자인 내가 밥을 준비했더라면 좋았을 것 같았다는 생각이 들어 무안했다. 그는 나에게 술을 한 잔 권했다. 산 정상에서 가볍게 위스키 한잔 마시면 피곤한 몸이 풀린다고 권하여 한 잔 마셔보니 괜찮다는 생각이 들었다.

점심을 먹으면서 주변을 둘러보니 제석봉 주변에 죽은 고목들이 이곳저곳에 서 있다. 참 앙상 맞게 생겼다고 생각하고 있는데 그는 내 생각을 눈치채고 저 고목들은 구상나무인데 숯 굽는 사람이 잘못하여 불을 내서 타 죽었단다. 구상나무가 저 정도 클 때까지 천년이 걸렸고 또 다 썩는데도 천년이 걸린다고 하여 일명 「천년 목」이라고 불린다고 설명해 줬다.

나는 하산 하는데 고전했다. 처음에는 술기운인지 이런저런 이야기도 많이 했는데 시간이 지나자 다리가 조금씩 풀리는 모양이다. 거기다 등산화가 오래돼서 그런지 오른쪽 뒤꿈치 바닥이 너털거려 처음에는 끈으로 묶었으나 신경이 쓰여 바닥 한 꺼풀을 떼어내 버렸다. 그러자 등산화 높낮이가 서로 달라 걷는 기분이 이상하고 밑바닥 한 꺼풀이 없는 쪽은 뾰족한 돌이나 바위를 피해가며 걸으려니 더욱 신경이 쓰이고 힘이 들었다.

이런 내 모습을 보고 그는 안쓰러워했으나 지리산 깊은 산골짝에서 달리 해 볼 방법이 없었다. 방법이란 것은 빨리 산행을 마치는 것뿐이다. 이런 상황에서 내 걸음 속도는 점점 느려지고 쉬는 시간도 많아졌다. 오를 때는 분명 안내판에 나와 있는 시간과 차이가 나지 않아 그 사람으로부터 대단하다는 칭찬을 수없이 들었는데 내려오는 데는 그렇지 못했다.

산에서 내려와 시계를 보니 오후 7시 반이 지나고 있다. 11 시간이 걸린 것이다. 나 때문에 2시간이나 더 지체되었다. 하긴 그 사람과 나는 산에서 내려 올 때쯤은 마음에 여유가 생겨 서로 인생 멘토가 되다 보니 시간이 많이 흘러간 모양이다. 내가 살아온 험한 인생길을 거의 다 이야기한 것 같았다.

그는 조금도 거부감 없이 안쓰러워하면서 들어주었고 나의 마음을 달래 주려고 좋은 말로 위로도 해 줬다. 나는 창피한 줄 알면서도 나도 모르게 마음속에 담고 있던 이야기가 풀려 나와 막을 수 없었으며 이렇게 이야기하고 나니 마음 한구석에 뭉쳐 있던 응어리가 풀려나가는 시원함을 느끼고 있었다. 지금까지 누구에게도 이야기하지 못한 말까지 이야기를 한 것이다.

그러고 그도 자기가 살아온 젊은 날의 힘들었던 일들을 들려준다. 그러다 보니 산행 시간이 더 지연된 모양이다. 그런데도 그는 생각보다 시간이 덜 걸렸다며 대단하다고 칭찬을 아끼지 않는다.

산에서 내려오자 그는 화장실에서 간단하게 얼굴과 발을 씻으라고 했다. 나는 속으로 이 남자가 피곤도 하고 시간도 늦었으니 혹시 자고 가자고 하지나 않을까 하면서 은근히 마음속으로 기대하고 있는 것 같다는 생각이 들었다. 그러나 그런 생각은 완전히 빗나갔다. 지금까지 그의 행동으로 봐서는 절대로 실수할 사람이 아니라는 것을 보여 줬는데 내 마음이 잘못된 모양이다. 그는 차를 타자 처음에는 청주에 가서 저녁 식사를 하자고 하더니 시간이 지체되어서 그런지 고속도로 휴게소에서 저녁을 먹자고 했다.

나는 이 사람 속을 알 수가 없다는 생각이 머릿속에 맴돌았다. 여행에서 잘 알지도 못하는 여자에게 지리산 등산을 시켜준다 약속했다고 이 멀고도 험한 산에 새벽부터 손수 차를 몰고 와 여행을 시켜줄 사람이 또 있을까? 하는 의문이 들었다.

그럼 나를 좋아하고 있는 것일까? 아니면 다른 꿍꿍이속이 있어 그럴지도 모른다는 생각이 머리를 맴돈다. 이와 같은 생각은 오늘뿐이 아니었다. 여행지에서 내내 가지고 있던 생각이고 지난번 속리산에 갔을 때도 마찬가지였다. 이런 생각을 가지면서도 그가 기다려지고 보고 싶어지는 내 마음을 나도 알 수가 없었다.

그래서 아침에 차를 타고 오면서 그 사람 속을 떠보기도 했다. 그 사람 반응이 어떻게 나타나려나 보려고 지난번 숙희가 소개해줬던 민수 오빠 이야기를 해 주자 그는 왜 재혼하지 않았냐고 오히려 아쉬워했다.

그리고 지금은 남자 동생 겸 친구로 개인택시를 하는 40대 후반 남자를 만나고 있다고 말을 하는데도 신경이 쓰이지 않는지 반응이 없으며 그러냐고 하면서 오히려 잘해보라는 반응을 보였다. 등산하면서도 이 사람 속을 확실히 알아봐야겠다는 생각을 수없이 했으나 뾰족한 방법이 없었다. 그래서 차를 타고 오는 도중 용기를 내어 다시 말을 꺼냈다.

"저를 여자로 보지 말고 딸로 보아주세요."라고 하자 그는

"그래요." 하면서 웃기만 한다. 그리고 이렇다 저렇다 다른 말

이 없으니 더욱 알 수가 없다. 오히려 말을 한 내가 무안했다. 혹시 내 마음을 들키지 않았나 하는 생각이 들었다. 그리고 지금 내 어려운 상황을 이야기하자 그는 자기가 힘닿는 데까지 도와주겠다고 필요한 것이 있으면 언제든지 이야기하란다. 그러면서 내가 요양사 자격증을 가지고 있다고 하니까 웃으며

"김 여사 그럼 내가 늙어 요양원에 들어가면 보살펴 줄 수 있겠소." 한다. 나는 반가이

"그러면 좋지요. 교장 선생님이 불러 주시면 언제든지 환영할 게요."라고 답하면서 나만 이 사람을 좋아하는 것이 아니라, 이 사람도 나를 좋아하는 모양이라고 생각해 본다.

그는 운전하면서 자기가 여행 다니면서 보았던 좋은 곳을 소개하며 시간이 날 때 같이 다니잔다. 그리고 이 차는 혼자만 타고 다니는 차라, 별로 운행하지 않는다고 하여 나는 웃으면서

"그럼 앞으로 이 차가 바빠지겠네요."라고 응수했다. 앞으로 당신과 자주 동행해 주겠다는 내 속마음을 내비친 것이다. 그러면서

"지난번 사모님이 어떻게 알고 전화했던데요." 하자 앞으로는 걱정하지 말란다. 그리고 자기 핸드폰을 주면서 내 번호를 찾아보란다. 번호를 찾아보니 이름이 바뀌었으며 직함도 교장이라고 쓰여 있었다. 그리고 카톡도 주고 받으면 즉시 나가기를 하여 흔적을 남기지 않는다면서 가능하면 카톡이나 문자보다 메일로 대화를 나누자고 했다.

핸드폰만 사용하는 나는 메일을 잘 모른다고 하자 컴퓨터를 한 대 사 블로그나 카페를 하나 만들어 놓고 마음이 울적할 때 글도 쓰고 각종 사진도 분류하여 정리해 놓으면 관리하기가 편

리하며 분실이 되지 않는단다. 단순히 컴퓨터에 저장해 놓으면 바이러스에 피해 볼 수 있으니 블로그나 카페를 이용하면 바이러스 피해를 보지 않는다고 설명을 해 줬다.

그러면서 오늘 찍은 내 사진을 보내 준 다음 모두 지워 냈다. 그리고 내 핸드폰으로 찍은 사진을 전송해 주자, 내려받은 다음 흔적을 지워 내는 치밀함도 보여 줬다. 그런 모습을 보면서 속으로 이제는 믿어도 되겠다는 생각이 들었다.

청주에 도착하니 밤 11시가 넘었다. 나는 혹시 그가 내 방을 한 번 구경하자고 하면 어쩔까? 생각하면서 새벽에 탄 곳에서 내려 달라고 하자 그는 골목길을 물어 집 앞까지 태워다 줬다. 그리고 차에서 내리는데 내려오지도 않고 운전석에서 손이나 한 번 잡아 보자며 악수를 청해 다음에 보자고 악수를 하고 헤어졌다.

이렇게 해서 지리산 등산을 잘 마무리하고 집에 들어와 피곤하여 대충 씻은 다음 잠자리에 들려는데 전화가 왔다. 천안에 잘 도착했다는 전화다. 나는 오늘 감사하고 수고했다며 인사를 하고 잠자리에 들었다. 그런데 얼마나 잤는지 모른다. 갑자기 핸드폰 벨이 울려 받아보니 여자의 앙칼진 목소리가 흘러나왔다.

"야~ 이 쌍년아, 한 번 좋게 말했으면 알아듣지 뭣하고 다니는 거야." 나는 직감으로 이 남자가 또 마누라한테 들켰다고 생각하며

"잘못한 것이 없는데요." 하자

"뭐야, 잘 못 한 것이 없어. 남의 서방이나 꼬드기는 것이 잘못이 아니고 뭐가 잘못이야?"라며 분에 찬 여자 목소리가 귀를 때리며 험한 욕 소리가 흘러나왔다. 나는 얼마 동안 분풀이를 하게

놔둔 다음 앞으로 만나지 않을 테니 걱정하지 말라며 전화를 끊었다.

그러면서 잠자리에 누웠으나 방금 전화에 잠이 달아났나 쉽게 잘 수가 없었다. 새벽 일찍 일어나 이 남자를 만나 해장국집에 들렀을 때 주인이 보여준 이상한 눈초리를 생각으로 지리산 중산리를 가면서 차 안에서 주고받은 이야기 생각, 짙푸른 녹음과 험한 바위와 자갈 산길을 오르면서 겪었던 고통과 행복감, 그런 고통을 이겨내고 정복한 천왕봉 정상에서 운무 속에 싸였던 희열감 등 한 편의 영화같이 펼쳐졌다. 그중에서도 내려오면서 등산화 밑바닥이 떨어진 것은 죽을 때까지 잊히지 않을 것 같았으며 제대로 걷지 못하는 내 모습을 바라보며 안쓰러워하던 그 사람의 눈빛은 더 못 잊을 것 같았다.

이렇게 산행으로 시작된 생각은 어느새 그 사람 생각으로 변해 버렸다. 그와 처음 만났던 도하 공항으로부터 시작해서 핸드폰을 찾게 만들어 준 그의 멋진 생각과 인연으로 해서 여행이 끝날 때까지 아침마다 산책했던 즐거움을 생각하다 굶주린 들개 눈빛이 떠오르자 나도 모르게 몸서리 처진다. 그때 알사탕이 없었다면 어떤 일이 벌어졌을까? 생각하니 몸이 부르르 떨려왔다. 내가 혼자 산다고 할 때 그 사람이 보내준 눈빛은 쉽게 잊을 수가 없을 것 같다는 생각이 들었다.

그리고 그처럼 온화하고 멋진 사람도 가슴속에 응어리를 안고 사는 것이 인생이란 생각까지 꼬리에 꼬리를 물고 떠오른다. 그러다 그의 부인 전화를 생각하니 정신이 바짝 들었다. 다 잊어야지. 부인 말대로 남의 가정을 파탄 낼 수는 없는 것이 아닌가? 그러면서도 아쉬운 생각이 들며 혹시 그의 말대로 그가 더 늙어

요양원에 들어가 보살펴 달라고 부탁이 오면 들어줄 수 있을까? 별별 생각을 다 하다 언제 잠이 들었는지 나도 모르게 잠이 들었다.

내가 눈을 떴을 때는 아침 햇살이 중천에 있었다. 기지개를 켜고 일어나 정신을 차려보니 시계는 10시를 지나고 있다. 어제 일이 하나의 꿈같이 느껴졌다. 모두 다 지워 버려야지 하면서 툴툴 털고 일어났지만, 그 사람은 쉽게 잊히지 않는 사람이 되어 버렸다. 얼마나 멋지고 인자하며 다정했던가? 그리고 그가 말한 대로 더 늙으면 나를 간병인으로 불러줄런가? 기대하면서 오늘도 그의 모습을 그리며 마음속으로 쓸쓸히 웃어 본다.

· 대한문학세계 수필 부문 등단(2020. 9)
· (사)창작문학예술인협의회 회원
· 수필부문 당선작 : 마음의 변화

마음의 변화

　오늘은 내 인생 제2막의 직장에 첫 출근하는 날이다. 첫 출근 이란 말을 사용하기는 조금 애매한지도 모르겠지만 고등학교를 졸업하고 군청에 임시 직원으로 들어가 첫 출근이 있었으나 그때 기분은 어떤 기분이었는지 기억이 남아 있지 않고 대학을 졸업하고 교사 임용 고시에 합격하여 출근하던 때는 잊을 수 없는 희열의 기쁨이 있었다. 그리고 교직 생활을 하면서 전출할 때마다 새로운 학교에 처음 출근하는 날은 늘 긴장감과 어색함을 느끼곤 했다. 그러다 교감으로 승진하여 첫 출근할 때 기쁨과 교장으로 승진하여 첫 출근할 때 기쁨은 말로 쉽게 표현할 수 없는 희열을 느꼈던 것으로 기억된다.

　그러다 공직에서 정년퇴직하고 백수로 집에서 놀다가 새로운 일자리를 찾아 나선 것이다. 퇴직 후 처음에는 국가에서 나이가 들었으니 그만 쉬라고 정년퇴직을 시켰으니 놀아야 한다고 주장하며 한때는 골프채를 들고 4~5년 놀아 봐도 별로 재미를 느끼지 못했다. 그래서 어렸을 때 부모님께 어깨너머로 배운 농사 기술을 되살려 근 7~8년 밭농사를 지어도 봤다. 이때 친구나 친지들이

"요즘 무엇을 하며 지내?"라고 물으면 나는 스스럼없이

"Field(밭) 가서 놀아"라고 큰소리친 적이 있었다. 아마 농사를 짓는다고 하면 비웃을 것 같아 언뜻 듣기에 필드 하면 골프를 생각하도록 유도했던 모양이다. 내 밭에는 이것저것 가리지 않고 우리 몸에 좋다고 하는 작물이 있으면 무조건 재배하다 보니 내가 재배하는 작물의 종류가 30여 가지가 넘었다.

이런 생활은 평생 책상에서만 살던 사람이 몇백 평이 되는 밭을 삽 한 자루 들고 설쳤으니 몸이 온전할 리가 없었다. 그러다 결국, 척추 디스크 파열과 협착증이란 병으로 밭에서 쓰러져 수술을 받은 후 허리 근육을 강화하기 위하여 매일 걷기 운동을 시작한 지 벌써 5년이란 세월이 흘러갔다.

이처럼 크게 신경 쓰는 일 없고 운동에다 적절하게 노동을 하니 몸이 50~60대 현직에 있을 때보다 달라 보이게 건강해진 것이다. 그러다 보니 재미가 나서 농사일이 없는 겨울철에는 집에서 보내는 것보다 틈만 나면 걷기를 한 것이다. 새벽에 걷고 아침 먹고 걷고 또 점심 먹고 걸으니 하루 평균 26,000보 이상을 4개월이 넘도록 눈이 와도 날씨가 추워도 아랑곳하지 않고 걸으

니 지루한 줄 모르고 시간이 잘도 흘러갔다.

　그런데 문제가 생긴 것이다. 걷는 것은 문제가 없는데 소변이 자주 마려웠다. 특히 추운 날은 증세가 더욱더 심하여 한 시간을 버티지 못하는 현상이 나타난 것이다. 그러면 병원을 바로 찾아 갔으면 좋으련만 성격이 병원을 싫어하여 참으며 겨울을 버티었다. 어느 날은 2시간 걷는데 세 번은 소변을 봐야 하는 경우가 나타났으며 저녁에 잠을 잘 때도 두 시간이 멀다고 잠에서 깨어나는 것이다. 속으로는 전립선 비대증이 나타난 모양이라고 혼자 추측하고 있었다. 나이를 먹어가니 많은 친구가 전립선 비대증 이야기를 했는데 나도 그런 증상이 나타나는 모양이라고 생각하고 참고 살다 겨울이 다 간 어느 날 무슨 바람이 불었나 비뇨기과를 찾아갔다.

　소변 검사를 하고 피검사를 하더니 약 1주일분을 처방해 주었다. 나는 궁금하여 이유가 뭐냐 물으니 인상 좋은 의사는 웃으며 전립선은 아직 괜찮고 피에 이상이 있단다. 내 마음속에 내 피는 깨끗한 거로 알고 있기에 피에 무슨 이상이냐고 물었더니 속 시원히 대답은 안 해주고 피에 염증이 있어서 그러니 1주일 약을 먹은 다음 소변을 세 시간 참은 다음 와서 검사를 다시 해 보잔다. 1주일 약을 먹자 밤에 소변보는 것이 한차례 정도 줄었고 상당히 좋아진 기분이 들었다. 일주일 후 소변을 3시간 이상 참고 병원을 찾아가니 항문 초음파 검사와 소변 검사를 했는데 초음파 검사도 이상이 없고 방광도 아직 버틸 만 하단다. 그러면서 약을 다시 10일분이나 처방해 준다. 그리고 10일 후에 다시 피

검사를 하잔다.

10여 일이 흘러갔다. 그동안 소변보는 것은 상당히 좋아졌으나 얼마나 좋아져야 다 좋아진 것인지 알지 못하니 병원을 찾을 수밖에 없었다. 다시 피검사를 한 결과 좋아졌단다. 나는 무엇이 좋아진 것이냐고 물으니 비대증 수치가 낮아졌단다. 바로 소변이 자주 마려운 것은 비대증 수치가 높았기 때문이란 것을 알게 된 것이다. 완전히 치료된 것은 아니지만 상당히 좋아졌으니 또 증세가 나빠지면 다시 오란다. 나는 비대증 수치를 낮추려면 어떻게 해야 하냐고 물었다. 그랬더니 의사는 담배를 피우냐고 물어 끊은 지가 15년이 넘었다고 대답하고, 술은 많이 먹느냐고 물어 한 달에 한두 번 정도 마시는데 그때는 소주 2병은 마신다고 하자 운동을 많이 하냐고 물었다. 하루 25,000보 정도 걷는다고 했더니 걸음 숫자를 만 보 정도로 줄이란다. 허리를 강화하고자 걷고 또 걸었더니 너무 과하여 비대증 수치가 높아지는 결과를 만든 모양이다.

걷는 것을 줄인다고 생각하니 걸었던 시간을 활용하는 방법을 찾아야 했다. 그것이 내 새로운 일자리를 찾기 시작한 원인이 된 것이다. 운전을 좋아하니 운전을 이용해서 할 일자리를 찾다 보니 아주 적당한 일자리를 발견하게 된 것이다. 바로 장애인 도우미로 아침과 저녁으로 장애인의 이동을 도와주는 일자리를 구하게 된 것이다.

참말로 사람 많이 변했다. 내가 생각해도 신기할 정도로 내 성격에 변화가 나타난 것이다. 예전 같으면 교장 체면에 '뭐 장애인 활동 도우미를 해' 하며 펄쩍 뛰었을 것이나 TV를 통해서 봉사하는 사람들을 보니 나도 못 할 것 없다는 생각이 들었다. 보수는 아주 적으나 돈이 있어야 하는 사람도 아니고 아침 새벽에 운동하고 아침 먹고 도우미 일을 한 다음 나머지 시간은 농장 일을 하고 오후에 다시 도우미 일을 하면 하루해가 짧을 것 같다는 생각을 한 것이다. 그리고 그동안 내 마음속에 있는 권위와 체면의 카테고리에서 벗어나고 싶은 욕망이 살아난 것이다. 이렇게 변하기까지 걸린 시간이 장장 8년이란 세월이 흘렀다.

퇴직하고 한때 점잖게 혼자 고독을 즐기며 살겠다고 머리 염색에서 벗어나 완전 백발 머리를 한 채 4년을 살아 보니 스스로 마음에서 늙었다는 생각만 들고 내 생활이 점점 위축되는 것 같은 느낌을 받아 머리를 다시 새까맣게 염색을 했다. 그러고 나니 다시 내 몸에 활기를 느낀다는 것도 깨달았다. 그래서 이번에는 외모의 변신만이 아니라 마음의 변신도 해 보자는 의미에서 일해 보자고 결심했는지도 모르겠다. 잘해 낼 수 있을까? 하는 마음의 부담도 있었지만, 70년이 넘는 세상살이를 한 사람이 두려울 것이 무엇이 있겠느냐? 하는 생각에 언제부터인가 마음에도 여유가 생겨 전에는 하지 않던 말도 곧잘 조잘대는 사람으로 변한 것이다. 이런 마음의 변화는 나에게 용기를 주어 대부분이 여성들로 구성된 '활동 보조인양성 교육'을 받은 다음 오늘 처음으로 일을 시작하는 날이 된 것이다.

오늘도 평상시와 똑같이 새벽에 일어나 아침 운동을 나갔다.

겨울이 다 간 줄 알았더니 아직 늦추위가 있는지 제법 쌀쌀했다. 열심히 두 시간 가까이 걷기도 하고 천변에 있는 헬스 기구에 붙어 운동하고 집으로 들어오면서 현관문을 여니 집안에서 맛있는 음식 냄새가 코에 진동한다.

"서방님 첫 출근이라고 맛있는 밥상을 차리나 봐."라고 웃으며 마나님에게 익살을 부려보니

"그려. 그동안 놀고먹는 것이 안쓰러웠는데 일을 한다니까 좋아서."라고 농으로 응수하는 70 먹은 할망구가 사랑스러워 보였다. 얼마 남지 않은 나머지 인생 이것저것 눈치 보지 말고 어깨를 활짝 펴고 하고 싶은 것 마음껏 하고 당당하게 살다 가야지 하는 생각을 하며 아침밥을 맛있게 먹었다.

물결

김복희 단편소설

2020년 12월 14일 초판 1쇄
2020년 12월 17일 발행
지 은 이 : 김복희
펴 낸 이 : 김락호
디자인 편집 : 이은희
기 획 : 시사랑음악사랑
연 락 처 : 1899-1341
홈페이지 주소 : www.poemmusic.net
E-Mail : poemarts@hanmail.net

정가 : 15,000원
ISBN : 979-11-6284-252-2